III

설이수 장편소설

연필

손만 잡고 잘게 3

펴낸날 2017년 5월 31일 초판 1쇄
지은이 설이수

펴낸이 차보현
편집 김보성 권진하 임민택
기획 방경록

펴낸곳 연필 | 에이치비(HB)
출판등록 제2015-000007호
주소 경기도 동두천시 동두천로111, 906호
전화 070-7566-7406 **팩스** 0303-3444-7406
bookhb.com
*이 책에는 문체부 서체가 사용되었습니다.

ISBN 979-11-6119-031-0 (3권)
979-11-6119-028-0 04810 (전 3권)

I'll just hold your hand

설이수 장편소설

목차

바람꽃

"자식 이기는 부모 없다더니."

무슨 말을 꺼내나 싶더니 양심의 가책도 느껴지지 않는 모양이었다. 카딘은 마르멜이 들으면 오만상을 찌푸렸을 법한 말을 아무런 거리낌 없이 내뱉으며 씁쓸하게 웃었다.

가만히 듣고 있던 소니도르는 기가 차서 '아니, 언제 져 주신 적 있으세요?' 하고 되묻고 싶어졌다. 물론 목숨 소중한 줄 알기에 그런 짓은 하지 않았지만 사람 참 할 말 없게 만드는 발언인 것만은 확실했다.

하지만 아무래도 황제는 진심으로 그렇게 생각하고 있는 듯했다. 혼자 속으로 그렇게 결론을 지어 버린 카딘은 남겨진 하기스에게 대역을 하라고 일방적으로 명령을 내린 뒤 그 자리를 훌쩍 떠나 버렸다.

목숨을 건 협박으로 인해 얼떨결에 대역을 맡게 된 의원은 울며 겨자 먹기로 아티팩트 반지를 찰 수밖에 없었다. 속으로 피눈물을 흘린 건 소니도르 또한 마찬가지였다. 열과 성의를 다해 마르멜을 깨워야 하는 시한부 인생으로 다시 돌아왔기 때문이었다.

⚜

말도 탈도 많았지만, 무사히 연회의 셋째 날 밤이 찾아왔다. 아니 이걸 과연 '무사히'라고 할 수 있는 건가.

소니도르는 덜덜 떨리는 손끝을 맞잡으며 재빨리 하기스의 뒤를 쫓아다녔다. 조마조마한 외줄 타기는 이제부터 시작이었다. 일단 급한 불을 끄기 위해 연회부터 참석하긴 했지만, 다시 깨어나지 않는 마르멜도 무척이나 걱정되고 막막한 자신의 미래도 걱정돼 미쳐 버릴 지경이었다.

하지만 불안한 건 그녀뿐인지 정작 이 막중한 역할을 맡은 의원은 무사태평이었다. 언제 대역 맡는 일을 거절했느냐는 듯 신들린 듯 능숙하게 귀족들과 말을 주고받고 있지 않은가.

누가 보면 마르멜의 영혼이 빙의한 줄 알겠다. 곁에 서서 그에게 다가오는 귀족의 가문 이름과 특성을 열심히 읊어 주던 그녀는 잠시 황당하다는 시선을 던졌다. 황제가 목숨을 두고 협박하자 이왕 하는 거 완벽하게 해내겠다고 호언장담을 하더니, 이 정도까지 해낼 줄이야.

"연기 장인이세요?"

소니도르는 인파가 한꺼번에 빠져나간 틈을 타서 그의 옆구리를 쿡 찌르며 말했다.

"에이. 난 단 한 번도 보지 못한 사람을 연기할 정도의 능력은 못 돼. 그동안 가까이서 지켜봐 왔던 분이라 그럴듯하게 흉내 내는 게 가능한 거지."

"그래도 대단하시네요. 이 정도일 줄은 몰랐는데."

"왜. 새삼 오빠한테 반했어?"

하기스가 황태자의 얼굴을 하고서 그녀에게 한쪽 눈을 찡긋거리며 웃었다. 느끼하기 짝이 없는 행동이 왜 마르멜의 얼굴이라는 이유 하나만으로 상큼하게 보이는지 모를 일이었다. 끔찍하게도 변태 의원한테 설렐 뻔했다.

소니도르는 누구 얼굴로 무슨 짓을 하는 거냐고 버럭 화를 낼 뻔하다가 가까스로 참아 내고 그의 옆구리를 비틀어 꼬집었다. 그가 비명을 삼키며 그만하라는 듯 어깨를 부드럽게 감싸며 당겨 안았다. 그러자 체격이 작은 그녀가 그의 품 안에 폭 안기는 듯한 모양새가 되고 말았다.

순식간에 벌어진 일이었다.

"어머."

그들의 곁을 지나가던 젊은 영애 한 명이 가볍게 탄성을 질렀다. 소니도르는 어안이 벙벙한 표정으로 딱딱하게 굳어져 있다가 재빨리 그의 품 안에서 벗어났다. 그리고 차마 소리를 지르지는 못하고 대체 무슨 짓을 하느냐는 시선으로 그를 올려다보았다.

하기스는 마르멜의 얼굴을 하고선 대체 뭐가 문제냐는 의아한 얼굴을 해 보였다. 아니 뭘 당당히 연회 한가운데서 끌어안고 난리야! 전하께서 밖에서는 되도록 신체적인 접촉은 하지 않으려고 부단히 노력하고 계시는데!

아무래도 급조해서 세운 대역이라 아직 설명이 부족했던 모양이었다.

소니도르는 하기스의 멱살을 붙잡고 질질 끌고 가는 대신에 그의 옷자락을 당겨서 테라스로 이끌었다. 그리고 테라스의 커튼을 걷어 내리자마자 자못 살벌한 기세로 읊조렸다.

"만지지 마요."

"……그 벌레 보는 듯한 혐오스러운 시선은 너무하지 않아?"

마르멜의 얼굴을 한 의원이 상처받은 얼굴로 중얼거렸다. 투명하게 보일 정도로 새하얗고 풍성한 속눈썹을 나른하게 내리뜨고, 붉은 눈동자에 이슬 같은 눈물을 글썽였다.

모성애를 자극할 정도로 애처로운 모습이었지만, 방금 한 번 당한 전적이 있는 소니도르는 마치 단호박과 같이 단호했다.

"전하의 얼굴로 은근슬쩍 넘어가지 마시죠."

"이거 안 통하네."

하기스는 가볍게 혀를 차며 눈가에 맺힌 눈물을 닦아 냈다.

"제 몸에 손가락 하나 건드리지 마요. 사람들이 이상하게 본다고요."

"알았어, 알았어."

"저뿐만 아니라 다른 영애도…… 영식들도 건드리면 안 되는 거 아시죠?"

"안 건드려."

"성희롱도 안 돼요."

"아가, 대체 날 뭐로 보고 있는 거야?"

뭐로 보고 있느냐니. 정확한 표현을 찾아 잠시 뜸을 들이던 그녀는 이내 하기스를 삿대질하며 명쾌한 해답을 내렸다.

"유해 물질!"

"너무하네!"

너무하다니. 이보다 더 어울리고 절제된 표현은 없거든요? 더 노골적으로 말씀드려요? 두 사람이 별 시답잖은 화제로 투닥거리는 사이에 갑자기 테라스 커튼이 펄럭였다.

원래 다른 이가 이미 들어와 있는 테라스에 멋대로 침입하는 건 아주 예의에 어긋나는 행동이었기 때문에 소니도르도, 하기스도 놀란 얼굴로 안쪽으로 들어서는 인물을 주시했다.

대체 누군가 했더니 머리부터 발끝까지 새까만 연미복으로 차려입은 지오르지오였다.

"지, 지오?"

훤칠하게 잘생긴 얼굴이 얼음장처럼 싸늘하게 굳어 있었다. 소니도르가 살벌한 분위기에 압도되어 무슨 말을 꺼내야 할지 망설이는 사이, 그는 자색 눈동자를 분노로 번뜩이며 말했다.

"태자 전하를 뵙습니다."

전혀 안부를 묻는 얼굴이 아니었다. 안부는커녕 마지막 인사와 함께 명줄을 끊어 놓으러 온 것 같은 흉흉한 기세였다. 온통 새까맣게 차려입었던 게 사실은 암살자여서 그런 거였나? 아니면 설마 태자 전하께 결투를 신청하러 온 도전자인 건가?

아직 상황을 제대로 파악하지 못한 하기스는 영 엉뚱한 생각을 하며 멀뚱히 서 있었다.

"편히 대하라고 하셨으니 이 정도 무례는 용서해 주시리라 믿습니다."

점점 시선은 노골적으로 변했다. 지오르지오는 소니도르의 앞을 가로막듯 서서 마르멜을, 아니 하기스를 찢어발겨 버리고 싶다는 듯 노려보았다.

갑자기 등장한 사내에게 영문을 모를 질투 어린 시선을 한몸에 받아 버린 하기스는 잠시 의아한 얼굴을 했다. 하지만 그것도 잠시, 순식간에 사태를 파악해 버린 그가 서서히 입꼬리를 끌어 올렸다. 아주 불길한 미소였다.

아하. 아까 얼떨결에 소니도르를 끌어안는 모습을 봤구나?

뭐야, 진짜 결투를 신청하러 온 건가. 의원은 꼬꼬마들의 소꿉장난을 목격한 짓궂은 어른처럼 피식 웃다가 결국 참지 못하고 크게 웃음을 터트리고 말았다. 마르멜이 소니도르에게 노골적으로 소유욕을 내비친 것도 연회가 열린 시점에서부터 시작되었기 때문이었다. 아무래도 연적의 등장으로 우리 전하께서 초조하셨던 모양이었다.

"푸흡, 큽……, 푸하하!!"

하기스는 혼자 재밌어 죽고, 지오르지오는 점점 더 불쾌한 기색을 내비치고, 사이에 낀 소니도르만 죽어 가고 있었다. 아니 대체 지오 얘는 갑자기 나타나서 뜬금없이 시비를 걸고 난리야. 그리고 저 인간은 허파에 구멍이라도 났나 왜 갑자기 웃고 난리래. 태자 전하는 그렇게 경박스럽게 웃지 않거든요!

아무래도 지금 이 상황에서 하기스는 도움이 되기는커녕 상황만 악화시키고 있는 것 같았다. 당장 지오르지오만 보더라도 지금 당장 주먹을 날릴 것 같은 무시무시한 표정을 하고 있지 않은가.

소니도르는 일단 혼자 박장대소를 터트리고 있는 인간은 내버려 두기로 했다. 연기 잘한다고 칭찬했더니 여기서 이런 식으로 배신할 줄이야. 한숨을 삼킨 그녀는 지오르지오에게 손을 뻗었다. 어디서 찬바람이라도 쐬게 하면서 이성을 되찾게 할 생각이었던 것이다.

"무례도 무례 나름이지."

하지만 실실거리며 웃고 있던 하기스가 소니도르의 손목을 붙잡아 당기는 게 더 빨랐다. 그녀를 제 등 뒤로 숨긴 의원은 장난기 가득한 눈동자를 반짝이며 도전적으로 말했다. 상대가 마르멜이라고 철석같이 믿고 있는 지오르지오는 느끼지 못했겠지만, 소니도르가 듣기로는 놀리는 기색이 아주 역력했다.

"미안하지만 다른 건 몰라도 그녀만큼은 양보하기 힘든데."

"하."

이 인간이 지금 뭐라는 걸까. 그녀는 마르멜과 똑같은 모습을 한 동글동글한 두상을 올려다보며 저걸 내려치고 싶다는 충동에 휩싸여야만 했다. 하지만 그런 짓을 했다가는 자신의 오랜 친구에게 황태자가 사실은 대역이었다는 사실을 들키고 말 것이다.

소니도르는 그의 뒤통수를 갈기는 대신 헛소리를 하는 그의 등을 마구마구 꼬집어 대기 시작했다. 왜 항상 의원님은 내 안에 도사리고 있는 폭력성을 일깨우는 걸까.

"그녀에게 무슨 일이 생기면 가만히 있지 않겠다고 했을 텐데요."

어, 언제 그런 말도 했어?

두 사람 사이에 오고 간 대화를 알 리가 없었던 소니도르는 저도 모르게 얼굴을 붉힐 수밖에 없었다. 무슨 일이 생기면 가만히 있지 않겠다니, 딸 시집보내는 아버지도 아니고 대체 무슨 팔불출 같은 소리를 당당하게 하고 돌아다닌 거야. 그녀는 걱정스러운 얼굴로 까치발을 들어 하기스의 어깨 너머로 그의 용태를 살폈다.

반란군 수장이라는 걸 들킬까 늘 조마조마하니까 되도록 황태자에게 적대감을 보이지 않았으면 좋겠는데.

여전히 반쯤 상황을 잘못 이해하고 있는 소니도르와는 다르게 하기스는 모든 사태를 파악하고 난 뒤였다. 지오르지오의 노골적인 시선을 정면으로 받고서도 눈치 빠른 그가 모를 리 없었다. 저건 누가 봐도 연적을 경계하는 사내의 눈빛이 아닌가.

"하하, 무슨 일이라……."

그는 부드럽게 웃으며 재빠르게 상대를 살폈다. 소니도르가 거리낌 없이 이름으로 부르는 걸 봐서는 전부터 알던 사이인 것 같고, 귀족이나 예술가 중에선 못 보던 훤칠한 얼굴인 걸 보니 이번에 새로 초대된 장인인 듯한데. 손목에 찬 무효화 마법이 걸린 아티팩트를 봐서 능력이 빼어난 장인인 건 의심할 여지가 없었다.

하기스는 겉으로 드러난 그의 얼굴, 몸매를 차례로 살피며 전하께서 초조해할 만도 하다며 고개를 주억거렸다. 외모도 성격도 성향도 전혀 달라 보였기 때문에 누가 더 우위인지 가늠하는 건 굉장히 힘든 문제였다.

이야, 이거 꽤.

이 상황에서 진지한 건 오로지 지오르지오뿐이었다. 하기스는 못된 장난기가 발동한 상태였고 소니도르는 어떻게 하면 이 화상을 끌고 나갈지만 골머리를 싸며 고민하고 있었다.

아무리 생각해도 하기스와 지오르지오의 조합은 최악이었다. 아니, 그냥 의원의 존재 자체가 문제였다. 연기를 잘하지만 않았어도 이 자리에 데리고 오지도 않았을 텐데.

그때 황태자인 척 의미심장하게 웃고 있던 하기스가 입을 열었다.

"그대가 무엇을 걱정하는 건지 모르겠지만, 상대의 동의 없이는 아무 짓도 하지 않아. 우린 이미 키…… 억!"

하지만 이어지는 하기스의 말에 소니도르는 그만 앞굽으로 그를 걷어차고 말았다.

키…… 뭐. 키위일 리도 없고, 키 재기일 리도 없고, 설마 지금 키스라는 말을 하려고 한 건 아니겠지. 왠지 한번 키스라고 생각해 버리니까 계속 그 단어만이 머릿속을 맴돌기 시작했다.

"잠깐, 그걸 대체……!"

어떻게 알아요! 그녀는 저도 모르게 버럭 소리 지르다 말고 재빨리 제 입을 틀어막았다. 마치 꿰뚫어 보는 듯한 시선을 느꼈던 탓이었다.

대체 의원이라는 작자가 그 사실을 어떻게 알고 있는지는 둘째 치더라도, 지오르지오가 저 말을 듣게 할 수는 없었다. 소니도르는 어색하게 그의 시선을 피하며 걷어차인 하기스가 휘청거린 사이에 마치 발을 헛디뎠다는 듯한 동작을 취했다. 그리고 가증스럽게도 놀란 표정을 지으며 말했다.

"앗, 전하 괜찮으세요?! 죄송해요. 제가 아직 구두가 익숙하지 않아서."

"……."

익숙하지 않기는 개뿔이. 늘 한 뼘은 훌쩍 넘는 키 높이 구두를 신고 다니면서. 하기스는 살짝 질린 얼굴로 자신의 발밑을 내려다보았다. 그 익숙하지 않다는 구두로 그의 발을 지그시 지르밟고 있었다.

"정말 괜찮으세요? 걸을 수 있으시겠어요?"

그녀는 연신 호들갑을 떨며 죄송하다고 사과를 하다가, 미심쩍은 얼굴을 하는 지오르지오를 돌아보았다. 그는 이 상황을 영 이해하기 힘든 모양이었다.

황태자에게 적대감을 가지고 있는 본인이라면 모를까, 그녀가 연회 도중에 황태자를 걷어찰 줄 누가 알았겠는가. 게다가 마르멜은 화를 내기는커녕 실실 웃고만 있으니 의문은 점점 커지기만 했다.

"미안, 지오. 먼저 가 볼게."

소니도르는 이 상황을 벗어날 생각밖에 없었기 때문에 재빨리 하기스를 연회장 안쪽으로 밀어냈다. 그리고 자신도 테라스 밖으로 빠져나가려고 할 때, 익숙한 목소리가 그녀의 발목을 붙잡았다.

"소니."

지오르지오는 빠르게 냉정함을 되찾고 높낮이 없는 잔잔한 목소리로 그녀를 불렀다. 금방이라도 폭풍이 몰아칠 것처럼 흉흉한 기색을 풍기던 그가 갑자기 침착하게 자신을 부르자 소니도르는 움찔 떨 수밖에 없었다. 때로는 고요함이 그 무엇보다 두려울 때가 있는 법이었다.

'역시 방금 상황은 누가 봐도 어색했지.'

그녀는 속으로 자신을 타박한 뒤 쭈뼛 고개를 돌리며 되물었다.

"으응?"

"전에 내가 한 말 잊지 않았겠지."

전에 한 말. 그녀는 길게 고민할 필요 없이 그가 무슨 의미로 저런 말을 꺼낸 건지 알 수 있었다. 그 말을 들은 지 고작 이틀밖에 되지 않은 데다가, 최근 들어 계속 그녀를 혼란스럽게 했던 말이었으니 모를 리가 없었다. 소니도르는 순식간에 차갑게 가라앉은 표정을 지었다.

—네 감정이 어떻든 상관없어. 저게 현실이니까. 쓸데없는 감정 품지 마.

잠시 입을 꾹 다문 채 침묵하던 그녀는 천천히 입을 달싹였다.

"……물론이야. 날 걱정해서 하는 말이라는 것도 알아. 하지만 지오."

그들은 각자 추구하는 사상은 물론 가는 길 또한 달랐다. 하지만 가끔 충돌하긴 했어도 크게 사이가 틀어진 적이 없었던 이유가 있었다.

어느 정도 머리가 크고 나서부터는 서로의 생각을 강요한 적도, 또 각자의 생각을 무시하거나 노골적으로 거부한 적도 없었기 때문이었다. 늘 각자의 선택에 간섭하는 일 없이 서로를 존중해 줬다.

애초에 처음부터 지오르지오가 그들의 암묵적인 규칙을 깨부순 셈이었다.

분명 걱정이 되어서 한 말이겠지. 게다가 상대가 다른 누구도 아닌 그가 혐오해 마지않는 황족인 데다가 그녀가 지내는 곳은 황궁이었으니, 존중이고 나발이고 일단 뜯어말릴 생각밖에 들지 않았을 것이다. 그의 행동은 충분히 이해가 갔다.

소니도르가 잠시 망설이자 그가 계속 말해 보라는 듯 고개를 까딱였다.

"전에는 당황해서 아무런 말도 하지 못했지만, 나는 종래에 어떤 결말을 맞이하든 내가 옳다고 믿는 길을 가고 싶어. 네게는 늘 고맙고 미안하지만 네 충고에 대한 선택은 내 몫이라고 생각해."

"선택이라니, 너 설마 황태자를……."

"아, 아니 꼭 그런 건 아니고."

소니도르가 그의 말을 중간에 끊어 내며 작게 헛기침을 했다. 황태자를 좋아한다거나 그런 이유도 물론 없다고 하면 거짓말이겠지만, 마르멜이 다시 잠들어 버린 지금 시점에서 더는 죄책감이나 불안과 같은 이기심 때문에 자신의 의지를 소홀히 하고 싶지 않았다. 돌이켜 생각해 보니 그동안 자신이 취한 행동에는 끝내 맞이할 결말이, 자신이 받을 상처가 무섭고 두려워서 도망갈 생각밖에 없었던 것이다.

그러자, 그동안 옳다고 굳게 믿어 왔지만 외면하고 있었던 생각이 두둥실 떠올랐다. 그리고 마치 외우기라도 한 것처럼, 의지와 상관없이 그 말들이 입술을 비집고 줄줄 튀어나왔다.

"인생은 늘 그렇듯 후회의 연속이지. 나는 항상 내 마음이 시키는 대로 움직였거든. 훗날 그 선택을 뼈저리게 후회하게 되더라도 내가 옳다고 믿는 길을 택했으니 그때 가서 울면 그만이라고, 그렇게 생각했어. 왜 그걸 이제야 다시 떠올린 걸까."

"……."

"지오는 나와 도망가기 위해 이곳에 왔다고 했지. 여기까지 일부러 찾아와 줘서 고마워. 하지만 그게 지오의 선택이라면 나는 이제 나의 선택을 할게."

"네가 옳다고 믿는 길을 택했으니 그때 가서 울면 그만이라고? 내가 그 꼴을 가만히 보고 있을 것 같은가 보지?"

"지오."

"옳은 길이라는 건 없어. 선택에 의한 대가만 있을 뿐이지. 하지만 이번만큼은 내가 옳은 길이라고 장담할 수 있어."

같이, 도망가자고 했잖아. 그는 바람에 잠시 흔들리는 테라스 커튼을 응시하며 들릴 듯 말 듯 중얼거렸다. 하지만 소니도르는 잠시 침묵하며 고개를 저었다. 아직 이렇다 할 결정은 내리지 못했지만, 만약 진짜로 황궁에서 도망갈 결심이 섰다고 해도 웬만하면 도움을 받고 싶지는 않았다. 그것도 들키면 그의 목숨이 위태로워질 도움을 말이다.

"일단 해 볼 수 있는 모든 일을 해낸 뒤, 그 후에 내가 어떤 길을 택하든 내 선택에 의한 대가는 내가 받을 거야."

지오르지오는 인상을 찌푸린 채 잠시 말이 없었다. 그녀의 말을 좀 더 적나라하게 표현하자면, 네가 조언하는 건 자유지만 내가 알아서 할 테니 내버려 두라는 뜻이었다.

다짜고짜 도망가자고 한 자신이 성급한 감이 없잖아 있었지만 그렇다고 그녀가 거부할 줄은 몰랐기에 그의 심기는 영 좋지 못했다. 조금은 억지를 부려도 들어주지 않을까 했다. 그들은 충분히 그러고도 남을 사이였으니까.

잊고 있었다. 자신도 고집이 세지만 소니도르도 만만치 않은 고집불통이란 걸.

저렇게까지 나온다면 억지로 끌고 가는 것밖에 답이 없나. 강압적인 방법만큼은 쓰고 싶지 않았는데. 지오르지오가 이러저러한 생각으로 골머리를 앓고 있을 때 테라스 밖으로 밀려났던 하기스가 커튼을 젖히고 빼꼼 얼굴을 내밀었다. 그리고 소니도르의 도와 달라는 눈빛을 읽고 빙긋 웃으며 그녀의 손목을 붙잡고 이끌었다. 한쪽 눈을 상큼하게 찡긋거리는 건 덤이었다.

"내 다리를 걷어찼다고 해서 부끄러워하지 않아도 돼. 그래서 계속 테라스 밖으로 나오지 못한 거야? 나의 아기 고양이는 귀엽기도 하지."

아냐. 그거 아니에요! 캐릭터 틀렸다고요!

너무 경악해서 입도 뻥긋하지 못하는 사이에 어느새 그의 손길에 이끌려 연회장 중앙부까지 질질 끌려오게 되었다. 소니도르는 넋이 나간 얼굴로 발을 기계적으로 놀리다가 이내 땅이 꺼져라 한숨을 내쉬며 손에 얼굴을 파묻었다.

연기 잘한다고 좀 칭찬해 주니까 막판에 가서 이게 뭐란 말인가. 아기 고양이라니. 대체 지오에게 무슨 변명의 말을 해야 할지 감도 잡히지 않았다. 그녀는 자신의 입가를 틀어막으며 웅얼거리듯 물었다.

"대체 키……, 그, 그러니까 그건 어떻게 안 거예요?"

"흐음, 그냥 지금쯤이면 해 봤겠다 싶어서. 반쯤 찔러본 말이었는데 맞았나 봐?"

애초에 별생각 없었던 마르멜에게 키스를 부추긴 것도 하기스였다. 그가 태연자약하게 거짓말을 뱉으며 빙긋 웃자 그녀는 새빨갛게 달아오른 얼굴로 말을 더듬거렸다.

"아, 아, 아니거든요? 그냥 지오 앞에서 쓸데없는 말 할까 봐 그런 거였거든요?"

"그래그래."

"듣고 있어요?"

그가 건성으로 답하며 머리를 쓱쓱 쓰다듬자 소니도르는 다시 발을 헛디딘 척 구두 굽으로 그의 발등을 짓밟았다. 내가 만지지 말랬죠? 그녀가 아무에게도 들리지 않게끔 귓가에 속삭였다. 의원은 소리 없는 비명을 지르며 창백하게 질린 얼굴로 한참을 부들부들 떨어야만 했다.

"그래서 대체 지오한테는 왜 그랬어요? 일부러 그런 거 다 알아요."

"뭐, 남남이라 해도 그간 정이라도 든 모양이지. 팔은 안으로 굽는 법이거든."

"무슨 소리래. 돌려 말하지 마요."

"그냥 딱 봐도…… 넌 모르겠어?"

딱 봐도 알겠으면 눈치 없는 저를 위해서라도 좀 더 자세하게 설명해 보지 그래요? 왠지 자신을 무시하는 것 같은 발언에 소니도르가 꿍얼거리며 답하자 하기스는 놀란 듯 잠시 눈을 동그랗게 뜨다가 이내 작게 간지럽다는 듯한 미소를 지었다.

웃음을 꾹 눌러 참는 표정이었는데, 적어도 사람들의 시선을 생각해서 아까처럼 시원스레 터트리지 않은 게 다행이라면 그나마 다행이었다.

"다른 건 눈치 빠르면서 이런 부분에서만 둔한 거야? 이거 좀 불쌍해지는데……."

"뭐가요?"

"아니, 아무것도."

"계속 얼버무릴 생각이면 말을 꺼내질 말든가."

왜 자꾸 제 안의 폭력성을 시험하시는 거죠. 그녀가 드레스 자락을 움켜쥔 주먹을 부르르 떨고 있을 때, 장난스러운 얼굴로 싱글벙글 웃던 그가 돌연 얼굴을 굳히며 매우 진지한 얼굴로 속삭였다.

“흐음, 아니다. 한 가지는 확실히 알겠어.”

왠지 불안하긴 하지만 드디어 말해 줄 생각이 든 모양이었다. 소니도르도 덩달아 심각한 얼굴이 되어 귀를 바짝 붙이며 그의 뒷말을 기다렸다.

“엉덩이 근육이 예쁘게 잡혔더라.”

“…….”

“진짜 장난 아니야. 사과같이 탱글탱글 탐스럽게…….”

“그만.”

저 말을 지오르지오가 들었으면 황태자의 모습이고 나발이고 하기스는 오늘 이 자리에서 명을 달리했을 것이다. 됐어. 변태 의원에게 진지한 대답을 바란 내가 잘못이지. 그녀는 급격하게 피로가 몰려오는 것을 느끼며 진심으로 마르멜이 깨어나기를 바랐다.

짙은 어둠이 내려앉자 산들거리던 봄바람도 제법 매서워졌다. 윙윙 귓가에 스치는 바람과 테라스까지 닿은 나뭇가지가 바람에 부대끼는 소리를 들으며 지오르지오는 가만히 밤하늘을 응시했다.

여전히 황궁의 공기는 염증이 날 정도로 울렁거렸지만, 적어도 장막 하나를 사이에 두고 연회장과 단절된 이 공간은 제법 있을 만했다. 시끄럽고 인위적인 연회 음악보다 자연의 소리에 더 가까웠기 때문이었다.

차라리 산적들이나 토벌하는 게 속 편하지. 그는 눈가를 문지르며 속으로 중얼거렸다.

“혼자가 되길 기다렸어요.”

그는 천천히 시선을 내렸다. 그리고 이게 뭔가 싶은 얼굴로 자신의 공간에 멋대로 침입한 여자를 응시했다. 그는 반사적으로 한숨을 삼키며 앞머리를 거칠게 쓸어 올리다가 이내 싸늘한 눈빛으로 그녀를 내려다보다가 천천히 입술을 열었다. 일말의 감정조차 담겨 있지 않은 말투였다.

“약혼까지 한 영애께서 외간 남자를 기다리고 있었다는 걸 참 당당히도 말씀하시는군요.”

혼자만의 시간을 방해받는 기분은 불쾌했다. 그것도 불과 얼마 전에 좋아하는 여자에게 노골적인 거부를 받은 상황이었다면 더더욱. 똥은 더러워서 피한다고들 하던가. 지오르지오는 지나가던 벌레를 보듯 이사벨라를 무심하게 응시하다가 이쪽에서 먼저 자리를 뜨기 위해 기대있던 난간에서 몸을 떼어냈다.

“제가 말씀드린 제안 생각해 보셨어요?”

“들을 가치도 없습니다만.”

“글쎄요. 이번엔 생각이 달라지실걸요.”

“달라질지 말지는 제가 판단합니다. 그럼.”

하지만 그가 이사벨라를 채 스쳐 지나가기도 전에, 의기양

양하게 뱉어진 말에 발길을 붙들리고 말았다.

"당신의 그녀가 위험해질지도 모르는 일인데도요?"

"당신의 그녀?"

"시치미 떼시긴."

그녀의 탐스러울 정도로 새빨간 입술이 둥글게 곡선을 그렸다. 위험해질지도 모르는 일. 무슨 뜻으로 저런 말을 꺼냈는지는 모르겠지만, 네가 협력하지 않으면 내가 위험하게 만들 생각이라는 것처럼 들렸다. 그는 잠시 걸음을 뚝 하고 멈춘 채 무서울 정도로 가라앉은 눈빛으로 그녀를 내려다보았다. 남자였다면 진즉 멱살을 붙잡고 틀어쥐었을 만치 험악한 분위기였다.

"……무슨 짓을 할 생각이지."

"제 말을 따르면 그쪽에게 손해가 될 일은 없을 거예요."

"제대로 설명하시죠. 저는 지금 마지막으로 묻는 겁니다."

서릿발처럼 차가워 보이는 자색 눈동자가 정확히 이사벨라를 응시했다. 뚝뚝 끊어지는 어투에는 미처 숨기지 못한 살기가 스며 있었다. 잠시 저도 모르게 흠칫 뒷걸음질을 친 그녀는, 겁먹을 필요가 전혀 없다는 것을 상기하고는 다시 당당하게 고개를 치켜들었다. 지금 저자세로 나와야 할 건 제 주제를 모르는 저 천하디천한 장인이었다.

"당신이 원하는 걸 알아요. 제가 이루어 드리죠."

역시 들을 가치도 없는 헛소리였다. 원하는 걸 정말 이루어 줄 수 있다면 아르케 제국 황족, 귀족들을 하나도 남김없이 몰살시키고 스스로 자결하지그래. 한창 연회 중인 황궁에 불을 지르고 피의 축제를 벌이는 것도 나쁘지 않겠다. 왠지 대꾸하는 것조차 귀찮아진 지오르지오는 피식거리는 비웃음으로 회답한 뒤 그대로 등을 돌렸다. 하지만 이사벨라는 당황해하는 기색 없이 회심의 미소를 지으며 그의 등에 대고 말했다.

"꿈 장인과 함께 황궁을 벗어나게 해 드릴 수 있어요. 영원히 자유를 보장해 드리죠."

"지금 본인이 무슨 얘기를 하고 있는지나 아십니까. 제가 진정 그걸 원한다 하더라도 그쪽의 도움은 필요 없습니다."

"그럼 이렇게 말하면 얘기가 달라지겠습니까. 반란군 수장 지오르지오."

"……."

그의 걸음이 완전히 멎었다. 살짝 열었던 테라스 커튼을 완전히 쳐 낸 뒤 그는 빠르게 등을 돌려 성큼성큼 이사벨라에게 다가왔다. 지오르지오는 그녀가 놀라 뒷걸음질을 치다가 난간에 등을 부딪칠 때까지 바짝 다가온 뒤 입술을 달싹였다. 하지만 차마 말을 꺼내지 못하고 거친 숨만 몰아쉴 뿐이었다.

대체 어디서 정보가 샜지? 자신이 잠시 자리를 비운 사이에 내부에 첩자가 새로 심기지 않은 한 절대 샐 리 없는 정보였다. 목에 칼을 들이대도 절대 입을 열지 않을, 믿을 만한 단원들로만 구성되어 있었으니까. 혁명군과 관련이 없는 사람 중에서 유일하게 이 정보를 알고 있는 건 소니도르였지만, 그녀는 절대 함부로 입을 놀릴 리 없는 인물이었다. 그 점에 대해선 의심의 여지가 없었다.

"지금 당신이 저에게 그렇게 고압적인 태도를 보일 위치가 아니라는 걸 이제 잘 알겠지요."

이사벨라의 미소가 짙어지자 잠시 그녀를 내려다보던 지오르지오의 입꼬리도 서서히 삐딱하게 기울여졌다. 그는 놀랍게도 웃고 있었다. 언제 당황하기라도 했느냐는 듯 그녀의 한쪽 뺨을 부드럽게 감싸 쥐면서 낮게 끅끅 하고 웃음을 터트렸다. 고막을 긁작거리는 것처럼 소름 끼치는 음성이었다.

"내가…… 그 말을 들으면 빌빌 기기라도 할 줄 알았던 모양이야."

"뭐?"

"본의는 아니었지만, 손목에 아주 훌륭한 폭탄도 달고 있는데. 연회장 한가운데서 자폭 테러라도 일으킬 거라는 생각은 못 해 봤어?"

그가 손목에 찬 아티팩트를 마치 뺄 것처럼 만지작거렸다.

저급하긴. 이사벨라는 눈가를 가늘게 좁히며 입술을 달싹였다.

"듣던 대로 아주 호전적이군요. 하지만 그런 짓을 하면 꿈 장인이 어떻게 될지 모를 리 없을 텐데요."

"같이 신의 품으로 돌아가겠지. 죽어서도 만날 수 있을 거야. 내가 샅샅이 뒤질 거니까."

"……."

이런 미친놈을 다 봤나. 이사벨라는 저도 모르게 속으로 상스러운 소리를 중얼거리고 말았다. 뭐가 이렇게 극단적이야? 반란군 수장인 걸 들켰으니 죽음이라니, 그 전에 꿈 장인과 도망갈 수 있게 도와줄 거라는 떡밥을 던졌건만 파랑 장인은 타협이라는 것을 모르는 것 같았다. 그녀는 정신 나간 소리를 진지하게 지껄이는 지오르지오를 잠시 질린 얼굴로 응시하다가 그의 보라색 눈동자가 살짝 흔들리는 것을 재빠르게 잡아채고는 씩 웃었다.

아닌 척해도 평정을 잃을 정도로 그녀가 걱정되는 모양이었다.

"뭐, 백문이 불여일견이라 하지 않겠습니까. 생각할 시간을 드릴 테니 자세한 이야기는 내일 다시 말씀드리지요. 전 모두를 구할 방법을 당신에게 제안할 겁니다."

"그럴 일 없어."

"우리의 계획에는 그대의 도움이 필요합니다. 당신은 아주 큰 전력이 될 거예요."

이사벨라는 제 얼굴에 닿은 손을 거칠게 쳐 내며 말했다.

❦

"하, 다시 잠든 건가."

처음이야 상황을 파악하기까지 많은 시간을 허비했다지만, 수없이 반복한 지금은 단박에 알 수 있었다. 하늘이 무너지는 것과 동시에 채워진 하늘, 흔적도 없이 사라진 소니도르, 여전히 꿈속에서 같은 말을 반복하며 시끄럽게 떠들어 대는 기억의 잔재. 깨어나지 못한 채 끝없이 잠들었을 때와 똑같았다.

마르멜은 아무리 시간이 지나도 깨어날 기미를 보이지 않자 애먼 소파를 걷어차며 작게 중얼거렸다.

"젠장. 꼴사납군."

아직 약속한 어느 것 하나 제대로 이루지 못했다. 지켜 주겠다고, 영원한 자유와 평화를 누릴 수 있게 해 주겠다고 당당하게 선언한 지 얼마나 됐다고 바로 이런 꼴이라니. 대체 이 약해 빠진 정신머리는 언제쯤 낫는 거란 말인가. 하필 귀족들과 장인들이 한자리에 모인 연회 도중이라 소니도르가 지금 얼마나 당황했을지 보지 않아도 눈앞에 선했다. 앞장서서 도움을 주기는커녕 늘 피해만 주고 있으니 점점 그녀를 볼 면목이 없어졌다.

이대로 다시 잠들어 버린 거라면 언제쯤 다시 깨어나게 되는 걸까. 저번에는 운이 좋게 잠든 걸 다른 이들에게 들키지 않았지만, 이번에도 그런 천운이 있으리란 법은 없었다. 저번처럼 아프다는 핑계를 댄다고 해도 아마 소용은 없을 것이다. 마르멜에게 걸린 저주를 전적으로 책임지고 있다고 알려진 소니도르에게 피해가 갈 테니까. 만약 대역을 세운다고 해도 들키는 날에는 일이 얼마나 꼬일지 상상만 해도 머리가 다 지끈거렸다.

지금 현실에선 상황이 어떻게 흘러가고 있는 거지.

"……."

어떻게든 움직여야 했다. 홀로 꿈속에서 뭘 어떻게 해야 하는 건지 막막하기만 했지만, 동화 속 공주님처럼 이대로 소니도르가 다시 찾아올 때까지 기다릴 생각은 없었다. 전적으로 의지한 건 저번 한 번으로도 충분했다. 무슨 수를 써서라도 다시 깨어나기 위해 노력해야지. 마르멜은 팔짱을 낀 채로 비스듬히 서서 자신의 어머니를 응시하다가 이내 등을 돌렸다. 마치 작은 균열이 생긴 틈에 조금만 힘을 가해도 손쉽게 쪼개지는 것처럼, 처음은 서서히 그러다 얼마 지나지 않아 순식간에 기억이 돌아오고 있었다.

소니도르의 말대로 일단 잊어버렸던 기억의 조각을 하나하나 모아서, 모든 기억을 되찾으면 깨어날 수 있는 걸까.

지체할 시간이 없다고 생각했는지 마르멜은 거침없이 걸음을 옮겼다. 그러자 자신의 어린 시절 모습을 한 기억의 잔재 하나가 제 뒤를 졸졸 쫓아오기 시작했다.

'쫓아오는 게 아니라 그냥 과거에 이 길을 걸었을 뿐이겠지만.'

그는 제 앞을 통과해 지나쳐 가는 어린 시절의 자신을 무심히 응시하다가 그 뒤를 쫓았다. 사색이 되어 마치 쫓기듯이 달려가는 모습이 굉장히 거슬렸다. 자세히 보니 무슨 일을 겪은 건지 옷자락에 핏자국까지 묻어 있었다.

거짓된 애정에 울고 웃고 괴로워하는 자신의 과거는 어느 하나 남겨 두지 않은 채 송두리째 도려내고 싶은 심정이었다. 하지만 제 마음이야 어떻든, 지웠던 기억을 다시 찾는 과정을 거쳐야 깨어날 수 있었다.

'이젠 아무래도 상관없지만.'

괴로워할 여유가 없었다. 절대 그녀만큼은 이 손에서 놓지 않겠다고 결심했으니까.

마르멜은 복도 끝까지 달려 나가다가 어둠에 잠겨 사라지는 잔재를 따라 걸음을 옮겼다.

끝없이 길게 이어진 복도를 걷다 보니 멀리서 코끝을 간질이는 피비린내가 맡아졌다. 그는 아무것도 보이지 않는 어둠을 더듬다가 결국 눈을 감고 오로지 후각에만 의존해서 앞으로 나아갔다. 시각을 제외한 모든 감각이 예민한 점이 때론 유용하기도 해서 가끔 이런 식으로 쓰이고는 했다. 마르멜은 한참을 거침없이 걸어가다가 피 냄새가 점점 짙어지자 살짝 콧잔등을 찌푸리며 뚝 걸음을 멈췄다. 지독하게 비린 피 냄새와 함께 시체 썩는 냄새가 조금 나는 것 같았다.

그는 천천히 고개를 내렸다. 어둠에 적응된 눈을 깜빡이자 고급스러운 문양이 음각된 커다란 상자가 내려다보였다. 상자에 난 작은 구멍 틈에서 끊임없이 벌레들이 기어 나오고 있었다. 시체 썩은 냄새의 출처는 생각할 것도 없이 이 상자에서 나오는 것이었다. 마르멜은 그것을 빤히 내려다보다가 고개를 기울이며 중얼거렸다.

"흐음, 이건 잊어버린 기억이 아닌데."

어린 날에 어찌나 충격적이었는지 저 잘린 목은 아직도 생생히 기억하고 있었다. 핏기 하나 없이 새파랗게 질린 피부, 괴이하게 확장된 동공과 빠진 턱으로 인해 크게 벌어져 덜렁거리는 입, 구멍이란 구멍에 짙게 묻어 있는 핏자국. 무려 아버지가 친히 처분한 뒤 상자에 곱게 담아 보내 준 시종의 얼굴이었다. 아무도 믿지 말라고 그렇게 말해도 들어 먹을 생각을 하지 않는 미련한 아들을 위해 직접 행동으로 보여 준 것이다.

잘 기억나진 않았지만, 드문드문 생각나기에는 아마 시종은 자신을 남동생처럼 아껴 주었던 것 같았다.

황제가 심심하면 아무나 죽이고 보는 쾌락 살인마가 아니라는 걸 인정한 지금, 돌이켜서 생각해 보면 저 시종도 황후와 어떻게든 연관이 있는 것 같지만 말이다. 본인도 모르는 새에 휘말려 반역에 가담했을지도 몰랐다. 불쌍하게도.

'쾌락 살인마는 아니더라도 미친 건 확실하지만.'

마르멜이 천천히 허리를 숙여 상자를 건드리자 갑자기 순식간에 시야가 뒤바뀌었다.

"우욱!"

눈앞에 반전된 환상이 일렁이고 심한 울렁증이 일었다. 누가 뇌를 쥐어짜고 짤짤 흔드는 것 같은 기분이었다. 그는 제 입을 틀어막으며 헛구역질을 하다가 어느 정도 속이 가라앉자 고개를 들었다. 분명 아까까진 프리지아 궁 복도를 걷고 있었는데 지금은 또 본궁에 위치한 자신의 처소였다. 마르멜은 여전히 좋지 않은 속을 손바닥으로 쓸어내리며 주변을 돌아보았다. 분명 어디로 보나 어린 시절 지냈던 처소가 맞았지만, 곳곳이 검게 침식된 배경이나 마치 녹이 슨 것처럼 검붉게 물든 벽지 같은 건 자신의 기억과 달랐다.

그는 삐걱거리며 흔들리는 샹들리에를 올려다보며 눈가를 가늘게 좁혔다. 깜빡이는 불빛 때문에 사물의 그림자가 마치 살아 꿈틀거리는 것처럼 보였다. 시종의 머리가 담긴 상자는 여전히 바닥에 덩그러니 놓여 있었고. 어째 점점 더 상황이 악몽 쪽에 가까워지는 것 같은데 제대로 가고 있는 게 맞는 걸까.

그러고 보니 전에 소니도르에게 내면 깊게 들어갈수록 깨어날 확률이 높아진다고 들은 것 같기도 하다. 마르멜은 찬찬히 주변을 살피다가 침대 옆에 세워 둔 검을 집어 들었다. 잠든 상태에서 죽기라도 하면 심연보다 깊은 곳에 빠지게 된다고 그녀가 열변을 토하던 게 떠올랐기 때문이다. 그때는 죽든 말든 상관없다고 생각했지만, 지금은 자신이 죽게 되면 남겨진 사람들이 어떻게 될지 뼈저리게 깨닫고 있었다. 이미 충분히 폐를 끼쳤는데 여기서 더 상황을 최악으로 치닫게 할 수는 없었다. 그는 검집에서 검을 단숨에 뽑아낸 뒤에 침대에 걸터앉아 발끝을 까딱였다. 뭐든 나타나기를 기다리는 중이었다.

"흑, 흐윽."

어린 짐승이 작게 흐느끼는 소리가 들렸다. 마르멜은 벽에 웅크린 채 연신 토악질을 하는 작은 아이를 응시했다. 기억의 잔재는 여전히 옷자락에 핏자국을 점점이 묻힌 채였다. 아이는 아버지, 아버지 하고 부르며 피멍이 든 손으로 문을 쾅쾅 주먹으로 두들기다가 다시 헛구역질하다가 눈물을 터트렸다. 멍하니 허공을 응시하며 작은 소리로 뭐라 중얼거리기도 했다. 아무리 좋게 봐 줘도 충격을 받아 정신이 반쯤 나간 것 같은 모습이었다.

이런 일도 있었던가. 마르멜은 천천히 자리를 딛고 일어나 자신의 어린 시절 앞에 쭈그려 앉았다. 의식하지 못하는 새에 넋이 나가 울고 있는 아이에게 천천히 손을 뻗었다. 그리고 손가락으로 눈가를 훑어 주었지만, 환상일 뿐인지라 얼굴을 통과할 뿐이었다.

"……."

그는 착잡한 표정으로 물기 하나 묻지 않은 손을 가만히 내려다보다가 곧 한숨을 내쉬며 제 눈가를 문질렀다. 얼마나 그러고 있었을까, 열린 창틈 너머로 청명한 새소리가 들려왔다. 마르멜은 천천히 고개를 들었다. 어린 마르멜도 그 소리를 들은 것인지 창 너머를 빤히 응시하다가 피멍으로 울긋불긋 물든 자신의 손을 내려다보고 바람 빠지는 소리를 내며 웃었다. 앳된 얼굴과 전혀 어울리지 않는 자조적인 웃음이었다.

그는 천천히 허리를 펴고 자리에서 일어났다. 그리고 비틀거리는 걸음으로 창을 활짝 열어젖히는 듯한 행동을 보였다. 기억의 잔재일 뿐이라 손이 창을 통과하는 모양이었다. 마르멜은 그를 따라 일어나 어린 자신을 위해 창문을 열어 주었다. 창밖을 내다보니 하늘은 소니도르의 영역을 벗어났기 때문인지 꿈의 주인인 마르멜의 영향을 받아 온통 새까맸다. 별 하나 뜨지 않은 칠흑같이 어두운 밤이었다. 하지만 여전히 어디선가 '찌르르' 하는 새소리가 귓가를 두드렸다.

"새야. 이 쓸모없는 살과 뼈를 짓이겨 날개로 만들 수는 없겠느냐."

어린아이는 창밖으로 손을 뻗으며 중얼거렸다. 창틀에 완전히 상체를 기댄 채였다. 마치 떨어질 것처럼 바닥에서 달랑거리는 다리가 불안했다. 금방이라도 뛰어내릴 듯이 왼쪽 다리를 박찼다가, 오른쪽 다리를 박찼다가 하면서 더 멀리 손을 뻗으려고 했다. 불쾌했다. 토기가 아직 채 가시지 않은 것 같았다. 마르멜의 얼굴이 더는 구겨질 수 없을 만치 일그러졌을 때쯤 계속 예쁜 목소리로 울며 주변을 맴돌던 새 한 마리가 어린 아이 손가락 위에 살포시 앉았다. 그와 동시에 아이의 입가에 더없이 맑고 새하얀 웃음이 피어올랐다.

어린 마르멜이 발을 헛디딘 것도 동시에 일어난 일이었다. 여린 몸이 창문 밖으로 끝도 없이 추락하자 놀란 마르멜이 손을 뻗었지만, 옷자락을 붙잡기도 전에 그대로 통과하고 말았다. 허공에 헛손질한 셈이었다. 그는 완전히 사라져 없어져 버린 기억의 잔재의 흔적을 찾으며 거친 숨을 몰아쉬다가 이내 냉정함을 되찾았다. 자살 기도를 한 것도 아니고 멍청하게 발을 헛디뎌 창밖으로 떨어진 것 아닌가. 동요할 필요 없었다.

마르멜은 소니도르가 이 장면을 보지 않은 게 천만다행이라 생각하며 중얼거렸다.

"용케도 살아남은 모양이군."

이러다가 기억을 잃은 건가.

그는 굳은 표정으로 창문을 닫아 버리기 위해 손을 뻗었다. 그런데 눈높이가 아까와 확연하게 달라졌다. 눈 깜짝할 새에 일어난 일이었다. 마르멜은 자신이 까치발을 해야 겨우 창문을 닫을 수 있다는 걸 깨닫고 황당한 얼굴로 자신의 몸을 내려다보았다. 눈치챌 새도 없이 몸이 순식간에 어려졌다. 굳이 비유하자면 아까 보았던 기억의 잔재와 비슷한 몸 크기인 것 같았다. 자각하고 나자 왼손에 무리 없이 쥐고 있던 검이 갑자기 어깨를 끊어 낼 것처럼 무겁게 느껴지기 시작했다. 그는 바닥에 질질 끌리는 검을 그만 놓쳐 버리고 말았다.

왜 갑자기 아이가…….

"가지가지 하는군."

점입가경이었다. 꿈속에서 내 몸이 어려질 수도 있는 거냐고, 이게 대체 무엇을 뜻하는 건지 묻고 싶었지만 정작 물어볼 사람이 없어서 답답하기만 했다. 혼자서 돌아다니니까 제 꿈인데도 불구하고 이토록 난해할 줄이야. 마르멜은 옆에서 재잘재잘 떠들어 대던 소니도르의 소중함을 절절히 깨달으며 재빨리 검을 다시 고쳐 쥐었다. 여전히 어린아이의 몸으로는 무겁기만 해서 바닥에 질질 끌렸지만 말이다.

어릴 때 쓰던 검이 어딘가에 있을 텐데.

그가 등을 돌리자 시종의 머리가 담긴 상자는 순식간에 화장된 뼛가루처럼 곱게 흩어지더니 산화되어 하늘로 흩어졌다. 머리 담긴 상자가 소스라도 되는 모양인지 동시에 커다란 굉음과 함께 저번처럼 지진이 일었다. 건물이 크게 뒤틀리는 소리가 들렸다.

꿈의 주인이 제멋대로 헤집고 다녔기 때문일까. 소니도르가 없으니 훨씬 더 빠르게 자신의 내면에 깊숙이 파고들어 갈 수 있었다. 하지만 모든 게 순식간에 휙휙 바뀌는 바람에 정신이 하나도 없었다. 어째 그녀와 함께했을 때와는 느낌이 전혀 다른 것 같았다. 일단 내면 깊은 곳으로 가는 건 확실한 것 같은데 이게 정말 해결되는 방향인 건지. 아니면 도리어 악화되는 건지 파악하기 힘들었다.

"읏!"

위험을 감지한 마르멜이 반사적으로 바닥에 몸을 웅크리는 것과 동시에 바로 지척에 있던 창문이 쨍강 하고 깨어져 나갔다. 유리의 잔해가 등 위로 쏟아져 내리는 게 느껴졌다. 정신없이 위아래로 흔들리는 와중에 그는 뭔가 점점 가까이 다가오고 있는 것을 느끼며 눈가를 찌푸렸다. 지진의 소리와는 분명 또 다른 쿵, 쿵 하는 발걸음 소리가 지축을 울렸다.

이번엔 소니도르가 공룡의 모습으로 꿈속에 들어오기라도 한 건가.

중심을 잡으며 앞으로 향하다가 마르멜은 결국 손바닥에서 피를 보고 말았다. 그는 잠시 멈칫하고 단풍잎 같은 손바닥을 내려다보다가 이런 상황에서 갑자기 피식 웃음이 새어 나오고 말았다. 소니도르가 보면 분명 한 소리 하겠다는 생각이 들었기 때문이었다. 제 몸 좀 제발 소중히 여기라고 대들던 모습을 상상하고 있을 때였다. 그 순간 지축을 뒤흔들던 지진이 서서히 잠잠해지더니 이내 완전히 멎었다. 그제야 그는 몸을 제대로 일으킬 수가 있었다.

"음?"

그는 유리 조각에 찔려서 피를 철철 흘리는 손바닥을 한 번, 천장을 한 번 번갈아 응시하며 고개를 기울이다가 이내 어깨를 으쓱였다. 그리고 침대 밑에 넣어 둔 상자를 뒤적거려 어린 시절에 쓰던 검을 찾아냈다. 뭉게뭉게 일어나는 먼지 때문에 한바탕 기침을 토해 낸 마르멜은 불만스러운 얼굴로 어린이용 검을 내려다보았다. 이 이쑤시개 같은 걸로 뭘 어쩔까 싶었지만 그래도 없는 것보다는 낫겠지. 그래도 검날은 제법 날카롭게 벼려져 있었다. 그는 가볍게 검을 휘둘러 보고는 옷을 털고 일어나 방 밖을 나섰다. 그리고 주변을 둘러보며 쿵쿵거리는 소리를 향해 짧은 다리로 열심히 걸음을 옮겼다.

마르멜은 짙은 침묵에 휩싸인 복도를 걷다가 귓가에 또렷하게 울리는 이명을 듣고 잠시 미간을 찌푸렸다. 지끈거리는 머리를 붙잡고 열심히 소리를 따라 발걸음을 놀리다 보니 도착한 곳은 황제 집무실 앞이었다. 집무실에 가까워질수록 쿵쿵거리던 소리는 오히려 점점 멀어지는 듯하더니 이젠 아득히 먼 곳에서, 심장박동 소리보다 작게 들려왔다. 마르멜은 문을 앞두고서 잠시 머뭇거리는 기색을 보였다. 원래의 몸이라면 아무리 위험한 게 튀어나오더라도 어떻게든 해결해 볼 수 있을 텐데 이런 몸이어서야 도망가는 게 고작일 것이다.

어린 몸이라는 건 예상보다 더 불편했다. 이러니까 과거에 속수무책으로 당하기만 했지. 과거부터 뼛속 깊이 자리 잡은 세뇌 때문에, 몸이 어느 정도 크고 나서도 반항 한번 제대로 못 하고 무기력하게 잠들었던 건가 싶기도 했다.

"……."

하지만 역시 이러고 가만히 서 있는다고 해서 해결되는 건 아무것도 없었다. 그는 망설이는 것도 잠시 영 손에 익지 않은 어린이용 검을 던졌다가 받은 뒤에 단박에 문을 열어젖혔다. 뭐가 튀어나와도 바로 대응할 수 있게 잔뜩 긴장하고 있었으나 문 너머는 깜깜한 암흑이었다. 그는 심장박동처럼 쿵쿵거리는 소리를 따라 성큼성큼 앞으로 발걸음을 옮겼고, 그러자 뒤편에 있던 문의 경첩이 삐걱거리더니 이내 완전히 닫혀 사라졌다.

갇힌 건가.

마르멜은 잠시 걸음을 멈춘 채 묵묵히 시야가 어둠에 익숙해지기를 가만히 기다렸다. 그러고 보니 예전에도 이랬던 적이 있었던 것 같은데. 갑자기 칠흑 같은 어둠이 피어올라서 소니도르와 단둘이 한 치 앞도 보이지 않는 공간에 갇힌 적이 있었다. 그때가 아마 미어캣과 함께했을 때였던 것 같았다. 아니, 호랑이였나. 이곳에서 어머니, 외숙부와 관련된 기억의 잔재를 본 것도 같은데. 그는 살짝 인상을 찌푸렸다. 잔재가 무슨 대화를 나눴었는지 열심히 기억을 더듬어도 어느 순간부터 뚝 하고 끊긴 것처럼 순식간에 흐리멍덩해져서 잘 기억나지 않았다.

소니도르가 말한 지웠다는 기억이 바로 이 기억인 모양이었다.

아마도 외척 가문의 반역과 관련된…….

"큭!"

그때 갑자기 뇌를 직격으로 얻어맞은 것처럼 엄청난 격통이 밀어닥쳐 마르멜은 바닥으로 쓰러지고 말았다. 자해하지 말라는 소니도르의 충고고 나발이고, 너무 아파서 머리가 새하얗게 비워지는 것 같았다. 그는 입안을 물어뜯으며 손톱으로 바닥을 긁어 내렸다. 손톱이 벗겨지고 뜯어져 피가 철철 흘렀지만, 그보다는 두통이 더 극심했다. 숨을 쉬는 것조차 곤란할 정도로 아주 끔찍한 고통이었다. 잠시 후 그는 몸을 동글게 만 채로 거친 숨을 몰아쉬었다.

"하아, 하아……."

입가가 피범벅이었다. 역시 소니도르가 찾아오기 전에 혼자 돌아다니길 잘한 것 같았다. 여러모로 꼴사나운 모습을 보일 뻔했으니까. 마르멜은 흘러내리는 피를 옷자락으로 대충 벅벅 닦아 낸 뒤에 눈동자를 데굴 굴렸다. 몸이 어려지는 바람에 일어날 기력조차 없어서 잠시 누운 채로 호흡을 고르고 있는데 얼마 지나지 않아 기억의 잔재가 나타났다. 저 기억을 떠올리느라 이렇게 끔찍하게 아팠던 건가. 연기처럼 피어오르는 그것을 보며 마르멜은 탐탁지 않은 시선으로 눈가를 가늘게 좁혔다.

그런데 이번에는 수많은 기억이 동시 다발적으로 생겨났다. 그중에는 황후 아우디케도 있었고, 그의 외숙부도 있었으며, 한때 진실한 사랑이라고 믿었던, 기억 속에 아스라이 지워 내버린 금발의 소녀도 있었다. 그리고 그것들이 동시다발적으로 떠들어 대기 시작했다.

"사랑?"

"폐하의 전횡은 아주 끝도 없군요. 영원히 우리에겐 기회 따윈 주어지지도 않을 겁니다. 아니, 애초에 그럴 생각이 있기라도 하신가? 정말 개라도 된 기분이야. 제국을 위해 이 한 몸 바친 내게 라이젤 가드가 가당키나 하다고 생각해? 말해 봐, 아우디케."

"무사했구나, 나의 오제트."

"멍청하긴. 정말 처음부터 끝까지 어리석기 짝이 없구나."

"그 '때'가 대체 오기라도 한답니까? 마마."

"이미 폐하께선 네게 한 번의 기회를 주셨다. 이번에도 일이 잘못되면 너뿐만 아니라 우리 가문 전체가 위험에 처할 거다. 참고 인내하고 기다리라고 그리 이르지 않았느냐. 때를 기다려라. 때를."

"사랑이라면 사랑이죠."

"그런 사사로운 것에 얽매여 있다가 누이 말처럼 호른 가 꼴이라도 날 작정이오? 나는 더는 미룰 수 없다고 확신해. 지금이 바로 그 '때'야. 하지만 걱정하는 누이의 마음도 이해가 가지 않는 건 아니니 마마의 말대로 즉위식까지는 기다려 보도록 하지."

"샨, 내가 그를 다시 만나 볼 수 있을까."

"저는 그를 사랑해요."

"호른 가문이 어찌 됐는지 넌 보지 못한 게냐. 어쩜 이리도 참을성이 없어. 이러다가 볼론타 가문까지 멸문당하면 우리는 큰 지지 기반을 잃게 되는 거다. 볼론타 가문의 영애가 황자의 마음을 얻고 약혼을 약속받을 때까지 기다려야 해."

"가능하리라 생각하십니까? 지금으로선 그도 우리도 무탈하지만, 한동안 언동을 조심하시는 편이 좋습니다. 적어도 모든 계획이 차질 없이 진행되리란 확신을 얻게 될 때까지."

"……그래. 네 말이 맞다."

뭐라는 거야. 마르멜은 파도처럼 밀려오는 기억들과 소음이 가시기를 기다리다가, 뒤죽박죽 섞여 버린 잔재 하나하나를 다시 찬찬히 살피기 시작했다. 기억의 잔재들은 대체로 계속 같은 말을 반복했기 때문에 인내심을 가지고 가만히 듣다 보면 대화의 문맥을 파악할 수 있었다. 그는 그 기억들을 되새기며 머릿속으로 정리해 나가기 시작했다. 그러자 완전히 기억을 되찾는 것과 동시에 기억의 잔재들이 하나둘씩 사라져 갔다.

지워진 기억 대다수는 어머니와 외숙부가 나눈 대화였다.

반역의 조짐이거나, 혹은 '오제트'라는 낯선 사내에 대한 근황이거나.

'대충 이럴 줄 예상하기는 했지만.'

그는 씁쓸한 웃음을 지으며 한 점 미련 남지 않은 눈빛으로 그들을 응시했다. 이미 죽어 없어진 이들이다. 꾸깃꾸깃 애써 접어 낸 의심을 한구석에 밀어 버린 채로, 억지로 기억을 지워 내고 거짓된 애정을 멋대로 미화해 왔다. 그러니 계속 과거의 헛된 추억과 미련에 얽매여 같은 자리에서 헛바퀴를 돌 수밖에. 세상이 일그러지고, 색이 사라지고, 모두를 볼 수 없게 되고, 앞이 보이지 않을 때까지 계속 그 짓을 반복해 왔다. 기억을 되찾고 나자 그게 얼마나 어리석은 짓이었는지 더욱 뼈저리게 알 수 있었다.

헛웃음이 튀어나왔다. 고작 이런 이들을 위해 모든 이를 얼굴조차 보지 않으려 했던 건가 싶어서.

하나씩 하나씩. 기억을 되찾을 때마다 사라지는 잔재의 틈에서, 마지막으로 남은 것은 환한 미소가 태양을 닮았던 금발의 소녀였다. 그녀는 크림색 드레스를 곱게 차려입고서 마치 어려진 마르멜을 빤히 쳐다보는 것처럼 보다가, 이내 거울 속에 비친 자신을 바라보듯 옷매무새를 정돈하기 시작했다. 그는 천천히 입술을 달싹여 제자리에서 빙글빙글 도는 소녀의 이름을 입에 담아 보았다.

"가브리엘라."

어린 시절, 마르멜은 유독 가녀린 인상의 그녀에게서 어머니의 흔적을 찾고는 했다. 물론 외모와 성격도 전혀 달랐지만, 바람에 날아갈 듯 연약해 보이는 특유의 분위기만큼은 놀랍도록 닮아 있어서. 처음에는 분명 그런 이유로 눈길이 갔던 것 같다. 그리고 어머니에게 받지 못해 늘 굶주려 왔던 애정을 어느 정도나마 상냥하고 다정한 그녀에게서 충족받기도 했다.

"사랑."

한때 조건 없는 친절을 베풀어 주고 부드러운 웃음을 지어 주던 그녀가 사랑스러웠다.

"그래. 난 먼 훗날 황후의 자리에 오를 내 미래를 사랑해."

한쪽으로 머리를 땋아 내린 금발의 소녀가 마치 꿈꾸는 듯한 표정을 지으며 양손을 포갰다. 햇살을 그대로 담아낸 것 같은 따사로운 눈동자가 둥글게 휘어진다. 그녀는 사랑을 운운하며 아득히 먼 곳을 바라보았다. 새하얀 얼굴에서 유독 양 볼만 기대와 흥분으로 붉게 물들어 있었다.

"황태자 즉위식이 얼마 남지 않았어. 그는 성군이 될 거야. 내가 그렇게 만들 테고."

가브리엘라는 잠시 입을 가리며 작게 웃음을 터트린 뒤, 자신의 흐트러진 머리카락을 한쪽으로 가볍게 쓸어 모으며 예쁘게 미소 지었다. 그러자 뒤에서 분주하게 움직이고 있던 시녀들이 향유와 머리 장식을 가져와 재빨리 그녀를 단장해 주기 시작했다. 소녀는 능숙하게 시중을 받으며 반짝 눈을 빛내며 속삭였다.

"정말 사랑스럽지."

아. 마르멜은 짧게 탄식을 흘리며 천천히 이마를 짚었다. 이마에 핏줄이 불거지고 눈꺼풀이 파르르 떨렸다. 그래, 이런 말을 했었지. 기억났다.

저 장면들을 대체 어디서 봤는지 떠올리자, 무차별적으로 쏟아졌던 기억이 제자리를 잡고 완연히 하나의 형태로 완성되기 시작했다.

지금까지 이곳에서 보아 왔던 모든 기억은 전부 두 눈으로 직접 본 것이 아니었다. 한때, 한곳에서 다른 누군가에 의해 억지로 보게 된 것들이었다. 반항하는 자신을 억지로 억누르고 눈앞에 들이밀어진 투명한 영상구. 그곳에 녹화된, 한때 진심으로 사랑했다고 믿었던 이들의 적나라한 대화들. 한 마디 한 마디 가시로 심장을 찔러 내는 것처럼 끔찍했던 그날의 기억. 지독히도 괴로워서 지워 냈던 기억들이 한 잎 한 잎 펼쳐지자, 마치 악몽을 먹고 자란 꽃봉오리가 피어오르듯 마침내 하나의 기억으로 완성되었다.

황태자 즉위식을 얼마 앞두지 않은 날이었다. 황제는 황태자가 되고 나면 자신에게 주어진 운명이 조금이라도 달라지지 않을까, 기대를 품고 있던 마르멜을 불러낸 뒤 영상구를 눈앞에 들이밀고 이렇게 말했다. 네 믿음에 대한 대가가 이런 것이다. 네 멋대로 굴고 나니 이제 만족하느냐. 멍청하긴, 정말 처음부터 끝까지 어리석기 짝이 없구나.

유대에 대해 절대적인 불신을 품게 된 계기가 있다면 아마 그때 이후였을 것이다. 마르멜은 그 이후, 차라리 죽느니만 못한 삶을 살아왔다. 아버지는 이리 나약해서 어찌 제국을 다스리겠느냐 혀를 찼고……. 뭐 이젠 말해 봐야 입이 아플 지경이지만.

황제의 기준에선 사사로운 감정에 휘둘려 현실을 받아들이지 못하는 황태자 따윈 성에 차지 않았을지도 모르겠다.

마르멜은 천천히 고개를 들었다. 쿵쿵쿵. 아득히 멀어졌던 지축을 울리는 발걸음 소리가 다시 서서히 가까워지기 시작했다. 코끼리의 발소리가 아닐까 의심스러울 정도로 땅이 울려서 그는 중심을 잡지 못하고 잠시 비틀거렸다.

그는 상체를 살짝 숙인 채로 먼 곳에서 순식간에 가까워지는 것을 응시했다. 새까만 어둠에 잠식되어 있던 그것이 서서히 모습을 드러내자, 마르멜은 손에 들린 검을 더욱 단단히 움켜쥐었다. 이 세상에 존재하지 않는 생물이지만, 그에게는 지독히도 익숙한 형체.

그것은 목이 없는 드래곤이었다.

"……."

낙원에 있을 땐 수도 없이 베어 넘긴 괴물이었지만, 어려진 그에게는 그 어떠한 땅 위의 존재보다 가장 위협적으로 다가왔다. 저 무식하게 커다란 발에 밟혔다가는 소니도르가 그토록 두려워하던 심연보다 더 깊은 곳에 순식간에 다다르게 될 게 뻔했다.

어둠과 동화된 듯 형체를 잘 알아보기 힘든 새까만 것을 피해 마르멜은 뒷걸음질을 쳤다. 이상하게도 목이 없는 괴물은 아무런 살기도 내비치지 않았다. 저렇게 엄청난 존재감을 가지고 있으며 온몸으로 생명력을 뿜고 있었지만, 한편으로는 죽어 있는 듯 정적으로 보이기도 했다. 그는 망설이는 것을 멈추고 천천히 검을 치켜들었다. 일단 괴물의 행동을 주시하고 일이 틀어지면 발이라도 찌르고 도망갈 생각이었다.

"……윽!"

그때 마르멜은 왼쪽 손등에 극심한 통증을 느끼고 잠시 눈가를 찌푸렸다. 마치 손등을 칼로 내려 긋는 듯했다. 재빨리 손등을 살피자 살점이 벌어지고 퐁퐁 솟아오른 핏물이 이미 손을 새빨갛게 적시고 있었다. 그는 통증에 오만상을 찌푸리면서도 걸리적거리는 핏물을 옷소매로 닦아 내며 손등에 새겨진 상처를 살폈다. 놀랍게도 그곳에는 정갈한 글씨체로 어떠한 문구가 적혀 있었다.

—죽거나, 죽이거나.

어디선가 들어 본 말이었다. 아니 분명 똑똑히 들었다.

—단 한 번이라도 네 믿음에 보답받은 적이 있느냐.

—그 어떤 찬란한 꽃도 세월에 바래면 그 빛을 잃고야 만다.

—다른 누구도 아닌 네 손에 꺾인 꽃은 눈 깜짝할 새 시들어 버리고 말 거다.

—그러니 아무도 믿지 마라. 네 마음 한구석 내비치지 마라.

—죽느냐, 죽이느냐…….

"죽느냐, 죽이느냐. 네가 선택해야 할 길은 두 가지밖에 없다……."

마르멜은 손등을 멍하니 바라보며 기억 속의 목소리를 따라 중얼거렸다. 잠시 눈꺼풀을 닫았다가 뜨자 눈앞에 펼쳐진 건 피의 길이었다. 암흑밖에 보이지 않던 바닥에 붉은빛이 선연했다. 눈이 아플 정도였다. 엉망진창으로 그려진 그 길은 마치 레드 카펫처럼 그가 가야 할 길을 인도하고 있었다. 마치 거부할 수 없는 달콤한 말을 속삭이는 악마와 같았다. 아무것도 볼 수도, 느낄 수도 없어 갈 길을 잃은 그에게 마치 이 길만 따라 걸으라는 듯 말이다.

쿵쿵, 드래곤의 발걸음 소리가 다시 멀어졌다. 마치 마르멜을 죽이기라도 할 것처럼 다가왔던 것이 무색하게도 괴물은 피의 길을 따라 앞으로, 앞으로 걷기 시작했다. 도망가려면 기회는 지금뿐인가. 그는 천천히 자신의 발을 내려다보았다. 이미 발목까지 피에 잠겨 있었다. 발을 들자 끔찍한 냄새를 풍기는 피가 진득하고 신발 밑창에서 늘어졌다. 더러웠다. 이 지독한 냄새는 세월이 흘러도 영원히 지워지지 않을 것 같았다. 잠시 멍하게 풀린 눈을 깜빡인 마르멜이 작게 웅얼거렸다.

"따뜻하네."

이것도 온기에 속하는 건가.

그는 천천히 발걸음을 떼고 드래곤을 따라 걷기 시작했다.

그를 괴롭히는 기억의 잔재들도 이제는 완전히 사라지고 없었다. 소스를 찾아야 할 텐데 나갈 문도 없고, 도망갈 길도 없고. 유일하게 그를 인도하는 길을 따라가면 어디로 향하든 뭐가 나오지 않겠나 싶었다.

그는 계속 걸었다. 그리고 또 걸었다.

⚜

소니도르는 식은땀을 흘리며 어색한 표정으로 마르멜의 손을 놓았다. 그리고 집무실 대신 지하 통로에 완전히 자리를 잡은 황제를 슬쩍 곁눈질했다. 그는 책상에 앉아 사각사각하고 일정한 소리를 내며 순조롭게 서류를 처리해 나가고 있었다. 아무리 위급 상황이라고 해도 처리해야 할 업무가 한둘이 아니라, 여기까지 서류를 가져와 쓰러진 아들 앞에서 일해야 하는 눈물겨운 장면이었다.

서류에 고정된 시선과 능숙한 태도가 아들의 안위는 쥐뿔도 신경 쓰지 않는 것 같았지만.

"으으음."

아무래도 신체적인 접촉을 해야 그의 의식을 붙잡을 수 있을 것 같은데, 황제가 저렇게 당당히 자리를 지키고 있어서 섣불리 행동할 수가 없었다. 지난번에 좀 껴안고 있었다고 허튼 마음 품지 말라는 둥, 마르멜이 날 닮아 훤칠하다는 둥 별별 소리를 다 들었던 일이 머릿속에 두둥실 떠올랐다.

그때 흘끔흘끔 자신을 훔쳐보는 시선을 느끼고 황제가 천천히 고개를 들었다. 그리고 눈이 마주친 것만으로 놀란 다람쥐처럼 흠칫하는 소니도르를 보고 손에 들린 깃펜을 까딱이며 물었다.

"뭐 하는 거지? 어서 시작하지 않고."

"네, 해야죠. 하하."

안아도 되느냐고 새삼 다시 허락을 받을 필요는 없겠지. 이미 다 들켜 버린 마당에.

지체할 시간이 없다고 느낀 소니도르는 소심하게 쭈뼛거리던 걸 멈추고 주먹을 불끈 쥐었다. 그리고 황제가 자신을 빤히 쳐다보든 말든 상관 않고 침대에 올라가 누워 있는 마르멜을 끌어안았다. 그에 대한 감정도 마냥 예전 같지 않은지라 심장이 튀어나올 것 같았지만, 두 눈을 질끈 감고 이건 베개다, 따뜻한 인형이다 생각하니 나름 견딜 만했다.

다시는 능력을 사용할 때 그를 껴안을 일은 없을 줄 알았다. 아니, 그렇게 따지면 애초에 이 지하 통로를 벗어난 순간 다시 되돌아올 일이 없다고 믿었다. 그것도 이번에는 다른 누구도 아닌 황제를 대동하고 말이다.

전과 다른 점이라면, 이번에는 무고한 테리가 엮이지 않았다는 것과 라이젤 가드를 대동한 황제와 한 공간에 와글와글 모여 있다는 것 정도? 그리고 마르멜의 대역을 하기스가 맡고 있으며 한시가 급한 일촉즉발의 상황이라는 게 달랐다.

입꼬리가 움찔거리고 속눈썹이 바들바들 떨린다. 꿈 능력을 사용할 때 상대의 의식에 침투하기 위해 가장 중요한 건 무엇보다 집중력이었다. 모든 기운을 끌어모아 어떻게든 의식을 찾기 위해 노력했지만, 여전히 그의 의식은 흔적조차 보이지 않았다.

소니도르의 손이 슬금슬금 마르멜의 옷 안으로 기어들어 갔다. 맨살이 손바닥에 닿자 숨소리마저 의식하게 될 지경이었다. 그러고 보니 얼떨결에 키스하게 된 것도 얼마 되지 않았다.

'그런 걸 해버리면 의식 안 하는 게 이상한 거지!'

그녀는 이게 다 마르멜 탓이라고 책임을 전가하며 열심히 평정을 찾기 위해 노력했다.

황제는 표정 관리가 안 되는 소니도르를 멀리서 지켜보며 잠시 한쪽 눈썹을 추켜세웠다.

"지금 능력을 사용하고 있는 건가? 짐의 눈에는 그저 더듬고 있는 걸로밖에 안 보인다만."

"믿음을 가지세요! 아, 아니 그러니까 조금만 기다려 주십시오."

너무 긴장해서 상대가 황제인 것도 잊고 버럭 소리 지르고 말았다. 소니도르는 비굴한 목소리로 정중하게 부탁한 뒤에 다시 정신을 집중했다. 하지만 여전히 의식은 그 끄트머리조차 보이지 않았다. 이쯤 되자 그녀는 무언가 상황이 잘못 돌아가고 있다는 것을 인지했다. 이 정도까지 했는데 의식을 연결할 수 없는 것도 아니고, 아예 보이지 않을 수는 없었다.

이럴 리가 없는데? 이런 상황은 겪어 본 적도, 어머니께 들어 본 적도 없었다.

그녀는 창백하게 질린 얼굴로 침대에서 벌떡 일어나 마르멜을 내려다보았다. 급박했던 상황이 최악 중에서도 최악으로 치닫자 머릿속이 하얗게 질리면서 사고 회로가 정지해 버렸다. 그것도 잠시, 머릿속에 아직 정리되지 못한 수많은 생각이 마구잡이로 쏟아지기 시작했다.

잠깐만.

에이 아냐.

그럴 리가 없지. 말이 돼?

솔직히 그동안 자신의 능력을 사용하면서 위기는 여러 번 닥쳤지만, 모든 위기를 순조롭게 헤쳐 나갔기 때문에 소니도르는 이번에도 안이하게 생각했다. 어떻게든 되겠지. 잘 풀릴 거야. 여태껏 그렇게 믿었고 늘 그래 왔었다. 능력은 그녀가 태어날 때부터 신체 일부처럼 가지고 있었던 것으로 단 한 번도 사용하는 데 막혔던 적이 없었다.

'아니. 능력이 막혔다기보단 전하 쪽에서 문제가 생기신 것 같은데…….'

그녀는 몇 번이고 더 시도해 본 끝에 속으로 결론지었다.

이대로 모두가 위험해질 수 있다는 걱정보다, 이기적이게도 마르멜에게 큰 위험이 닥치지 않을까 불안했다. 소니도르는 이러다가 그가 정말 영원히 깨어나지 못할지도 모를 거란 생각에 다급하게 그의 셔츠를 벗겼다. 단추가 잘 열리지 않자 그대로 뜯어 버리기까지 했다. 평소의 그녀였다면 절대 하지 않았을 성급한 행동이었기 때문에, 모든 걸 지켜보던 황제도 조금 놀란 얼굴을 했다. 감히 황태자의 옷을 찢어 버린 무엄함에 놀란 것도 있었지만.

"뭐 하는 짓인가!"

그때 곁에 대기하고 있던 라이젤 가드 중 몇 명이 다가와 억지로 그녀의 행동을 저지했다. 하지만 잠자코 관망하던 황제는 팔을 가볍게 흔들어 도리어 그들을 막았다.

"무슨 문제가 생긴 모양이군. 말해 보아라."

소니도르는 훤히 드러난 마르멜의 심장 위에 손을 얹은 뒤 정신을 집중하다가 이내 울 것 같은 얼굴로 고개를 돌렸다. 여전히 그의 의식은 전혀 찾을 수가 없었다.

"……전하의 꿈속에 들어갈 수가 없습니다. 전하께 무슨 이상이 생긴 것 같아요."

⚜

홀로 남겨진 하기스는 여유롭게 황태자 생활을 누리고 있었다. 예전에 같은 대역을 맡은 적이 있었던 테리와는 전혀 상반된 모습이었다. 그는 두통을 이유로 제 앞으로 전달된 서류를 미뤄 버린 뒤에, 상냥한 태도를 유지하며 괜히 시녀들에게 추파를 던지고 있었다. 듣는 사람을 경악하게 하는 성희롱이 아닌, 정말 마르멜이 뱉을 법한 다정한 말투로 은근슬쩍 말이다.

또 황태자 궁에 새로 들어온 시녀 한 명이 황제에게 살해당했다는 흉흉한 소문이 한창 돌고 있을 때였다. 묘하게 딱딱하게 굳어 있는 시녀들의 얼굴, 침체되어 버린 분위기도 아랑곳하지 않고 하기스는 여전히 마이 페이스였다. 황제 폐하께서 그러는 게 하루 이틀도 아닌데 뭐 일일이 신경을 쓰느냐는 태도였다.

애초에 그가 희대의 폭군이란 건 제국 국민이라면 모두가 다 알고 있을 텐데 황궁에 들어오기 전부터 죽음 정도는 각오해야 하지 않겠느냐는 것이다. 시녀들이 들었다면 몰매를 맞아도 할 말이 없을 생각이었다.

"차향이 좋네. 한 잔 더 부탁해."

속마음이야 어떻든, 하기스는 아름답기로 유명한 황태자의 얼굴로 천사처럼 웃으며 애꿎은 시녀들의 마음만 뒤흔들어 놓고 있었다. 하지 그의 평화는 오래가지 못했다. 얼마 지나지 않아 황태자의 약혼녀 이사벨라가 찾아왔기 때문이었다. 처소 앞을 지키고 있던 병사 하나가 갑작스럽게 그녀의 방문을 알렸다. 왜 하필 이 시점에서 황태자 궁까지 직접 찾아오는 건지, 혹시 무슨 냄새를 맡은 건 아닌지 태연자약하게 굴던 하기스도 조금은 긴장한 기색을 내비쳤다.

그냥 연회의 마지막 날까지 무사히 대역을 끝마치기만 하면 될 줄 알았는데. 그러고 보니 소니도르의 조수, 테리가 대역을 맡고 있을 때도 이사벨라가 약을 전해 준다는 핑계로 갑자기 들이닥쳤다고 들었다. 평소에도 기별도 없이 황태자 궁을 직접 찾아오는 일이 잦은 걸까? 그저 우연일 뿐일까? 진실이야 어떻든 이곳까지 찾아온 약혼녀를 쫓아낼 수는 없는 노릇이었다.

하기스는 거울 너머의 표정을 다듬은 뒤에 그녀의 방문을 허락했다.

그녀는 연회를 마치고 곧바로 온 듯 연회에서 입었던 화려한 드레스를 그대로 입고 있었다.

"아직 침소에 드시기 전이라 다행입니다. 부디 무례를 용서해 주시길."

무례를 용서하길 바란다는 사람치고는 꽤 무례한 태도였다. 대체 무슨 꿍꿍이지. 아직은 알 수 없었으나 무언가 용건이 있어 보인다는 것 하나만은 확실했다. 하기스는 소니도르에게서 연기 장인이 아니냐는 극찬을 받았던, 마르멜 특유의 악의 없는 미소를 흉내 내며 말했다.

"무례라 생각하지 않으니 말해 봐. 그대의 말이라면 뭐든 들어줘야지."

"……상냥하시군요."

왜 자신을 상냥하게 대해 주느냐는 어투였다. 웃음기 없는 이사벨라의 말에 하기스는 잠시 속으로 당황하고 말았다. 그야 당연히 상냥하지. 황태자 전하께선 속마음이야 어떻든 겉으론 세상 모든 만물을 상냥하게 대하지 않는가. 길가에 핀 들풀 한 송이에도 왠지 다정한 한마디 속삭여 줄 것 같은 게 마르멜의 대외적인 이미지였다. 당연히 약혼녀에게도 가식적으로 대하는 걸로 알고 있었는데.

"……."

아 혹시 소니도르 때문에 태도를 바꿨나? 그럴 수도 있겠다 싶었다. 태자 전하의 성향으로 봤을 때 좋아하는 사람을 놔두고서 마음에도 없는 여인을 황후로 들이려고 할 것 같지도 않고. 어쩌면 이미 파혼의 얘기가 오고 갔을지도 몰랐다.

재빠르게 상황을 파악한 그는 언제 친절하게 웃었느냐는 듯 서서히 눈빛을 달리하며 한쪽 입꼬리를 비스듬하게 끌어 올렸다. 아무리 좋아하는 사람이 생겼다고 해서 약혼녀를 대하는 태도가 완전히 돌변하지는 않았을 테니 선을 넘지 않은 범위 내에서 적당히 맞춰 주면 되겠지.

"그대가 이 밤중에 날 직접 찾아올 정도라면 그만큼 급한 일이었다는 거겠지. 무슨 용건이 되었든 들어줄 수 있다는 뜻이야."

달리 생각하면 설마 쓸데없는 일로 날 직접 찾아온 건 아니겠지? 하고 묻는 말이기도 했다. 이사벨라는 말없이 그를 물끄러미 응시하다가 천천히 입술을 달싹였다. 그녀의 입가에는 그린 듯한 미소가 어려 있었지만, 시선은 마치 하기스를 꿰뚫어 보려는 듯 샅샅이 훑어보고 있었다.

열심히 연기의 혼을 불사르고 있던 하기스는 그 시선과 눈이 마주치자마자 확신할 수 있었다. 지금 자신이 노골적으로 의심받고 있다는 사실을 말이다. 어쩌면 대역이라는 걸 이미 다 알고 있기 때문에, 하기스가 도망가지 못하도록 밤중에 기별도 없이 불쑥 찾아온 걸지도 몰랐다.

……이거 진짜 위기 아닐까. 어째 식은땀이 흐르는 것 같기도 했다.

"전에 제게 하셨던 말을 기억하십니까."

"전이라면 정확히 언제지?"

그는 마른침을 꿀꺽 삼키지 않기 위해 노력하며 답했다.

"전하의 병세가 완전히 나은 직후에 말입니다. 제게 꿈 장인의 능력을 빌려주겠다 하지 않으셨습니까."

전하께서 그런 약속을 하실 리가 없었다. 하기스는 그녀가 자신을 떠보고 있다는 걸 눈치챘으나, 섣불리 아무 말이나 꺼낼 수가 없어 잠시 뜸을 들일 수밖에 없었다. 임기응변도 정도가 있지 상황을 모면하려고 되는 대로 말했다가 도리어 함정에 빠질 수도 있는 것이다.

억지로 웃는 얼굴에 경련이 이는 것 같았지만 그래도 그는 여전히 평정을 잃지 않은 채로 무사히 말을 꺼낼 수 있었다.

"그 일은 허락하지 않은 걸로 알고 있다만."

"어머, 제게 정식으로 의뢰하라 하시고서는."

"……."

이사벨라는 하기스가 대답할 틈을 주지도 않고 바로 이어 말했다.

"전하와 제가 서로 닮은 점이 많다고 하셨지요. 그 의미를 여쭤 봐도 되겠습니까."

"의미라……."

"전하께서는 그 누구보다 뛰어난 기억력을 가지고 계시니 그때 하셨던 말 토씨 하나 빼놓지 않고 전부 기억하시겠지요."

"하하. 그럴 리가. 나도 인간인데."

"역시 그건가요. 하지만 그때 말씀하신 의미는 기억하시겠지요. 전하께서 하신 말씀이신데."

처음부터 다 알고 찾아와서 아주 작정을 한 채로 대놓고 떠보고 있었다. 이거 아무래도 이미 망한 것 같지? 어쩐지 짙은 망조의 기운을 느끼고 하기스는 입꼬리를 씰룩였다. 공작 영애와 황태자의 닮은 점 따위를 한낱 의원이 알고 있을 리가 없지 않은가.

눈치껏 아무 말이나 둘러대기 위해 입을 열었으나 이번에도 이사벨라가 무례하게도 그의 말을 중간에 끊어 냈다. 이미 그녀의 태도에서 하기스를 마르멜이라고 눈곱만큼도 생각하지 않고 있는 게 보였다.

"저는 생생히 기억합니다. 전하."

그녀는 푸른 눈을 곱게 휘며 하기스의 왼쪽 손을 가져가며 말했다.

"지금 손가락에 끼고 계시는 반지를 그때는 끼지 않았다는 사실까지도요."

그리고 뭐라 반박할 틈조차 주지 않고 그의 손에 끼워진 아티팩트를 순식간에 빼 가고 말았다. 반지를 손가락에서 떼어놓는 것과 동시에 환영 마법이 풀려 버렸다. 하기스가 놀란 얼굴로 손을 뻗는 것과 동시에 주변에 대기하고 있던 황태자 궁의 기사들이 달려와 그를 포위하기 시작했다.

황태자의 주치의가 지하 감옥에 투옥되었다.

발 없는 말은 삽시간에 퍼져 나갔다. 모두가 황태자의 안위에 대해 떠들기 시작했고, 연회의 마지막 날이 채 밝기도 전에 황궁이 한바탕 발칵 뒤집혔다. 전날 밤 연회에서 황태자의 모습을 하고 있던 건 사실 황태자가 아닌, 환영 마법을 덧씌운 그의 주치의라는 사실이 밝혀진 것이다.

황태자의 약혼녀인 앤더슨 가문의 영애, 이사벨라와 황태자궁의 사용인들이 전부 두 눈으로 직접 확인한 것이니 의심의 여지는 없었다.

꼬리가 길면 잡히는 법이었다.

그 소식을 가장 먼저 전해 들은 카딘은 잠시 굉장히 한심하다는 표정을 짓다가 이내 빠르게 결단을 내렸다. 꼬리를 자르기로 한 것이다. 하기스는 나름 곁에 둘 가치가 있다고 판단을 내려 지금껏 살려 두긴 했지만, 그렇다고 해서 마르멜과 그의 병을 유일하게 고칠 수 있는 소니도르만큼 중요한 건 아니었다.

버리기엔 조금 아쉬운 패. 딱 그 정도였으니 의원을 위해 남겨 두었던 여지를 완전히 접어 버리고 신속하게 꼬리를 잘라냈다.

—짐에게서도 살아남은 입담이 아닌가.

어련히 알아서 잘 살아남겠지. 황제는 피식 웃으며 그렇게 말했고, 후에 라이젤 가드를 통해 그 말을 전해 들은 하기스는 눈썹을 가늘게 떨었다.

'하여튼 성격 진짜 나쁘시다니까.'

그는 속으로 투덜거리며 잠시 제 신세를 한탄해 보았다. 남들은 한 번도 가기 힘들다는 지하 감옥 체험을 벌써 두 번째나 하고 있다니. 세금도 밀리지 않고 잘 내고, 흉악 범죄를 저지른 적도 없고, 나름 착실하게 살아왔다고 자부했는데! 왠지 억울해진 그는 바닥에 굴러다니는 돌멩이를 집어 담벼락에 낙서를 끄적거리기 시작했다.

냄새나니까 짚은 자주 갈아 줬으면 좋겠네요. 솔직히 이거 감옥 만든 이후로 한 번도 청소 안 한 거 아닙니까? 인간적으로 환경이 너무 열악한 것 같…….

"거기 뭐 하는 거야. 죄수면 죄수답게 얌전히 구석에 짜져 있어!"

"방명록입니다, 방명록. 죄수들의 건의도 받고 그래야 좀 더 쾌적한 감옥 환경이 만들어지지 않겠습니까."

"쾌적한 감옥 환경은 또 뭐야?!"

……이왕이면 간수는 쭉쭉 빵빵 언니들로 부탁합니다.

"어이! 벽에 낙서하지 마!"

"간수님, 안 더워요? 가뜩이나 습기로 끈적거리는데 뭐 하나하나 열 내고 그러셔."

"저 미친놈이!"

하기스는 융통성이 없는 간수를 보며 고개를 절레절레 흔들다가 이내 한숨을 내쉬었다. 노닥거리는 걸로 보이겠지만 그는 사실 곧 자신을 찾아올 심문관이라는 이름의 고문관을 기다리고 있었다. 황궁 소속 고문관, 아니 심문관은 신성 제국의 이단 심문관 다음으로 뛰어난 실력으로 정평이 나 있었다. 그들이 얼마나 지독한지 말해 봐야 입만 아플 것이다.

폐하의 말씀대로 어련히 알아서 잘 살아남아야지. 허허롭게 웃으며 그 말을 중얼거린 의원은 자신의 팔뚝을 내려다보며 작게 혀를 찼다. 고문에는 약한 편이었다. 아니 애초에 고문 같은 거 받아 본 적도 없고. 지난번에는 황제가 지독히도 아끼는 황태자를 들먹이며 가까스로 고문만은 피할 수 있었는데, 이번에는 씨알도 먹히지 않을 게 뻔했다. 황족 사칭은 중범죄였으니까.

잠시 다른 누구도 아닌 황제 폐하를 과연 믿어도 되는 건지 고뇌하던 의원은 이내 어쩔 수 없다며 어깨를 으쓱였다. 다른 선택지는 없으니, 아예 전적으로 따르는 수밖에. 어쩌면 고문이라는 게 예상외로 견딜 만할 수도 있지 않은가. 새로운 취향에 눈을 뜰지도 모르고. 애써 긍정적인 방향으로 사고를 마친 그는 이내 계단을 밟고 내려오는 고문관, 아니 심문관을 올려다보았다.

"어?"

그리고 동그랗게 뜬 눈으로 그, 아니 그녀를 향해 삿대질했다.

⚜

방 안에 우두커니 앉아 있던 소니도르는 초조하게 창밖을 응시했다. 그녀는 방 안을 부산스럽게 돌아다니다가, 손톱을 물어뜯다가, 동동거리며 발을 구르기를 반복했다. 한참 의미 없는 행동을 반복하던 그녀는 눈동자를 굴려 잠시 문밖을 응시했다.

지금 당장 저 문을 박차고 뛰쳐나가 마르멜의 상태를 살피고 싶었지만, 그녀는 지금 이 방에서 단 한 발자국도 더 나가지 못하는 상태였다. 황태자가 실종되었다고 알려진 지금 상황에서 가장 큰 의심을 받고 있는 게 바로 소니도르, 자신이기 때문이었다.

지난 새벽, 더 이상 마르멜의 꿈속에 들어갈 수 없다는 걸 알고 난 뒤 갑자기 라이젤 가드가 들이닥쳤다. 그리고 황제에게 황급히 하기스의 정체가 들켰다는 사실을 전달했다. 소니도르는 황제의 명령으로 일단 지하 통로 밖을 빠르게 빠져나왔다. 일단 부족민의 저주로 잠들어 깨어나지 않는다는 것을 들키는 것보다는 차라리 실종 상태로 남아 있는 게 낫다고 판단을 내렸기 때문이었다.

하지만 소니도르의 고민은 다른 곳에 있었다. 마르멜이 잠든 게 부족민의 저주와는 개뿔 상관도 없다는 걸 황제는 모르고 있었다. 아니, 애초에 황태자의 정신이 병들어 있다는 걸 알고 있는 건 소니도르와 마르멜, 그 자신밖에 없었다.

그녀는 차라리 사실대로 황제에게 밝힐까 했지만, 그러면 지금껏 마르멜이 이루어 놓은 많은 것들이 틀어질지도 모른다는 두려움에 일단 침묵을 택했다. 게다가 이제 와서 애초에 부족민의 저주 따윈 없다고 말해 봤자 누가 믿어 주기나 하겠느냔 말이다.

그래서 무조건 황제가 시키는 대로 자신의 몫으로 남겨진 방에 틀어박혀, 지금까지 근신하고 있는 신세였다. 말이 좋아서 근신이지, 사실 감금이나 다름없었다.

"하아……."

그녀는 긴 한숨을 뱉어내며 침대 위에 풀썩하고 쓰러졌다. 갇혀서 꼼짝도 못 하게 된 것도 모자라 아무런 행동도 취하지 못하자 좀이 쑤셔서 견딜 수가 없었다. 지금 다시 마르멜을 살필 수 있다면 이번에야말로 꿈속에 들어갈 수 있을지도 모르는데. 그런 미련과 후회가 끈덕지게 자신을 붙들고 늘어졌다. 이미 상황은 모두 종료된 후였는데도 말이다.

얼마나 그러고 있었을까. 더디게 흐르는 시간을 뭉개며 침대 위에 누워 있을 때였다. 갑자기 밖에서 한차례 소란이 일더니 누군가 그녀의 방문을 벌컥 열고 들어왔다. 소니도르는 깜짝 놀라 튕겨 오르듯이 몸을 벌떡 일으켜 세운 뒤 어정쩡한 자세로 두 눈을 깜빡였다. 꼼짝없이 갇혀 있을 줄 알았는데 벌써 누가 나타날 줄이야. 설마 황제 폐하께서 날 몰래 빼내려고 미리 계획하신 건가?

소니도르는 내심 두근거리는 마음을 품은 채 느닷없이 등장한 방문객을 응시했다.

"이 판국에 주무시고 계셨던 건가요."

"……공녀님?"

마르멜의 약혼녀, 이사벨라였다.

그녀는 여자가 봐도 보호 본능을 일으킬 정도로 청초한 얼굴로 소니도르를 가만히 내려다보았다. 마치 다리가 부러진 채 가늘게 떨고 있는 가녀린 새 같기도 했고, 아침 이슬에 젖은 한 떨기 꽃 같기도 했다. 하지만 싸늘하게 내려다보는 시선에서 그녀의 짙은 혐오와 분노라는 감정을 읽어 낼 수 있었다.

그 시선을 정면에서 받아 버린 소니도르는 저도 모르게 움찔 떨고 말았다. 그녀의 눈에 자신이 어떻게 비칠지 충분히 예상이 가고도 남았기 때문이었다.

"팔자도 좋으시군요. 전하께서 이 모습을 꼭 보셔야 했는데."

"……."

"태자 전하께서 사라지신 건 역시 꿈 장인 당신 때문인 거죠?"

약혼자를 빼앗아 간 천한 여자. 그것도 모자라 황태자가 총애하고 늘 곁에 두었는데도 보필하지 못한 능력 없는 장인 정도로 생각하고 있겠지. 그 점에 대해선 충분히 이해할 수 있었고 입이 열 개라도 할 말이 없었지만, 소니도르 또한 마르멜이 걱정되긴 마찬가지라 절로 눈가를 가늘게 좁힐 수밖에 없었다.

어디 마르멜뿐인가. 하기스는 감옥에 갇혀 모진 고문을 받고 있을지도 몰랐고, 장인들의 운명이 다시 손바닥 뒤집듯이 바뀌어 버릴지도 모른다. 그녀도 갑자기 몰아친 일들로 인해 피로와 스트레스가 머리끝까지 쌓인 상태였다. 게다가 이 일을 해결할 사람의 중심축에는 소니도르, 바로 자신이 있었다. 당장 마르멜에게 달려가 그를 깨울 방도를 궁리하기에도 모자란 시간인데 왜 이곳에 꼼짝없이 갇혀서 저런 소리나 들어야 한단 말인가.

이런 상황만 아니었어도 열성적으로 들어 줬겠지만.

"심증만으로 그렇게 말씀하시는 건 아니라고 믿습니다."

아무리 좋게 봐주어도 이곳에서 꺼내 줄 것처럼 보이지는 않았다. 소니도르는 다시 이 방을 빠져나갈 방법을 궁리하며 덤덤한 말투로 답했다.

이사벨라는 그녀의 태도에 기가 막힌다는 듯이 코웃음을 쳤다. 그리고 어떻게든 소니도르를 몰아세우기 위해 안달이 난 것처럼 더욱 소리 높여 말했다.

"하, 아직도 상황 파악이 안 되나요? 꿈 장인, 당신이 무슨 짓을 했는지……."

그때 끼익 하는 작은 소리와 함께 문이 매끄럽게 열렸다. 마치 문이 바람의 힘으로 인해 스스로 열린 것처럼 보였다. 두 여자의 시선이 그곳으로 향하자 사내는 절도 있는 걸음걸이로 방 내부로 들어섰다. 그는 전혀 관리되지 않아 불규칙하게 자라난 검은 머리를 대충 쓸어 넘기며 말했다.

"……그쯤 하시죠."

매력적인 중저음이었다. 그리고 굉장히 익숙한 목소리이기도 했다.

이 장소, 이 상황에서 절대 볼 리가 없다고 생각했던 인물이 등장하자 소니도르는 잠시 제 눈을 의심하고 말았다. 의심한 것도 모자라 두 눈을 비비고 다시 감았다가 떠보기까지 했다. 자신의 시신경이 멀쩡하다는 걸 파악하기까지는 오랜 시간이 필요하지 않았다. 눈앞에 있는 건 그녀의 소꿉친구, 지오르지오가 맞았다.

"……."

아니, 네가 여기 왜 있어?

순간 말문이 막혀 소니도르는 그의 이름조차 부를 수가 없었다.

"나머지는 제가 말하겠습니다."

"아뇨. 전 아직 그대를 믿지 않습니다. 적어도 꿈 장인 앞에서는 입도 뻥긋하지 마세요."

"그럴 거면 절 여기까지 끌어들이실 필요가 있으셨습니까."

"물론입니다. 그냥 그곳에 서 있는 것만으로도 충분합니다."

"……."

게다가 전혀 접점이 없어야 할 두 사람이 서로 아는 사이였다는 듯 스스럼없이 대화를 나누고 있었다. 마치 둘 사이에 모종의 거래가 오고 간 것처럼 말이다. 대체 무슨 상황이지 이건? 백번 양보해서 서로 접점이 있었다고 한들, 그건 일반적으로 장인과 귀족 사이에 형성되는 적대적인 관계여야만 했다. 협력 관계인 것이 아니라.

소니도르가 붕어처럼 입만 뻥긋거리고 있을 때, 누구의 명령도 따르지 않으리라 생각했던 지오르지오가 순순히 이사벨라의 말을 따랐다. 도무지 표정을 읽을 수 없을 정도로 서늘하게 굳은 얼굴로 한 발짝 물러선 것이다. 그는 자신을 집요할 정도로 빤히 쳐다보는 소니도르의 시선을 당당히 마주하며 잠시 마른 입술을 축인 뒤 말했다.

"그럼 용건만 말씀하시죠. 시간 끌어서 좋을 것 없지 않습니까."

"그대의 오만한 태도를 봐주는 것도 지금뿐입니다."

"여부가 있겠습니까."

어차피 다시는 보지 않을 사이인데. 그가 덤덤하게 뒷말을 덧붙이자, 이사벨라가 잠시 그를 찌릿하고 흘겨보았다. 지오르지오는 따가운 시선에도 아랑곳하지 않고 비웃음으로 응대할 뿐이었다. 그가 무례하게 굴어도 한 번 경고한 것 외에는 특별한 제재를 가하지 않았다. 정말 두 사람 사이에 모종의 거래가 오고 가기라도 했단 말인가.

겨우 정신을 차린 소니도르가 다급하게 그들 사이에 끼어들었다.

"……이게 대체 무슨 상황이죠?"

"보이는 대로 파랑 장인이 저희에게 협력하기로 했어요."

"네? 저희?"

저희라면 앤더슨 가문인가. 아니면 귀족 전체인가. 그녀의 시선이 다시 지오르지오로 넘어갔다. 도무지 믿을 수 없다는 듯 노골적으로 놀라는 표정을 짓자, 이사벨라가 그녀의 바보 같은 얼굴을 비웃으며 말을 이었다.

"믿기지 않는 모양이죠? 하지만 사실입니다. 아주 작은 거래가 오고 갔거든요."

제국의 귀족이 무엇을 조건을 내걸며 회유하건 간에 그가 그 제안에 응할 리가 없었다. 하지만 지금 이 상황은 무엇이란 말인가. 소니도르가 흔들리는 시선으로 그를 올려다보았다. 혹시 누군가의 목숨을 두고 협박이라도 받고 있는 거라면 제발 눈빛으로나마 자신에게 힌트를 주길 바랐다.

하지만 아무것도 담기지 않는 자색 눈동자는 그저 차갑게 그녀를 응시할 뿐이었다.

"당신과 함께 몸에 상처 하나 없이 황궁에서 내보내 주겠다고 약조했습니다."

그 순간 기억 하나가 빠르게 머리를 스치고 지나갔다. 자정을 울리는 종소리와 함께 너와 같이 이곳을 도망가기 위해 왔다고 속삭이던 그의 목소리. 그리고 어떤 길을 택하든 선택에 의한 대가는 내가 받을 거라고 말하던 자신의 목소리까지.

혹시 그때의 대답을 이런 식으로 하는 걸까.

"……."

아니, 그럴 리가 없었다. 지오르지오라면 같이 도망가게 해주겠다는 조건을 내걸어도 당신네가 신경 쓸 일이 아니라고 싸늘하게 몰아붙였을 것이다. 소니도르의 의견을 완전히 묵살

하고 억지로 황궁에서 끌어낼지언정 절대 제국민과 손을 잡지는 않았겠지. 그런 사내였다.

하물며 지금 같은 상황이라면 어떨까. 황태자는 실종 상태에 처해 있고, 대역을 맡았던 하기스는 지하 감옥으로 보내졌으며, 가장 의심받고 있는 인물은 소니도르인 데다가, 초대받은 장인들까지 싸잡아 의심을 받고 있는 지금 상황에서 말이다.

'지금 상황에서 도망간다고?'

그것은 곧 내가 범인이라고 광고하는 꼴이었다. 차분히 생각해도 도저히 저 제안을 받아들일 구석 같은 건 찾아볼 수가 없었다. 오히려 지금 같은 상황이라면 더더욱, 더더욱 저 쓸데없는 제안을 지오르지오가 받아들일 리가 없었다. 아무리 자신을 이곳에서 빼내고 싶어 했을지라도 황태자를 납치한 범인으로 몰려 평생을 쫓겨 다닐지도 모르는데 미쳤다고 도망가게 해 주겠다는 제안은 수락하겠는가.

그렇다면 혹시 약점이라도 잡힌 건가? 소니도르의 생각이 그곳까지 미쳤을 때쯤 이사벨라가 다시 입을 열었다. 말을 이어 갈수록 그녀의 미소는 점점 더 짙어져 가고 있었다.

"나름 숨기려고 한 모양이지만, 저를 포함한 앤더슨 가문에서는 파랑 장인이 반란군 수장이라는 걸 알고 있어요. 황궁까지 숨어들어 오다니 참 배짱도 좋군요."

"!"

"제 제안을 거절하는 순간 어떻게 될지는 이미 예상하고 계시겠죠."

모든 상황을 단숨에 이해할 수 있었다. 저 제안을 거절하는 순간 혁명군의 주요 거처인 그들의 고향은 쑥대밭이 될 것이다. 그리고 소니도르는 물론이고 이 자리에 모인 모든 장인의 목이 날아갈 것이다. 그들이 무고한 목숨이라는 것은 제국 귀족들에게는 애초부터 상관없었던 문제였다. 단지 장인들의 틈바구니에서 반란군이 섞여 들어왔다는 이유 하나면 명분은 충분했다.

만약 마르멜이 깨어 있었다면 얘기는 조금 달라졌겠지만 지금 상황에서 절대적인 결정권을 쥐고 있는 것은 피도 눈물도 없는 황제였다.

아무리 아들을 아낀다고 제 입으로 말하는 황제라지만, 반역의 싹을 보고서도 모르는 척 넘어갈 리가 없었다. 그간 마르멜의 꿈속에서 수도 없이 보아 왔지 않은가. 만약 자신에게 반기를 든다면 자신의 부인이라고 할지언정 단두대로 보내 버리는 냉혹함을 말이다. 이 사실이 밝혀진다면 황제는 더 이상 그녀의 든든한 아군이 아니었다.

애초부터 황제는 아군이라기보다는 양날의 칼에 더 가까웠지만.

"그걸 알고도 저희를 황궁에서 빼내 주시겠다고요?"

"못 본 척해 드리겠습니다."

그 파격적인 제안에 소니도르는 잠시 할 말을 잃었다.

"그리고 황궁에서 무사히 빠져나간 뒤에는 태자 전하의 안위와 관련해서 더 이상 그대들의 책임을 묻는 일도 없을 것입니다. 더불어 황궁에 초대받은 장인들에게도."

"……어떻게 그럴 수가 있죠?"

"그대들은 계획에 방해되니까요."

계획? 무슨 꿍꿍이인 걸까. 대체 이렇게까지 해서 앤더슨 가문에서 얻을 수 있는 게 뭐지? 열심히 머리를 굴려 봤지만, 도무지 그녀의 속을 읽을 수가 없어 소니도르는 얌전히 그녀의 말이 끝나기를 기다렸다. 모든 말을 다 들은 뒤 차분히 생각할 시간을 가질 필요가 있었다.

"꿈 장인은 태자 전하께서 어디 계시는지 알고 있죠?"

"그걸 제가 어떻게 알겠습니까. 태자 전하께서는 실종되셨는데요."

"자고 일어났더니 전하께서 사라지셨다? 그것도 흔적도 없이?"

"저는 사실대로 진술했을 뿐입니다."

"전하께서 어디에 계신지, 또 현재 어떤 상황에 처했는지 이미 짐작하고 있습니다."

설마 쓰러져서 깨어나지 않는다는 것까지 다 알고 왔을 리는 없었다. 대역을 세웠다는 것 외에는 아무런 단서도, 증거도 없지 않은가. 하지만 이렇게까지 몰아붙이는 건 분명 이유가 있어서겠지. 소니도르는 황제와 했던 약속과 더불어 마르멜의 안위가 걱정되었기 때문에 일단 잡아떼기로 했다.

"다시 심증으로 제게 이러시는 건가요?"

"……."

이미 심증은 충분한데 소니도르가 침착한 어투로 시치미를 떼자 이사벨라가 입술을 꾹 깨물었다. 황태자비의 자질이 충분하다는 소리를 듣기 위해서, 마르멜과 약혼을 맺은 시점부터 낮은 것들에게도 친히 존대를 사용하던 그녀였다. 이제는 습관이 되어 정중한 말투가 완전히 입에 붙어 버리긴 했지만, 가끔 저렇게 자신의 성질을 건드리면 폭발할 것 같을 때가 있었다.

그게 바로 지금이었다.

"귀찮게……."

이사벨라는 들릴 듯 말 듯한 목소리로 낮게 읊조렸다.

앤더슨 가문에서 심어 둔 시녀가 죽은 것을 기점으로 황태자가 어디론가 실종되고 또 다른 대역을 세웠다는 것을 보더라도, 그의 안위에 무슨 문제가 생겼다는 것을 짐작할 수 있었다.

단순히 아프다는 이유로 대역까지 세울 리가 없었다. 황태자는 예전부터 갑자기 쓰러진다거나 고열에 시달리는 일이 잦았으니 말이다. 황궁에서 소문이 새어 나가지 않도록 잘 단속하고 있기 때문에 일반 백성들은 모르겠지만, 제국 귀족들은 모두 알고 있는 사실이었다. 그런데 이제 와서 새삼 대역을 세울 리가. 분명 일이 잘못돼도 단단히 잘못된 게 분명했다.

'부족민의 저주가 분명해. 완전히 저주에 잠식되어 영원히 깨어나지 못하는 거야.'

완전히 역사 속으로 사라져 버린 아르케 제국의 초대 황족들처럼. 물갈이가 시작된 것이다.

그리고 일시적으로나마 저주에서 풀려났던 이유는 아마 꿈장인 소니도르가 곁에 있었기 때문이겠지. 그렇다면 그녀, 혹은 그 외에 저주를 풀 만한 장인들만 없다면 마르멜은 이대로 영원한 잠에 빠져들게 될 것이다. 그리고 하일론 공작 가문을 뿌리로 두고 있는 지금의 황족은 초대 황족들과 같은 결말을 맞이할 것이다. 이사벨라는 그렇게 확신했다.

마음 같아서는 지금 당장 문밖에 대기하고 있는 자신의 수하를 불러 소니도르를 죽이라고 명하고 싶었다. 처음 등장했던 순간부터 지금까지 사사건건 자신을 방해하기만 하던 거슬리는 여자였으니까. 하지만 지금 황태자가 어디 있는지 유일하게 알고 있는 게 소니도르였다. 의원 쪽은 이미 손을 쓰기엔 늦은 데다가 벌써 황제 쪽에 붙은 모양이었으니까.

이사벨라는 성질을 꾹 눌러 참고 다시 상냥한 어투를 흉내 내었다.

"폐하를 신용하고 계신가요."

뜬금없는 말에 소니도르가 말없이 표정에 날을 세웠다.

"누구를 선택하는 것이 당신을, 그리고 부족민을 위한 것인지 진정 깨닫지 못하시나요?"

"……."

선택이라니. 황제에게 영원의 충성을 맹세한 공작 가문의 영애가 할 만한 말은 아니었다.

'게다가 하기스가 가짜라는 걸 가장 먼저 알아차린 게 앤더슨 영애라지.'

그 당시 근처에 있었던 라이젤 가드의 말에 따르면 미리 알고 오기라도 한 것처럼 다짜고짜 환영 마법이 걸린 반지를 빼갔다고 들었다. 하기스를 몰아붙이는 모양새가 마치 작정이라도 하고 온 것처럼 보였더랬지. 이건 말을 전해 준 기사의 사적인 의견이었지만, 소니도르는 아마 그게 사실일 거라고 생각했다. 하기스의 연기는 자신이 직접 인정했을 정도로 흠이 없었기 때문이었다.

그렇다면 이미 진작부터 의심을 품고 있었다는 결론이 나온다. 만약 터트릴 기회만을 노리고 있었던 거라면 언제부터, 무슨 계기로 알게 됐는지까지는 정확히는 파악하기 힘들었지만 어쩐지 알 것 같은 기분이 들었다. 바로 큰 문제로 번질 뻔했던 테리의 발 연기 말이다.

"떼죽음을 당하든지, 아니면 목숨을 건지고 고향에서 조용히 살아갈지 선택하세요."

대체. 지금의 발언은 황제를 등지겠다는 표현과 별반 다를 바가 없다는 걸 알고는 있는 걸까? 지금 설마…… 반역을 계획하고 있는 건가? 대체 자신의 무엇을 믿고 저렇게 모든 걸 술술 불고 있는 것인지 소니도르는 잠시 이해할 수 없었다. 지금 당장 달려가서 황제에게 다 불어 버리면 어쩌려고.

하지만 그녀의 시선이 이내 지오르지오에게 닿았다.

그가 혁명군의 수장이란 걸 알고 있는 이상 이건 제안이 아니었다. 협박일 뿐이지.

떼죽음을 당하든지, 아니면 목숨을 건지고 고향에서 조용히 살아갈지…….

'반역을 계획하고 있다면 태자 전하는 어떻게 되는 거지.'

소니도르는 초조한 얼굴로 치맛자락을 움켜쥐었다. 만약 소니도르가 자신과 모두의 안위를 택한다면 마르멜은 영원히 깨어나지 못한 채로 잠들어 있을 것이다. 그래야 부족민의 저주를 들먹이며 앤더슨 가문에서 다른 귀족들이나 백성들을 선동할 수 있을 테니까 말이다.

지금의 황족은 이미 저주에 물든 더러워진 피라는 식으로 몰아붙인 뒤에 후환이 두려워 황제를 살해하고, 어쩌면 마르멜까지 살해할 수도 있었다. 언제고 다시 깨어날 확률을 배제할 순 없을 테니까.

하지만 어느 쪽이든 부족민들은 피해를 받을 수밖에 없지 않나? 지오르지오가 이 일에 협력한 이유를 아직도 이해할 수가 없었다. 소니도르의 시선이 그에게서 떨어지질 않자 이사벨라가 다시 입을 열었다.

“앤더슨 가문에 협력하면 부족민의 땅을 돌려주고 자유를 되찾아 주겠다 했습니다.”

“……사실이야?”

설마 아니겠지 하는 얼굴로 묻자, 그는 붉은 혀로 제 입술을 가볍게 훑으며 입꼬리를 끌어 올렸다. 지오르지오가 고뇌가 조금도 섞여 있지 않은 명쾌한 말투로 ‘그래’ 하고 답하자 소니도르는 황망해졌다. 황태자의 곁에 있었다는 이유로 배신자 소리를 할 때는 언제고? 제국 귀족의 힘을 빌려 땅과 자유를 되찾겠다고? 그럴 바에는 차라리 자결하겠다 날뛰는 것이 아니라?

“이게 최선이었어.”

“허?”

“생각해 봤는데 아무것도 이루지 못하고 개죽음을 당할 수는 없더라고. 나와 너만이 걸린 문제가 아니잖아. 수많은 목숨이 걸렸어. 죽을 땐 죽더라도 뭔가를 이뤄 내고 죽어야지.”

“너 지오 맞아?”

저건 지오르지오가 아니라 소니도르, 본인이 할 법한 소리였다. 만약 지금 선택권이 지오르지오가 아닌 소니도르에게 걸려 있다고 한다면 그녀는 그와 같은 선택을 했을 것이다. 그의 말마따나, 그게 바로 제일 나은 방법이었으니까. 황제의 명령을 끝까지 지켜 낼 의리도 충성심도 없었고 말이다. 마르멜의 안위가 걸려 있지만 않았어도 당장 이사벨라의 제안을 수락했을지도 모르겠다.

하지만 지오르지오는 아니지 않은가. 그냥 다 같이 죽자고 회장 한가운데서 자폭할 그럴 놈이었는데 무언가를 이뤄 내고 죽겠다고 아르케 제국 귀족과 손을 잡겠다니, 목숨 좀 소중히 여기라는 세뇌가 지금 와서 먹히기라도 한 걸까? 혼란스러움이 극에 달한 소니도르는 그의 시선을 비스듬하게 피하며 자신의 귓불을 만지작거렸다.

“소니, 위험하니까 너는 먼저 고향에 돌아가 있어. 모든 일이 끝나면 그쪽으로 갈 테니까.”

“자, 잠깐. 잠깐만.”

그녀는 한쪽 손으로 이마를 짚은 뒤 다른 쪽 손을 그들 쪽으로 뻗었다. 필사적으로 보이기까지 하는 행동에 이사벨라는 만족스러운 웃음을 입가에 걸었다. 일이 순조롭게 흘러가고 있었다. 조금 생각할 시간을 준다면 꿈 장인은 분명 만족스러운 대답을 들려줄 것이다.

"당신이 이곳에 갇혀 있는 동안에는 태자 전하께서 계속 실종 상태이시겠죠. 확신해요."

현재 마르멜을 깨울 수 있는 건 너밖에 없겠지. 그런 의미가 내포된 말이었다. 그녀는 우아한 걸음걸이로 코앞까지 다가와 소니도르의 목에 걸린 목걸이 줄을 만지작거리며 말했다.

"이 마법을 해제할 수 있도록 마탑의 대마법사에게 이미 부탁해 뒀어요."

그리고 아주 재빠른 동작으로 이상한 수식이 적힌 손톱만 한 링을 목걸이 줄에 연결했다.

"이게 뭐 하는 짓……!"

"하지만 이건 억지로 떼어 내려고 하는 순간 지금 한 아티팩트와 함께 폭발해 버리죠."

소니도르가 그녀의 손을 뿌리치려고 하자 이사벨라는 한 발짝 뒤로 물러나며 말했다.

"도청 마법이 걸려 있을 뿐 별것 아니에요. 제가 없는 동안 부디 바보 같은 짓은 하지 않으시길. 이쪽 파랑 장인도 오로지 당신을 위해 많은 것을 희생했잖아요?"

"……."

"현명한 판단 바랍니다."

그 말을 남긴 뒤, 앤더슨 영애는 지오르지오를 이끌고서 그녀의 방에서 빠져나왔다.

⚜

"예상외로 매정하네요. 사랑하는 사람 앞에서는 다정할 줄 알았는데."

"지금 그런 사적인 얘기가 필요합니까."

태어난 순간부터 다정함과는 담을 쌓은 지오르지오는 한쪽 눈썹을 추켜세우며 말했다.

"물론 필요는 없죠."

재미없기는. 이사벨라는 들으라는 듯이 중얼거린 뒤에 그를 흘끗 응시하더니 더욱 빠르게 걸음을 재촉했다. 그 뒤를 지오르지오가 느긋하게 쫓아갔다.

사랑하는 사람 앞에서 한없이 다정한 건 마르멜이고, 그는 굳이 분류하자면 앞에서는 무심한 척 굴면서도 뒤에서는 몰래 챙겨 주는 타입이었다. 본인도 겉으로 전혀 표현하지 못하는 이 글러 먹을 성격을 나름 고쳐 보려고 시도한 적은 있는 모양이었지만, 잘되지 않았다. 소니도르에게 어디 아프냐는 소리나 들었으니까. 아마 지금도 그렇게 생각하고 있을지도 모르겠다며 그는 잠시 낮게 웃음을 터트렸다. 그리고 자신의 웃음소리에 놀라 잠시 고개를 돌린 이사벨라에게 물었다.

"사랑하는 약혼자에게 매정한 건 영애께서 더한 것 같습니다만."

"……당신의 말처럼 사적인 얘기는 할 필요가 없죠."

이사벨라가 슬쩍 인상을 찌푸리며 말을 돌리자, 그는 그녀를 대놓고 비웃으며 한쪽 입꼬리를 삐딱하게 끌어 올렸다. 저, 저 천한 장인이. 같은 말을 돌려받았을 뿐인데 그녀는 괜히 울컥해져서 그를 쏘아보았다. 근본 없는 천한 장인 아니랄까 봐 아주 무엄하기 짝이 없었다. 이번 계획의 핵심 축만 아니었어도 당장 이 자리에서 무릎을 꿇린 다음에 저 오만한 얼굴을 땅에 박게 했을 텐데.

'아니, 태자 전하의 위치를 파악하게 된 다음이라도 상관없지.'

어차피 반란군에게 협력을 바라며, 장인들에게 땅과 자유를 되찾아 주겠다는 건 저 파랑 장인을 끌어들이기 위한 떡밥에 불과했다. 물론 그가 힘을 보태 주면 든든한 전력이 될지도 모르겠지만, 굳이 장인의 힘을 빌리지 않아도 충분히 이뤄 낼 수 있었다. 그러니까 꿈 장인의 소꿉친구로서의 파랑 장인은 가치가 높았지만, 반란군 수장으로서의 파랑 장인은 있어도 그만, 없어도 그만인 것이다.

언젠가 저 고고한 척 구는 얼굴을 짓밟아 주겠다고 다짐하며 이사벨라는 고개를 홱 돌렸다.

하, 사랑하는 약혼자? 그녀는 그 약해 빠진 황태자를 단 한 번도 사랑한 적이 없었다. 한때는 이 세상 것이 아닌 것 같은 아름다운 외모에 혹해 사랑한다고 착각했던 적은 있었지만, 그것도 오래가지 못했다. 자신의 내면을 마치 꿰뚫어 보는 듯한 그 징그러운 붉은 눈동자가 소름 끼치도록 싫었기 때문이었다.

황태자의 앞에 서면 벌거벗겨져 낱낱이 살펴지는 것처럼 수

치스러움이 몰려왔다. 자신의 추악한 생각과 화려한 모습 속에 꼭꼭 감추어 두었던 열등감이 하나도 빠짐없이 다 드러나고 읽히는 것만 같았다.

하지만 그럼에도 불구하고 그의 곁에 버티고 서 있어야만 했다. 아버지를 절대 실망시키고 싶지 않았으니까. 만약 황태자비 자리에서 끝까지 버텨 내어 무사히 황후가 된다면, 아버지께서 자신을 보아 주시리라 믿어 왔으니까. 그렇기에 황태자의 가식적인 웃음을 가식으로 받아치며 필사적으로 매달렸다.

그러나 그들의 생각보다 빠르게 기회가 찾아왔다. 눈엣가시였던 황족들을 단번에 몰아낼 방도가 생긴 것이다. 앤더슨 공작의 최종 목표는 외척 세력이 아닌 황제의 자리였다. 황위까지 직접 갈 수 있는 지름길이 생겼는데 굳이 딸을 황후로 세워 가면서까지 돌아갈 필요는 없었다.

앤더슨 공작은 하늘이 나를 돕는다며 웃었다.

성급한 면이 없잖아 있었고 또 그만큼 위험을 감수해야 했지만, 지금 아니면 언제 또 이런 기회가 찾아올지 몰랐다. 수정구를 통해 비밀리에 이루어진 회의에서는 많은 귀족이 앤더슨 공작의 결단에 찬성했다. 안 그래도 소니도르의 등장으로 초조하게 손톱만 물어뜯고 있었던 이사벨라는 지오르지오를 끌어들여 재빨리 자신의 역할을 찾아냈고 행동했다.

잘했다. 수고했다. 역시 나의 딸이다. 그 한마디 듣고 싶어서.

'아버지. 모든 일이 잘 해결되면 저를 봐 주실 거죠?'

앤더슨 공작이 부드럽게 미소 지으면서 자신의 머리를 쓰다듬는 상상을 하며 이사벨라는 마음이 벅차오르는 것을 느꼈다. 그녀는 아버지께 이 기쁜 소식을 전달하기 위해 더욱 걸음을 빨리했다.

곁에서 그것을 의도치 않게 지켜보게 된 지오르지오는 잠시 놀란 기색을 비쳤다. 악귀 같은 모습만 보이던 여자가 마치 칭찬받고 싶어 하는 어린아이 같은 표정을 하고 있었던 것이다. 저런 표정도 지을 수 있었던 건가.

"좋은 일이라도 있으신가 봅니다?"

"신경 끄세요."

이사벨라가 표정을 굳히며 싸늘하게 대꾸했지만, 지금 그들이 향하고 있는 곳이 앤더슨 공작이 머무르고 있는 방이라는 것으로 미루어 봤을 때 대충 짐작할 수 있었다. 앤더슨 공작에게 지금의 일을 자랑하고 싶은 모양이었다.

지오르지오는 방 앞에 도착하자 이사벨라를 먼저 들여보내고, 그들의 대화가 끝날 때까지 얌전히 기다렸다. 여자가 잔뜩 기대하고 있었던 것과 별개로 대화는 굉장히 짧았다. 그는 얼마 지나지 않아 공작의 지시로 방에 들어설 수 있었다. 레코드에서는 역동적인 음악이 흘러나와 방 내부를 가득 채우고 있었다.

"그대가 파랑 장인이로군."

"처음 뵙겠습니다, 각하."

그는 기계적으로 꾸벅 고개를 숙이면서 잠시 이사벨라를 응시했다. 고개를 푹 숙인 채 금방이라도 울 것 같은 얼굴을 하고 있는 게 한심해서 절로 혀를 찰 정도였다. 표정만 봐도 좋은 소리는 못 들은 모양인데 대체 왜 저렇게까지 미련하게 굴고 있는 건지.

본인은 손 하나 까딱하지 않은 채로 자신의 자식을 사지로 모는 부모. 그런 부모가 주는 애정이 진정한 애정이라고 믿고 있는 건가. 정작 제 눈앞에 있는 것도 못 보면서 눈먼 애정을 갈구하는 꼴이라니. 하도 한심해서 동정조차 가지 않을 정도였다.

저런 건 보통 백날 설득해도 통하지 않았다. 공작이 계속 여지를 남겨 준다면 호되게 당하기 전까지 계속 저러고 있을 것이다. 지오르지오는 잠깐이나마 호기심을 가진 게 잘못이었다고 생각하며, 이사벨라의 말대로 그쪽에 완전히 신경을 꺼 버렸다.

앤더슨 공작은 그런 그를 위아래로 훑어보며 탐탁지 않다는 표정을 지었다. 마치 통제하기 힘든, 길들이지 않은 들개를 보는 듯했다. 길들인 사냥개는 사냥이 끝난 후 잡아먹는다지만, 이 들개는 어쩐다. 잠시 고민하던 그는 부드럽게 웃으며 입을 열었다.

"피차 서로 다 알고 있으니 곧바로 본론에 들어가지."

"컥!"

급작스레 몰려오는 끔찍한 고통 때문에 테리는 자다가 숨넘어가는 소리를 냈다. 마치 내장이 파열되는 것만 같았다. 그는 이대로 죽을 수 없다는 일념 하나로 그물에 걸린 생선처럼 파닥거리다가 눈꺼풀을 번쩍 들어 올렸다. 그러자 자신의 배 위에서 요염하게 다리를 꼬고 앉은 남색 머리의 남자가 보였다. 그의 붉은 입술은 부드럽게 호선을 그리고 있었다.

이 상황에서 보일 리 없는 것이 보이자, 테리는 지금 자신이 가위에 눌린 것이고 저 남자는 혹시 귀신이 아닌가 하는 데까지 생각이 미쳤다. 그러자 뒤늦게 놀라 기겁하는 소리를 냈다.

"허어어억!"

"쉿."

남자는 테리의 입을 틀어막으며 히죽 웃었다. 가까이서 보니까 여잔지 남잔지 헷갈리게 할 정도로 곱상하게 생긴 얼굴이 귀신이 아니라 어디서 많이 본 얼굴이었다. 아직 잠에서 덜 깨 비몽사몽 하던 그의 눈이 눈앞의 상대를 가늠하듯 서서히 가늘어졌다. 저 얼굴을 보면 누군지 인식하기도 전에 떠오르는 말이 있었다. 마치 길가에 기어 다니는 벌레처럼 하찮은 걸 본다는 듯 자신을 내리깔아 보며 했던 말.

—징그러운 사내놈 같으니.

연기 장인이잖아!

상대방이 누군지 깨닫고 나자 테리는 더욱 격렬하게 반항

하며 버둥거렸다. 이 양반이 왜 여기에 있어? 왜 잘 자는 사람 배에 궁둥이 붙이고 앉아서 내장을 터트리려고 해? 살인미수 아니야 이거? 그는 그녀의 손아귀에서 벗어나기 위해 읍! 읍! 하고 필사적으로 외쳤다. 하지만 무슨 여자 힘이 이렇게 센 지 그렇게 고된 수련을 반복했음에도 도무지 벗어날 수가 없었다.

"가만히 있으면 풀어 줄게."

"……."

아니, 아니야. 내가 약한 게 아니라고! 아무리 여자라고 해도 위에서 막무가내로 깔면 라이젤 가드급 괴물이 아닌 이상 누구도 벗어나기 힘들걸! 소년은 그렇게 합리화하며 일단 몸을 축 늘어트렸다. 왠지 비참해졌지만 대체 무슨 연후로 자신의 숙소에 무단 침입을 한 건지 따져 묻는 게 먼저였다.

"풉."

그러자 어딘가에서 자신을 노골적으로 비웃는 소리가 들렸다. 재빨리 시선을 돌리자 마치 약을 올리듯이 자신을 향해 손가락질하고 있는 하기스가 보였다. 지하 감옥에 또 갇혔다는 소문을 들었는데 대관절 왜 여기서 쪼개고 있단 말인가.

저 재수 없는 의원이 탈옥까지 해서 날 놀리러 왔나 울컥해서 쏘아보려고 하는데 어둠 속에서도 그의 상태가 영 좋지 못했다. 늘 단정하게 입고 다니는 하얀 가운은 어깻죽지가 찢어져 있었고 결 좋았던 단발머리는 산발하고 있었으며 얼굴 여기저기엔 피멍이 들어 있었다. 테리는 그의 입가에 굳은 피딱

지를 확인하고 쯧 하고 작게 혀를 찼다.

여기저기 맞을 짓을 하고 다니더니만 드디어 임자를 만난 모양이었다.

"아가. 뭐야, 그것참 잘됐다 하는 눈빛은? 이렇게 처참한 몰골로 찾아왔는데!"

주세페가 테리의 입을 틀어막고 있던 손을 떼어 내자 함박웃음을 짓고 있는 입이 보였다.

"웃고 있네."

연기 장인이 덤덤한 말투로 하기스의 가슴에 비수를 꽂았다. 그것도 그냥 웃는 게 아니라 완전 대놓고 비웃고 있었다. 입이 자유를 얻자 테리는 키득거리며 꼴좋다고 중얼거렸다. 하기스는 잠시 비련의 여주인공 같은 표정을 지으며 바닥에 털썩 엎어지는 시늉을 했다.

"내 인복 이대로 괜찮은 걸까."

"너만 없으면 아마 모두가 상냥할걸."

"너무하네, 진짜."

주세페는 꽉 찬 돌직구를 던지며 테리의 배 위에서 내려왔다. 그리고 하기스가 투덜거리든 말든 아랑곳하지 않고 여전히 영문을 모르겠다는 얼굴을 한 어린 소년의 볼을 가볍게 꼬집었다. 그리고 무표정한 얼굴로 그것을 장난스럽게 앞뒤로 흔들면서 말했다.

"아직 잠이 덜 깼니? 오늘 미리 지시받은 게 있었을 텐데."

"대체 그게 무슨…… 아! 혹시 오늘 찾아올 손님이라는 게 당신들이었어요?"

이번 사태를 해결하기 위한 손님이 찾아올 거라고 해서 낮부터 계속 응접실에서 대기하고 있었는데 말이다. 혹시 억울하게 의심받고 있는 소니도르 님을 구해 낼 방도가 생긴 걸까 해서. 하지만 그게 느닷없이 밤에 찾아와 숙소에 침입할 손님일 줄 누가 알았겠는가.

대체 기사님은 상대방이 이해할 수 있도록 충분히 설명하면 죽는 병에 걸리기라도 하신 건가. 테리는 미리 제대로 설명해 주지 않은 크리스티안을 속으로 욕하며 제 볼을 붙잡은 연기 장인의 손을 뿌리쳤다.

"크리스티안 경께서 손님들이 찾아오면 지정된 장소로 모셔 오라고 하시긴 했죠."

주세페는 그런 테리를 앙칼진 고양이 보듯이 응시하더니 이내 고개를 끄덕였다.

"기억한다니 다행이네. 세상에서 가장 징그러운 근육을 가진 기사 앞으로 날 모시렴."

"야 이 미친 여자야. 그건 세상에서 가장 완벽한 근육이거든?"

"근육 돼지."

"자고로 남자라면 주삿바늘이 들어가지 않을 정도로 탄탄한 근육은 가지고 있어야지."

"그건 괴물이고."

"이 여자가 지금 사람 육체에 유일하게 내려진 신의 축복을 모욕했겠다!"

"주삿바늘이 안 들어가면 그게 돌이지 살이야? 사람의 살결이라면 자고로 야들야들하고 쫀득하고 말랑말랑한 맛이 있어야지. 그래. 마치 이 꼬마 녀석 볼처럼……."

"저기…… 두 분 다 대체 여기까지 무슨 일로 찾아왔는지 모르겠는데 그렇게 떠들면 제 입을 틀어막은 의미가 있어요?"

테리는 쓸데없는 논쟁으로 티격태격하길 시작하는 두 남녀 사이에 끼어들었다. 무슨 상황인지는 잘 모르겠지만 탈옥까지 해서 자신을, 아니 크리스티안 경을 찾을 정도면 꽤 심각한 일 아닌가? 근데 왜 남의 집구석에서 싸우고 있단 말인가. 이 위기감이라고는 눈 씻고도 찾아볼 수 없는 인간들 같으니. 싸우려면 밖에 나가서 싸워!

그때 테리를 빤히 응시하던 주세페와 하기스가 뭘 그런 걸 다 묻느냐는 듯 답했다.

"아까는 그냥 분위기 좀 내 보려고."

"당연한 것 아냐? 상식이잖아."

"……."

둘 다 그냥 꺼져 줬으면 좋겠다. 테리는 눈꺼풀을 파르르 떨며 생각했다.

하아.

새삼스럽지만 이 판국에 농담 따 먹기나 할 수 있다는 게 놀랍다. 깊게 한숨을 내쉰 그는 자리에서 일어나 이불 밑에 마치 사람이 누워 있는 것 같은 형태로 베개를 밀어 넣었다. 그리고 얼추 비슷한 모양새가 되자 옷장에서 미리 준비해 두었던 후드를 꺼냈다. 그것을 하나씩 건네준 뒤 그들에게 따라오라고 손짓했다. 숨어 다녀야 할 처지라 마차를 이용할 수 없었기 때문에 연무장 근처에 있는 테리의 숙소에서 사냥터까지 두 발로 걸어갈 수밖에 없었다.

테리는 달빛이 어두운 것을 틈타 사람 눈에 띄지 않는 곳으로 그들을 안내했다.

"대체 감옥은 어떻게 탈출하신 거예요?"

하기스는 자신의 뒤를 느긋하게 따라오는 연기 장인을 가리키며 말했다.

"폐하의 명령으로 저 여자가 심문관으로 변장했더라고. 심문실에서 연무장 옆 숲으로 이어진 통로가 하나 있었는데 거기로 빠져나왔지 뭐."

"그 상처는 뭔데요?"

"심문실에서 아무런 소리가 안 나면 의심한다나 뭐라나 헛소리를 지껄이면서 반나절 동안 날 팼다고! 어차피 도망가면 다 들통 나는 판에!"

그냥 좀 때리고 싶었구나. 왠지 그 심정을 알 것 같아 테리는 굳이 대꾸하지 않았다. 대신 황태자의 주치의와 연기 장인을 잠시 번갈아 보다가 탐탁지 않다는 표정을 지었다. 뭐 두 사람 다 없는 것보다는 낫겠지만 말이다. 한쪽은 외상을 치료하는 의원일 뿐이고, 다른 한쪽은 맡은 역할을 완벽하게 소화해 낼 수 있는 연기자일 뿐이었다. 둘 다 그 분야 톱이긴 하지만, 지금 필요한 건 분야가 다르지 않나? 차라리 최면술사라든가. 잘은 모르겠지만, 내면을 파고들 수 있는 능력의 장인을 매수하는 쪽이 더 효율적일 텐데.

테리는 자신이 느낀 것을 그대로 입 밖에 뱉었다.

"근데 두 분이 지금 태자 전하께 가도 무슨 소용이에요? 개뿔도 도움이 안 될 것 같은데."

그러자 연기 장인이 아직 젖살이 빠지지 않은 테리의 볼살을 쭉 잡아 늘이며 답했다.

"소니도르 쪽은 철통 방어라 접근하기 힘들어."

아야! 그는 가까스로 비명을 삼켜 낸 뒤에 주세페의 손을 떨쳐 냈다. 그리고 얼얼해진 볼을 문지르며 여유롭게 웃고 있는 그녀를 흘겨보았다.

"지하 감옥에서 빼내 오는 게 더 힘들지 않아요?"

"다들 감옥 하면 빠져나오기 힘들 거라고 생각하더라. 오히려 그게 맹점이 되어 경계가 허술한 면도 있거든. 쓸데없는 소리 나불거리지 않게 이놈이라도 빼 오라는 폐하의 명이시다."

"폐하께선 왜 하던 대로 하지 않으시고 굳이 빼 오라고……."

테리가 하기스 쪽을 흘끔 훔쳐보며 말끝을 늘이자 의원은 억장이 무너지는 표정을 지었다.

"죽이기엔 아까운 모양이지. 아직 단물도 다 빨아먹지 못했다, 뭐 그런 거 아니겠어?"

"둘 다 진짜 신랄하다."

그때 주세페와 테리는 하기스를 돌아보며 뭘 그런 말을 다 하느냐는 듯 답했다.

"네놈 상대로 이 정도면 보통인 거 아니야?"

"방금 우리 꽤 상냥하지 않았어요?"

"그렇지?"

"……."

내 인복 이대로 정말 괜찮은 걸까. 지하 통로로 향하는 내내 하기스는 그들에게 시끄럽다는 타박을 들을 때까지 청승맞게 중얼거렸다.

샛별

한 발짝, 한 발짝.

피의 길을 따라 내딛는다. 발밑에서 진득하게 늘어지는 핏자국은 더 이상 지독한 냄새를 풍기지 않았다. 그만큼 후각이 둔해졌다는 거겠지. 마르멜은 음울한 가락의 노래를 흥얼거리며 목 없는 드래곤을 따라 걸었다. 끝없이, 더욱 끝없이. 이 길은 대체 언제까지 이어지는 걸까. 그리고 어디로 이어지는 걸까. 마치 누가 발목을 붙잡은 채 놓아주지 않는 것처럼 점점 걸음걸이가 느려졌다. 꿈에서도 피로해지는 건 마찬가지인 건지 다리가 고통을 호소했지만, 그것도 이내 후각과 마찬가지로 무뎌졌다. 그저 이 길의 끝을 보기 위해 계속 걷고 걸을 뿐이었다.

어디까지?

이 길의 끝에는 무엇이 있지?

나는 무엇을 위해 이 길을 걷고 있지?

거기까지 생각이 미치자, 갑자기 손목이 굉장히 답답하게 느껴졌다. 마르멜이 천천히 시선을 내리자 검고 진득거리는 쇠사슬이 자신의 손목에 칭칭 감겨 있었다. 그리고 그것은 앞서 걸어가는 드래곤의 심장을 관통하여 연결되어 있었다. 이게 대체 뭐지. 그는 옴짝달싹하지 않는 손목을 이리저리 비틀어 보다가 이내 인상을 썼다.

벗어날 수 없다.

그렇게 생각하자 마냥 붉게 보였던 바닥이 서서히 검은빛으로 물들기 시작했다. 얼마 지나지 않아 세상은 온통 암흑으로 화했다. 앞뒤는 물론 위아래도 분간할 수 없었다. 방향감각을 상실해 발을 몇 번 헛디딜 뻔했다. 하지만 마르멜은 새하얀 팔에 매달린 검은 줄 때문에 억지로 끌려가고 있는 판국이었다. 눈 뜬 맹인이 되어 어디로 향하는지도 모른 채 막무가내로 끌려가고 있었다.

그 이후로도 아주 긴 세월을 걷고, 걷고 또 걸었다. 대체 얼마나 정신없이 끌려다녔을까. 이대로 가다간 내가 죽을 거라는 생각에 마르멜은 숨이 턱턱 막히는 기분이었다.

멈춰. 빌어먹을, 멈추라고!

마르멜은 필사적으로 버둥거렸다. 진득하게 눌어붙은 쇠사슬이 마치 살을 파고들어 가는 것만 같았다. 검은 벌레가 스멀스멀 쇠사슬을 타고 살을 헤집는다. 이대로 잡아먹힌다는 두려움에 덜컥 겁이 났다. 그러다가 마르멜은 그만 제 발에 걸려 넘어지고 말았고, 여전히 무자비하게 끌려가는 중이었기 때문에 강하게 바닥에 머리를 부딪치고 말았다. 이마가 찢어졌는지 무언가 축축한 게 옆얼굴을 타고 흘렀다. 그는 정신이 몽롱해지는 것을 느끼며 예전에 들었던 아버지의 말을 다시 떠올렸다.

—죽느냐 죽이느냐. 네가 선택할 길은 두 가지밖에 없다.

죽느냐 죽이느냐. 죽이지 않으면 내가 죽는다.

그는 여태까지 손에 부적처럼 꾹 쥐고 있던 검을 내려다보았다. 이것으로 저 끔찍한 걸 죽일 수 있을까. 지긋지긋한 굴레를 끊어 낼 수 있을까. 이대로 가다간 자신이 죽을 것 같아 마르멜은 막무가내로 검을 휘둘렀다. 온통 암흑인 탓에 아무것도 분간할 수 없었기 때문이다. 이젠 그 지겨운 기억의 잔재마저 그리울 지경이었다. 그는 한참 검을 휘두르다가 이내 색색거리는 거친 숨을 몰아쉬었다. 검 끝에 닿는 게 아무것도 없자 그만 정신을 놓을 것만 같았다.

그때 그의 손목을 칭칭 감고 있는 쇠사슬에 시선이 닿았다.

괴물의 심장에 연결된 쇠사슬. 그래, 이걸 끊어 내자. 그러면 저 괴물을 죽일 수 있을 것 같은 뚜렷한 확신이 들었다. 묶여 있는 탓에 손은 자유롭지 않았지만, 검을 짧게 잡으면 충분히 단도처럼 사용할 수 있을 것 같았다. 마르멜은 생채기를 입든 말든 손바닥으로 망설임 없이 검날을 잡았다. 그리고 제 손에 상처를 입을 수 있음에도 아랑곳하지 않고 검을 높이 들어 올렸다가 내리쳤다.

검날이 쇠사슬에 닿기 바로 직전이었다.

―멜.

흠칫. 그는 동작을 멈추고 그대로 검을 놓칠 뻔했다.

놀라서 주변을 둘러보자 환하게 웃고 있는 소니도르가 잔상처럼 나타났다가 순식간에 사라졌다. 약간의 위화감은 느껴졌지만 분명 그녀의 목소리였다. 기억의 잔재인 걸까? 악몽이나 잊고 싶었던 과거 외에 그녀의 잔재를 보게 될 줄은 몰랐다. 온통 암흑뿐이었던 세계가 그녀로 물들기 시작했다. 그녀가 남기고 간 주홍빛 머리카락은 마치 타오르는 노을과 같았고, 연녹색 눈동자는 봄날에 피어오르는 새순 같았다.

마르멜은 잠시 멍하니 두 눈을 깜빡이다가, 이내 눈을 감고 한숨과 같은 웃음을 터트렸다. 단순히 이름을 불렸을 뿐인데 너는 언제나 이렇게도 간단히 끔찍한 악몽을 지워 주는구나 싶어서. 온몸에 질척하게 달라붙고 머리를 진탕 헤집던 벌레들도 더는 보이지 않았다. 여전히 쇠사슬에 의해 질질 끌려가고 있었지만 마치 깜깜했던 시야와 숨통이 동시에 트이는 기분이었다.

아아, 그래. 왜 지금까지 생각하지 못했을까. 자칭 꿈 전문가라 자부하는 소니도르가 꿈속에서 벗어나기 위해서 꼭 필요한 것이라며 계속해서 운운했던 것이 바로 애정이었는데 말이다. 애정이라면 자신 있으니 금방 빠져나올 수 있겠네. 마르멜은 피식 웃으며 기억을 더듬었다. 악몽에 잠식되어도 금방 떠오르는 동글동글한 얼굴이 있었다.

새하얀 얼굴에 산홋빛으로 물든 두 뺨이 보이더니 반달 모양으로 흰 녹색 눈동자가 오롯이 그를 눈에 담고 붉은 입술을 달싹였다.

—멜, 사랑해요. 제겐 멜밖에 없어요!

"하하, 그게 뭐야. 쏭은 그런 말 안 했어."

기억의 잔재가 아니라 그냥 내 환상일 뿐인 건가. 아니면 바람? 저런 말을 듣고 싶었나. 그렇다고 해도 너무 다급하고 필사적인 목소리였다. 하긴, 그녀는 부끄러움이 많아서 만약 진짜로 고백을 결심한다면 수줍게 좋아한다고 속삭이는 것이 아니라, 저렇게 과하게 느껴질 정도의 말을 냅다 던질 것이다. 빨리 해치워 버리겠다는 듯이 말이다. 마르멜은 짓궂은 소년처럼 키득거리며 웃었다.

애정에는 추억뿐만 아니라 망상도 통하는 걸지도 몰랐다. 소니도르는 자신이 바라는 미래도 소스에 해당한다고 했으니까.

마르멜은 비척거리면서 일어났다. 아, 더럽게 아프네. 그는 온통 피투성이인 자신의 작은 손바닥을 내려다보다가 속으로 '너를 조금 더 빨리 만났더라면' 하고 생각했다. 조금 더 빨리 진정으로 소중히 여길 수 있는 사람을 만났더라면. 그렇다고 해도 여전히 악몽은 꿀 테고 자신을 둘러싼 환경은 조금도 달라지지 않았겠지만, 뭐든 지금보다는 나아질 것만 같았다.

그저 곁에 있어 주는 것만으로도 그녀는 힘이 되었다.

"지금이라도 빨리 너를 찾아가야 할 텐데."

마르멜이 피식 웃으며 중얼거리자, 어려진 몸의 또래로 보이는 어린 소니도르의 잔상이 나타나 그에게 손을 뻗었다. 그리고 상처투성이인 그를 이리저리 둘러보더니 마치 잔소리를 하는 것처럼 앙증맞은 입술을 오물거렸다. 목소리는 들리지 않았다. 하지만 저 환상이 무슨 말을 하고 있는지는 대충 짐작할 수 있을 것 같았다.

자학하지 말라고, 왜 자신을 상처 입히느냐고 그런 말을 하는 거겠지.

"입에 있는 건 다 먹고 나서 말하지그래."

그녀의 품 안에 과자 봉지가 안겨 있는 것을 확인하고 그는 어린 소녀의 입가를 닦아 주는 시늉을 했다. 그러자 홍조가 어려 있던 양 볼이 더욱 붉게 물들더니 소니도르가 그의 손목을 덥석 붙잡았다. 물론 환상이었기에 진짜 붙들린 건 아니었지만, 이상하게 마르멜은 더 이상 목 없는 드래곤을 따라 질질 끌려갈 필요가 없어졌다. 어느새 손목에 묶여 있던 쇠사슬이 흔적도 없이 사라져 있었기 때문이다.

이럴 때를 대비해서 마법 수식이라도 좀 배워둘 걸 그랬나 보다. 소니도르는 딱 봐도 고위급 마법사가 만들었을 게 뻔한 금색 링을 이리저리 둘러보며 눈을 가늘게 떴다. 이런 쥐똥만

한 크기에도 도청 마법을 새길 수 있다는 게 놀라웠다. 보석에 직접 마법을 새긴 것보다는 성능이 덜하겠지만, 그만큼 정교하고 세밀한 작업을 거친 물건이겠지.

"하아……."

작게 속삭이는 소리마저 건너편에서 들릴지도 몰랐다. 혹시 모를 사태를 대비해서 최대한 입도 뻥긋하지 않는 편이 좋을 듯싶었다. 소니도르는 일부러 들으라는 듯 깊은 한숨을 내쉰 뒤 곧바로 침대 위에 엎어졌다. 세상이 무너지기라도 한 듯 한숨 소리는 절망으로 가득 차있었지만, 그녀의 얼굴에는 그것과 상반된 안도 섞인 웃음이 번져 있었다. 방안에 갇혀 있는 바람에 밖에 돌아가는 상황을 전혀 알 수 없어 답답했는데 지오르지오가 직접 찾아와준 덕분에 안심할 수 있었던 것이다.

아, 그래도 이곳에 절대적인 나의 편이 있구나 싶어서.

처음에는 정말 그가 배신한 줄 알고 반쯤 넋이 나가버리고 말았지만, 중간쯤에서부터 어렴풋이 알아차렸다. 지오르지오는 단순히 그들에게 협조하는 척하고 있을 뿐이었다. 놀랍게도 본인의 성질을 완전히 죽이고서 말이다. 소니도르는 전혀 그답지 않은 일에 너무도 고마워서 어쩐지 웃음이 새어나올 것 같았다. 늘 그렇게 고집불통 같이 굴어도 정작 중요할 땐 자신의 말을 들어주고 자신의 편이 되어주는구나 싶어서.

'여전히 기억하고 있었네.'

어릴 때 첩자 놀이를 한답시고 둘만의 비밀 암호를 만들어 뒀던 게 이렇게 쓰일 줄은 몰랐다. 하도 오래전 일이라 까마득하게 잊고 있었는데, 그가 자꾸 혀로 자신의 입술을 훑자 작은 기억의 파편이 수면 위로 떠올랐다. 그러고 보니 그런 놀이도 했었지, 하고. 긴장상태로 있어서 그의 행동 하나하나 눈길이 갔기 때문에 더 그랬을지도 몰랐다.

혀로 입술을 훑는 건 지금 하는 말은 거짓말이라는 뜻. 퍼뜩 기억이 떠오르자마자 소니도르는 자신의 귓불을 만지작거리며 화답했다. 그건 알았다는 뜻이었다.

그래도 긴가민가해서 눈짓이라도 주길 바랐는데 지오르지오는 어울리지 않게도 철저하게 연기를 할 생각이었나 보다. 시종일관 얼음조각 같은 얼굴로 자신을 싸늘하게 내려다보고만 있었으니까. 덕분에 그 암호가 통한 건지 아닌 건지도 잘 모르겠지만, 어찌 되었든 소니도르는 그를 믿었다. 피를 나눈 것보다 더 끈끈한 유대를 배신할 리 없다 믿고 있기 때문이었다.

소니도르는 잠시 기쁨에 취해 침대를 뒹굴 거리다가 서서히 얼굴을 굳혔다.

'힌트는 더 없을까.'

그리고 침대에서 다시 벌떡 일어났다. 지오르지오가 절대 배신하지 않았다는 확신을 얻었지만 그뿐이었다. 앞으로 자신이 어떻게 행동해야 할지, 그리고 그의 계획은 뭔지 아무것도 얻지 못했다. 지금 당장 이곳을 탈출하려 해도 탈출로를 확보하지 못한 건 둘째치고 더욱 섣불리 행동하기 힘들었다. 지오르지오를 인질로 붙잡힌 것과 별반 다를 게 없기 때문이었다.

일단 확실한 것은 앤더슨 가문에서 반역을 꾀하고 있다는 것과 그들이 뭔가 눈치는 채고 있다는 것이었다. 하지만 소니도르에게 그의 위치를 묻는 걸로 보아 아직 이렇다 할 증거를 잡지 못한 것 같았다. 일단 하루빨리 마르멜을 깨우는 것이 중요했다.

그가 멀쩡한 모습으로 존재를 드러낸 뒤 부족민의 저주와는 별개의 일이라 잡아떼면 저쪽에서는 반역을 저지를 명목이 사라질 것이다. 게다가 지금 누가 누굴 협박하고 있는 거란 말인가. 반란을 꾀하는 장인보다 반란을 꾀하는 제국 귀족 쪽을 더 경계하게 되는 게 당연하지 않은가. 이미 의심받고 있는 상황에서 지오르지오의 정체를 까발려 봤자 자폭과 별반 다를 게 없었다. 오히려 반역의 꼬리가 잡혀 의심병 황제에게 몰살을 당할 뿐이겠지.

'황제…….'

황제에게까지 생각이 미치자 소니도르는 멈칫했다. 과연 황제는 앤더슨 가문에서 이렇게 야망을 드러내기 전까지 반역의 꼬리를 잡지 못했던 걸까? 그간 황태자의 기억에서 본 황제라면 이미 그들의 속셈을 알아차리고 그들이 움직이기 전에 반역죄로 처형하든 뭘 하든 행동했어야 옳지 않았을까.

아니면 빼도 박도 못하게 증거를 잡을 생각인가? 그럴지도 몰랐다. 황제가 아직 앤더슨 가문에서 황태자의 뒤를 캐는 등의 불온한 움직임을 보이고 있다는 걸 모르고 있을 수도 있고 말이다. 하지만 어째 좀 석연찮은 점이 있었다. 그동안 황제는 그런 불순분자들은 낌새를 느끼는 족족 죽였을 테니 말이다.

생각보다 황제는 얌전했다. 마르멜을 깨울 수 있는 건 소니도르 자신밖에 없는데도 의심받을지도 모른다는 이유로 지금 당장 꺼내주지 않는 것도 이상했다. 마르멜을 깨워야 죽이 되든 밥이 되든 할 것 아닌가.

대체 무슨 꿍꿍이인지 모르겠네. 아니 폐하께서 무슨 생각을 하고 계시든 일단 전하를 깨우는 게 급선무인데. 소니도르는 제 머리를 헤집다가 문득 이런 생각마저 들었다.

몸이 나갈 수가 없다면 정신이라도 전하와 연결할 수는 없을까. 그의 의식과 자신의 의식을 연결하기만 한다면 어떻게든 그의 꿈속에 들어갈 수 있을 텐데. 한마디로 미친 생각이었다. 심장에 직접 손을 얹고도 꿈속에 들어가지 못했는데 지하통로로부터 까마득히 먼 곳까지 어떻게 정신을 연결한단 말인가. 그건 쇼크사 내지는 과로사로 죽겠다는 말과 같았다. 하지만 더는 손 놓고 구경만 할 수는 없게 된 그녀는 필사적이었다.

'정말 그래 버릴까.'

이대로 망부석이 될 수는 없었다. 눈 딱 감고 한 번만 해 볼까 하는 충동이 들 때쯤이었다. 창문을 치대는 밤바람 소리에 그녀는 잠시 창밖을 내다보았다. 달빛도 제 모습을 감춘 오후, 하늘은 서서히 어둑어둑해지기 시작했다. 온종일 하늘을 가득 메우던 먹구름을 떠올리면 오늘 밤은 특히나 칠흑같이 어두울 것 같다는 생각이 들었다.

창밖을 이글거리는 눈빛으로 내다보고 있었는데 창문과 창문 사이에 끼워져 있는 새하얀 종이가 보였다. 소니도르는 잠시 놀란 얼굴로 눈을 깜빡이다가 창문을 툭툭 건드려보았다. 역시나 감금이라는 말이 무색하지 않게 단단히 잠겨 있는지 꿈쩍도 하지 않았다. 그녀는 창문을 여는 것을 포기하고 삐쭉 고개를 내밀고 있는 종이의 모서리를 붙잡아 살살 당기기 시작했다. 아무래도 밖에서 종이를 끼워놓은 것 같은데, 이런 짓을 할 수 있는 사람은 한사람밖에 떠오르지 않았다.

바람을 다룰 수 있는 파랑 장인, 지오르지오.

그는 이 궁을 드나들면서 이사벨라가 잠시 한눈을 파는 사이에 충분히 능력을 사용하고도 남을 테니까. 바람을 다루는 일이 그에게는 숨 쉬는 일보다 쉽다는 걸 알고 있었다. 소니도르는 네모 반듯하게 접혀 있는 종이를 꺼내자마자 화색을 띠며 얼른 그것을 펴보았다.

—정말이지 어이가 없군.

지켜준다더니 지금 네 꼴을 봐. 그래서 널 지켜준다는 놈은 지금 어딜 갔지?

아아, 곰곰이 생각해 보니 지켜준다는 말은 들은 적 없는 것도 같아. 그저 네게 무슨 일이 생기면 가만히 있지 않을 생각이라고 하더군. 그마저도 내 협박에 마지못해 대답한 거지.

책임을 교묘하게 회피하는 대답이야. 그렇지 않아? 그 말은 네게 무슨 일이 생긴 다음에 행동하겠다는 뜻이잖아. 대체 그래서야 무슨 의미가 있는지 모르겠어. 정말이지 생각이 깊어질수록 화만 나는군.

나는 네게 무슨 일이 생기기 전에 상대편 목에 날을 세울 거야. 네가 다치는 것보단 훨씬 나으니까. 지금도 그 행동의 일환이고, 정말 그래 버릴 생각도 들지 않은 건 아니었지만. 빌어먹게도 약속은 약속이니까. 그놈과 달리 난 네게 한 말은 반드시 지킬 생각이거든. 그러니까 안심해. 또 쓸데없는 걱정으로 골머리 앓지 말고. 그놈이 완전히 제정신을 차리기 전까진 섣불리 행동하지 않아. 그런 약속이었으니까.

그러니까 나를 믿고 그곳에서 얌전히 기다려. 곧 갈게. 내가 하라는 대로 해 줘.

지금 황태자를 '그놈'이라고 칭한 건가?

편지는 거기서 끝이었다. 소니도르는 혹시 다른 말이 있지 않을까 종이를 앞뒤로 뒤적여보다가 잠시 생각에 잠겼다. 아무리 사적인 편지라고 한들 예상했던 것보다 강한 적대감이었다. 전부터 궁금했던 건데 대체 예전에 저 두 사람 사이에서 무슨 말이 오고 갔던 걸까. 그녀는 다시 찬찬히 편지를 손가락으로 짚어 내려가며 읽었다.

편지의 내용은 일방적으로 마르멜을 나무라는 것처럼 보였지만, 어렴풋이 자괴감 같은 것도 읽히는 것 같았다. 어째 내가 지금 이 짓을 하는 게 다 그놈 때문이라는 투정처럼 보였다. 그럴 만도 했다. 황태자에게 걸린 부족민의 저주가 완전히 풀리기 전까지 기다려주겠다는 그런 약속을 했으니까. 그 약속 때문에 멋대로 행동하지도 못하고 제국 귀족에 협력하는 척 연기해야 했으니 화가 날 만했다. 어쩌면 그건 그의 자존심을 뭉개는 행동이기도 했다.

내심 탈출 방법을 고심하던 소니도르는 얌전히 편지를 벽난로에 던져 넣었다.

'믿어. 네가 한 약속이니까.'

그래, 지오는 항상 나와 한 약속을 지켰지. 그녀는 속으로 중얼거리며 양손에 얼굴을 파묻었다. 그는 이렇게까지 자신을 위해 노력하는데, 그와의 약속을 가볍게 여기고 마르멜과 내기를 했었다. 내기에서 지게 되면 원할 때까지 곁에 있겠다고. 그와 강제적으로 떨어지게 되면서 생각해 보면 그녀는 내심 내기에서 지게 되기를 바라고 있었다. 겉으로는 빨리 황궁을 나가고 싶다고 자신을 속이면서도, 고작 그와 떨어지게 된 지 이틀밖에 지나지 않았는데 어딘지 텅 빈 듯한 공허함이 사라지질 않았다. 문득 뒤를 돌아보면 그가 있을 것만 같고 감았던 눈을 뜨면 그가 손 닿을 거리에 있을 것만 같아서.

나는 장인이고, 그는 황태자인 데다가 어리고, 아름다운 약혼녀도 있고. 수많은 핑계를 댔지만, 실은 모든 이유를 다 젖혀도 상관없을 정도로 그의 곁에 있고 싶었다.

지오. 어떡하지? 나 아무래도 진짜 태자 전하를 좋아하게 된 것 같아.

얼마간 그러고 있었을까. 그녀를 감시하던 기사들이 방문을 벌컥 열자 소니도르는 천천히 고개를 들었다. 그곳에는 자신만만한 미소를 짓고 있는 이사벨라와 싸늘하게 굳은 얼굴을 한 지오르지오가 있었다. 어쩐지 울 것 같은 기분이 들어 그녀는 자신의 눈가를 문질렀다.

"이 정도 시간을 줬으니 전하께서 계시는 곳이 기억나시겠죠."

"……."

이대로 마르멜이 있는 위치가 발각되면 황제가 거짓말을 한 것이 된다. 그뿐만 아니라 앤더슨 가문에게 많은 빌미를 제공하게 된다. 소니도르는 화려한 미녀를 물끄러미 응시하다가 잠시 지오르지오와 눈을 맞췄다.

널 믿어. 나의 가장 소중한 친구.

냉정함을 가장한 그의 눈빛을 읽어낸 그녀는 이내 고개를 끄덕였다.

⚜

결박이 풀린 마르멜은 이제 자유로웠지만, 한 치의 망설임도 없이 소녀를 따라 걸었다. 만약 자신에게 정해진 길, 앞으로 나아가야 할 길이 있다면 그건 바로 이 길일 거라는 생각이 들었다. 아까 보았던 피의 길처럼 그가 가야 할 방향을 제시해 주진 않았지만, 소니도르는 모든 풍경을 빛으로 다채롭게 밝혔다. 시야가 트이고 까맣게 죽어버렸던 세계가 피어난다. 대체 아까부터 헤매고 있는 이 암흑의 길은 어디인가 했더니 이곳은 그녀와 가장 많은 시간을 함께 보냈던 황태자 궁이었다.

이곳이 이런 느낌이었던가. 새벽의 산속처럼 상쾌한 공기가 코끝을 간질였다.

마르멜은 두 눈을 깜빡였다. 어느새 소니도르와 자신은 창문 앞에 나란히 서 있었다. 어린 시절에 정신이 완전히 나가

버린 채로 한눈을 팔다가 창밖으로 떨어졌을 때와 비슷한 모양의 창이었다. 저도 모르게 반사적으로 몸을 움찔 떠는 사이, 소니도르는 창밖을 지나다니는 땅 위의 존재를 손가락으로 가리켰다. 각양각색의 동물 머리를 한 그들이 기척을 느끼기라도 한 듯 일제히 고개를 들었다. 표정 하나 없는 가면 같은 얼굴들이 조금은 기괴하다는 생각이 들었다. 마치 살아 있지 않은 채로 움직이는 태엽 인형 따위를 보고 있는 것 같아서.

하지만 그가 그들에게 느낀 감정은 기괴함이나 섬뜩함이라기보다는 무심을 가장한 안도, 안심에 더 가까웠다. 인간으로 보이지 않아서 다행이야. 사실은 내심 그런 생각을 계속 했던 것도 같았다. 소니도르는 그런 마르멜의 정곡을 푹 하고 아프게 찔렀다.

—어차피 죽을 이들이라고 생각해요?

그녀가 바로 코앞에서 입술을 달싹였다. 목소리는 여전히 들리지 않았다. 입 모양도 정확한 발음을 구사하기보단 오물거리는 것에 가까웠지만 무슨 말을 하는 건지 알아들을 수 있었다. 꿈속이기 때문인지, 어차피 모든 게 그의 환상이기 때문인지는 몰라도. 마르멜은 두 눈을 깜빡였다. 숨을 들이쉬자 비에 젖은 흙냄새 따위가 나는 것 같았다.

어차피 죽을 이들이라. 말의 주어는 없었다. 하지만 그녀의 손가락 끝이 가리키는 존재들만 봐도 알 수 있듯, 그것은 마르멜이 인식하는 모든 사람을 말하는 것이었다. 환각이 보이기 시작한 이후부터 머리가 까맣게 물들어 보이지 않던 이들. 그리고 이제는 동물 머리로 대체된 그 사람들 말이다.

수많은 이들이 형장의 이슬로 사라졌을 때, 그들은 대체로 머리가 없었다. 그녀의 말이 맞았다. 마르멜에게 있어서 인간이라는 건 어차피 죽을 이들이었다. 처음에는 그저 필요 없으므로 보이지 않는 것뿐이라고 말했지만, 그건 죄책감을 덜어내기 위한 외면에 지나지 않았다. 사실은 아무것도 해 주지 못했다는 게 그저 미안하고, 미안하고, 또 미안해서. 이미 사라져 버린 그들을 가슴에 묻고 살아가기에도 벅찼다.

새로운 인연은 고사하고 그마저도 아파서 지워 내고, 지워 내고, 또 지워 냈다.

"여기는 나의 밑바닥인가."

어쩐지 눈가가 달아오르는 것 같아 그녀를 빤히 응시하자 소니도르는 그와 눈을 맞추며 장난스럽게 웃더니 과자를 와삭와삭 씹었다. 그리고 과자부스러기를 손바닥에 얹어 새를 유인하기 시작했다.

인간을 잔뜩 경계하며 고개를 갸웃거리던 새가 콩콩 뛰며 나뭇가지에서 어린 소녀의 손으로 갈아탔다. 작은 파랑새가 그 위에 앉자 활짝 웃으며 새를 붙잡아 마르멜의 손바닥 위에 안겨주며 웃었다. 부드럽게 휜 눈동자는 오롯이 얼빠진 얼굴을 한 소년만을 눈에 담고 있었다.

—새로운 시작이죠.

그녀가 입술을 달싹였다.

손안이 따뜻했다. 피의 길을 걸었을 때 느꼈던 미적지근하고 끈적이는 기분 나쁜 온기가 아니었다. 손바닥이 데일 것 같은 강렬한 생명력이 느껴졌다. 마르멜은 시선을 내려 손바닥 안을 들여다보았다. 어느새 새는 사라지고 없었지만, 자신의 손은 창틀에 스며드는 투명한 햇살을 그대로 받아내고 있었다. 그는 천천히 고개를 들었다. 창을 타고 밀려드는 바람과 함께 소니도르의 환상은 어느새 사라지고 없었다.

한참을 우두커니 서 있던 마르멜은 이내 목멘 목소리로 중얼거렸다.

"악몽마저 가져갔군."

땅 위에 존재들은 전부 사라지고 불안하기 짝이 없던 세계도 정상으로 돌아와 있었다. 정상을 너머서 환상 속 세계인 양 찬연한 색채가 그저 눈부셨고, 그저 몽환적이었다. 공기 중에 떠다니는 먼지마저 아름답게 반짝였다. 마치 하늘 아래 존재였던 수호령이 내면 가장 깊은 곳에서 그들을 건져줬을 때처럼. 마르멜은 그때의 일을 생각하다가 지금 상황도 잊은 채로 피식 웃어 버리고 말았다. 그렇다면 자신의 세계에서 수호령은 소니도르인 건가.

농담이 아니라 어쩌면 그게 사실일지도 모르겠다는 생각이 들었다.

새로운 시작. 그건 과거의 짐을 내려놓고 이제 앞만 보고 나아가라는 말이겠지.

모든 기억을 다 지워 냈을 땐 고인 물처럼 도태되어 가던 자신이, 기억을 전부 되찾고 나서야 이런 마음을 먹었다는 게 아이러니했다. 하지만 만약 소니도르가 지금 곁에 없었다면 기억을 되찾았다 한들 이렇게 덤덤하게 넘길 수 없었을 것이다. 오히려 더 큰 충격에 빠져 한심하게 허우적거리고 있을지도 몰랐다.

그러고 보면 소니도르에겐 전부터 비슷한 말을 계속 들어왔던 것 같다. 격려하고 다독여 주는 수많은 말. 새삼 그 말들이 가슴에 와 박히는 걸 보면 이제야 들을 준비가 된 모양이었다. 이제야 나아갈 준비가 된 모양이었다.

그는 펄럭이는 커튼을 빤히 응시하다가 천천히 걸음을 내디뎠다. 피의 길을 걸을 때 무뎌졌던 현실 감각이 서서히 깨어나기 시작했다. 그러자 갑자기 불안해지기 시작했다. 꽤 시간이 흐른 것 같은데 소니도르가 나타나지 않았다는 건 그녀에게 무슨 일이 생겼다는 결론밖에 나지 않았기 때문이다. 만약 그녀가 곁에 있었다면 무슨 일이 있어도 꿈속에 들어와 자신을 깨우려고 했을 것이다.

느긋하게 꿈속을 거닐고 있을 때가 아니었다. 밖의 상황을 전혀 알 수 없었으니까 일단 최대한 빨리 이곳을 벗어나는 게 급선무였다. 마르멜은 한숨을 내쉬며 눈가를 꾹꾹 누르다가 거울 너머의 자신을 응시했다. 어린아이였던 몸은 순식간에 자라나 어느새 완연한 성인이 되어 있었다.

첫 번째도 아니고 두 번째였으니 소니도르의 도움 없이도 벗어날 수 있지 않을까. 진짜 부족민의 저주도 아니었으니 말이다. 마르멜은 지난번 꿈속에서 그녀가 제시해 준 조언과 방향대로 따른다면 어떻게든 될 것 같다는 묘한 확신이 들었다. 게다가 지금은 내면 깊은 곳을 빠져나와 제법 안정적인 공간에 있는 것 같으니 다시 악몽에 빠지는 일은 없겠지. 마르멜은 지난번에 소니도르의 힘을 빌려 꿈속에서 벗어났을 때를 떠올렸다. 어떻게 깨어났더라.

그녀는 분명 자신에게 마음을 털어놓으라는 말을 했었던 것 같았다.

'지금은 털어놓을 사람도 없지만.'

게다가 소니도르에겐 이미 제 마음을 충분하게 털어놓았다. 꾹 눌러 삼킨 비틀린 집착과 추잡한 질투를 제외하고는 거의 모든 걸 그녀에게 내보였다. 아무리 솔직한 게 좋다고 한들 말해서는 안 될 말이 있다는 걸 그도 알고 있었다. 그럼 이젠 다른 방법을 써야 하는 건가. 마르멜은 거울 너머의 자신을 물끄러미 바라보다가 천천히 손을 뻗었다. 서늘한 감촉이 손끝에 닿을 때쯤 생각하는 대로 이루어지리라는 꿈속의 법칙이 떠올랐다.

장인들에게 자유를, 그리고 두려울 일 없는 평화를, 아이들이 꿈을 꿀 수 있는 세상을, 그리고 차별이 없이 행복을 누릴 수 있는 일상을. 언젠가 그녀에게 직접 말하지 못했던 제 소망을 떠올리며 그는 작게 웃다가 이내 낮아진 목소리로 속삭였다. 새로운 시작. 내게 시작을 함께하고 싶은 사람은 오로지 한 명밖에 없어.

"……그러니 평생 내 곁에 있어."

날카로운 소리와 함께 거울이 깨졌다. 그와 동시에 눈을 찌를 듯한 빛줄기가 쏟아졌다.

⚜

"멜. 멜은 처음이자 내 마지막 사랑이에요!"

"……."

테리는 잠자는 마르멜의 귀에 대고 연신 소름 돋는 말을 뱉는 주세페를 떨떠름하게 보았다. 누가 연기 장인 아니랄까 봐 목소리와 말투뿐만 아니라 표정까지 완벽하게 소니도르와 판박이였다. 그렇다고 해서 얼굴까지 연기할 수 있는 건 아닌지라 마치 미성의 목소리를 가진 남자가 남자에게 낯뜨거운 고백을 연신 속삭이는 것처럼 보였다.

장인들은 뻔뻔함도 장인인 건가. 애초에 '좋아하는 사람에게 고백받으면 기뻐서 깨어나지 않을까?' 하고 아무 말이나 막 던진 건 하기스였지만, 그걸 또 좋은 생각이라고 하는 주세페도 주세페였다. 테리는 저도 모르게 슬슬 뒷걸음질 치며 하기스를 돌아보았다.

"저게 대체 뭐하는 짓입니까."

"뭐, 우리가 꿈속에 직접 들어갈 수는 없잖아. 이것밖에 방법이 없지."

"정말 효과 있는 것 맞아요?"

"봐봐. 전하의 표정이 한결 편안해진 것 같지 않아?"

"전혀 모르겠는데요."

시종일관 표정없는 밀랍인형처럼 잠들어 있는데 무슨 소리인지 모르겠다. 호흡할 때마다 가슴을 들썩이는 것 말고는 전혀 미동조차 없는데. 테리는 헛소리를 하는 하기스를 잠시 흘겨보다가 이내 한숨을 내쉬고선 죽은 듯이 잠든 마르멜을 가만히 내려다보았다. 만약 저 기괴하기 짝이 없는 행동으로 전하께서 깨어나신다면 오히려 자괴감에 빠지지 않으실까. 왠지 본인이라고 해도 그럴 것 같았다.

뭐, 그의 기분이야 어떻든 깨어나기만 하면 만사 해결이겠지만 말이다.

"다음은 뭐라고 말하게 시킬까."

하기스가 매우 진지하게 중얼거리며 자신의 턱을 쓸었다. 장난기 어린 그의 눈동자가 잔인한 빛으로 번뜩였다. 이 인간 지금 즐기고 있는 것 같은데. 테리는 차게 식은 얼굴로 의원을 응시하다가 이내 고개를 절레절레 흔들었다. 그들에게 진지함을 바라는 건 멍청한 짓이었다. 저 정신없는 대화에 어울리다 보면 어느새 본인까지 휘말리기 때문에 그냥 놔두는 게 최선이라는 걸 한참 전에 깨달았고 말이다.

연기 장인은 자신이 기억하고 있는 연극 대사 속 모든 사랑 고백을 읊고 있었다. 그리고 그것을 옆에서 부추기고 있는 건 웃겨 죽겠다는 표정을 하고 있는 하기스였다. 테리는 그들을 한심하게 응시하다가, 이내 지하 통로 내부로 인도해 준 크리스티안을 돌아보며 말했다.

"빨리 소니도르 님이 오셔야 할 텐데요."

"곧 폐하께서 손을 쓰실 거다. 일단은 이쪽 선에서 최선을 다할 수밖에.”

“……저게 정말 최선입니까?”

“지금으로써는.”

참으로 절망스러운 사실이었다.

아무리 생각해도 이 상황을 해결해 줄 수 있는 건 소니도르밖에 없는데, 차라리 의원을 탈옥시켜 줄 시간에 꼼짝없이 갇힌 그녀를 도와주는 편이 낫지 않나.

테리는 하기스를 미심쩍게 훑어보며 생각했다. 그때 마르멜의 귓가에 온갖 낯간지러운 말들을 쏟아내던 주세페가 고개를 들었다.

“어이, 꼬맹이. 불만도 많아, 응? 방법이 있으면 네가 와서 뭐든 해 보지그래.”

깡패처럼 건들거리는 그녀를 보고 테리는 저도 모르게 움찔 떨고 말았다.

주세페를 처음 만났던 날, 잠든 그녀를 침대에 옮겨주려다가 얻어터졌던 기억이 새록새록 떠올랐기 때문이었다. 맞은 이유도 황당했다. 징그러운 사내놈이 자신을 건드렸다는 이유에서였다. 본인은 멋대로 자는 사람의 배 위에 앉아 내장을 터트리려고 했으면서!

“아, 아니 제가 뭘 하겠습니까.”

그는 눈동자를 이리저리 굴리며 잠시 생각에 잠겼다가 주저하며 입을 열었다.

“계속 사랑한다고 말해 봤자 별 소용 없을 거 같은데. 충격요법은 어때요?”

"깨어나지 않으면 다른 남자와 결혼하고 말 거예요. 이런 거?"

"예시는 이상하지만 뭐 그런 거죠."

"헛소리하지 말고 할 일 없으면 가서 음식이라도 얻어와."

저기, 지금 본인의 처지를 이해하지 못한 것 같은데 우리는 지금 황실 지하 감옥에서 탈출한 탈옥수를 도와준 대역 죄인이거든요? 황제 폐하께서는 우리에게 명만 내렸을 뿐 만약 들키거나 붙잡혔을 경우 나 몰라라 하실 경우가 다분하단 말입니다.

테리는 답답함에 가슴을 치다가 기사의 눈치를 살피며 뒷말을 꿀꺽 삼켰다. 황제의 충실한 종, 라이젤 가드 앞에서 이 말을 입밖에 뱉었다간 폐하를 모욕했다는 이유로 탈탈 털릴 게 뻔했기 때문이었다.

"아, 그러고 보니 크리스티안 경은 자유롭게 움직이실 수 있겠네요."

이들 중 먹을 것을 구할 수 있는 사람이라면 기사밖에 없었다. 황제의 개가 되어 내려지는 모든 명을 따라야 했지만, 그만큼 그들이 누릴 수 있는 권리는 다양했으니 말이다. 테리가 그를 올려다보며 머쓱하게 웃자 크리스티안은 이마에 힘줄을 새기며 무자비한 손길로 그를 붙잡았다. 그리고 성가시다는 표정으로 짤짤 흔들기 시작했다.

"넌 갈수록 꿈 장인을 닮아가는군. 지금 날 음식 셔틀로 보고 있는 건가."

"그, 그럴 리가 있겠습니까."

지금 움직일 수 있는 건 기사님밖에 없다는 사실을 말했을 뿐인데요. 테리가 버둥거리며 재빠르게 변명할 때였다. 그들을 흥미진진한 얼굴로 응시하고 있던 하기스가 갑자기 앗, 하고 작게 탄성을 흘렸다. 미동조차 없이 잠들어 있던 마르멜의 손끝이 작게 꿈틀거렸기 때문이었다. 잠시 후 그게 착각이 아니라는 듯 하얗고 투명한 속눈썹이 파르르 떨리기 시작했다. 의원은 재빠르게 그에게 다가가 회복 마법을 쏟아부었다.

황태자의 상태가 심상치 않다는 것을 느끼고 방에 있던 이들 모두 침대 앞으로 옹기종기 모였다. 마치 잠든 공주가 깨어나길 기다리던 난쟁이들 같았다. 하나같이 심각한 표정을 짓고 있던 난쟁이들이 수군거리기 시작했다. 모두가 진지하기도 했지만, 동시 영문을 모르겠다는 얼굴들이었다.

"지금 움직이신 것 맞지?"

"소니도르가 다른 남자에게 시집간다는 말이 먹혔어?"

"그건 아닌 것 같은데요."

"아니…… 이상하잖아. 대체 왜 깨어나시는 거지?"

주세페가 의문 가득한 표정으로 속삭이자 테리가 답했다.

"당신이 그걸 의심하면 어떡합니까. 그래서 대체 어떻게 깨우신 거예요?"

"나도 몰라!"

왜인지는 모르겠지만 어쨌든 깨어나신다! 대체 언제쯤 눈을 뜨실까. 모두가 드디어 이 고생길이 끝나는 건가 기대 가득한 눈빛을 하고 있을 때 갑자기 쿵, 하는 엄청난 굉음과 함께 지축이 흔들리기 시작했다. 마치 근처에서 거대한 폭발이라도 일어난 것처럼 천장에서 먼지와 돌가루가 우수수 떨어져 내렸다. 지진?! 갑자기 벌어진 상황에 당황하여 모두가 중심을 잃고 근처에 있는 사물을 붙잡았을 때, 유일하게 평정을 유지하고 있던 크리스티안이 재빨리 잠든 마르멜을 안아 들었다. 예의 공주님 안기였다.

"왔군."

"뭐가요?!"

"쉿. 날 따라와라."

어디를! 뭔가를 알고 있는 듯한 그의 발언에 모두가 멍하니 서 있자, 기사는 어디론가 혼자 성큼성큼 걸어나가기 시작했다. 마치 이렇게 될 줄 알고 있었다는 그의 태도로 미루어 봤을 때 미리 계획된 상황인 모양이었다. 아니 이런 일이 일어날 줄 알았으면 좀 미리 말해 주면 어디가 덧나느냔 말이다. 이곳에 모여 있는 모두가 한마음 한뜻으로 그의 뒤통수를 노려보았다. 하여튼 완전히 제멋대로였다. 테리는 자신의 팔자를 다시 한 번 한탄하며 일단 빠르게 그의 뒤를 쫓았다. 크리스티안이라면 뒤처지는 순간 그대로 두고 갈 게 뻔했기 때문이었다.

돌문을 닫고 끝없이 이어진 지하 통로를 내달릴 때쯤 다시 한 번 더 굉음이 들렸다. 그들은 땅이 흔들리자 중심을 잡기 위해 벽을 짚었다. 이건 지진이 아니었다. 마치 폭약을 설치해서 터트리기라도 한 듯 누가 인위적으로 이곳을 침입하려고 하고 있었다. 만약 이 지하 통로를 알고 있는 이라면 평범하게 마법을 사용해서 입구를 통해 들어올 테니까. 그제야 대강 사태를 파악한 그들은 전과는 비교할 수 없을 정도의 빠른 속도로 뛰어가기 시작했다.

'누가 침입하려는 걸 이미 알고 있었다. 그 말은 즉 유인한 건가?'

하지만 비밀 통로의 위치가 발각될 텐데 왜 그런 짓을…….

거기까지 생각이 미쳤을 때였다. 테리는 이곳에서 들릴 리 없는 날카롭게 휘몰아치는 바람 소리와 돌바닥에 간헐적으로 떨어져 내리는 물소리를 들었다.

폭약과 맞먹을 정도의 능력에 바람과 물소리. 파괴력은 엄청났지만 마치 파도가 치는 듯 아름답기도 하여 파랑 장인이라고도 불리는 한 사람을 떠올리고 그는 잠시 제자리에서 멈췄다. 그리고 놀란 얼굴로 등을 돌렸다.

'지오 형?'

하지만 그것도 잠시 그는 하기스의 손에 붙들려 억지로 끌려갈 수밖에 없었다.

"아가, 상황 파악 안 돼?"

"하지만……!"

"쉿. 놓치면 끝이야."

소니도르도 물론 그랬지만, 지오는 테리에게 있어서 친형제나 다름없었다. 이번에 연회에 초대되었다는 말을 듣기는 했다. 연락도 없이 사라졌다고 혼날까 봐 미처 찾아갈 생각은 하지 못하고 있었는데.

지오 형, 설마 터무니없는 짓을 할 생각인 건 아니겠지? 미련 어린 얼굴로 뒤를 흘끔거리던 테리는 이내 입술을 꾹 깨물고 앞만 보고 달려나가기 시작했다. 이곳에 침입한 이가 지오르지오인지 확실하지도 않은 데다가, 하기스의 말마따나 붙잡히면 어떻게 될지 아무도 몰랐다.

어디로 향하는 건지, 이 통로의 끝에 뭐가 있는지 알지도 못한 채로 크리스티안의 뒤를 무작정 따랐다. 이마를 타고 땀이 흘러내리고 숨이 턱 끝까지 차오를 때쯤 통로의 끝이 보였다. 가장 먼저 도착한 기사는 벽을 짚고 마법 주문을 영창했다. 그러자 급박한 상황을 대변하기라도 하는 것처럼 번쩍이는 흰빛이 터져 나왔다. 문이 생기자마자 그들은 달리기 끝에 결승점을 발견하기라도 한 듯 재빨리 문을 통과했다.

밤인데도 불구하고 대낮같이 환한 빛이 그들의 눈을 찔렀다. 계속 지하 통로에 머물러있어서인 것인지 이곳이 화려할 정도로 번쩍여서 그런 건지 모르겠다. 테리가 눈물을 찔끔거리며 겨우 눈을 뜨자 눈가에 안경을 걸친 채 서류를 뒤적이고 있는 황제가 보였다.

'음?'

잘못 봤나. 눈을 비비는 둥 쓸데없는 짓을 해 봤지만, 눈앞의 황제는 여전히 건재했다. 그는 흘러내린 안경을 밀어 올린 뒤 그들에게 잠시 눈길을 주다가 다시 시선을 서류에 고정했다. 그리고 마치 안부를 묻듯 여상한 말투로 한마디 툭 내뱉었다.

"늦었군."

"송구합니다."

"사과는 됐으니 경은 가 봐도 좋아. 나머지는 짐이 알아서 하겠네."

"명 받들겠습니다."

기사는 꾸벅 허리를 숙인 뒤 집무실 밖을 빠져나갔다. 그러는 동안에도 마르멜은 여전히 그의 품 안에 공주님처럼 안겨 있었다. 크리스티안은 가장 안전하게 모실 수 있다는 이유로 늘 공주님 안기를 고집하고는 했다. 사람을 저러고 들고 다니는 건 좀 그만두라고 했건만. 이미 당한 전적이 있는 카딘은 잠시 탐탁지 않은 얼굴을 하다가 작게 쯧 하고 혀를 찼다. 그것도 잠시, 그는 이내 꿔다놓은 보릿자루처럼 서서 숨을 고르고 있는 세 사람을 돌아보았다.

그리고 전혀 예상하지도 못한 말을 뱉었다.

"수고했네."

"……."

수고는 모르겠지만 영문도 모른 채 달음박질치느라 고생하긴 했다. 모두가 고개를 푹 숙인 채로 머리 위로 물음표 수십 개쯤을 띄웠을 때쯤 그들이 뛰쳐나온 비밀 통로의 문을 통해서 라이젤 가드들이 우수수 쏟아져 나왔다. 대체 언제부터 저 많은 기사가 같은 통로에 있었는지 알 수 없는 노릇이었다. 끝을 모르고 빠져나오는 그들을 가만히 응시하고 있자, 얼마 지나지 않아 뚱한 표정의 지오르지오가 보였다. 또 복잡한 얼굴을 하고 있는 소니도르도 있었다.

역시 지오 형이 맞았어! 테리는 반가운 얼굴로 그의 이름을 부르려다 말고 입을 꾹 다물었다. 지금 상황에서 그를 아는 척하는 것이 과연 맞는 건지 파악하기 힘들었기 때문이었다. 묘한 침묵으로 가득한 황제 집무실에서 이리저리 눈치를 살피는 사이, 마지막으로 양팔을 붙들린 이사벨라가 끌려 나왔다.

그녀는 표독스러운 눈빛으로 지오르지오를 쏘아보았다. 그를 완전히 믿지 않았지만 설마 반란군 주제에 황제와 손을 잡았을 줄은 몰랐기 때문이었다. 하지만 이내 자신의 처지를 깨달았는지 불안한 시선을 이리저리 굴렸다.

그때 황제는 그녀 쪽에는 시선조차 주지 않은 채 주세페, 하기스, 테리를 향해 입을 열었다.

"그대들이 비밀리에 불온한 세력들을 색출해내기 위해 직접 나서준 덕분이로군."

"……예?"

"이 정도까지 해내 줄 줄 몰랐는데 대단해. 짐은 그대들의 충복에 감탄했네."

대체 무슨 말을 하는 건지 모르겠다. 그들은 그저 소니도르가 오기 전까지, 마르멜의 상태를 확인하기 위해 투입되었을 뿐이었다. 혼자만의 소설을 써 내려 가기 시작한 황제를 앞에 두고 테리는 여전히 멍청한 얼굴을 했다. 하지만 하기스와 연기 장인은 그 감탄할 만할 눈치로 재빨리 상황을 파악한 모양이었다. 반짝 눈을 빛낸 그들은 정말로 자신들이 비밀리에 임무를 받기라도 했었다는 듯이 갑자기 무릎을 꿇었다. 그리고 감탄에 젖은 목소리로 떠벌리기 시작했다. 이미 연기 혼을 불사른 그들은 황제를 위해서라면 목숨도 바칠 수 있는 충신 그 이상도 이하도 아니었다.

"제국을 위해, 그리고 위대하신 황제 폐하를 위해 당연히 해야 할 일을 했을 뿐입니다."

"대의를 위하여 이 비천한 한 몸 쓰일 수 있게 해 주시다니 그저 감읍할 따름이지요."

"……."

홀로 생면부지 외국 땅에 덩그러니 놓여 있는 기분이 이러할 것 같다. 테리는 그들을 따라 무릎을 꿇어야 하는 걸까 망설이다가, 이내 굉장히 한심하게 느껴졌기 때문에 그만두었다. 다행히도 황제가 무례하다는 이유로 목을 치는 일은 없었다.

정리가 필요했다. 누가 이 상황을 논리정연하게 설명해 줄 이가 있었으면 좋으련만. 하지만 아무리 이곳에 모여 있는 이들보다 눈치가 뒤떨어지는 테리라고 해도, 지금 상황에선 가만히 입 다물고 있는 게 목숨을 부지할 길이라는 걸 알고 있었다. 혼자서 눈치껏 파악할 수밖에.

그러니까 잘은 몰라도 뒤따라온 저들 중에서 불온한 세력이 있다는 거지? 이 자리에 있는 이들 중 가장 제국에 대한 분노를 불태우고 있는 이가 누군지 알기에 테리는 불안한 기색으로 지오르지오를 흘끔거렸다. 하지만 이상하게 기사들에게 붙들린 건 그가 아닌, 딱 한 번 안면이 있는 황태자의 약혼녀 쪽이었다.

공녀가 불온 세력? 전혀 예상하지 못한 상황에 테리의 시선이 파도처럼 요동치기 시작했다. 아니 무려 약혼까지 한 가문에서 반역을 꾀했다니. 게다가 앤더슨 가문이라면, 거의 제국의 이인자라고 봐도 무방하지 않나? 가문의 장남은 황제의 보좌관인 데다가 현재 황후의 자리는 공석이니 말이다. 아무래도 황제는 생각했던 것보다 훨씬 밖으로도 안으로도 적들이 많은 모양이었다.

그런데 지오 형도 부정할 수 없는 불온세력일 텐데 왜 저기 멀쩡하게 서 있는 거지.

……모르겠다. 눈치껏 상황을 파악하기 위해 나름대로 필사의 노력을 다했던 테리는 그냥 생각하길 그만두었다.

카딘은 서류를 내려놓은 뒤 만족스러운 기색을 비치며 말없이 입꼬리를 끌어올렸다. 이번에도 앤더슨 가문에서 늘 해 왔던 것처럼 사람을 매수한 뒤에 일이 틀어졌을 경우에는 재빨리 꼬리를 잘라 버릴 줄 알았는데. 설마하니 가문의 영애가 직접 걸려들 줄은 몰랐기 때문이었다. 그만큼 들켜도 상관이 없다고 여긴 건지, 가문에서 공녀를 하찮게 생각하는 건지.

"선황께서는 가끔 자신을 타박하듯 나이를 먹으면 죽어야 한다고 말씀하셨지."

뜬금없는 발언에 모두의 시선이 황제에게 향했다.

"그래서 짐이 원대로 편히 보내드렸다."

"……."

선대 황제를 죽이고 그 자리에 오른 젊은 황자의 이야기는 지금도 회자될 정도로 유명한 이야기이긴 했다. 자신이 저지른 일을 농담처럼 말하는 황제를 두고, 그 말을 들은 이들은 무슨 반응을 보여야 할지 몰라 그저 침묵했다. 설마 웃기라고 하는 말은 아닐 테고. 딱히 대답을 바라고 한 말은 아니었는지 카딘은 당당하게 패륜을 고백한 뒤 그저 피식 웃을 뿐이었다. 어쩌면 혼잣말에 더 가까운 말이었을지도 모르겠다.

"요즘 그런 선황의 뜻을 거스르는 늙은 돼지들이 많이 보여."

"……."

"처신과 사리 분별 못 하고 판단력이 흐려지더군."

혼잣말이 아니었다. 역시 화내고 있잖아! 카딘은 역시 늙으면 죽어야 한다며 싸늘하게 굳은 얼굴로 얼음장 같은 미소를 보였다. 누구 하나 골로 보낼 표정이었다.

"공녀가 그곳에 있었던 연유는 찬찬히 묻도록 하지."

"이건 제가 독단으로 저지른 일입니다."

"그건 짐이 판단할 문제지."

그는 성가시다는 듯 기사들에게 손짓하며 공녀를 모시라고 말했다. 몸을 가누지도 못할 정도로 덜덜 떨고 있는 이사벨라가 이제 불쌍해 보일 지경이었다. 그녀의 얼굴은 숫제 창백해지다 못해 파랗게 질리고 있었다. 역시 고집부리는 게 아니었다. 공치사를 받고 싶다는 욕심에 눈이 멀어 사람을 쓰라는 아버지의 말을 무시한 채 몰래 지오르지오를 따라나선 게 화근이었다.

그저 칭찬의 말 한마디 듣고 싶었을 뿐이었다. 지금까지 수고했노라고, 잘해 주었다고.

이사벨라는 고개를 푹 숙인 채 입안이 퍼렇게 물들 때까지 입술을 깨물었다. 그런 그녀를 보고 황제는 한심하다는 듯 중얼거렸다.

"공녀는 여전히 허상을 좇고 있는 모양이군."

"폐, 폐하……."

“선처라도 바라는 건가.”

“왜 제게 이러시는지 모르겠습니다. 폐하께서 분명 태자 전하께서는 실종되셨다 하시지 않으셨습니까. 하지만 꿈 장인은 분명 이곳에 계신 걸 보았다 했습니다.”

“호오.”

카딘은 제 말에 토를 다는 이사벨라를 대견하다는 듯 응시하다가 이내 피식 웃으며 답했다.

“짐이 거짓을 입에 담았다고 지금 나무라는 것이냐. 허튼 생각을 품고 있는 그대와 같은 이들을 색출해내기 위해 어쩔 수 없이 직접 나섰다는 생각은 하지 못하는 모양이지.”

처음부터 이럴 생각이었어? 오직 지오르지오의 말 하나만을 믿고 지하 통로까지 이사벨라를 안내해 준 소니도르는 놀란 얼굴로 황제를 응시했다.

단순히 마르멜이 잠든 것을 필사적으로 숨기기 위해 꺼낸 거짓말이라고 생각했는데, 앤더슨 가문의 꼬리를 붙잡기 위해 그랬던 건가? 하지만 처음부터 발각될 생각이었다면 굳이 마르멜을 지하 통로에 숨긴 이유는 또 뭐란 말인가. 오직 황제와 라이젤 가드만 알고 있는, 철저히 비밀리에 사용되고 있다는 곳 아닌가.

‘아.’

하지만 돌이켜 생각해 보면 이사벨라는 처음부터 그 지하통로의 존재를 알고 있는 것처럼 굴었다. 어서 ‘그곳으로’ 날 안내하라고 말했었지. 비약일지도 모르지만, 황궁에 황태자를 비밀리에 숨길 수 있는 장소가 있다는 걸 아니까 그런 말을 꺼냈던 것 아닐까. 안내를 바란 시점에서 정확한 위치까지는 모르는 듯했지만.

소니도르가 잠시 생각에 빠진 사이, 황제가 남은 이들에게 명했다.

"파랑 장인만 남고 모두 물러가라."

그 말을 들은 지오르지오가 마치 잘해 주었다는 듯 소니도르의 어깨를 토닥였다. 그리고 그녀가 놀라 고개를 드는 것과 동시에 황제 앞에 나섰다. 예를 갖춰야 하는 건 알지만 죽어도 싫다는 얼굴로 건성으로 고개를 숙이는데, 혹여 황제의 심기를 건드리는 건 아닌지 괜히 가만히 있는 소니도르만 조마조마한 심정이었다.

그러고 보니 이 일을 그가 전부 알고 있다는 건 즉, 황제와 손을 잡고 이 일에 가담했다는 것 아닌가. 답지 않은 것도 정도가 있지. 제국 귀족도 아니고 황제를 직접 돕다니. 대체 언제부터였는지 의문인 건 둘째 치고, 그에게 있어서 그게 얼마나 끔찍할 일일지 짐작조차 가지 않았다.

그때 소니도르의 얼굴이 하얗게 질리기 시작했다.

여기서 이렇게 지오르지오가 황제와 한패였다는 게 밝혀지면…….

"폐하! 저 장인이야말로 대 아르케 제국에 반기를 든 불온한 자임을 어찌 모르신단 말입니까!"

역시 이렇게 나오지 않겠는가. 일이 뜻대로 흘러가지 않자 문밖으로 끌려가던 이사벨라가 마치 비명을 지르듯이 외쳤다. 마치 그게 마지막 생명줄이라도 되는 듯 필사적이었다. 그녀는 지오르지오가 장인들을 모아 반역 세력을 키우고 있다며 재빨리 본인이 알고 있는 모든 것을 털어놓았다.

"……그대들의 처분은 회의를 통해 결정하겠네."

하지만 그 말을 들은 카딘은 그녀의 말을 완벽하게 무시하며 제 할 말만 할 뿐이었다. 이미 알고 있었다는 듯 듣는 둥 마는 둥 하자 이사벨라는 멍하게 굳어져서 어디론가 끌려갔다. 소란스러웠던 집무실 내부가 침묵으로 가득 차자 황제가 말없이 눈썹을 까딱였다. 어서 물러가지 않고 뭘 하느냐는 기색이었다.

여전히 상황은 미궁 속이었지만 수심에 잠겨 있던 소니도르의 얼굴에 잠시 화색이 돌았다. 이사벨라도 붙잡혔으니 곧 반역의 낌새를 보이던 앤더슨 가문도 추문을 당할 것이다. 이제 갇혀 있을 필요 없이 마르멜을 만나러 갈 수 있게 된 것이다. 왜 황제가 지오르지오가 반역세력이라는 말을 듣고도 덤덤하게 넘겼는지는 모를 일이었지만, 그건 나중에 알게 되겠지.

그녀는 속으로 지오르지오가 부디 무사하기를 빌어 준 뒤에 다른 이들을 따라 집무실 밖으로 나섰다. 등 뒤로 그들의 대화소리가 들려 저도 모르게 슬쩍 고개를 돌린 채로 귀를 쫑긋 세웠다.

"폐하께서 예상하신 대로더군요."

"하하, 하…… 역시."

잠시 허탈하게 웃은 카딘은 '드디어'하고 중얼거리며 이내 눈을 잔인하게 번뜩였다. 그의 입꼬리가 이내 기괴하게 비틀리기 시작했다. 늘 여유로운 모습만 보이던 그에게서 처음 본 감정의 편린이었다. 아니, 감정이라기보단 때때로 꿈속의 마르멜에게서 보았던 광기를 굉장히 닮아 있었다. 여러 잡다한 감정이 섞이고 뭉개진 끝에 결국 마지막으로 남은 짙은 살기를 말이다. 예전에 마르멜이 아버지를 죽이겠다고 말할 때 저런 눈빛을 했었다.

소니도르는 오싹한 기분이 들어 저도 모르게 자신의 팔을 감싸 안았다. 그와 동시에 집무실 문이 완전히 닫혔다.

빛을 따라 하염없이 걷던 마르멜은 마침내 빛이 자신을 감싸 안는 기분을 느꼈다. 포근한 감각이라기보단 생생하게 짓눌리는 감각이었다. 마치 추를 단 듯 온몸에서 느껴지는 묵직한 무게가 살아 있음을 일깨워 주는 것 같았다. 확실히 기분 나쁜 느낌은 아니었기에 그는 입가에 미소를 머금으며 천천히 눈꺼풀을 들어 올렸다. 깨어나는 순간의 느낌은 생경했지만, 소니도르가 꿈에 관여하지 않아서 그런지 하늘이 무너진다거나 땅이 무너진다거나 하는 일은 없었다. 단지 실눈을 떴을 뿐인데 쏟아지는 빛들이 너무 눈에 부셨을 뿐이었다.

그런데 가만히 있자니 굉장히 불편했다. 무언가 딱딱한 것이 자신을 단단히 받힌 채 땅이 위아래로 쿵쿵 흔들리는 오묘한 기분이었다. 마치 누군가 자신을 들고 걷는 것 같은…….

분명 깨어난 줄 알았건만 아직도 꿈인가. 마르멜은 오만상을 찌푸리며 작게 신음을 흘렸다. 빛뿐만이 아니었다. 갑자기 시야에 들어온 색들이 강렬하게 눈을 찔러댔다.

"깨어나셨습니까."

"……."

익숙한 목소리였다. 크리스티안 경인가. 다시 겨우겨우 눈을 뜨자 어딘가 살벌한 기운을 풍기는 단정한 미남이 그를 내려다보고 있었다. 마르멜은 잠시 상황을 물을 생각도 하지 못한 채로 멍청한 표정을 지었다. 여전히 꿈인가 싶었지만, 꿈에서도 땅 위의 존재는 동물 머리를 하고 있었다. 그런데 개 머리가 아니라 사람 머리라니. 그는 태양 빛에 그을린 듯한 구릿빛 얼굴을 쿡 찔러보았다. 감촉이 생경한 게 아무래도 진짜 사람의 얼굴을 보고 있는 듯했다.

"흐음."

하필이면 깨어나자마자 본 얼굴이 이거라니 굉장히 실망스러웠다. 마르멜은 인상을 구기고 있다가 문득 소니도르가 예전에 했던 말을 떠올렸다. 어떻게 생겼느냐고 물었을 때 심장이 뛸 정도로 살벌하게 잘생겼다고 했던가. 그는 눈을 가늘게 뜨고 크리스티안을 이리저리 뜯어보았다. 사내답고 시원시원하게 생긴 얼굴이 자신의 얼굴과 극과 극일 정도로 다르긴 했다.

'하지만 소니도르는 미인 쪽이 더 취향이라고 했으니까.'

왠지 만족스러운 표정의 그를 내려다보며 기사는 떨떠름한 목소리로 물었다.

"하실 말씀이라도 있으신 겁니까."

"꿈 장인은 무사한가."

"곧 이쪽으로 올 겁니다."

"다행이군."

마르멜은 잠결에 취해 몽롱한 와중에도 안도의 한숨을 내쉬었다. 오랜만에 보게 된 사람 얼굴이었지만 별다른 감흥은 없었다. 이미 그는 자신이 소니도르로 인해 구원받았다고 생각하고 있었기 때문이었다. 이제 와 사람의 얼굴이 보인다고 한들 깨어나 처음 그녀를 보게 되었을 때의 감동과는 비교조차 되지 않았다. 사실 그녀 외의 사람은 동물 머리든 사람 머리든 상관없었다. 그것보다 지금은.

"끔찍한 기분이군."

"어디 불편한 곳이라도……."

"경이 불편하다. 날 더 이상 수치스럽게 하고 싶지 않다면 어서 내려놔."

"하지만 전하께서는 아직 몸이 회복되지 않으셨습니다."

"멀쩡해. 지금 갈 곳을 잃은 내 불쌍한 다리가 보이지도 않는 건가."

크리스티안이 지나치게 큰 경향이 있었지만 마르멜도 평균 성인 남성보다 훨씬 큰 편이었다. 어쩐지 온몸에 추를 매단 듯 무겁더라니. 그가 툭 튀어나와 덜렁거리는 자신의 다리를 가리키며 말했지만, 기사는 듣는 시늉조차 하지 않고 멋대로 말했다.

"다 왔습니다."

"……."

어느새 본궁에 위치한 황태자 처소까지 도착한 크리스티안이 마르멜을 침대 위에 얌전히 내려놓았다. 그는 할 말이 많은 표정으로 기사를 응시하다가 이내 한숨을 내쉬며 고개를 저었다. 그리고 그동안 있었던 일 자초지종을 물었다. 얼마나 시간이 흐른 건지, 연회는 어떻게 되었는지, 자신이 잠들었을 때 황제가 어떻게 대처했는지, 혹은 들킨 게 아닌지, 장인들은 어떻게 되었는지 등등…….

크리스티안은 속사포처럼 쏟아지는 질문들을 답하는 대신 이렇게 말했다.

"전하께선 지금 안정을 취하셔야 합니다."

"지금껏 잠만 잤는데 안정은 무슨 안정."

마르멜의 눈이 가늘어졌다. 이곳 황궁에서 안 그런 이가 어디 있겠느냐만 아르케 제국에서 기사는 본디 과묵을 미덕으로 삼았다. 라이젤 가드는 충성을 맹세한 그들의 주군이 직접 명한 일이 아닌 한 웬만해선 잘 입을 열지 않았다. 아무리 그것이 황태자의 요구라고 해도 말이다. 마르멜은 제국이 절대왕권을 이루게 된 배경에는 분명 예로부터 라이젤 가드가 지대한 공헌을 했을 거라고 속으로 투덜거렸다.

그럼 역시 소니도르가 올 때까지 기다릴 수밖에 없나. 아, 아니지. 굳이 올 때까지 기다릴 필요 없이 직접 찾아 나서면 될 것이다. 마르멜은 한시라도 빨리 두 눈으로 직접 그녀가 무사한지 확인하고 싶었다. 거기까지 생각이 미친 그는 미련 없이 침대에서 벌떡 일어났다.

하지만 그가 문밖을 나서기 전, 드물게 머뭇거리는 기색을 보이던 크리스티안이 뜬금없는 말로 그를 붙잡았다.

"많이 안 좋아 보이십니다."

다짜고짜 안 좋아 보인다니. 마르멜이 눈썹을 까딱이며 물었다.

"뭐가 말이지?"

"기분이……."

기사는 뭐라고 답을 해야 할지 모르겠다는 듯 복잡한 얼굴을 하고 있었다. 기분? 마르멜은 그가 한 말을 곱씹어보다가 천천히 자신의 입가를 더듬었다. 그리고 곧 자신이 어떤 표정을 짓고 있었는지 깨닫고는 '아' 하고 작게 탄식을 흘렸다. 자나 깨나 가식이라는 이름의 가면을 덮어쓰고 있었는데 그게 어느새 벗겨져 있었던 것이다.

돌이켜 생각해 보니 일어나자마자 경이 불편하다는 둥 수치스럽다는 둥 그런 말들을 서슴없이 뱉었다. 아무리 잠에 취했다고 한들 평소라면 절대 하지 않았을 발언이었다. 그래서 크리스티안 경이 안정을 취하라고 말했던 건가. 경솔했다. 마르멜은 습관적으로 부드러운 미소를 지으려다 말고 잠시 생각에 잠겼다.

대체 자신은 언제부터 이 가면을 덮어쓰고 있었지? 언제 이렇게 일상이라 부를 정도로 익숙해졌을까. 기억을 더듬어 거슬러 올라가다 보면 아마도 어머니와 숙부가 처형당한 그날부터였던 것 같다. 가식은 다른 이들과 더는 연을 쌓고 싶지 않다는 일종의 회피이자, 철저하게 선을 긋는 의미에서 사용하기도 했다. 하지만 이제는 굳이 더 이상 그럴 필요가 없는 것 아닌가. 이제 잃어버렸던 모든 기억을 되찾았고 모든 진상을 알게 되었으며, 주변을 이루는 색도 사람의 얼굴도 볼 수 있게 되었다.

'아버지와도…… 대화를 나눠 봐야겠지.'

짧은 고민 끝에 결론을 내린 마르멜은 피식 웃으며 답했다.

"경. 난 원래 이랬어."

"예?"

"익숙해지도록."

그는 눈가를 가늘게 접으며 가만히 입꼬리를 끌어올렸다. 분명 웃는 모양새였으나 그동안 많은 이들 앞에서 보여 왔던 웃음과는 확연히 다른 느낌이었다. 자애로움과 다정함과는 거리가 상당해 보이는 삐딱한 미소. 크리스티안은 잠시 놀라 딱딱하게 굳었다. 구슬처럼 그저 예쁘게 반짝이던 눈동자에 생기가 어리는 것을 처음으로 보았지만, 그건 마치 어린 맹수의 눈빛을 보는 것 같았기 때문이다.

그에게서 친절한 미소를 한 꺼풀 벗겨내자 잠깐이었지만 황제의 얼굴이 겹쳐 보이는 것 같았다. 아들이니 닮은 게 당연하겠지만 이건 뭔가 그것과 다른 것 같은데. 기사가 할 말을 잃고 침묵하는 사이 마르멜은 재빨리 문 쪽으로 다가갔다. 이제 방해꾼도 없겠다 빨리 소니도르에게 가 볼 심산이었다. 하지만 그가 문을 벌컥 연 것과 동시에 방안으로 들어서려고 했던 그녀와 딱 마주치고 말았다.

두 사람은 잠시 놀란 얼굴로 서로를 응시했다.

어디서 뭘 했는지 산지사방으로 뻗쳐 있는 붉은 곱슬머리, 튀어나올 듯 크게 뜨여진 녹색 눈동자, 살짝 벌어진 산호색 입술까지. 꿈에서 자신이 만들어 낸 환상과는 비교도 할 수 없을 정도로 사랑스러운 얼굴이 지척에 있었다.

그토록 바라던 이가 눈앞에 나타나자 마르멜은 망설임 없이 눈앞의 상대를 숨이 막히도록 끌어안았다. 품 안에 가득 찬 온기도 부드러운 감촉도 전부 현실이었다. 대체 얼마 만에 보는 걸까. 꿈속에서는 시간의 흐름을 파악하기 힘들었기 때문이라 그런지 더욱 그리웠다.

"멜?!"

소니도르는 너무 놀라 굳어져 있다가 겨우 그의 이름을 뱉었다. 아니 대체 어떻게 깨어 계신단 말인가. 황태자 전하께서 잠에서 깨어나려는 낌새를 보였다는 말을 들었을 때까지만 해도 설마 했었는데 그게 사실일 줄이야. 혼란스러운 상황에 머리가 뒤죽박죽이었다.

어떤 표정을 지어야 할지 몰라 그녀는 시종일관 바보 같은 얼굴을 하다가 이내 정신을 차렸다. 자신이 아니면 절대 깨어날 리 없다고 철석같이 믿고 있었는데 그게 아니었다니. 설마 스스로 깨어나신 건가. 그건 어쩌면 전에 소니도르가 그의 의식을 붙잡으려고 했을 때 실패했던 것과 연관이 있을 수도 있었다. 자세한 건 그에게 직접 물어봐야 알겠지만.

하지만 그런 복잡한 생각들도 마르멜이 무사히 깨어났다는 기쁨에 묻혀 사라졌다. 당연히 언젠가 깨어날 줄 알고 있었지만, 아무리 확신을 해도 막연한 추측과 현실은 확연히 달랐다.

이제 모든 일이 잘 풀릴 거라는 안도가 밀려와 그녀가 작게 한숨을 내쉬었다.

생각해 보면 마제른의 봄을 기리기 위해 모인 연회가 이렇게 악몽으로 변할 줄 누가 예상했겠는가. 자칫 잘못하면 완전히 최악의 경우로 번질 수도 있었을 상황이었다. 소니도르는 그동안의 불안함까지 더해서 저도 모르게 울컥할뻔하다가, 가까스로 울음을 삼키고 그의 등을 끌어안았다.

"진짜 깨어나셔서 다행이에요."

마르멜은 그런 그녀의 목덜미에 입술을 묻으며 웅얼거렸다.

"그동안 있었던 일을 소상히 얘기해 줘."

"알았…… 읏, 간지러워요."

"부디 나 자신을 용서할 수 있었으면 좋겠군."

그렇게 말씀하시면 말하기 꺼려지는데요. 소니도르는 마르멜이 본인 잘못도 아닌데 괜히 자책할까 봐 잠시 머뭇거리다가 결국 모든 것을 털어놓기로 한 뒤에 방문을 닫았다. 어설프게 숨길 수 있을만한 내용도 아니었기 때문이었다. 마르멜이 멀뚱히 서 있는 크리스티안에게 물러가 있으라고 명한 뒤에서야 그녀는 그동안 있었던 일을 차례로 읊었다.

마르멜이 잠든 후에 의원을 대역으로 세웠지만, 앤더슨 가문의 이사벨라에 의해 곧바로 들통 났으며 그는 지하 감옥에 갇힌 일. 자신은 방에 갇혀 옴짝달싹도 못 하다가 이사벨라에게 협박을 당한 일. 그리고 지오르지오가 이중 첩자가 되어 지하 통로로 이사벨라를 유인해서 반역의 꼬리를 붙잡은 일과, 황제와 그 사이에 모종의 거래가 오고 간 일까지. 모든 이야기를 전해 듣게 된 마르멜은 가만히 생각에 잠긴 채 말이 없었다.

잠시 후, 그는 푹 한숨을 내쉬며 손바닥으로 얼굴을 쓸어내렸다.

"미안하군."

"네? 멜이 사과할 게 뭐 있어요."

"널 곁에 두기 위해 했던 거짓말이 너를 난처하게 만들 줄 몰랐어."

소니도르는 잠시 영문을 모르겠다는 표정을 지었다. 마르멜이 한 거짓말이라고는 정신적 질환을 부족민의 저주라고 바꿔 말한 것밖에 없는데. 어차피 애초부터 반역을 꾀하고 있던 가문이라면 부족민의 저주가 아니라 정신병이라고 해도 어떻게든 트집을 잡아 깎아내릴 생각밖에 없었을 것이다.

'장차 황위에 오를 후계자의 정신이 온전치 못하다. 이것은 필시 황족 대대로 내려오는 피의 저주가 발현된 것이다. 황태자는 성군이 아닌, 현황제의 뒤를 잇는 무자비한 폭군이 될 재목이다.'하는 식으로 말이다. 마음만 먹으면 말은 언제든지 지어낼 수 있었다. 뭐 이번 일이 잘 풀린 건 정말 운이 좋았다고밖에 말할 수가 없겠지만, 애초에 황제가 무언가 계획하고 있었다면 큰일은 일어나지 않았겠지. 마르멜의 잘못은 아니었다.

'잠깐만.'

널 곁에 두기 위해서라니. 그럼 애초에 병을 다 고칠 때까지 황궁에 있으라고 한 것도 그냥 날 곁에 묶어두기 위해서 내건

조건인가? 소니도르는 뒤늦게 깨닫고선 잠시 얼굴을 붉혔다. 마르멜에게 직접 고백까지 들은 마당에 이제 아무래도 상관없을 일이었지만. 바보같이 자각하지 못했던 사실을 새삼 깨닫는 건 생각보다 부끄러운 일이었다.

'그때부터 전하께선 이미 나를 마음에 두고 있었다는 얘기인 건가…….'

곱씹으니까 몇 배는 더 부끄럽잖아! 소니도르는 작게 헛기침을 한 뒤 말했다.

"누구 잘잘못을 따질 일은 아니잖아요. 사과하지 않으셔도 돼요."

"일이 이 지경이 된 건 순전히 갑자기 잠들어 버린 내 잘못이지."

"멜."

그녀는 마르멜을 타이르듯이 부른 뒤에 그의 양 볼을 꽉 붙잡고 제 쪽으로 끌어당겼다. 가라앉은 눈빛으로 흉흉한 기운을 풍기고 있던 그는 놀란 얼굴로 그녀를 응시했다. 동그랗게 뜨인 채로 연신 깜빡이는 붉은 눈동자가 마치 토끼 같아서 귀엽기까지 했다. 소니도르는 웃음이 터질 뻔한 걸 꾹 눌러 참고 타이르듯이 말했다.

"아팠잖아요. 그런 건 자책하는 게 아니에요."

마르멜은 침대에 걸터앉은 채로 그녀를 말끄러미 올려다보다가, 그녀의 손 위로 자신의 손을 겹쳤다. 그리고 코앞까지 다가온 입술에 가볍게 자신의 입술을 붙였다가 떼어냈다. 깃털이 내려앉듯 가볍게, 그리고 부드럽게. 괜히 미련이 남았는지 축축한 혀가 도톰한 입술을 빠르게 훑고 지나갔다. 소니도르는 자신에게 무슨 일이 일어났는지 뒤늦게 파악하고는 얼굴을 경악으로 물들였다.

"미, 미안하다면서 태세 전환이 너무 빠른 거 아니에요?"

"사과의 키스."

"말이라도 못하면……."

"쏭."

마르멜은 달콤한 목소리로 그녀의 애칭을 부른 뒤 작게 웃어 보였다. 그 미소는 어딘지 묘하게 쓸쓸해 보였고 눈빛은 애틋했다. 어쩐지 불길한 예감이 들었다. 그녀가 듣기에 결코 좋은 소리가 나올 것 같지 않았기 때문이었다.

그의 표정을 빠르게 살핀 소니도르는 투덜거리다 말고 입을 꾹 다물었다. 그러자 그는 크고 단단한 손으로 그녀의 손을 부드럽게 쓸면서 천천히 입술을 달싹였다.

"……네가 평생 곁에 있었으면 좋겠어. 가능하면 강제로라도 널 곁에 붙들어 두고 싶었어. 안 그러면 내 정신이 버티지 못할 것 같았거든."

"과거형이네요."

"현재도 그래. 하지만 이제는 어쩌면 견딜 수도 있지 않을까 해."

"이번에는 추측형이고요. 무슨 말이 그래요."

"나는 지금 네게 선택의 기회를 주는 거야."

그동안 계속 강요만 했잖아. 마르멜은 집요한 눈빛으로 그녀를 올려다보다가 조금씩 시선을 내리깔았다. 지금 소니도르의 얼굴을 계속 보게 된다면 기껏 다짐했던 것이 흐트러질 것만 같았다. 사실 그녀가 곁에 있기를 바란다면 끝까지 비밀로 할 수도 있었다. 하지만 자신 때문에 그녀가 위험에 처할 뻔했다는 생각을 하게 되면, 차마 거짓말은 할 수가 없었다.

시선을 바닥에 둔 그가 어딘지 질질 끄는 것 같은 나른한 말투로 중얼거렸다. 느릿하게 뱉어진 말끝에는 숨기지 못한 미련이 잔뜩 묻어나왔다.

"이제 현실을 제대로 볼 수 있게 됐거든."

"현실?"

"우리의 내기도 의미가 없어진 거지."

"완전히 다 나았다고요?"

마르멜이 스스로 잠에서 깨어난 것도 모자라 병까지 다 고쳤다고 말하니 소니도르는 너무 놀라 잠시 입을 벌렸다. 아무리 자신의 꿈이라고 해도 꿈 장인이 아닌 일반인이 거기까지 해내다니. 애초에 정신병이라는 게 자신의 내면에서 오는 병이기는 하지만, 아무리 그래도 그렇지 자가치유라는 게 가능한 일일까. 하나를 가르치면 열을 아는 천재는 이런 면에서도 뭔가 일반인과 다른 모양이었다. 그녀는 겨우 더듬더듬 입을 열었다.

"부, 불면증은요?"

"아마 더 이상 악몽은 없을 거야. 모든 진실을 알고 받아들였거든."

"음…… 어, 그렇군요. 다 나으셨구나……."

축하한다고 말해야 하는 건가. 하루빨리 그의 병이 완치되기를 바랄 때는 언제고, 막상 그가 다 나았다고 말하니 소니도르는 무슨 말을 꺼내야 할지 생각나지 않았다. 이제 그의 곁에 남아 있을 명분이 완전히 사라진 것이다. 처음부터 이랬어야 한다는 이성과 그럼에도 불구하고 그의 곁에 남고 싶다는 미련이 양쪽에서 팽팽하게 줄다리기를 시작했다.

'정말 좋아하게 됐다고…… 그런 말 할 수 있을 리가 없지.'

뭐가 옳고 뭐가 그른 것인지 모를 리가 없었다. 당장 자신을 위해 자신의 신념, 사상, 그 모든 것을 포기한 지오르지오만 봐도 그랬다. 성질머리 좀 죽이라고 늘 타박했지만 사실 그는 자신보다 더 이성적인 사람일지도 몰랐다. 중요한 순간에 자신의 모든 것을 포기해서라도 가장 올바른 길을 택할 줄 아니까.

소니도르는 여전히 아무 말도 할 수가 없었다.

"정신병은 재발하기 쉬우니까 완전히 나았다는 보장이 없어. 널 지키기 위해서 난 무슨 짓이라도 하겠지만, 또 잠들어 버리면 그마저도 못할 것 같거든. 때때로 마음을 몸이 따라가질 못하니 오늘 같은 일이 또 없을 거라고 장담하기가 힘들다."

"……."

"그래서 마지막으로 기회를 주는 거야. 쏭. 원한다면 떠나도 좋아."

원한다면 떠나도 좋아. 그녀는 예고도 없이 내던져진 기회를 멍하니 곱씹었다. 드디어 황궁 밖을 나갈 수 있다는 건가? 그동안 목에 채워진 폭탄 때문에 떠난다는 건 엄두조차 내지 못하고 있었는데. 소니도르는 무심코 자신의 목걸이를 내려다보다가 갑자기 으악 하고 비명을 질렀다. 굉장히 난데없는 타이밍이었지만 이사벨라가 자신의 목걸이에 도청기를 심어놓았다는 사실을 떠올렸기 때문이었다.

"아! 도청기!"

"도청기?"

"어쩌죠? 이미 우리가 한 대화 다 들었을 것 같은데."

지금까지 무슨 얘기를 나눴지? 그쪽 귀에 들어가면 안 되는 말들도 많이 나왔던 것 같은데! 소니도르는 말도 안 되는 실수를 했다면서 허둥거리기 시작했다. 마르멜은 그녀가 내민 목걸이를 응시하다가 손을 뻗어 작게 탐색 마법 주문을 외웠다. 그리고 잔잔한 어투로 그녀를 진정시켰다.

"못 들었을걸."

"네? 어떻게요?"

"이 목걸이는 아티팩트에 걸려 있는 마나를 끌어 쓰는 형식이니까."

그게 무슨 상관이냐고 반문하려고 할 때였다. 그는 아무런 설명도 없이 그녀의 목 뒤로 손을 뻗어 목걸이 끈을 풀어냈다. 소니도르는 놀란 얼굴로 휑하게 빈 자신의 목덜미를 더듬었다. 몸에서 떼놓기만 해도 화려하게 폭발한다고 했는데 아무런 일도 일어나지 않았다. 설마 뒤늦게 폭발하는 건 아닐까 하고 움찔 떨었지만 그런 일은 없었다. 마르멜의 손에 들려 있는 붉은 보석은 이미 완전히 빛을 잃은 뒤였기 때문이었다.

"네 목걸이. 완전히 마법이 사라졌거든."

"어, 어떻게?"

"조건을 이행하면 자동으로 새겨진 마법이 사라지는 수식이 걸려 있었겠지. 마나는 한정되어 있고 마력의 효력이 천년만년 이어지는 건 아니니까. 보통 많이들 그렇게 만든다더군."

조건? 그런 게 있었다니. 소니도르가 멍한 얼굴로 그게 대체 뭐냐고 묻자 마르멜은 이걸 만든 마법사와 폐하만 알고 있을 거라고 답했다.

황궁을 빠져나가려고 할 때 가장 큰 걸림돌이 바로 이 목걸이였는데. 마법사가 아니면 절대 해제할 수 없는 줄 알고 골머리를 앓고 있었는데 운이 좋다고 해야 하는 건지. 이제야 제대로 그가 없으면 안 될 것 같다는 감정을 깨달았는데, 이래서야 말할 수도 없었다.

마르멜은 자리에서 일어나 어딘지 정신을 빼놓고 있는 것 같은 소니도르를 가만히 내려다보다가 말했다.

"이걸로 넌 자유야."

자유. 그 두 글자가 이렇게 낯설게 들린 적이 있었을까. 소니도르는 아티팩트가 걸려 있던 자리를 손바닥으로 더듬으며 입술을 꾹 깨물었다. 절대 놓아줄 생각 없는 것처럼 굴었으면서. 서운한 감정이 밀려와 표정을 수습하기가 힘들었는지 얼굴은 절로 굳어졌다. 마르멜도 분명 그녀의 표정을 읽었지만, 아무것도 모르는 척 그저 묵인했다. 대신 마치 이별을 각오한 사람처럼 슬프게 웃고 있었을 뿐이었다.

왜 저런 얼굴을 한단 말인가. 내가 무슨 대답을 할 줄 알고.

알겠다 혹은 싫다. 이 두 마디 중 하나를 고르기가 그렇게 힘들어서 소니도르는 애써 말을 돌렸다. 어떻게든 이 화제에서 벗어나고 싶었지만 마르멜은 어떻게든 그녀의 대답을 듣고 싶은 모양이었다.

"갑자기 이러는 게 절 지킬 수 없을지도 몰라서라고요?"

"그런 이유도 있지만, 내가 살기 위해서 널 억지로 붙들어 놓는다고 생각하니까 그냥 문득 정말 미안해지더라고."

"……거짓말."

이제 와서 미안하다고 말하는 건 사실 어불성설이었다. 정말로 미안했다면 처음부터 황궁에 들이지를 말았어야지. 좋아한다는 말로 사람의 마음을 뒤흔들지 말았어야지. 소니도르는 의심하듯 눈을 가늘게 뜨며 그를 살폈다. 마르멜의 천성이 아무리 다정하다고 해도 태어나길 황족이었으며, 사람의 심리를 파악하고 파고드는 일에 노련했다.

"제 앞에선 솔직해져도 좋잖아요."

그러자 그는 언제 슬프게 웃었느냐는 듯 곧 위험하게 눈을 빛내며 그녀의 손목을 붙잡았다. 그리고 천천히 그녀에게 얼굴을 가까이하자 소니도르는 그가 다가오는 만큼 슬슬 뒤로 물러나고 말았다. 거의 본능적인 몸짓이었다. 이렇게 피할 거면서 솔직해지라고 하기는. 마르멜은 피식 웃으면서 그녀의 귓가에 입술을 바짝 붙이고서 속삭였다.

"그래. 거짓말이 맞아. 사실은 그냥 온전히 네가 날 바랐으면 좋겠다고 생각했어."

"……."

"여기서 더 솔직해지면 도망갈 테니까 그만둘래."

애초에 그녀에게 선택권을 주는 것 자체가 기적이었다. 그는 그녀가 살짝 겁먹는 기색을 보이자 붙잡았던 손에 힘을 풀고 다시 얼굴에 가식이라는 가면을 고쳐 썼다. 자신을 있는 그대로 봐주고 보듬어 주고 위로해 준 그녀를 사랑하게 됐는데, 혹시나 자신을 미워하게 될까 봐 속마음을 숨기는 꼴이라니. 갑자기 또 잠들 줄은 예상도 못 했기 때문인 걸까, 그녀를 잃을 뻔했다는 두려움 때문인 걸까.

그는 아무래도 자신이 이기적인 겁쟁이가 다 된 모양이라고 생각했다.

“네가 어떤 선택을 내리든 약속한 건 지킬 생각이다. 부족민에게 자유를 주는 건 어릴 때부터 내가 이뤄야 할 업보라고 생각하고 있었거든.”

그의 말을 들은 소니도르는 천천히 입술을 달싹였다.

“……잠시 생각할 시간을 주세요.”

햇무리

마제른의 봄이 끝난 것과 동시에 드디어 연회도 마지막 날을 맞았다. 이번 불미스러운 일의 배후에는 앤더슨 가문이 있었다고 밝혀졌기 때문이었다. 며칠 가문으로 돌아가지 못했던 귀족들은 가슴을 쓸어내리며 너도나도 본인들의 영지로 향했다.

하지만 마제른의 봄이 끝났음에도 불구하고 장인들은 여전히 황궁 밖을 벗어날 수가 없었다. 황제가 그들을 귀빈이라는 명목하에 절대 궁 밖으로 내보내 주지 않았기 때문이었다. 그가 대체 무슨 생각으로 이러는 건지 알 리 없는 장인들의 속만 터질 지경이었다.

그들은 혹시 자신들이 뭔가 잘못을 한 건가 두려움에 떨었지만, 죄인 취급을 하며 지하 감옥에 가두기는커녕 황궁에서 지내는 내내 극진한 귀빈 대접을 받았다. 그럼 혹시 무언가 명령할 일이라도 있는 건가 했지만, 특별히 무언가를 시키는 것도 아니었다. 그렇게 하루, 이틀이 더 흘러갔다.

그리고 얼마 지나지 않아 앤더슨 공작 가문에서 반역을 꾀했다는 소문이 파다하게 퍼졌다. 알게 모르게 그를 지지하던 세력들은 곧바로 손을 떼고 잠적하기 시작했다. 아니, 잠적이라기보단 숨을 죽인 채로 서로의 눈치만 보고 있다고 하는 쪽이 더 어울릴 것이다. 사실 그들이 지금껏 앤더슨 가문을 지지했던 이유는 오랜 세월 자신의 야심을 드러내지 않은 채 끈질기게 물밑작업을 해 왔던 앤더슨 공작의 집요함 때문이었다.

그가 황위를 노리고 있다는 걸 암암리에 많은 이들이 알고 있는데, 황제의 곁에서 오랜 세월 누구보다 가까이 그를 보좌해오지 않았던가. 그건 그만큼 황제가 많은 것을 눈감아 주고 있다는 뜻이었고, 그를 신뢰하고 있다는 뜻이었다. 하지만 제국 전체에 파다하게 소문이 퍼질 정도라면 얘기가 달라졌다. 분명 황제는 자신의 체면을 생각해서라도 앤더슨 공작을 처형하고 말 것이다. 괜히 고래 싸움에 엮여 새우 등 터지기 싫은 이들은 알아서 몸을 사리기 시작했다.

“디렌토 백작이 보이질 않는군.”

“폭동을 막기 위해 황급히 영지로 돌아갔다더군요.”

“쯧, 그것도 핑계라고.”

작게 혀를 찬 사내는 곧 한숨을 내쉬며 이마를 짚었다. 사건이 터지고 나서 급조된 대책 회의가 열렸으나 그 누구 하나 이렇다 할 대책을 마련하지 못하고 있었다. 사실 대책이랄 것도 없었다. 황제는 언제나 그렇듯 권위적이었고, 막강한 군사력을 가지고 있었으며 모두의 두려움의 대상이었으니까. 이번

회의의 결론은 이미 난 것이나 다름없었다.

권위에 도전하는 이는 그 즉시 처분, 그것이 바로 황제의 신조였다.

이미 앤더슨 공작의 최측근들은 디온 백작을 대표로 해서 공작과 사이좋게 구금된 상태였다. 이곳에 모인 귀족들은 단지 이 의미 없는 회의에 자신들이 언급될까 두려울 뿐이었다. 특히 뒤에서 은근히 앤더슨 가문을 지지하던 세력은 직접 연관되진 않아 다행이라며 가슴을 쓸어내렸다. 그러는 한편, 혹시나 있을지도 모르는 배신자를 찾아 눈에 불을 켜고 서로에게 의심 어린 시선을 던졌다.

“어쩌다 일이 이렇게 되었는지 모르겠네. 신중하기로서는 둘째라도 서러운 각하 아니신가.”

“자네도 찬양하기 바빴으면서 이제 와서 아닌 척하기는.”

“허, 큰일 날 소리! 마치 내가 반역에 가담했다는 것처럼 들리지 않는가!”

스테소 백작은 화들짝 놀라 버럭 소리를 지르다가 이내 헛기침을 하며 누그러진 목소리로 말했다.

“크, 크흠. 프라타나가 새로운 아침이다 뭐다 하는 교향곡을 작곡할 때부터 내 조마조마했다네. 내 귀에 들어올 정도니 이미 폐하께서도 알고 계시겠군. 나 참.”

“프라타나…… 한 세기에 한 번 나올까 말까 한 천재 작곡가였지.”

“그의 음악을 참 좋아했다네. 불행히도 이젠 다시 들을 일이 없겠군.”

그들은 아직 멀쩡히 잘 살아 있는 사람을 멋대로 골로 보내 버린 뒤 말없이 서로의 눈치를 살폈다. 아무리 생각해도 앤더슨 공작과 그의 측근들은 이미 소생의 여지가 없어 보였다.

무거운 침묵이 길어질수록 그들의 머리에 떠오르는 생각은 단 하나. 어쩌다가 그런 멍청한 짓을 했을까. 그들이 알고 있는 앤더슨 공작이라면 아무 생각 없이 그런 짓을 저지를 인물이 아니었다.

백작은 둥글게 말린 자신의 콧수염을 만지작거리다가 개미만 한 목소리로 중얼거렸다.

"승산이 있다는 건가. 아마 욕심을 부리다 그리되신 것 같은데."

"허허, 자네 정말 못하는 소리가 없군."

몇몇 귀족들이 경직된 웃음을 보였지만, 사실 그들 모두 내심 인정하고 있는 바였다. 앤더슨 공작은 승산이 있다고 해도 먹이가 코앞에 올 때까진 절대 직접 움직이지 않는다. 하지만 공작의 유일한 단점은 지나치게 탐욕스러운 데에 있었다. 만약 그 먹이가 지금까지와는 비교도 할 수도 없을 정도로 달콤한 향기를 풍겼다면 참지 못하고 달려들었을 가능성이 높았다.

그러자 반대편에서 그들의 이야기를 가만히 듣고 있던 아주 젊은 자작이 물었다.

"새로운 아침이라는 건 20년 전 그 신탁에서 인용한 겁니까?"

"뭐 그렇지. 자네는 젊어서 그때 일을 모르겠구먼. 20년 전

아르케 제국에 새로운 아침이 열릴 거라는 신탁이 있었다네. 폐하께서 신탁을 극도로 혐오하시는 이유도 아마 그 영향이 가장 크겠지."

정확히 그 아침이 뭔지, 언제 열리는 건지 전혀 언급이 없었기 때문에 그 뒤로 계속 불미스러운 일과 반역이 잇따랐다. 황후와 그녀의 가문에서 반역을 꾀한 것도 그에 전혀 영향을 받지 않았다고는 말하기 힘들 것이다. 하지만 신탁의 예언과 엇비슷한 일은 그 뒤로도 일어나지 않았고, 황후와 그녀의 가문은 형장의 이슬로 사라지고 말았다. 그 후에 겨우 살아남은 반역 세력들은 전부 앤더슨 공작의 측근이 되었다.

"그래서 새로운 아침이라는 건 저승의 아침이라는 말장난이 떠돌았지."

전혀 웃기지도 않은 얘기를 농담이라고 뱉은 사내는 마침 생각났다는 듯 턱을 쓸었다. 그러고 보니 앤더슨 공작이 독실한 신자였지. 신성일마다 꼬박꼬박 신전에 나가고는 했으니까. 그는 그렇게 중얼거리다가 이내 골치 아프다는 얼굴로 말했다.

"신탁도 있었고 최근 부족민의 저주다 뭐다 시끄러웠으니까."

"게다가 전하께서 실종되는 일까지 겹쳤으니, 새로운 아침을 각하 본인이라고 철석같이 믿고 계셨다면 성급하게 행동하실 만도 하군. 만약 전하께서 선대 황족이 그랬던 것처럼 영원한 잠에 빠져 계셨다면 민심을 뒤흔들 수 있을 테니."

어디 민심뿐일까. 만약 황태자가 저주에 걸려 깨어나지 못한다는 사실이 밝혀진다면, 백성들은 새로운 황족보다 먼저 데센시아 부족민의 처분을 바랄 것이다. 민심이 흉흉할 때는 사태를 해결하기보단 책임을 다른 곳으로 돌리는 게 가장 효과가 빠른 극약 처방 아니겠는가. 분명 때아닌 마녀 사냥이 횡행할 것이고, 그렇게 되면 공작은 살생을 그만두게 하겠다는 조건으로 장인들과 손을 잡고 황권을 쟁취할 수도 있었다. 예로부터 장인들을 혐오했던 이유는 그들의 능력이 두려운 것에서 오는 것이 가장 컸으니까 말이다.

만약 부족민의 저주로 잠든 황태자를 발견하기만 한다면. 그렇다면 앤더슨 공작은 모든 것을 손에 넣을 수 있는 것이다. 어찌 달콤한 먹이가 아니라고 할 수 있겠는가.

"……어쩐지 누군가 그 상황을 유도했다는 생각마저 드는군요."

침묵 속에서 젊은 자작이 거의 속삭이듯 중얼거렸다.

거기까지 생각이 미치자, 이곳에 모인 귀족들은 애초에 황태자가 말한 부족민의 저주부터가 거짓이 아닌가 하는 생각마저 하게 되었다. 그러니까 이 모든 사건이 막강한 세력을 얻기 위한 하나의 과정이 아닐까 싶은 것이다.

그래야 장인들을 곁에 둘 수 있을 테니까.

그래야 불온한 세력을 걸러낼 수 있을 테니까.

'설마 거기까지 내다보신 건가.'

대체 이 일이 어디까지 향하고 있는 건지 모르겠다. 그들은 모두 이 일에는 가만히 침묵하는 것만이 목숨을 부지하는 길이라고 결론지었다. 함부로 나섰던 앤더슨 공작은 보기 좋게 걸려들었으며, 실종되었다던 황태자는 어느 샌가 나타나 멀쩡하게 돌아다니고 있었으니까. 많은 이들이 앤더슨 가문이 멸문하는 것도 시간문제라고 생각했다.

하지만 앤더슨 가문의 처분을 결정짓는 회의는, 모두가 두려워하는 게 무색하게도 결론이 나지도 않은 채 오리무중으로 끝나고 말았다. 황제가 침묵한 채 아무 말도 꺼내지 않았기 때문이었다. 하루가 지나도, 이틀이 지나도 사형 일이 정해지기는커녕 황제는 앤더슨 가문에게 아무런 처벌도 내리지 않았다. 마치 아무 일도 없었다는 듯 말이다.

반역에 대한 의혹이 있는 만큼 그들에게 추문을 하고 근신 처분을 내리기는 했지만, 그걸로 끝이었다. 더 이상 아무런 제재도 가하지 않자 반역에 가담했던 세력들은 눈치껏 몸을 사리기 시작했다.

그 무렵, 마르멜은 황제의 집무실을 찾았다.

"무슨 일이냐. 연락도 없이."

"연락 한 번 없었던 건 폐하가 아니십니까."

"병문안이라도 바란 게냐?"

"기대도 안 했습니다."

다시 잠들었다가 깨어났다더니 그의 아들은 한층 더 냉소적으로 변해 있었다. 그 덕분에 서류에 시선을 고정하고 있던 카딘이 겨우 고개를 들어 마르멜을 살폈다. 늘 자신의 앞에 서면 심기를 거스르지 않기 위해 쩔쩔매더니, 오늘은 자세부터 말투까지 시건방지기 짝이 없었다. 뒤늦은 사춘기인 건가.

안 그래도 황태자가 깨어난 이후로 분위기가 묘하게 변했다는 보고를 듣고 난 다음이었다. 황제는 재미있다는 듯 허허 웃으며 그에게 가까이 오라고 손짓했고 마르멜은 쭈뼛거리며 그의 곁으로 다가갔다.

"……."

꿈을 통해 잊어버렸던 모든 기억을 되찾았고, 그동안 자신에게 있었던 일들이 전부 황제의 잘못만은 아니었다는 걸 알게 되었다. 오해했던 부분을 사과하고, 서운했던 부분을 대화로 풀어나가면 될 거라고 막연히 생각했는데 막상 찾아가려니 계속 망설여지는 것이다.

사실 고작 대화로 풀기에는 오랜 세월 가슴에 맺힌 응어리가 많았다. 대화는커녕 꼭 그렇게까지 했었어야 했느냐는 원망이 튀어나올 것만 같았다. 그 때문에 마르멜은 이제야 뒤늦게 카딘을 찾게 되었지만 겨우 용기 내어 마주한 얼굴임에도 정작 하고 싶은 말은 나오지 않았다.

다음에. 다음에 하자. 지금은 더 중요한 일이 있지 않은가.

마르멜은 자기 합리화를 하며 애써 그 생각을 밀어 넣었다.

"차라도 할 텐가."

"……그렇다면 얼그레이로 부탁드리겠습니다."

"입맛이 그렇게 고급이어서야 백성들의 고충을 어찌 알겠느냐."

얼그레이가 고급이라는 소리는 처음 듣는다. 그야 일반 백성들은 쉽게 구하기 힘들겠지만, 지금 구할 수 없다면 차라리 맹물이라도 마시는 게 더 나았다. 가까스로 황제가 먹는 괴상한 맛의 싸구려 차만은 피한 마르멜이 한숨을 내쉬며 그의 앞에 마주 앉았다. 정말 미각에 이상이 생기기라도 한 것인지 카딘은 예의 달고 짜고 시고 쓴 차를 잘도 마시고 있었다.

마르멜은 시녀가 물러나자마자 입을 열었다.

"폐하, 말씀해 주십시오. 파랑 장인과 무엇을 거래하셨습니까."

다짜고짜 본론이었다. 카딘은 잠시 그를 응시하다가 조용히 찻잔을 내려놓았다.

"왜 반역 세력을 두고 아무런 조치도 취하지 않았느냐는 말이 나올 줄 알았더니."

"뻔하지 않습니까. 앤더슨 가문 배후의 누군가를 기다리고 계시는 것 아닙니까."

마르멜의 발언에는 망설임이 없었다. 한동안 주변의 흐르는 분위기를 읽고, 제 나름대로 추론한 끝에 이미 결론지은 것이다. 사실 황제가 그동안 보인 행동과 자신 주변에 일어난 일들을 연관 지어 봐도 곧 답은 나왔다. 카딘은 총명하게 빛나는 붉은 눈동자와 시선을 교환한 뒤에 입꼬리를 씨익 끌어올리며 말했다.

"호오. 누구 아들인지 몰라도 참 똑똑하군."

"……."

마르멜은 말없이 팔뚝에 돋아오른 소름을 쓸어내렸다. 최근 황제에게 들은 것 중에서 가장 섬뜩한 발언이었다. 빈정거리는 게 아니라 진심으로 감탄하는 말이라는 것에서 섬뜩함은 배가 되었다.

뭘 잘못 드셨나. 드디어 저 맛이 간 차가 효과를 발휘하는 건가. 별별 생각이 다 들었지만, 황제가 이상해진 것은 이번만의 일이 아니었다. 예전에 하기스가 살아남기 위해서 쓸데없는 말을 지껄인 이후로, 같이 점심을 먹자느니 하면서 안 하던 짓을 하지 않았던가.

좀 더 상냥하고 부드럽게 대해달라고 했다던가.

분명 나쁜 변화가 아닌데도, 그간 당해 왔던 일들 때문인지 낯간지럽고 떨떠름하기만 했다. 마르멜은 표정관리가 영 되지 않는다고 생각하며 작게 헛기침을 한 뒤 말했다.

"이번 연회에 장인들을 초대하면서 제게 도움이 될 인재를 많이 눈여겨보라고 말씀하셨던 것, 그때부터 이런 상황을 계획하신 것 아닙니까."

"묵비권을 행사하겠다면 어쩔 테냐."

"그럼 제멋대로 해석하겠습니다."

"그렇다면 어디 그 똑똑한 머리로 한번 말해 봐라."

이렇게 나올 줄 알았다. 황제는 뭐든 순순히 말해 주는 법이 없었다. 질문은 질문으로 답하고, 떠보듯이 도발하고, 증거를 내놓기 전에는 의심하고 또 의심하며, 무엇보다 뜻을 굽히는 법이 없었다. 하지만 그 아버지에 그 아들이라고, 다른 것은 몰라도 황제의 고집만큼은 그대로 물려받은 마르멜이었다.

카딘이 절대 맨입으로 말할 생각이 없어 보이자 그는 다른 질문을 꺼냈다.

"공작의 배후에는 있는 이가 누구입니까."

"말해 봤자 네가 알겠느냐. 짐은 아주 오랜 세월 동안 이 순간을 기다려 왔다."

"짐작 가는 바는 있습니다."

"그런가."

카딘은 대수롭지 않게 답했다. 자신의 속내를 단 한 번도 내비친 적이 없는데 여기까지 유추해 낸 마르멜이라면, 배후가 누군지 알아맞힌다 해도 놀랍지 않았다. 어쩐지 추궁을 받는 다기보단 어린 아들의 재롱을 보는 기분이라 그는 어디 말해보라는 듯 고개를 까딱였다.

"5년 전 사건에서 살아남은 반역 세력의 잔당 아니겠습니까."

"맞는 말이긴 하다만은, 정확히 누구인지까지는 모르는 모양이군."

제가 알 리가 없잖습니까. 마르멜은 속으로 그렇게 답하며 불만스럽게 눈썹을 까딱였다. 그 정도야 누구든 유추할 수 있지 않겠느냐는 말투가 거슬렸다. 점쟁이도 아니고서야 어떻게 누군지 알까. 황제는 최측근인 라이젤 가드에게도 제 속내를 털어놓는 일이 없었고, 꽤 중요한 사항도 일언반구 없이 스스로 하려고 하는 경향이 강했다. 주변을 캐내도 나오는 게 없다면 그건 황제가 단 한 번도 입 밖에 낸 적이 없다는 뜻이었다.

"폐하께서 그들을 사로잡기 위해 이런 수까지 쓰셨다면 손쉽게 꼬리를 잡을 수 없는 이겠지요. 이미 죽어 흔적이 남지 않았거나, 혹은 그림자이거나."

실체가 없이 오직 암흑 속에서 일하고 움직이는 이들을 '그림자'라고 했다. 보통 그들은 태어난 순간부터 출생 신고도 없이 태어났기에 이 세상에 존재하지 않는 자들이었다. 또 다른 그림자에 의해 철저히 길러지고는 했는데 그들이 어떤 능력과 목적을 가지고 움직이고 있는지는 전혀 알려진 바가 없었다.

"성의가 없군. 그래 봤자 다 추측일 뿐이지 않으냐."

"……."

하지만 마르멜이 말을 더 잇기도 전에 카딘은 손을 들어 더 이상 아무 말도 하지 말라는 듯 눈가를 가늘게 접었다. 이건 일종의 경고인가? 입술을 달싹이던 마르멜은 잠시 망설이다가 그대로 입을 닫았다. 정말 몇 년 만에 마주한 카딘의 얼굴은 전보다 더 늙어 보였지만, 동시에 노련함이 가득해서 도무지 생각을 읽어낼 수가 없었다.

오죽하면 동물 머리를 통해 감정을 고스란히 읽어낼 수 있었을 때도 오직 황제의 늑대 머리만은 생각을 전혀 읽어낼 수 없었겠는가.

하는 수 없이 그는 이 화제에서 벗어나기로 했다.

"장인들을 이용하실 생각이셨습니까."

"이상한 질문이로군. 그렇지 않은가. 이용할 생각이 없었다면 애초에 그들을 초대하지도 않았을 거다. 그건 네가 가장 잘 알고 있을 텐데."

"제 말은 그들을 쓰다 버릴 패로 들이신 것이냐는 뜻입니다."

상부상조가 아닌, 철저히 이용만 하기 위해 그들을 황궁으로 불러들였느냐는 말이었다. 황제는 내려놓았던 찻잔을 다시 들어 올린 뒤 느긋한 말투로 중얼거렸다.

"흐음, 왜 그렇게 생각하는 건지 모르겠군."

왜 그렇게 생각하느냐니. 그건 그간 황제의 발언만 돌이켜 봐도 알 수 있었다. 그들을 힘으로 지배해서 절대적인 우위를 차지해야 감히 넘볼 생각도 하지 않는다는 말을 한 게 불과 몇 달 전이었다. 아무리 개개인의 능력이 뛰어나다고 한들 그들은 제국 밖으로 나갈 수조차 없는 소수민족일 뿐이니 철저하게 짓밟으면 된다고 하지 않았나? 카딘은 애초에 부족민의 처우 개선에 대해 제 뜻을 단 한 번도 굽힌 적이 없었다.

"파랑 장인이 반란군의 수장이었다고요."

"네 귀에까지 들어간 모양이군."

"왜 그를 살려두셨습니까."

"감히 짐에게 반기를 들 정도라면 장인, 그들 중에서도 특출나게 뛰어나거나 영향력 있는 능력을 갖춘 집단이겠지. 부족민 사이의 여론도 무시할 수 없는 노릇이지 않겠나."

"그건 그렇습니다만……."

마르멜은 떫은 감을 씹은 듯한 표정을 지었다. 저 말은 황제의 입에서 나올 말이 아니라, 굳이 분류하자면 자신에게 더 어울리는 대사였다. 지오르지오의 능력은 여타 다른 장인들과는 비교도 할 수 없을 정도로 막강한 파괴력을 지니고 있었고, 반란군의 수장이라는 것을 감안해도 잃기 아까운 인재였으니 말이다.

하지만 분명 황제라면 그런 건 알 것 없다며 처형부터 감행할 줄 알았는데.

"……그렇다면 정말로 협력하실 생각이셨단 말씀입니까?"

대체 왜? 평정을 유지하려고 애쓰던 마르멜의 얼굴이 점점 경악으로 물들고 있었다. 소니도르와의 계약서에 가짜 금인을 찍은 게 엊그제 같은데 말이다.

장인은 황제에게 철저하게 이용하다 버려질, 그 정도의 의미일 줄 알았다. 그들에게 작위를 내린다는 것도 앤더슨 공작처럼 위험하기에 곁에 두는 게 틀림없다고 여기고 있었다. 그렇지 않고서야 마제른의 봄이라는 이유로 장인들을 황궁에 초대하는데 흔쾌히 응할 리 없다고 생각했다.

마르멜은 제가 생각한 것을 여과 없이 뱉었다.

"꿈 장인과의 계약서에 가짜 금인을 찍으신 일은 기억나지 않으신 겁니까. 불과 얼마 전의 일인데 그 새에 폐하의 사상이 바뀌기라도 하셨단 말씀입니까."

"사상일 것까지야."

카딘은 찻물을 홀짝거리다 말고 굳이 이런 말까지 해야 하나, 하는 눈빛으로 마르멜을 훑었다. 굉장히 낯선 상황이었다. 본인의 생각이나 감정을 입 밖으로 내뱉은 적이 별로 없어서 그런지 이 상황이 마치 자기변명을 하는 것 같았고 무엇보다 귀찮았다. 그는 처음에는 그저 평소대로 얼버무릴 생각이었지만, 이내 아들의 필사적인 시선과 눈이 마주쳤다. 마르멜은 어떻게든 이 대답을 듣고 싶어하는 듯했다.

—폐하.

그 순간 카딘은 손끝을 움찔 떨었다. 지하 감옥에서도 쌩쌩하던 그 빙글거리는 낯짝이 기억난 탓이었다. 그는 살짝 미간을 구기고서는 심기 불편한 표정을 지었다.

—위대한 마법사이자 예언가였던 세기의 천재, 돌리오스의 유일한 제자로서 제가 한 말씀 올려도 되겠습니까. 그는 절 제자로 인정할 생각이 없었던 모양이지만, 전 그의 통찰력을 이어받았다고 확신하거든요.

천하의 황제가 최근 들어 가장 두려웠던 순간이 있다면 바로 그때였을 것이다. 쇠창살 너머의 의원 나부랭이는 그가 손만 까딱하면 그대로 세상을 하직할 버러지만도 못한 존재였다. 하지만 그는 황제가 보지 못하는 것을 마치 손바닥 보듯 속속들이 내려다보고 있었으며 혀가 품은 칼날은 그 누구보다 날카로웠다.

—이대로 가다간 태자 전하의 검 끝이 폐하를 향하게 될 것입니다. 그것도 심장을요.

사실 자칭 예언가가 예견하기 전부터 그는 그 미래를 어느 정도 예상하고 있었다. 아무도 믿지 말라 세뇌한 것부터 이미 언젠가 살해당할 것을 염두에 두고 한 행동이었다. 물론 죽인다고 해서 순순히 죽어 줄 생각은 없었지만, 만약 자신이 늙어 쇠약해지고 마르멜이 성장하여 더욱 강해진다면 죽임을 당해도 어쩔 수 없다고 생각했다.

그 언젠가 황제 본인이 그랬던 것처럼.

—끝없이 대물림될지도 모릅니다.

하지만 그것을 타인의 입을 통해서 듣는 건, 거슬린다기보다 어쩐지 조금 가슴이 철렁이는 일이었다. 총명하던 그의 아들이 패륜 황제라는 오명을 뒤집어쓸 테니까. 아마 평생 광기에 잡아먹히지 않으려고 애쓰면서 살아가게 되겠지. 만약 5년 전에 하기스가 저런 말을 했다면 가차 없이 목을 베어 버렸겠지만, 5년 전의 사건 이후로 카딘은 마르멜을 어떻게 대해야 할지 늘 힘들어하고 있었다.

—하지만 그것은 최악 중의 최악의 가정일 뿐이지요. 태자 전하께서 잠든 순간부터 사실 가망이 없어 보였는데, 꿈 장인의 능력이 생각보다 대단한 모양이더라고요.

목숨을 위협받는 상황에서도 하기스는 당당했다. 그리고 이미 목숨을 담보로 둔 상태여서 그런지 모든 발언에는 거침이 없었다. 어디 불경한 소리를 하느냐, 네 목숨이 여럿 되는 줄 아느냐는 라이젤 가드의 노성에도 그는 여우 같은 눈꼬리를 접으며 실실 웃을 뿐이었다.

—폐하, 모든 것을 원점으로 돌릴 수 있다면 어떻게 하시겠습니까? 제 말만 따르시면 누구보다 사이좋은 부자지간이 될 수 있을 거라 장담합니다.

물론 그것도 잠시, 이내 비굴한 태도로 돌아와 저잣거리 약팔이처럼 입을 나불거렸지만 말이다. 그때 진작 죽여 버렸어야 했는데, 헛소리를 너무 진지하게 해서 저도 모르게 휘말리고 말았다. 결론적으로 보면 자신이 이런 결정을 내리게 된 데에 크게 원인 제공을 하지 않았는가. 만약 결과가 좋지 않았다면 하기스는 이미 저세상 사람이 되었을 것이다.

"폐하?"

그때 마르멜의 목소리가 끼어들었다. 잠시 다른 생각으로 내내 불쾌한 얼굴을 하던 황제는 이내 정신을 차리고 고개를 들었다. 아마 왜 장인들과 협력할 생각을 했느냐는 말을 하고 있었던가. 하기스의 세 치 혀를 떠올린 카딘은 결국 처음으로 자신의 본심을 살짝 드러냈다.

"꿈 장인의 일은 처음부터 약속을 어길 생각은 아니었어. 뱉은 말의 책임을 지되 언제나 돌발 상황에 대처할 여지를 남겨 둬야 하는 법이지. 가짜 금인인 건 맞지만, 그녀와의 계약은 지킬 생각이었다."

이건 또 무슨 궤변이지. 가짜인 건 맞지만, 계약을 지킬 생각이었다니. 마르멜이 별 해괴한 소리를 다 듣는다는 표정을 짓자 카딘은 그 얼굴이 웃겼는지 피식 웃으며 말했다.

"그러니까 돌발 상황이었다는 거다."

"무엇이 말입니까."

"네가 꿈 장인에게 홀딱 반해 버린 게."

풉! 심드렁하니 뱉어진 직설적인 말에 마르멜이 찻물을 뿜어냈다. 설마 황제 입에서 저런 말이 나올 줄은 상상조차 못했기 때문이었다. 그가 콜록콜록 기침을 토해 내자 카딘은 말없이 손수건을 건넸다. 마르멜은 잔기침을 하다가 얼떨결에 그것을 받아들고 멍하니 그를 올려다보았다.

대체 언제부터…… 아 처음부터 알고 있었던가. 분명 카딘은 마르멜이 깨어나 자신에게 찾아온 순간부터 그가 소니도르에게 마음이 있다는 사실을 귀신같이 알아차렸다. 그리고 여러 말로 떠보기도 했고, 아무도 보지 못하는 곳에 가둬 놓는 게 좋을 거라는 충고 아닌 충고를 건네기도 했다.

"……."

정말 무슨 생각을 하는지 모르겠다. 오랜 세월을 곁에서 지켜봐 왔음에도 불구하고 황제를 온전히 파악하기는 좀처럼 힘들었다. 갑자기 말 돌리는 것을 관두고 말문을 열기 시작한 것부터 의문투성이였다.

"네가 찾아와 꿈 장인이 곁에 있어야 한다는 말만 꺼내지 않았어도 그녀는 백억 부크를 가지고 고향으로 돌아갈 수 있었을 거다. 모든 장인은 아니라도 엄격한 심사를 통해 허가받은 일부 장인들은 타국으로 이주할 권리를 얻었겠지."

물론 입막음을 하기 위한 아주 약간의 조처를 했겠지만. 카딘은 그렇게 중얼거리며 의미심장하게 웃었다. 그게 뭔지 정확한 말은 하지 않았지만, 마르멜은 말하지 않아도 어떤 것인지 대강 예상할 수 있었다. 목걸이에 폭탄을 매달아 버린 것과 비슷한 맥락의 조치를 했겠지.

"그러니까 폐하께서 계약을 어기신 건 순전히 제 탓이라는 거군요."

"그야 꿈 장인은 원망하겠지만 네가 의도했던 상황이 아닌가."

내심 마음에 담아두고 있었던 아픈 곳을 푹 찌르자 마르멜이 주먹을 꽉 말아 쥐었다. 안 그래도 최근 자신이 억지로 곁에 붙들어 놓는 것 같아 어린애 같은 투정을 부렸었다. 네가 온전히 날 바라게 되었으면 좋겠다고 말하면서 말이다. 그녀가 원한다면 놓아줄 각오를 단단히 하고 그녀의 답이 돌아오기만을 기다리는 상태였다. 비록 소니도르는 지금까지 대답할 생각이 없는 모양이었지만.

덕분에 마르멜의 불안함은 극에 달하고 있었다.

"굳이 따지자면 네 덕분이겠지. 네가 마음에 품은 덕분에 사지 온전히 이곳에서 머무를 수 있는 것 아니겠나."

"덕분이라니…… 대체 무슨 짓을 하실 생각이셨던 겁니까?"

"계약서에는 신체 온전히 놓아준다는 조항은 없었던 걸로 기억한다만."

마르멜은 손수건을 거칠게 테이블 위에 내려놓고 사나운 얼굴을 했다. 차갑게 식은 눈동자가 그가 하고 싶은 많은 말들을 포함하고 있었기 때문에 카딘은 못 말리겠다는 듯 고개를 저었다. 어디 한 군데 잘못 건드렸다간 아주 물어뜯었겠군. 자식새끼 키워 봤자 소용없다는 생각에 조금 섭섭한 감정도 들었지만, 이번에는 트집 잡지 않고 순순히 입을 열었다.

"부족민의 저주를 들먹인 순간부터 이거다 싶더군. 넌 분명 꿈 장인을 곁에 두기 위해 그런 말을 했겠지만, 날파리를 한데 모아 태워 버리기에 좋은 미끼가 아닌가. 그래서 거짓말임을 알면서도 그냥 놔뒀지. 네가 다시 잠들어 버린 건 예상 밖의 일이었다만."

저주가 아니라는 것도 이미 알고 있었던 모양이었다. 처음 부족민의 저주 얘기를 꺼냈을 때 대놓고 의심부터 하는 그를 보고 역시 안 믿는 모양이라고 확신했는데. 흔쾌히 제안을 받아들였기 때문에 의아하긴 했다. 그런데 그때부터 저주를 이용할 생각이었다니. 그럼 연회에 장인들을 초대할 때부터가 아닌, 훨씬 전에 마르멜이 잠에서 깨어난 그 순간부터 계획한 일이란 말인가.

거기까지 생각이 미치자 그는 저도 모르게 울컥해서 외치고 말았다.

"그런 건 진작 말해 주셨으면……!"

"말하지 않아도 알아서 잘 찾아내지 않았느냐. 애초에 말했다고 한들 믿지도 않았겠지."

"하아……."

분명 일부러 말하지 않은 거다. 의뭉스럽게 웃고 있는 황제의 표정을 읽어낸 마르멜은 이마를 짚으며 대놓고 한숨을 내쉬었다. 뭐 이제 와서 왜 말하지 않았느냐고 추궁할 필요도 없는 것이, 사실 그는 단 한 번도 온전히 제 속내를 드러낸 적이 없으니까 말이다. 황제의 개를 자처한 라이젤 가드를 상대로도 아마 계획의 절반도 털어놓지 않았을 것이다.

"그럼 파랑 장인은 대체 언제부터 끌어들이신 겁니까. 제가 처음 보고 드릴 때부터?"

파랑 장인은 마르멜이 그를 초대자 명단에서 봤을 때부터 능력을 높이 평가한 인물이었다. 황제가 도움될 만한 인재들을 눈여겨보라는 말을 하기도 했고 말이다. 만약 부족민에게 자유를 되찾아 주는 일을 계획한다면 가장 필요한 인물 1순위에 단연 파랑 장인을 둘 수도 있었다. 물론 소니도르와 친분이 있는 인물이라는 건 지금 생각해도 신경 거슬리는 일이지만.

"알면서 뭘 묻는지 모르겠군. 연회 첫째 날에 앤더슨 공녀가 파랑 장인과 접촉을 시도했다는 말을 듣고 나서 일이 순조롭게 진행되고 있다는 걸 알았지."

"그리고 제가 잠들고 나서 거래를 하신 거군요."

"어차피 언젠가 저주를 이용할 생각이었으니 이른 감이 있지만, 재빨리 파랑 장인에게 연락했다. 네가 그 전에 전해 둔 말 때문인지 협박 때문인지 몰라도 단박에 말귀를 알아먹더군."

"설마 소니도르를 두고 협박한 겁니까."

"원하는 건 수단과 방법을 가리지 말고 얻어내라 가르치지 않았느냐."

"대체……."

그런 위험한 능력과 불같은 성정을 가진 이들은 폭주하지 않도록 섬세하게 다뤄야 하는 법이었다. 비록 무슨 심경의 변화가 있어서 섬세하게 다루지 않아도 알아서 잘 말을 들은 모양이지만. 설마 그 협박이 먹힌 건가. 마르멜은 잠시 생각에 잠겼다. 어쩌면 소니도르와의 성향 차이가 상당했으니 그녀가 직접 개입했을지도 모르겠다.

그가 대체 무엇으로 회유했느냐는 시선을 던지자 카딘은 말없이 입꼬리를 끌어올렸다.

"폐하의 말씀대로라면 꿈 장인의 일은 예외 상황일 뿐이고 계약은 지키실 생각이라는 말씀이시군요. 그렇다면 대체 파랑 장인과 거래한 내용은 무엇입니까."

"마나의 땅을 밟게 해 준다고 했다."

"……예?"

그는 자신의 귀를 의심했다. 한두 번도 아니고, 아까부터 계속 상대방이 영 믿을 수 없는 소리만 해댔으니 말이다. 수백 년 동안 폐쇄되었고 제국군의 철저한 관리하에 그 누구의 출

입도 허가하지 않았던 땅을 일반인, 그것도 데센시아 부족민에게 개방하겠다니. 하지만 그렇지 않고서야 파랑 장인이 거래에 순순히 응해 줬을 리가 없으니 이건 믿을 수밖에 없었다.

"어떻게 하느냐에 따라 그 땅에 이주할 권리도 주겠다고 했지. 아마 거절할 수 없었을 거다. 마나 섬 근처에도 발을 디뎌본 적 없을 테니. 아무리 반역의 씨앗이라고 한들 풍문으로만 들은 섬을 제 눈으로 한 번쯤은 확인해 보고 싶었겠지."

"정말 그걸 조건으로 걸었단 말씀이십니까."

"네가 깨어나자마자 한 말을 잊었느냐. 그렇게 자신만만해 하더니만."

깨어나자마자 한 말이라면 어떻게든 황제를 설득하기 위해 자신이 가진 패를 모두 내보였던 그때의 일을 말하는 것이다. 마르멜은 그때 당시에 어떻게든 소니도르를 살리기 위해 필사적이었다. 마나는 무한한 자원이 아니라 언젠가 떨어져 없어질 것이며, 그리고 부족민의 몸에 공명하는 마나 섬만이 이 상황을 타개할 수 있는 유일한 희망이라는 말들을 했다. 그때 당시에는 말이 통하지 않은 벽을 상대로 계속 떠들고 있다는 생각밖에 들지 않았다. 그 또한 전혀 들을 생각이 없어 보였고 말이다.

하지만 카딘은 그 말을 가치 없는 헛소리로 치부했던 게 아닌 모양이었다.

"네가 일러준 장소에 군사를 파병했더니 네 말대로 무더기로 묻혀 있는 마법석이 발견되었다. 마나의 힘 때문에 그 인근 영지에 기이한 현상이 계속 일어났다고 하더군."

최근 몇 년간 인위적으로 묻힌 대규모의 마나석 때문에 인근에 피해가 잦았다. 마나석이란 가공된 아티팩트와 달리, 순수한 마나를 그대로 보석에 집어넣은 것과 같았다. 마나를 다루는 것에 능숙한 마법사에게는 아주 유용한 물건이겠지만 일반 백성들에게는 재앙과 다름없는 것이다.

예를 들어 마법에 재능이 있는 아이가 갑자기 능력을 제어하지 못하고 대규모 폭발을 일으킨다거나, 숲에 거주하던 마물들이 폭주해서 마을을 습격한다거나 하는 일이 잦았다. 또 갑자기 물건이 떠다닌다거나, 이상한 소리가 들린다거나 하는 기현상이 일어났다.

민심이 흉흉해지자 하는 수 없이 마을의 영주는 이 모든 게 부족민의 저주 때문이라며 몰아붙였고, 근처에 거주하던 장인들을 학살하기 시작했다. 대마법사 돌리오스가 쳐둔 결계 때문에 지금까지 마법석이 발견되지 않은 탓도 있었다. 아마 하기스가 관련 자료를 훔쳐 달아나지 않았다면 영원히 결계를 해제하는 수식을 알아내지 못했을지도 모를 일이었다.

제국의 몇 년 치 예산과도 맞먹을 법한 그 어마어마한 규모의 마법석을 발견한 뒤 아무리 의심이 많은 카딘이라도 그건 믿을 수밖에 없었다. 마나 고갈이라는 것은 더 이상 뜬구름 잡는 소리가 아니라는 것을 말이다. 그렇기에 카딘은 흔쾌히 말할 수 있었다.

"예언가 돌리오스, 그 미치광이의 말을 믿기로 했다."

그는 잠시 고민하는 듯하더니 이내 다시 말을 정정했다.

"아니, 그보다 널 믿기로 했다는 쪽이 더 옳겠지."

황제의 말에 마르멜의 시선이 크게 흔들렸다. 그는 말없이 눈가를 일그러트렸다. 누가 누군가를 믿는다는 말은 참 대수롭지 않게 들릴지도 모르겠지만, 그 누구도 아닌 황제가 직접 한 말이라는 이유로 그 파급력은 어마어마했다.

믿는다. 믿는다는 그 말 한마디가 뭐길래. 대체 무엇이길래 온갖 부정적인 감정은 다 심어주었던 걸까. 잠시 숨을 쉬는 것조차 잊고 있었던 마르멜은 천천히 공기를 들이쉬면서 울컥 치솟은 감정을 가라앉혔다. 슬픈 것 같기도 하고 화가 나는 것 같기도 하고, 어쩌면 기쁜 것 같기도 한 복잡한 감정이 한차례 머리를 치고 올라왔다가 빠르게 가라앉았다.

"뭐 잡담은 여기까지 하고."

마르멜은 시큰거리는 눈가를 문지른 뒤 느리게 고개를 들었다.

"짐의 목적은 예나 지금이나 그림자 뒤에 숨어 있는 그들을 찾아내 짐의 앞으로 끌고 오는 것이다. 나머지는 어찌 되든 짐의 알 바가 아니지."

파랑 장인과의 계약은 지키겠지만 그뿐이다. 기회는 한 번으로 족하니 만약 허튼짓을 자처한다면 가차 없이 목을 베어버릴 테지. 짐은 이제 그저 흘러가는 대로 지켜볼 것이다. 황제는 그렇게 덧붙이며 천천히 마르멜에게 손을 뻗었다. 그리고 그의 손에 무언가를 단단한 것을 쥐여 주고는 물었다. 그는 천천히 시선을 내렸다. 황제 다음으로 절대적인 결정권을 갖게 한다는 찬란하게 빛나는 금색의 패. 원래대로라면 앤더슨 공작에게 있어야 할 패가 지금 마르멜의 손에 들려 있었다.

"자, 이제 어찌할 테냐."

황제가 물었다.

마르멜은 눈을 나른하게 내리뜬 채 그것을 내려다보았다. 생각지도 못한 상황에서 금패를 얻었지만 기뻐하는 기색도, 그렇다고 두려워하는 기색도 없이 그저 묵묵히 고요 속에 잠길 뿐이었다. 이제 어떻게 할 거냐고? 이미 답은 정해져 있었다.

흘러가는 대로 그저 방관하겠다는 황제의 말은 앞으로 네가 무슨 일을 하든 일절 간섭하지 않겠다는 뜻이었다. 저 말을 꺼낸 이상 마르멜의 선택이 성공을 불러오든 실패를 불러오든 상관없이 절대 개입하지 않을 것이다.

이것이 황제의 또 다른 시험인 건지, 아니면 그저 변덕인지 몰라도 그것이 가지는 의미는 명확했다. 더 이상 꼭두각시 노릇을 하지 않아도 된다는 것. 웃고 가식을 떨며 철저하게 선을 긋는 것이 아니라, 이제 제 손으로 선 안으로 들어온 이들을 지켜낼 수 있다는 것. 선택에 대한 책임을 질 수 있다는 것.

'드디어.'

일자로 굳게 굳어 있던 마르멜의 입꼬리가 서서히 말려 올라갔다. 무슨 수를 써서라도 지켜내 보일 것이다. 그는 빛을 받을 때마다 찬란하게 반짝이는 패를 힘주어 꼭 움켜쥐었다.

⚜

"여긴 어쩐 일이십니까."

지오르지오는 불쾌하기 짝이 없다는 표정으로 마르멜을 마주 보고 있었다. 표범으로 보았을 때도 여간 사나운 얼굴이 아니다 싶었는데, 사람의 모습일 때도 험악한 인상 그대로였다. 아니면 단지 눈앞에 있는 상대가 껄끄러워서 저런 표정인 건지. 마르멜은 계속 그렇게 미간을 구기고 있으면 주름 생겨서 고생할 거라고 별 시답잖은 농담을 던졌다. 그러자 지오르지오는 달그락하는 요란한 소리를 내며 찻잔을 거칠게 내려놓았다.

"……."

할 말이 있으면 어서 하라는 무례하기 짝이 없는 시선이었다. 마르멜은 그 살벌할 눈빛을 코웃음으로 받아치며 소파에 나른하게 기대앉았다. 그리고 말없이 그를 위아래로 훑었다. 칼로 대충 자른 것 같은 정돈되지 않은 검은 머리카락, 그리고 사납게 찢어진 눈매 사이로 흉흉하게 빛나는 신비로운 자색 눈동자. 그리고 다부진 체격까지. 저렇게 생겼구나. 전체적으로 풍기는 분위기도 외모도 흑표범을 그대로 인간으로 옮겨놓은 것 같았다.

마르멜은 자신이 느낀 감상을 솔직하게 뱉었다.

"잘생겼네. 성격도 그렇고 여자들에게 인기 많을 타입이야."

"……뭡니까. 절 처음 본 것처럼."

"부정은 안 하는군."

"……."

사실인데 뭘 어떻게 부정하란 말인가. 그가 그런 표정을 짓고 있어서 마르멜은 찻잔을 들어 올리다 말고 푸핫 하고 웃음을 터트렸다. 남자든 여자든 상관없이 다가오는 족족 이빨을 드러낼 것 같은 이 표범도 자신이 인기 많다는 자각은 있는 모양이었다. 뭐 잘생긴 것도, 인기가 많은 것도 보통 알 수밖에 없지. 조용히 지내고 싶어도 주변에서 하도 귀찮게 구니까 말이다.

그런데도 지금껏 오로지 소니도르 하나만을 바라본 순애보라니. 짝사랑이라는 건 저 성질머리와는 전혀 어울리지 않았지만, 그 끈기 하나만은 마르멜도 인정하는 바였다. 물론 마르멜이 지오르지오와 같은 시기에 그녀를 만났다고 해도 분명 사랑에 빠졌을 테지만 말이다. 이미 눈에 콩깍지가 쓰여서 그런 건지 몰라도 마르멜이 보기에 소니도르는 누구나 쉬이 사랑에 빠질 만한 매력적인 여인이었다. 그래서 혹여 다른 이에게 빼앗길까 봐 성급히 고백한 거고.

왜 수많은 기회가 있었음에도 지금까지 고백하지 않은 걸까. 지금의 친구 관계를 깨기 싫어서? 아니면 언제나 자신의 곁에 있을 거라고 자만해서? 고작 그런 이유로 고백하지 않은 거라면 지오르지오는 그 정도 그릇밖에 되지 않는 것이었다. 그리고 마르멜은 그런 용기 없는 겁쟁이를 굳이 배려해 줄 필요 없다고 생각했다. 빼앗겨도 할 말 없지.

"그대는 어떻게 대처하는가. 마음에도 없는 사람이 다가올 때 말이야."

"무시로 일관합니다만."

“호오. 그럼 알아서 포기하던가.”

“글쎄요. 알아서 떨어지는 이들도 있는가 하면, 이것저것 챙겨주며 계속 성가시게 구는 이들도 있더군요. 부담스럽고 귀찮아서 그것 또한 무시로 일관합니다.”

“그래도 끈질기게 남는 이들은?”

“보통 친구 비슷한 게 됩니다만.”

지오르지오는 떨떠름한 목소리로 답했다. 황태자가 물어서 순순히 답하기는 하지만 대체 자신이 왜 이런 말까지 해야 하는 건지 이해할 수가 없었다. 대체 저 능구렁이 같은 자는 무슨 목적으로 이곳까지 온 거지. 역시 그 아비에 그 아들이라고 능글거리는 게 황제랑 똑같았다. 그는 황태자의 의중을 파악하기 위해 눈을 가늘게 떴다.

뭘 하든 무시로 일관이라니. 마르멜은 지오르지오의 대답이 웃겼던 것인지 다시 호탕하게 웃음을 터트렸다. 그에게 호감을 품은 이들은 속 좀 썩였겠지만, 가식으로 받아치는 것에 이골이 난 마르멜에게는 참으로 부러운 대응이 아닐 수 없었다. 이쪽에서 저 말대로 무시로 일관했다가는 곧바로 가문의 문제로 번지겠지만 말이다.

“그대와 난 정반대로군. 난 누구든 친절하게 대하거든. 물론 사회적 지위나 평판을 어느 정도 생각해서 계산적으로 행동하는 것도 있겠지만. 보통은…….”

마르멜은 눈매를 둥글게 휘며 다정하게 웃었다. 이쪽에서 상냥하게 굴수록 지오르지오가 더욱 기겁하는 게 너무 재밌어서 계속 장난을 치고 싶어졌기 때문이었다. 하지만 이내 언제 그랬냐는 듯 표정을 굳히며 냉소적인 어투로 말을 이었다.

"내게 아무것도 바라지 말고 더는 다가오지 말라는 일종의 경고지."

그래서 아마 내게는 친구 비슷한 것도 없는 모양이야. 마르멜은 노래를 흥얼거리듯 말하며 나른한 얼굴로 소파에 늘어졌다. 아까부터 계속 실없는 소리를 하는 것 보니 술이라도 진탕 마시고 취한 건 아닌가 싶었다. 보기 드문 광경임은 분명했다. 품위니 예절이니 귀찮은 것 이것저것 따지는 황실에서 황족, 그것도 황태자가 저렇게 풀어져 있다니. 그것도 하필 제 앞에서 왜 저러고 있는 건지. 시간이 지날수록 지오르지오의 표정은 점점 더 썩어 들어갔다.

"평판을 따지시는 분이 지금 이렇게 흐트러져 계시는 겁니까."

지금 그대도 내게 잔소리하는 건가? 마르멜은 실실 웃으며 답했다.

"친해지고 싶다 하지 않았나. 이것저것 일이 터지는 바람에 늦은 감이 있지만, 지금이라도 그대와 우정을 쌓기 위해 내 친히 발걸음 했지."

"……우정은 무슨."

지오르지오는 소름이 돋아 오른 뒷덜미를 슬슬 문지르며 똥 씹은 얼굴을 했다. 이 넓고 넓은 황실에 수많은 자와 허물없는 사이가 된다고 해도 황태자와 친해질 일은 죽어도 없었다. 하지만 그가 어떤 반응을 보이든 간에 마르멜은 빙긋 웃으며 제 할 말을 하기 시작했다.

"그럼 좋아하는 사람은 어떻게 지키지?"

헛소리는 아직 끝나지 않은 모양이었다. 게다가 황태자가 자신이 좋아하는 이가 누구인지 모를 리가 없었다. 부족민의 저주라는 이유로 제멋대로 곁에서 빼앗아놓고서 이제 와 능청스럽게 굴다니. 슬슬 인내심의 한계를 느끼고 있었기에 지오르지오는 이를 악물고 대답했다.

"무슨 말을 하고 싶으신 겁니까."

"다른 건 정반대일지 몰라도 좋아하는 사람을 지키는 방식은 서로 비슷한 것 같아서."

"……."

그가 혁명군 수장이라는 건 이미 전에 전해 들어서 알고 있었다. 게다가 아직 직접 활동한 바는 없지만, 꽤 과격한 사상을 가지고 있는 것까지 말이다. 그런 그가 자신이 좋아하는 여자를 지키기 위해 증오해 마지않는 황실과 손을 잡고 황제의 제안을 받아들인 것이다. 특출난 능력과 더불어, 자신의 신념을 꺾어서까지 소니도르를 지키고자 하는 이라면 이 일을 믿고 맡길 수 있었다. 물론 그를 믿는 다기보단 소니도르를 믿는 쪽에 더 가까웠지만 말이다.

게다가 혁명군 수장이라면 목표가 같으니 뜻을 함께해도 괜찮을 것이다.

"전에도 비슷한 제안을 한 것 같은데, 내게 꿈같은 소리를 한다고 했지."

마르멜은 피식 웃으며 말을 이었다.

"아무래도 이번에는 그대도 쏭의 사상에 물든 모양인데."

"본론만 말하십시오."

정곡을 찔린 지오르지오가 인상을 와락 구기며 말했다. 그러자 마르멜은 말을 빙빙 돌리던 것을 그만두고 드디어 이곳에 온 용건을 말했다. 물론 상대방은 전혀 받아들일 수 없는 제안이었지만 말이다.

"그대에게 작위를 내릴까 해."

"대체 누구 맘대로 말입니까."

"그야 그대는 내가 처음부터 점찍어 놓았는걸."

"소름 끼치는 소리 그만두십시오."

"황실에 발을 들인 순간 이런 건 예상했었어야지. 놓치기 아까운 인재니까."

이놈의 황궁은 순 제멋대로인 데다가 본인의 의사 따윈 없는 들을 생각도 없는 듯했다. 지오르지오는 손바닥으로 얼굴을 쓸어내리며 진심으로 한탄하듯 한숨을 내쉬었다. 남쪽 섬을 직접 볼 수 있게 해 준다는 황제의 제안은 흔쾌히 받아들였지만, 작위는 전혀 다른 문제 아닌가. 말이 쉬워 작위지 완전히 황궁에 묶인다는 뜻이었다. 애초에 부족민에게 제대로 된 대우를 해 줄 리 만무했고 그는 황제의 개가 될 생각은 추호도 없었다.

지금 황태자는 무언가 단단히 착각하고 있는 게 분명했다.

지금은 상황에서는 소니도르에게 또 다른 위험이 미칠지도 모르고, 앤더슨 공작이 크게 일을 터트려서 잠시 숨죽이고 있을 뿐이었다. 때가 아니라는 걸 알기 때문에 타협하고 잠자코 웅크려 후사를 도모하고 있는 것이지 아예 사상을 바꾼 건 아니었다. 지금도 권리는 직접 되찾지 않는 한 진정한 자유는 주어지지 않는다고 믿고 있었으니까.

물론 피의 복수 또한 포함해서 말이다.

"원수의 밑에 들어가란 말이십니까. 전 그럴 생각이 전혀 없습니다."

아무리 혁명군 수장이란 걸 들켰어도 그렇지 너무 솔직했다. 마르멜은 잠시 침묵하다가 내 앞에서는 그런 말을 해도 좋지만, 폐하 앞에서 그런 말을 했다간 바로 목이 달아날 것이라고 조언을 해 주었다. 지오르지오는 표정을 굳히며 그 정돈 자신도 알고 있다며 퉁명스레 답했다.

"내 앞에선 스스럼없이 말하는군. 좀 더 가까워졌다고 생각해도 되는 건가."

"……."

"뭐 농담은 이쯤하고."

마르멜은 자세를 바로 하고 그 어느 때보다 진지한 표정으로 찻잔을 내려놓았다.

"제국을 위한 일이기도 하지만, 이건 장인들을 위한 일이기도 하다. 이미 수없이도 많은 이들이 덧없이 목숨을 잃었고 난 더 이상 그 누구의 희생도 낳고 싶지 않아. 그대의 사상은 전해 들은 바가 있다. 지금 당장 나를 비롯해 황족과 고위급 간부들을 죽이고 싶겠지. 하지만 그러면 또 수많은 부족민이 또 목숨을 잃을 것이고, 그대를 원망하며 피를 흘릴 것이다."

그 정도야 이미 각오하고 있었다. 희생 없이 어떻게 혁명이 있을 수 있단 말인가. 진정한 자유와 새로운 세상을 손에 넣기 위해서 반드시 누군가는 희생되어야 하는 법이었다. 하지만 이것까지 순순히 황태자 앞에서 말할 생각은 없었기에 지오르지오는 그저 입을 꾹 다물었다.

'하고 싶은 말이 많아 보이는군.'

마르멜은 그의 얼굴을 빤히 응시하다가 이내 피식하고 웃었다.

"억울하게 누명을 쓰고 제국민의 손에 죽어간 부족민들은 억울하게 죽은 것이고, 대의에 휘말려서 어쩔 수 없이 빼앗긴 생명은 숭고한 희생이라고 생각하는 건가. 설마 목적에 따라 목숨의 무게가 달라진다고 생각하는 건 아니겠지. 똑같은 개죽음일 뿐이야."

"……."

"동의하지 못하겠다는 얼굴이군. 신념을 위해 기꺼이 자신의 목숨까지 바친 이들을 욕되게 할 생각은 없어. 그저 아무런 잘못도 이유도 없이 그 '대의'에 휘말릴 백성들을 더는 늘리고 싶지 않을 뿐이다."

뜻을 함께하는 이라면 모를까 아무런 연관도 없는 일반 백성이 휘말려 죽게 되는 건 아무리 지오르지오라고 해도 찝찝했다. 찝찝할 뿐이지 여전히 그건 개죽음이라기보단 숭고한 희생 쪽에 더 가깝다고 생각하지만 말이다. 어쩔 수 없는, 필수 불가결한 희생이라고 칭하는 편이 더 어울릴까.

"전하께서는……."

"음?"

지오르지오는 저 말을 어디선가 들어본 것 같은 기시감을 느끼며 머릿속으로 한 사람을 떠올렸다. 그러자 주홍 머리에 녹색 눈을 가진 새하얀 얼굴이 두둥실 떠올랐다.

성군이 될 재목이라는 소문이 자자하더니 마르멜은 소니도르와 사상이 굉장히 닮아 있었다. 가장 최근에 들었던 말로는 모두가 죽은 뒤에 자유가 무슨 소용이냐고 했던가. 어린 시절부터 질리도록 들어왔던 말이니 비슷한 말만 들어도 저절로 그녀가 연상되었다. 그래서 소니도르가 황태자를 5백 년간 우리가 그토록 염원하던 군주라고 말하면서까지 두둔한 걸지도 몰랐다. 지오르지오는 이상론만 줄줄 늘어놓는 그를 가늘게 뜬 눈으로 응시했다.

서로 생각이 비슷해서 운명이라도 느꼈던 건가 생각하니 갑자기 울컥하고 화가 치솟았다. 고작 이런 놈에게 주려고 지금껏 제대로 된 고백 한번 못 하고 참아 왔던 게 아닌데.

하지만 이내 고개를 끄덕이며 동의하는 척할 수밖에 없었다. 대체 황태자가 무슨 연유에서 자신에게 작위를 내릴 생각을 했는지 들어볼 생각이기 때문이었다.

"이제 그 어떠한 이유에서건 데센시아 부족민을 학살하거나 핍박하는 것을 제국법으로 금지할 생각이다. 지금 당장 그대들에게 자유를 줄 수는 없어도, 제국 밖으로 이주할 수 있는 권리를 줄 수 있어. 당장은 이익에 눈이 멀어 반대하는 이들이 적지는 않겠지만 오래 걸릴지라도 조금씩, 그 누구의 희생도 없이 조금씩 해 나가는 거야."

"말뿐인 자유는 누구도 바라지 않습니다, 전하."

"말뿐인 자유라니. 애초에 그대들이 제국의 소유물이 아니었듯이, 자유라는 명목하에 부족민을 함부로 구속하는 일은 없을 것이다."

"……제가 그걸 어떻게 믿겠습니까."

"그래서 그대에게 작위를 내리는 것 아니겠는가."

지오르지오가 고개를 들어 시선을 맞추자, 마르멜이 입꼬리를 끌어올리며 답했다.

"나의 밑으로 들어오라는 말이 아니다. 뜻이 같으니 같이 협력하자는 뜻이지. 그대는 내 곁에서 언제든 칼을 뽑고 대기하고 있으면 돼. 그리고 항상 목을 닦고 있을 테니 내가 정신 나간 판단을 내리거든 망설임 없이 내리쳐라."

마르멜은 자신을 죽이라는 소리를 스스럼없이 뱉었다. 5백 년간 이어져 내려온 이 끔찍한 악행을 멈출 수 없다면 그건 죽어도 상관없다고 여겼다. 이 일에 꼭 성공해야만 했다. 그래야 앞으로 황제에게 많은 권한을 부여받을 수 있고 소니도르를 지켜낼 수 있었다. 또 그녀와 직접 약속한 것이니 이건 죽을 각오로 지켜내야만 하겠지.

애초에 같은 민족도 아닌데 멋대로 땅을 빼앗기고 억울하게 죽어 가야만 했던 부족민들을 제 손으로 보내주고 싶었다. 이건 마르멜이 예전부터 꿈꿔 왔던 일이기도 했다.

마르멜 본인은 진심으로 한 말이었지만 지오르지오는 인상을 와락 구겼다. 소니도르 때문에 황태자를 성급히 죽일 수 없다는 걸 간파당했다고 여겼기 때문이었다. 그녀에게 미움받고 싶지 않으니까. 애초에 그가 황궁까지 찾아온 것도, 그리고 쉬이 떠나지 못하는 것도 전부 소니도르가 이곳에 있기 때문이었다. 거기까지 생각이 미치자 그는 더는 들을 필요가 없다고 여겼다.

"죄송하지만 못 들은 걸로 하겠……."

"마침 잘됐군. 제법 쓸모 있는 능력의 장인들이 모두 황궁에 모였으니까."

"전하. 전 작위를 받을 생각이……."

"명분을 만들자고. 그대들 모두 자유를 누릴 수 있는 명분을."

"……."

명분이고 나발이고 그쪽을 믿기도 힘들고 그쪽 자체가 싫다니까. 지오르지오는 뒷말을 삼키며 땅이 꺼져라 한숨을 내쉬었다. 마르멜은 어쩐지 말을 이어나갈수록 점점 더 어린애처럼 즐거워하고 있었다.

"그대들의 능력에 무효화 마법이 통하는 걸로 봐서 아무래도 강화 마법도 통할지도 몰라."

그가 데센시아 부족민에게 자유를 되찾아줄 방법을 흥분해서 얘기하는 모습을 보고 지오르지오는 묘한 표정을 지었다. 저건 분명 순수하게 기뻐하는 얼굴이었다. 생리적인 거부감과는 별개로 조금, 형용할 수 없는 감정이 내면에서 조금씩 피어나는 게 느껴졌다.

고삐 풀린 망아지 같군. 지오르지오는 그렇게 정의 내리며 잠시 이마를 짚었다.

"시골 영지에서는 여전히 심심치 않게 부족민 학살이 일어나고 있더군. 억울하게 죄를 뒤집어썼기 때문이지. 법으로 금지한다고 한들 시행되기까지는 꽤 시간이 필요할 것이고, 복수하고 싶은 거라면 그대의 힘이 진정으로 필요한 것은 이곳 같은데."

"……영주를 죽이라는 겁니까?"

"죽이든 말든 그대 자유지만 화풀이 상대로 여겨도 좋아. 피를 뿌려 자유를 직접 되찾고 싶다는 네 욕구는 그걸로 좀 참아줬으면 좋겠군."

이게 성군이 될 재목이라는 황태자 입에서 나올 소리인가.

"모든 건 숭고한 희생이 아닌 개죽음이라 하시지 않으셨습니까."

"그들은 개만도 못한 쓰레기잖아."

놀란 지오르지오가 떨떠름한 시선을 던지자 마르멜은 그에게 서류를 건네주며 씩 웃었다.

"나는 백성들이 바라는 대로 그리 썩 좋은 군주가 되지는 못할 것 같거든."

아브락사스

마르멜, 소니도르, 지오르지오, 그리고 황제.

마르멜의 호출로 불려간 소니도르는 생각지도 못한 의외의 조합에 잠시 제 눈을 비볐다. 여기까지 와서 어색해하는 것도 이상했지만, 새삼 제국의 최고 권위자와 장인의 조합이 이상하게 느껴졌던 탓이었다.

이 상황에 익숙해진 내가 가장 이상한 것 같지만. 소니도르는 그렇게 생각하며 망설임 없이 그들 앞으로 걸어가 예를 갖춰 인사를 했다. 사실 지금은 살인광 황제보다 마르멜과 지오르지오 쪽이 더 신경 쓰였다. 왜 둘이 같이 있는 거지. 이건 손을 잡았으니 당연한 건가.

모인 구성원으로 보아 사적인 용건으로 부른 건 아닌 것 같았다.

소니도르는 황제를 지키는 라이젤 가드와 그들의 모습을 담고 있는 것처럼 보이는 통신구에 슬쩍 시선을 준 뒤에 입을 꾹 다물었다. 영문을 알 수 없을 땐 침묵하는 게 최고였다.

"이렇게 먼저 찾게 될 줄은 몰랐다만."

마르멜은 눈이 마주칠 때마다 어색하게 시선을 돌리는 소니도르를 보고 씁쓸하게 웃었다. 시간을 달라고 하더니 아무래도 아직 마음의 결정이 서지 않은 모양이었다. 그녀가 직접 자신을 찾을 때까지 참을성 있게 찾아가지 않을 요량이었지만, 이 일을 해결할 수 있는 적임자는 그녀밖에 없었으니 어쩔 수가 없었다. 이건 꼭 필요한 일이었다.

마르멜은 얼마 전 황제와 나눴던 대화를 떠올리며 눈살을 살짝 찌푸렸다.

—대체 그들이 누군지, 무슨 연유로 찾고 계시는 건지 매우 궁금합니다만.

앤더슨 가문에서 믿을 구석 없이 이런 어처구니없는 짓을 저지를 리가 없었다. 그리고 지금까지의 정황으로 보아 그 믿을 구석이라는 건 황제가 미끼를 통해 유인하고자 했던 그 '그림자'일 것이다. 제국군을 상대로 승부를 걸어볼 만큼의 엄청난 실력자. 혹은, 그만한 세력.

정말 황제가 기다리는 것이 그 그림자인지는 모르겠지만, 만약 사실일 경우 앤더슨 가문과는 아마 협력 관계일 것이다. 어떤 가문에도 종속되지 않는다는 그림자가 따로 다른 가문을 섬기거나 밑으로 숙이고 들어갈 리 없으니 말이다.

그렇다면 지금과 같이 황제에게 자신들의 존재와 위치가 발각된 상황에서 과연 그들은 어떻게 나올 것인가. 아마도 당장 숨거나, 아니면 모습을 드러내거나 둘 중 하나일 것이다. 황제는 모습을 드러낼 거라고 확신하고 있었지만 말이다.

후자면 지금 위험한 것 아닌가. 물론 제국군이 정면승부에서 당할 리 없다고 생각하지만, 그림자가 사특한 술수를 부릴지도 몰랐다. 실체가 없고 정보 또한 없다. 그들의 전력이나 능력을 전혀 알지 못하기에 두려운 것이다. 황궁에 몰래 숨어들어 누군가를 암살하거나 빼돌리는 일은 가능할지도 모르지. 만약 정말로 상대가 그림자라면 지금 이렇게 한가로이 차나 마실 때가 아니었다.

—일단 대체 누구입니까, 그들은.

—글쎄. 굳이 표현하자면 그들은 짐의 무능함 또는 나약함이겠지. 그리고 딱히 의도하지 않은 미끼기도 하고.

—시적인 표현을 좋아하실 줄은 미처 몰랐습니다만.

—짐에게도 꽤 낭만적인 구석이 있지.

—…….

이 세상 낭만이 다 죽은 모양이었다. 전혀 말할 생각이 없는 카딘을 보니 마르멜은 계속 이렇게 캐묻는 건 아무런 도움이 되지 않는다는 걸 깨달았다. 마르멜은 잠시 고개를 숙인 채로 관자놀이를 꾹꾹 눌렀다. 답지 않게 그간 있었던 일을 술술 말한다 싶더니 황제는 언제 그랬냐는 듯 입을 닫았다. 본인의 입으로 말하기 굉장히 께름칙한 일인 건가. 그렇다면 캐묻지는 않되 직접 알아내면 그만이었다.

—전에 하신 말씀 기억나십니까. 연회가 끝나면 꿈 장인의 능력을 직접 시험해 보겠다고 하셨지요.

—그러고 보니 그런 말을 했던가. 아무리 그녀의 능력이 뛰

어나다고 한들 직접 겪기 전까지는 믿기 힘드니 말이다.

—마침 잘되었군요.

—음?

—이번 기회에 직접 시험해 보시면 되지 않겠습니까.

그렇게 해서 이 자리가 마련되었다.

입을 꾹 다문 황제의 속셈을 알 수 있는 유일한 방법이고, 또 소니도르의 능력을 인정받을 수 있으니 일석이조였다. 물론 모든 일이 순조롭게 잘 풀렸을 경우에 말이다.

황제는 제 입으로 직접 말하기 꺼렸을 뿐, 딱히 그 일이 비밀이 아니었는지 예상외로 순순히 허락했다. 꿈 장인이 멋대로 제 꿈을 헤집고 돌아다니는 일은 거절당할 가능성이 높다고 여겼는데 말이다. 어쩌면 황제가 그림자의 정체에 관해 입을 다문 건 이런 상황을 유도해서 그랬을지도 모르겠다는 생각이 들었다. 마르멜은 침대에 나른히 기대앉은 황제 쪽에 시선을 두었다. 그것도 잠시 통신구 너머로 수많은 귀족이 지켜보고 있는 것을 의식하며 어느덧 황태자의 가면을 뒤집어썼다.

"꿈 장인."

마르멜이 딱딱하게 자신을 부르자 소니도르는 잠시 움찔 떨다가 말없이 고개를 숙였다.

"일전에 연회에서 폐하께서 그대의 능력을 직접 시험하겠다 하신 적이 있으셨지."

워낙 많은 사건이 한꺼번에 터져서 잊고 있었지만 그러고 보니 그런 일이 있었다. 대충 상황을 파악한 소니도르는 고개를 끄덕이며 네 하고 답했다. 침대에 앉아 있는 황제를 보고 설마 설마 했지만, 역시 그 미친 황제의 꿈속에 들어가야 하는 모양이었다. 정말 꺼림칙했지만 거절할 수 있을 리가 없지. 이건 할 수밖에 없는 상황이라는 걸 느낌으로 바로 알 수 있었다.

"그대의 능력이 필요해. 그리고 모두의 앞에서 네 능력을 증명해 보여라."

소니도르는 부드러운 빛을 띠고 있는 마르멜의 붉은 눈동자에서 눈을 뗄 수가 없었다. 그것은 절대적인 신뢰를 담고 있었다. 사람들의 시선을 신경 써서 고압적으로 말하고 있었지만, 반짝이는 눈빛이 마치 모두에게 네 능력을 보여 달라고 자랑스럽게 외치는 것 같았다. 그러니까 쉽게 말하자면 팔불출 같은 시선이었다.

미, 민망하게. 저래서야 말투가 아무리 딱딱하다고 한들 아무런 소용이 없잖아요. 모두가 당신이 날 좋아한다는 걸 알고 말 거라고요. 소니도르는 볼이 서서히 붉게 달아오르는 것을 느끼며 재빨리 고개를 숙였다.

"정확히 뭘 알아내야 하는 거죠?"

"앤더슨 공작의 배후, 그림자의 정체."

그런 걸 굳이 꿈을 통해 찾을 필요가 있나? 황제의 꿈속에서 찾으라는 걸 보면 이미 황제 본인이 알고 있는 것일 텐데. 소니도르는 의아했지만, 황제의 얼굴을 보고 이내 납득했다. 얼굴 만면에 피어오른 미소가 어디 할 수 있을 테면 해 보라고 말하고 있었다. 이 모든 게 정말 순전히 소니도르의 능력을 시험하기 위해서인 모양이었다.

"짐이 기억하지 못하거나 잠재의식에 숨겨져 있는 것들까지 그대가 찾아낼지도 모르지."

게다가 기대치도 쓸데없이 높았다. 물론 소니도르의 능력이라면 못할 것도 없지만, 사전에 정보가 아무것도 없지 않은가. 좀 더 황제에 대해 자세히 알고 있어야 내면 깊은 곳까지 침투할 수 있을 것 같은데 그걸 묻는다고 순순히 말해 줄 것 같지가 않았다. 그걸 말할 생각이었으면 애초에 이런 자리도 마련하지 않았겠지.

난이도가 높은데. 소니도르는 잠시 곤란하다는 듯한 표정을 지으며 슬쩍 마르멜을 올려다보았다. 저렇게 온전히 자신만을 담고 있는 열렬한 시선을 받으면 믿음에 보답해야겠다는 생각밖에 들지 않았다.

"……."

지오르지오는 그런 그들을 보며 말없이 침묵했다. 그리고 생각했다. 사실은 처음 본 순간부터 어렴풋이 알아차렸을지도 모르겠다고. 연회장에서 황태자의 곁에 붙어 있는 소니도르의 얼굴을 본 순간, 숨이 턱 막히는 것 같은 답답함을 느꼈다. 그건 수소문 끝에 그녀가 황궁에 있다는 걸 알아차렸을 때부터 막연히 부피를 키워 가던 불안감이었다.

황궁에 억지로 묶여 있는 그녀는 왜 힘들고 지쳐 보이지 않을까. 체질에 맞지 않는 연회장에서 불편해하면서도, 왜 황태자의 얼굴만 보면 꽃처럼 환하게 피어오르는 걸까. 왜 행복해 보일까. 그럴 리가 없을 텐데. 깊게 생각하지 않아도 바로 답을 도출해 낼 수 있는 단순한 문제였고, 지오르지오는 그것을 부정할 수밖에 없었다.

속에서 불길이 피어올랐다. 단 한 번도 그녀에게 제 속내를 입 밖으로 뱉은 적 없으면서 질투라는 치졸한 감정에 휩싸여 소니도르를 몰아세웠다.

하지만.

'널 죽음으로 모는 짓을 내가 할 수 있을 리가 없잖아.'

본인이 너무 한심하게 느껴져 계속 부정해 왔지만 인정할 수밖에 없었다. 이건 질투라고. 혁명이라는 대의로 포장해서 그럴듯하게 말했지만, 결국 진심이 아니라 홧김에 쏟아부었을 뿐이라고. 제 모든 뜻을 굽힐 정도로, 그 정도로 그녀가 소중하다고 말이다.

소중했다. 소중하고 또 소중했다.

하. 지오르지오는 짧게 숨을 토해 내며 공허한 제 가슴을 손바닥으로 꾹꾹 눌렀다. 격동 없이 잠잠한 심장은 아프다기보단 텅 빈 것 같았다. 억지로 살을 뜯어내서 무엇이든 채워 넣고 싶은 기분이었다.

그는 짙게 가라앉은 눈동자로 황제 앞으로 다가가는 소니도르를 응시했다. 그녀는 잠시 머뭇거리더니 무언가 단단히 결심한 표정으로 황제의 손을 붙잡았다. 그리고 눈을 꼭 감고 침대 위에 엎드렸다. 그런 그녀를 마르멜은 걱정과 애정이 가득한 시선으로 살피고 있었다.

지오르지오가 평생 해내지 못했던 걸 마르멜은 고작 몇 달

사이에 이뤄냈다. 모든 걸 가진 황태자면서 내 유일한 사람마저 빼앗아가는구나 하는 구차한 생각마저 들었지만, 그는 알고 있었다. 소니도르는 애초에 자신의 것이었던 적이 없었다고.

"……."

사랑하기에 놓아준다거나, 사랑하기에 행복을 빌어준다거나. 그런 말이 떠올랐다.

지오르지오는 사랑하는 사람의 행복을 위해서라면 물러설 줄 아는 그런 착한 사람이 아니었다. 오히려 상대가 뭐라고 하든 어떻게든 뺏어서 제 곁에 두려고 하는 집착 강한 사내였다. 곁에 둘 수 없다면 상대의 죽음까지는 바라지 않더라도, 서슴없이 망가트리는 짓을 했을지도 모르겠다고 생각했었는데.

언제나 그 모든 것에서 소니도르는 예외였다.

이미 다른 남자를 마음에 품고 있는 그녀를 짧지 않은 시간 곁에서 지켜본 결과 그는 그게 자만이었다는 걸 깨달았다. 저렇게 절실하게 원하는 상대가 생긴 것 같았다. 자신이 소니도르를 쫓아 황궁까지 찾아온 것처럼, 마르멜을 억지로 그녀 곁에서 떼어놓으려 한들 그녀가 행복해할 리가 없었다. 불행해질 것이다. 지금도 참을 수 없이 괴로운데 소니도르의 경멸 어린 시선을 받으면 아마 지금보다 견딜 수 없지 않을까. 아니 회복 자체가 불가능할지도 모른다.

지오르지오는 천천히 벽에 등을 기댔다.

그럼 정말 이대로 놓아줘야 하는 걸까. 나는 그걸로 괜찮은 거야? 살아갈 수 있어?

마치 한 치 앞도 보이지 않는 한밤중에 홀로 덩그러니 놓여 있는 것 같았다. 사위에 아무것도 없는 그저 암흑뿐이었고 눈앞에는 주홍빛의 아름다운 모닥불이 아롱아롱 피어오르고 있었다. 하지만 그는 아무것도 행동할 수가 없었다.

불덩이를 끌어안으면 분명 다치게 될 것이고, 그렇다고 불을 끄면 얼어 죽게 되겠지.

딜레마에 놓인 그는 말없이 모닥불 주위를 어슬렁거릴 뿐이었다. 다치더라도 너를 끌어안고 싶은데, 아무래도 자신은 그런 짓을 할 수 없을 것 같다.

적당히 따스한 거리에서 하염없이 일렁이는 불꽃을 바라보는 것.

그게 자신에게 남겨진 마지막 위치였다.

⚜

황제의 의식은 맑고 청명한 파랑이었다. 믿을 수 없게도.

심지어 꿈속은 생각 외로 멀쩡했다. 분명 생각할 여지도 없이 완전히 미쳐 있을 거라 확신했는데 말이다. 적어도 풍경이 기괴하게 뒤틀려 뭉개져 있다거나, 창밖에 단두대가 서 있다거나, 피로 칠갑 된 무언가가 있다거나 할 줄 알았다. 다른 사람의 꿈속과 다를 바가 없어서 도리어 이상하게 느껴졌다.

그렇다고 해서 마르멜처럼 끔찍한 심미안을 가진 것도 아니라서, 소니도르는 아름다운 황궁 정원을 돌아다니며 떨떠름한 표정을 지었다.

평화롭고 아름답잖아.

'대체 왜? 아니, 이상하잖아. 황제의 꿈속인데.'

소니도르는 잠시 예전부터 의문에 두었던 한 가지 가설을 떠올렸다.

사실 황제는 그렇게까지 미친 사람이 아닐지도 모르겠다는 의문. 이상할 정도로 타인의 감정에 공감을 못 하지만 악의가 있는 건 아니지 않을까. 그 자리를 지키기 위해 미친 척해 왔던 건 아닐까, 하는.

그녀는 제 손바닥을 내려다보았다. 굳은살 하나 없이 새하얗고 작은 손. 동물이 아니었다. 대체 꿈속에서 인간의 모습을 한 게 얼마 만이지? 그녀는 쓸데없는 것에 감동하며 분수대에 자신의 얼굴을 비춰 보았다. 과연 황제에게 둘도 없이 소중한 인물이 누구일지 궁금했기 때문이었다. 그러자 수면 너머로 마르멜과 굉장히 닮은 얼굴을 한 처연하면서도 아름다운 얼굴의 소녀가 보였다.

소니도르는 멍하니 제 붉은 눈동자를 깜빡였다. 그리고 치렁치렁하게 늘어진 새하얀 머리카락을 들어 올려보았다. 이건 황후의 얼굴이었다.

"여기 있었군."

아우디케. 어딘지 오싹한 기분이 들어 소니도르는 황급히 고개를 돌렸다. 자신의 기억보다 앳된 목소리였지만 분명 이건 황제의 목소리였다. 황후를 직접 단두대로 보낸 것은 황제.

하지만 황제에게 가장 소중한 존재는 황후. 굉장히 모순된 상황에 소니도르는 애증이라는 단어를 떠올렸다. 그것도 잠시, 그녀는 자신을 향해 환하게 웃으며 다가오는 금발의 청년을 보고 딱딱하게 굳었다.

오, 맙소사. 더없이 행복하다는 듯 웃는 황제라니.

못 볼 것을 봤다. 그녀는 속이 뒤틀리는 것 같은 기분을 느끼고 애써 표정을 가다듬었다. 하지만 그렇다고 한들 온몸에 오돌토돌 돋아오르는 소름을 막을 길은 없었다. 이건 마치 크리스티안 경이 간드러진 목소리로 오호홋 하고 웃는 것과 엇비슷한 충격이었다. 카딘의 웃는 얼굴이 묘하게 마르멜을 닮아 있어서 더 그랬을지도 모르겠다.

소니도르가 돌처럼 굳어지자, 그는 안타깝다는 듯한 얼굴을 하며 얼른 제 겉옷을 벗어 그녀의 어깨에 걸쳐 주었다. 그녀의 살에 소름이 돋은 걸 다른 의미로 해석한 듯했다.

"저런, 날이 쌀쌀한데."

"폐, 폐하."

섬세하시네요. 이러지 마시죠. 무서운데. 소니도르는 덜덜 떨었지만, 두려운 것과 별개로 더없이 상냥한 황제를 보자 그가 얼마나 황후를 사랑했었는지 알 수밖에 없었다.

이건 연기가 아니었다. 연기로 나올 수 있는 눈빛이 아니었다. 정말 숨길 수 없을 정도로 온몸으로 애정을 표현하는 모습이었다. 피도 눈물도 없을 것처럼 보였던 그의 일면을 발견한 것 같아 소니도르는 착잡한 심정을 숨길 수가 없었다.

타인의 치부를 훔쳐본 것 같은 찝찝함. 정말 봐서는 안 될 것을 본 기분이었다.

"오늘따라 귀엽게 구는군."

귀, 귀엽……. 살아생전 황제에게 귀엽다는 말을 들을 줄이야. 그녀의 동공이 지진이라도 난 것처럼 위아래로 흔들거렸다.

물론 자신이 아니라 아우디케를 투영해서 보고 있다는 걸 알고는 있었지만, 갑자기 얻어맞든 각오하고 맞든 아픈 건 매한가지 아니겠는가. 능멸죄로 끌려가는 한이 있더라도 황제의 입을 틀어막고 싶어졌다.

"혹시 벌써 소문을 들은 건가."

"……소문, 말입니까?"

그녀는 끔찍하다는 내색을 하지 않기 위해 입꼬리를 부들부들 떨며 물었다. 그러자 황제는 마르멜을 떠오르게 하는 더없이 순수한 미소로, 잠시 말없이 웃었다. 자세한 이야기는 없었다. 단지 칭찬을 바라는 아이처럼 무언가 기대 가득한 표정으로 계속 싱글벙글 웃을 뿐이었다. 악의 없는 순수의 악, 아니 순수한 광기였다.

"사사건건 그대를 천한 핏줄이라 모욕하던 영애가 있었다더군."

"……."

"네 아름다운 머리, 눈, 체구, 옷이나 장신구까지 눈에 보이는 것마다 트집을 잡고 다녔다지. 감히 내 하나뿐인 그대에게 말이야. 아우디케, 왜 짐에게 말해 주지 않았지?"

갑자기 뒷목이 싸해지며 한기가 들었다.

"서, 설마 죽였……."

"그럴 리가."

아, 혹시 과대해석이었나? 소니도르가 살짝 기대를 담고 그를 올려다보았다.

"그렇게 높은 곳에 올라가고 싶어 하더니, 결국 절벽에서 떨어져 죽었다더군."

역시 죽였잖아!

"그토록 자랑스럽게 여기던 금발도 육감적인 몸매도 값비싼 드레스도 보석도 붉은 걸레짝이 되어 버렸지. 정말이지 안타까운 일이야. 그렇게 생각하지 않나?"

그의 말을 가만히 듣고 있자니, 겨우 붙잡고 있던 정신이 가루가 되어 바스스 흩어지는 게 느껴졌다. 소니도르는 감히 대꾸할 생각조차 하지 못하고 동상처럼 잔뜩 굳어져서 뻣뻣하게 서 있었다.

만약 내가 황후였으면 지금 이 자리에서 기절했을 거야. 그녀는 아득히 멀어지는 정신을 멍하니 응시한 채 속으로 중얼거렸다.

카딘은 그 와중에도 홀로 행복해 보였다.

소니도르의 머릿속으로 몇몇 장면들이 주마등처럼 스쳐 지나갔다. 마르멜의 꿈속에서 아들을 가차 없이 계단에서 밀어 버리는 모습, 기사의 손바닥을 담뱃불로 지지는 모습, 아들이 믿고 사랑하던 이들을 가차 없이 단두대로 보내 버리는 모습, 그리고 그들을 잃었을 때 마르멜이 느꼈던 고통까지.

카딘은 그런 아들의 괴로움에 전혀 공감하지도, 할 생각도 없어 보였다. 아니 그게 왜 문제인지조차 인식하지 못하는 모습을 보였었다.

가끔 그런 사람이 있지 않은가. 실수를 저지르거나 엄청난 사고를 자주 치고는 하지만 악의가 전혀 없는 사람. 악의가 없기에 상대방을 더 미치게 하는 사람. 모든 건 널 위해서 그랬다는 한마디로 모든 분노를 허탈함으로 뒤바꿔 버리는 그런 사람. 아무래도 황제는 그런 유형인 것 같았다. 그의 넘치는 애정을 받는 사람을 아주 돌아버리게 하는.

황제 자리를 지키기 위해 미친 척은 개뿔, 뼛속부터 아주 곱게 미쳐 있었다. 아마 본인은 뭐가 문제인지도 모르겠지. 카딘에 비하면 마르멜 정도야 정상인의 범주 안이었다.

'대체 과거에 당신은 황후에게 무슨 짓들을 해 왔던 겁니까.'

정확히 알 수 없어도 마르멜에게 해 왔던 짓과 다르지 않을 거라고 확신할 수 있었다. 지금 이 순간 황제 앞에 서 있는 게 자신이 아니라 아우디케였다고 해도 겁에 질려 덜덜 떨고 있었으리라. 소니도르는 말없이 두 눈을 질끈 감아버렸다. 이렇게 해서라도 눈앞에 황제의 존재를 지우고 안정을 되찾고 싶었다.

카딘은 눈을 감고 호흡을 가다듬는 그녀를 보고 고개를 기울였다. 안 그래도 하얀 얼굴이 창백하게 질리자 굉장히 안타깝게 느껴졌다. 그는 손을 뻗어 그녀의 볼을 부드럽게 감싸 쥔 뒤 천천히 자신의 이마를 맞댄 뒤 속삭였다.

"그대의 앞길을 막는 건 그 어떠한 것이라도……."

그가 말끝을 늘이자 소니도르가 불안한 눈빛으로 서서히 눈꺼풀을 들어 올렸다.

"……짐이 해결해 줄 테니."

피, 필요 없어.

사랑에 빠진 남자의 눈이 이토록 무서웠던 적이 없었다. 소니도르는 왜 아우디케가 이 최고의 권력을 쥐고 있으며 잘생기기까지 한 남자를 두고 불륜에 반역까지 저질렀는지 알 것 같았다. 짧은 찰나였지만 그의 사랑을 직접 겪어 보니 황후를 이해할 수 없어도 동정은 할 수 있었다.

그야 당연히 이 광기의 집착에서 벗어나고 싶었겠지! 황제를 증오하고 죽이고 싶어 할 수도 있었을 것 같아!

그렇다고 해서 사랑스러운 아기 마르멜에게까지 매몰차게 군 건 정말 상상할 수 없는 일이지만 말이다. 그런 면에서 아우디케는 피도 눈물도 없었다. 소니도르는 팔불출 같은 생각을 하며 제 볼에서 황제의 손을 떼어냈다. 그리고 슬슬 뒷걸음질을 쳐 일정 거리를 벌렸다.

카딘은 그녀를 향해 손을 뻗는 듯하더니 이내 손을 거두고 지긋이 그녀를 응시해 왔다.

"폐하, 궁금한 것이 있습니다."

"그대가 원한다면 무엇이든."

그렇게 답하는 그의 얼굴에 아쉬움, 그리움, 안타까움 그리고 증오가 어렸다가 순식간에 사라졌다. 어렴풋이 이 자리에 처형당한 아우디케가 있는 것이 말도 안 된다고 자각한 모양이었다. 이거 위험한데. 아무래도 시간을 오래 끌면 눈치 빠른 그는 여기가 꿈속이라는 걸 알아차릴 것 같았다.

소니도르는 그 몰래 삐질 식은땀을 흘리며 천천히 입술을 달싹였다.

"우리의 아들, 마르멜."

"……."

"그리고 그와 우리를 둘러싼 모든 것들에 대해 알려주세요."

그녀가 말을 마친 것과 동시에 순식간에 계절은 흘러갔다. 봄, 여름, 가을, 겨울. 새순이 돋고, 흐드러지게 피어오르고, 낙엽이 지며, 결국 바닥으로 나뒹굴다 아스라이 스러졌다. 겨울이 지나 발목까지 쌓였던 눈이 다시 녹아 땅으로 스며들고 봄이 왔다.

젊고 아름답던 황제 또한 빠르게 늙어 가기 시작했다. 눈가에 그리고 입가에 주름이 지고, 찬란한 금발의 빛이 바랬다. 하지만 황후를 응시하는 눈빛만은 여전했다. 빠르게 흘러가는 세월 속에서도 황제는 오롯이 그녀만을 바라보고 있었다.

그가 말없이 붉은 입꼬리를 끌어올렸다.

얼마 지나지 않아 소니도르는 황제를 통해 모든 진실을 알게 된다.

"하!"

사내는 헛웃음을 터트리며 까맣게 점멸하는 보석을 바닥에 내던졌다. 깜빡이는 검은 불빛은 그들만 알아볼 수 있는 일종의 신호였다. 위치가 발각됐다. 일단 몸을 숨겨라. 후사를 도모해야 한다. 보석은 그런 말들을 수도 없이 반복하고 있었다. 이토록 어이없이 계획에 차질이 생길 줄은 몰랐기 때문에 사내는 기가 막혀서 한동안 말을 이을 수가 없었다.

"그렇게 경고를 해도 듣질 않더니……."

줄을 잘못 섰다. 앤더슨 가문은 5년 전 사태 속에서도 마지막까지 살아남은 가문이었기에 적어도 제 주제 파악은 하고 있을 거라고 믿었다. 황태자의 저주에 대한 소문을 퍼트리는 것만으로도 충분하다고 수도 없이 말했는데, 이런 어처구니없는 실수를 저지를 줄은 꿈에도 몰랐던 것이다.

하지만 따지고 보면 5년 전과는 상황이 달라지긴 했다. 현재 앤더슨 공작은 황제의 총애를 등에 업고 수많은 권력을 손에 쥐고 있었다. 예로부터 인간의 욕심은 끝이 없다고들 한다. 공작은 분명 계획을 차질없이 진행할 기회가 있었음에도 과욕을 부렸고, 그 결과 모든 계획을 망쳤다.

"제 목숨을 바쳐서 우리에게 도망갈 기회를 주시다니 몸 둘 바를 모르겠군."

사내는 화를 꾹 눌러 참는 표정으로 빈정거렸다. 후사? 이미 다 들킨 마당에 그런 기회가 있을 것 같은가. 앤더슨 공작은 한때 황궁의 이인자였다는 오만함 때문에 지금 무언가 단단히 착각하고 있는듯했다.

황제가 그들을 처형하지 않고 살려둔 이유가 또 다른 기회를 주는 걸로 보이는가. 그 능구렁이 같은 황제는 그저 유예기간을 주고 있을 뿐이었다. 앤더슨 가문 뒤에 숨어 있는 자신들에게 얌전히 기어 나오라는 마지막 경고. 잠시 깊게 숨을 들이쉰 사내는 망설임 없이 보석을 발로 짓이겼다.

얼마나 자신들을 물로 보고 있는지는 아주 잘 알겠다. 그는 씹어뱉듯 중얼거렸다.

"황태자에게 저주를 걸어온 세월이 얼만데."

다 된 밥에 재 뿌리는 것도 정도가 있었다. 세상에 존재하는 모든 힘은 소모적일 수밖에 없는데, 조금도 허투루 사용해선 안 될 시기에 괜한 힘만 빼게 된 것이다. 특히나 저주는 생명력을 매개로 한다. 사내는 지금 앤더슨 공작이 눈앞에 있으면 목을 베어 버렸을지도 모르겠다고 생각하며 살기를 흩뿌리다가 이내 조금씩 가라앉혔다. 어차피 갑자기 생긴 변수로 인해 이 작전은 무용지물이 된 지 오래였기 때문이었다.

황후가 처형당하고 그녀의 가문이 몰살되었던 5년 전 사건 이후로, 사내는 앤더슨 공작과 손을 잡고 철저한 계획하에 황태자에게 저주를 걸었다. 황제가 아닌 황태자에게 저주를 건 이유는 정신력과 의지가 약하고, 때 묻지 않고 순수한 쪽이 더 저주에 걸리기 쉽기 때문이었다.

게다가 저주를 걸기까지는 오랜 시간과 재료가 필요했고, 의식을 통해 직접 거는 게 아니라면 저주의 효력은 굉장히 미약했다. 아무것도 준비되지 않은 상태로 황제에게 걸어 봤자 아무런 효과도 보지 못할 게 뻔했다.

하지만 막 모친과 숙부, 친우와 첫사랑을 잃게 된 마르멜은 심적으로 굉장히 위태로운 상태였다. 의지할 곳 하나 없는 어린아이에게 저주를 걸고 정신을 조금씩 갉아먹는 일은 숨 쉬는 것만큼 쉬운 일이었다. 외척가문이 단두대에 오른 사건 이후로 마르멜의 정신이 빠르게 붕괴한 것은 저주의 영향이 컸다. 대외적인 모습은 신이 내린 군주의 싹이라 해도, 그가 서서히 망가지고 무너지고 있다는 걸 사내는 느낄 수 있었다. 저주를 직접 건 시전자였기 때문이었다.

사내는 제국의 황태자에게 직접 저주를 걸고도 지금껏 들키지 않고 살아남을 수 있었다. 애초에 마르멜이 자신의 감정을 한계까지 꾹꾹 눌러 참으며 아무에게도 발설하지 않았다는 것도 들키지 않은 원인 중 하나였다. 하지만 모든 일을 초래한 원인은 다른 곳에 있었다.

예로부터 아르케 제국민들은 저주에 취약했다. 지식도 턱없이 부족했으며 내성도 없었다. 5백 년 전 황족의 씨가 마른 사건으로 인해 제국민들은 흑주술 또는 저주에 관련된 것이라면 아주 치를 떨었기 때문이었다. 이유 없이 부족민들을 핍박한 것처럼, 주술을 쓰는 자 또한 마찬가지로 사특한 술수를 쓴다 하여 무자비하게 살해당했다. 그러니 무지할 수밖에 없었고, 무려 제국의 황태자가 저주에 걸렸어도 아무도 알지 못했다.

흑주술은 '그림자'라고 불리는 이들의 특화된 능력이었다. 세간에는 악마와 계약하여 사악한 힘을 얻었다고 알려졌지만, 사실 저주라는 건 일종의 재능처럼 그저 타고난 사람이 있을 뿐이었다. 그림자는 그런 능력을 지니고 태어난 이들이었다.

유전적인 것도 아닌, 그저 우연히 생겨난 신의 축복. 사실 그들에게 있어서 흑주술의 재능이란 축복은커녕 저주였겠지만 말이다.

그들은 제국을 증오하는 것과 동시에, 5백 년 전 저주로 인해 자신들을 이런 운명으로 만들어버린 부족민에 대해서도 악감정을 품고 있었다. 아니 고작 두 민족뿐일까. 세상을, 세계를, 그런 운명을 내려준 신을 향해 끝도 없이 분노하고 또 증오했다.

저주의 능력은 부정적인 것들을 근원으로 한다. 그들은 대체로 주위에 상상도 할 수 없는 불행을 몰고 왔고, 때문에 어릴 때 부모에게 버림을 받는 일이 부지기수였다. 그로 인해 또 다른 그림자에 의해서 주워지고 길러졌다. 그렇게 살아남는 건 거의 극소수였고, 사실 아주 어린 나이에 길거리를 헤매다가 죽는 것이 대부분이었다.

저주받고 태어났기에 세상을 저주했다. 불행만을 기억하며 자신의 감정을 좀먹는 건 저주의 원천이자, 좋은 재료였다. 온갖 고난과 풍파 속에서 살아남은 아이들은 모든 것들을 증오하기 시작하며 흑주술을 배워 나갔다. 또 흑주술은 생명을 매개로 한다. 길지 않은 삶 동안 오로지 불행하기 위해, 세상을 저주하기 위한 운명으로 태어나는 것이다. 그래, 그것이 그림자의 숙명이었다.

사내, 오제트도 그런 이들 중 하나였다. 저주의 능력을 지니고 태어나 암흑가에서 그림자로 자라왔으며 흑주술을 배웠다. 능력이 가장 특출났던 그는 어느새 그림자들의 수장이 되었다. 하지만 그는 서른 살이 되었을 무렵, 자신을 찾아온 한 여인과 기적 같은 만남을 가지게 되고, 운명처럼 사랑에 빠지고 만다. 그녀의 이름은 아우디케, 제국의 황후였다.

암흑가의 실세, 그림자의 수장을 찾아온 그녀의 요구는 간단했다. 반역에 힘을 보태어 달라. 사내는 짧지 않은 세월 동안 뒤에서 사병을 키우고 방해되는 세력을 제거하는 등 물심양면 황후를 도왔다.

이번 일이 성공하면 어쩌면 아우디케의 옆자리에 나란히 설 수 있게 될지도 모른다는 욕심도 있었다. 사내는 그녀를 진심으로 사랑했고, 가장 높은 자리에서 누구보다도 외로워 보이는 그녀가 늘 안쓰러웠다. 그 손을 잡아주고 옆에서 지탱해 주고 싶었다. 힘이 되고 싶었다. 하지만 반역은, 그리고 사내의 사랑은 황제의 손에 의해 손쉽게 좌절되었다.

피가 파랄 것이 분명한 황제는 망설임 없이 아우디케를 단두대로 보냈다. 그리고 많은 군중 앞에서 무참히 목이 잘려 죽었다. 그 자리에는 얼굴이 하얗게 질려 눈물을 억지로 삼키는 소년 마르멜도 있었고, 무심한 얼굴의 황제도 있었으며, 그들을 찢어 죽일 듯이 노려보는 오제트 또한 있었다.

그날 이후 사내는 오로지 두 가지 뜻을 위해서만 살아갔다.

부족민을 이용해 하일론 공작을 뿌리에 둔 현 황족 자체를 갈아치우고, 새로운 황제를 세우는 것이다. 사내는 그녀의 오랜 염원을 이루어주고자 했다. 두 번째로는 말할 것도 없이 황제를 무참히 살해하는 것이었다. 차라리 살아 있음을 저주하고 죽음을 바랄 정도로 가장 고통스럽게 죽어 가길 바랐다.

그래서 오제트는 마르멜에게 저주를 내렸다. 그녀와 놀랄 정도로 닮은 얼굴로, 그녀를 죽인 황제의 피를 이어받은 황태자. 사랑 없이 태어나, 그 누구도 필요로 하지 않으며, 태어난 순간부터 이용되다가 죽을 아이였으니 죄책감은 없었다. 애초에 불행의 근원이라 해도 모자람이 없는 그림자들이 죄책감이라는 감정 자체가 있을까.

황후가 죽은 순간부터 황태자의 이용가치는 떨어졌으니 그들은 망설이지 않았다.

황제를 죽일 도구로 이용한 뒤 버리자. 그것이 처음 계획이었다. 앤더슨 가문이 재빠르게 세력을 키울 동안 저주도 착실히 마르멜을 갉아먹었다. 환상을 보고, 감각이 서서히 무뎌졌으며, 기억을 왜곡했다. 5년이 지나자 그의 정신은 거의 완전히 붕괴 직전에 이르렀고, 황제를 향한 살의는 하늘을 찌를 정도였다.

오제트는 이제 숙원을 이룰 날이 머지않았다고 생각했다. 이제 완전히 미쳐 버린 황태자의 검이 황제를 향하기만 하면 된다. 마르멜은 위대한 성군이 될 자질을 지녔다고 백성들의 신임을 받고 있었기에 분명 그 타격은 더 클 것이라고 생각했다. 역시 그 패륜 황제의 아들이었다며 민심은 흉흉해질 것이고, 그때 데센시아 부족민의 저주가 이미 황족의 피를 광기로 뒤덮었다는 소문을 퍼트릴 작정이었다.

하지만 그의 예상은 보기 좋게 빗나가고 말았다. 황태자의 성인식이 지난 지 얼마 되지 않아 황태자의 의식이 완전히 끊긴 것이다. 5년에 걸쳐 꾸준히 저주를 걸었던 사내만 알 수 있는 미묘한 변화였다.

놀란 사내는 끊임없이 마르멜의 상황을 살피기 위해 노력했으나 죽은 건 아니었고, 그렇다고 살아 있다고도 하기 힘든 상태라는 것만 알아낼 수 있었다.

저주를 지속하는 건 위험하다. 하는 수 없이 계획을 중단한 사내는 나중에야 그 이유를 알 수 있었다. 부족민의 저주라고 제국에 파다하게 소문이 퍼졌기 때문이었다.

부족민의 저주. 흑주술사들을 완전히 세상에서 지워 버리게 했던 그 5백 년 전의 악몽이 정말로 다시 재현된 걸까. 오제트는 황태자의 의식이 끊긴 것이 자신의 저주 때문인지, 아니면 정말로 부족민의 저주가 되살아난 것인지 알 수 없었다. 예상 외의 사태에 잠시 주춤하던 사내는 하는 수 없이 계획을 틀 수밖에 없었다.

현재 황태자가 저주로 인해 정신이 온전치 못하다는 것에 남은 것을 걸자고. 황제와 다를 바 없는 광기에 찬 본성을 세상에 드러내게 하자고.

하지만 그가 미처 행동하기도 전에 소문은 묘한 방향으로 흘러갔다.

—데센시아 부족민의 저주가 황태자를 덮쳤다. 그 저주를 풀 수 있는 유일한 존재가 나타났는데, 그녀는 다름 아닌 꿈 장인으로 모순되게도 저주를 내린 데센시아 부족민 출신이다. 파멸의 끝을 알리는 시작은 그 피로써 풀 수밖에 없다는 신탁의 해답이 열린 것이다. 장인들의 한과 영혼을 달래고 그들의

손을 잡는 것. 과연 저주를 완전히 풀어내기 위해서는 그 방법밖에 없는 것인가.

이것이 저잣거리를 떠도는 소문의 핵심이었다.

대체 어떻게 한 건지 몰라도 황궁에 머물고 있다는 꿈 장인은 실제로 마르멜에게서 저주를 몰아냈다. 오제트의 힘이 이제 아무런 영향도 미치지 못하는 것이다.

원래 저주란 정신력이 거의 전부라고 해도 좋을 정도로 강한 힘을 발휘했다. 저주에 걸린 이가 불안에 떨수록 그 힘은 무한에 가깝게 커진다. 하지만 부정적인 감정이 강할수록 더욱 효력을 발휘하는 만큼 긍정적인 감정에는 쉽게 힘을 잃고 말았다.

대상자의 감정이나 생각이 저주에 영향을 미친다는 걸 알고 있는 자들은 얼마 없었다. 사내는 그 장인이 아마 저주에 일가견이 있거나, 저주를 몰아낼 정도로 긍정의 힘을 가졌으리라 생각했다.

그렇게 모진 핍박을 받아오고도 황실과 손을 잡다니 참으로 속도 좋군. 그는 어둠 속에 잠긴 채 속으로 중얼거렸다. 데센시아 부족민. 예상외의 복병이었다. 게다가 부족민의 저주를 장인들이 해결할 수 있다는 소문을 퍼트림으로써 미리 선수를 쳐 버리고 말았다. 이 패는 이미 끝난 패였다.

하지만 부족민의 저주라는 말을 듣는 순간 앤더슨 공작은 눈빛을 달리했다.

―부족민의 저주! 의식이 끊겼던 그 순간이 정말 부족민의

저주라면, 그 장인만 떼어놓으면 황태자는 곧 영원한 잠에 빠져들겠지. 그 순간을 잡아낼 수만 있다면 부족민의 저주라고 증명할 이보다 더 확실한 방법이 어디 있겠나!

—부족민의 저주인지도 아직 확실하지 않다. 의식이 끊겼던 건 내가 걸은 저주가 과했기 때문일 수도 있어. 곁에서 지켜볼 수 없으니 정확한 원인은 파악할 수 없다.

성급하게 굴지 말라고 오제트는 덧붙여 말했다. 그리고 거듭 강조했다. 무엇보다 황제는 그가 사랑했던 아들의 손에 비참하게 죽음을 맞이해야만 했다. 그게 그에게 죽음보다 더한 고통일 테니까. 하지만 그가 대답을 채 끝내기도 전에 앤더슨 공작은 답답하다는 듯 말을 이었다.

—원인 따위 알 게 뭔가. 원인이 자네 같으면 계속 저주를 걸어! 뭐가 문제인가.

—그러다가 황태자가 죽을 수도…….

—죽으면 죽으라지! 생각을 해 보게. 지금의 황제도 결국 패륜으로 지금의 황위에 올랐는데, 그다음 대의 황제가 또 패륜을 저지른다고 한들 누가 신경이나 쓰겠는가!

—확실히 일리가 있군. 하지만 부족민의 저주를 유일하게 해결해 줄 수 있는 장인을 무슨 수로 황태자 곁에서 떼어내지? 게다가 황태자가 잠드는 순간을 어떻게 잡아 증명해 낼 수 있단 말인가. 너무 위험한 도박이야. 그만두는 게 좋아.

—자네도 알겠지. 부족민의 저주가 되살아났다고 증명할 수 있는 가장 확실한 방법을. 난 거기에 모든 걸 걸고 싶네.

헛소리하지 말고 성급하게 굴지 말라고 그렇게 일렀건만.

빌어먹게도 앤더슨 공작은 오제트에게 저주를 속행하라고 다그치더니, 제멋대로 움직여 모든 계획을 무산시킨 것이다. 빌어먹게도 덕분에 모든 게 틀어졌다. 이제 뒤에서 움직일 방법이 없었다.

아니, 있다고 하더라도 지금껏 내리눌러 온 인내심이 버티질 못했다. 다시 5년이고 10년이고 숨죽여 기다리라고? 웃기는 소리. 이건 분명 마지막 기회였다. 이제 마지막으로 남은 패는 직접 황궁까지 쳐들어 가는 수밖에 없었다.

숨죽여온 그림자는 드디어 직접 움직이기로 마음을 굳혔다.

반역에 실패하더라도 황제, 그만큼은 찢어 죽이고 말리라.

“계획은 차질 없이 진행한다.”

“물론입니다, 오제트 님.”

부복해 청령하는 검은 의복의 사내들 앞에는 오제트라고 불린 중년의 사내 외에도 세 명의 젊은이들이 있었다. 한 명은 한때 햇살같이 빛나는 아름다움을 지니고 있었던 찬란한 금발과 금안의 여인이었고, 다른 두 명은 곱실거리는 캐러멜색 머리카락을 가진 귀염성있게 생긴 쌍둥이 남매였다.

그들은 이미 복수가 삶에 이유가 되어 버렸기에 눈에 띄게 안도하는 모습을 보였다.

“그림자로 숨죽여 웅크리던 우리의 원한을 갚을 때가 온 것이지요.”

푹 꺼진 채 검게 짙어진 눈가, 비쩍 마른 몸과 초췌한 안색, 빛을 잃고 텅 빈 눈동자, 오로지 살기로 번들거리는 살벌한 눈빛. 이미 반쯤은 제정신이 아닌 몰골로 가브리엘라는 중얼거리듯 빠르게 말을 뱉었다.

그러자 쌍둥이들도 차갑게 가라앉은 시선으로 고개를 끄덕였다.

"그 누구도 우리의 앞길을 막을 수는 없을 겁니다."

그 말에 오제트는 그럴 줄 알았다는 듯 피식 웃으며 말을 이었다.

"앤더슨 가문은 황실과 연결해 줄 보험일 뿐이었어. 그들이 없다고 한들 우리의 전력에 아무런 영향도 미치지 못한다. 그대들은 내 명을 따라라."

"오제트 님의 뜻대로."

5년 전 사건으로 반역에 가담한 가문들은 모두 처단당했다. 하지만 그 난리통 속에서도 살아남은 이들 또한 있었다. 바로 채 성인이 되지 못한 어린아이들이었다. 피도 눈물도 없을 것이 분명한 황제는 분명 후환이 닥칠 것을 알고 있었음에도, 가문의 어린 핏줄들을 인적이 닿지 않은 곳으로 귀양을 보냈다.

그것이 동정심이었는지, 아니면 제게 손끝 하나 대지 못할 거라는 오만 때문이었는지는 아무도 알지 못했다. 다만 확실한 건 아이들은 죽도록 황제를 증오하게 되었다는 것이다. 하루아침에 모든 것을 잃었다는 공허함은 분노의 화살이 되어 자연히 황제를 향했다. 그런 그들을 찾아내 기른 건 바로 암흑가를 뒤흔들고 있는 그림자의 수장이자 우두머리, 오제트였다.

세간에는 멸문지화를 당했다고 알려졌기 때문에 그들이 살아남았다는 걸 알고 있는 이들은 지극히 소수였다. 황제와 라이젤 가드, 그리고 암암리에 황제의 뒤를 쫓던 그림자들.

살아남은 아이들의 흔적을 완벽하게 지운 오제트는 아이들에게 끊임없이 복수심을 일깨워 주었다. 이미 가문도, 또한 자기 자신도 더 이상 이 세상에 없는 존재가 되어 버리고 말았다는 것을 매일같이 상기시켰다. 세상에 덜렁 홀로 남겨진 공포. 슬픔, 분노, 증오. 그리고 내면의 모든 감정을 뒤덮어 버릴 정도로 휘몰아치는 복수심을 끊임없이 자극했다.

앞에서 말했듯, 불행만을 기억하며 자신의 감정을 좀먹는 건 저주의 원천이자 좋은 재료였다. 특히 황제는 아무 이유 없이 이곳저곳에서 원한을 사고 다니는 사람이었고, 그렇게 오제트는 손쉽게 재료를 모으러 다닐 수 있었다.

오제트는 5년간 황태자에게 저주를 걸 때도 이따금 이들의 원한을 이용하기도 했다.

한때는 황태자의 첫사랑이었고, 또 놀이 상대였던 아이들. 그들의 눈빛은 이미 예전의 모습을 찾아볼 수 없는 복수의 화신 그 자체였다. 오랫동안 세뇌받은 끝에 삶의 목적을 오로지 복수로 틀어 버린 것이다. 불행의 근원을 직접 겪는다는 건 원래의 이성과 품성을 잃고 망가지기에 충분했다. 흑주술에 전혀 재능도 없는 일반인이 그림자들 사이에 섞여 살았으니 당연한 일이었다.

다 오로지 한 사람을 위해 준비한 것이다. 이날을 위해.

"황제여, 나를 기다리는가."

기다린다면 가 줘야지. 그림자가 황궁을 뒤덮을 때가 왔다.

원수의 터전을 피와 죽음의 그림자로 물들이리라. 오제트는 단아하게 미소 짓는 아우디케의 얼굴을 떠올리며 살인귀 같은 얼굴을 했다. 수많은 그림자가 모여들었다. 기다린 세월만큼 조금씩, 조금씩 모여든 부정의 감정은 이제 끝도 없이 넘쳐 흐를 정도였다.

제가 끔찍이 아끼는 아들 손에 죽임을 당하는 꼴을 보고 싶었지만, 이것도 나쁘진 않겠지. 그는 생명력을 사용한 부작용으로 제 손끝이 검게 물들어 가는 것을 응시하면서도 웃는 것을 멈추지 않았다. 황제가 고통에 몸부림치며 죽어 가는 모습을 볼 수 있다면 이 목숨줄이 끊긴다 하여도 상관없었다. 이내 사내는 그림자처럼 어둠에 잠겨 들었다.

⚜

황궁. 죽음을 맞이하기에 이보다 좋은 장소가 어디 있으랴.

드디어 영원한 안식을 맞이할 무덤을 찾은 오제트는 끅끅 숨이 넘어갈 듯 웃음을 터트렸다. 아아, 즐겁다. 그의 발길이 닿는 곳마다 생명은 까맣게 죽어 버렸다. 검게 말라 비틀어진 풀의 카펫을 밟고 그는 죽음의 무도를 향해 걸음을 옮겼다. 숲의 그림자를 밟고, 성문의 그림자를 밟아, 그리고 무도회장으로. 자, 마지막 춤을 추러 가자.

역시 네겐 검은 것보다는 붉고 화려한 게 어울리겠지. 침묵의 살육은 수많은 이들을 거쳐 갔다. 생명의 불꽃이 피를 콸콸 쏟으며 맥없이 빛을 잃는다.

오제트는 그림자를 이끌고 끝도 없이 저주를 걸었다. 마치 이날을 위해 지금껏 살아오기라도 한 듯 모든 주문을 다 퍼부었다. 온몸에 힘이 넘쳐났다. 몸을 갈기갈기 찢어서라도 능력을 한계까지 끌어올릴 수 있을 것 같다.

손끝의 검은 반점이 손목을 지나쳐 거의 팔꿈치까지 닿았으나 그는 아랑곳하지 않고 계속해서 주문을 빠르게 웅얼댔다. 황제를 죽일 수만 있다면야 이대로 온몸이 까맣게 물들어 괴사해도 괜찮은 죽음이겠지.

아우디케. 아우디케. 내가 여기에 왔어. 듣고 있어?

오제트는 희미한 미소를 지으며 속삭였다. 그녀가 지켜보고 있을 것만 같다. 웃으며 맞아 줬으면 좋겠는데. 네 오랜 염원을 이뤄 주기 위해서 지옥 같은 5년을 오로지 죽기 위해 살아왔어. 운명이라 착각했던 사랑을 잃은 뒤 다시 자신을 평생 따라다녔던 불행 속에 잠겼던 나날들을 지나 그는 그 어느 때보다 지금 살아 있는 것을 느꼈다.

오제트는 죽음으로써 자신의 불행이 온전히 끝나기를 바랐다. 하지만 아무래도 그건 힘들겠지. 죽어서도 아우디케의 곁에 가지 못하고 지옥에 떨어질 것 같으니까. 어쩌면 그녀가 죽은 것도, 반역이 좌절된 것도 다 자신 때문일지도 모르겠다고 그는 늘 생각해 왔다. 그런데 자신의 운명에 그녀를 말려들게 해 버렸다. 죄책감은 없었다. 그림자는 원래 그렇다. 그게 그림자의 운명이었다. 불행과 함께 태어나 불행을

안고 죽어간다.

그냥 그런 '존재'였다.

흑주술에 의해 성문은 허무할 정도로 손쉽게 뚫렸다. 성문을 지키는 병사들이 서로를 죽이는 기행을 보이다가 다 같이 자멸한 것이다. 저주는 지독히도 끔찍했다. 기사들은 쏟아지는 그림자들을 막아섰지만 분명 한계가 있었다. 수백 년간 저주를 혐오하고 피하기에 급급했던 제국민들은 저주와 흑주술에 전혀 면역이 없었다.

한계를 알 수 없는 미지의 힘이란 두려운 법이었다. 그러나 두려울수록 더 파고들고 탐구해야만 이겨낼 수 있었다. 참으로 오만하고 멍청한 이들이지. 맞서 싸울 기회를 제 발로 차버리다니. 오제트는 피식 웃었다. 혐오하고 피한다고 불행이 그대로 스쳐 지나갈 거라고 생각하는가. 암흑의 시대라고 운운하던 그날의 악몽이 다시 되풀이될 뿐이었다.

그들은 힘없이 스러졌고 시체는 산처럼 쌓여만 갔다. 또 주술을 사용하느라 생명력이 완전히 고갈되어 땅에 스러지는 그림자들도 늘어났다. 그들은 순식간에 시체가 부패하여 마치 미라처럼 말라붙었다. 생명력을 매개로 주술을 사용한 대가였다.

저주에 걸려 아군 적군 할 것 없이 죽고, 죽고 서로 죽이는 지옥도가 펼쳐졌다. 왜 예로부터 조상들이 흑주술을 악마의 힘이라 취급했는지 알 수 있는 광경이었다. 참혹한 광경에 모두가 할 말을 잃었다. 그리고 황궁이 이렇게 손쉽게 뚫리는 것을 믿을 수 없다는 듯 응시했다. 있을 수 없는 일이 눈앞에서 벌어지자 넋을 놓고 멍하니 서 있는 자도 있었다. 무기력함이 마치 전염병처럼 그들을 잠식했고, 이내 목숨을 앗아갔다.

'여긴 볼 것도 없겠군.'

변변찮은 반항 한 번 못해 보고 맥없이 죽어 가는 그들을 보니 이쪽마저 허무할 지경이었다. 오제트는 실소를 터트렸다. 고작 이딴 것들이 두려워 흑주술사들이 그 오랜 세월 살지도 죽지도 못한 '그림자'라는 존재가 되어 숨어 지내야만 했다니. 목숨만 걸면 충분히 피의 복수를 벌이고도 남았을 것을 무려 반세기 동안이나 말이다.

어차피 삶의 의미조차 없는 우리면서 뭘 그렇게 아등바등 살아왔는지 모를 일이었다.

오제트는 무리를 나눠 곧바로 숲을 통해 지하통로로 향했다. 이미 볼론타 영애가 그려준 약도로 내부 구조를 완벽하게 파악하고 있었기에 내딛는 발걸음은 한 치의 망설임도 없었다. 황제의 집무실과 바로 연결된 문이 있다고 했던가.

이미 한 번 앤더슨 공작이 멋대로 일을 터트려 주었기에 지하 통로의 입구가 막혀 있을지도 몰랐다. 하지만 오제트는 아마 황제가 일부러 막아두지 않았을 거라는 느낌을 강하게 받았다. 그는 자신을 기다리고 있었다, 분명. 느낄 수 있었다. 마치 궁지에 몰린 쥐를 독이 든 먹이로 유인하듯이 황제는 오제트를 부르고 있었다.

쥐새끼 취급을 받더라도 상관없었다. 그는 독이 든 음식을 먹더라도 어떻게든 황제의 숨통을 끊어놓고 죽을 생각이었으니까. 궁지에 몰리 쥐새끼가 얼마나 지독한지 똑똑히 보여주고야 말 것이다. 그는 집무실로 통하는 문에 손을 얹어놓고 중얼중얼 주문을 외웠다. 그러자 문이 그의 손이 닿은 곳을 시작으로 새까맣게 변하더니, 진흙처럼 끈적해지고 타르처럼 늘어져 뚝뚝 떨어졌다. 서서히 녹아 떨어지는 문 너머로 무장한 채 검을 치켜드는 라이젤 가드가 보였다.

"안녕, 개."

오제트는 입꼬리를 비틀어 올린 뒤 느릿한 동작으로 집게 손가락을 들어 그를 가리켰다. 그리고 그의 얼굴이 서서히 검게 물드는 것을 느긋하게 감상했다. 제국에서 가장 강한 기사라고 알려진 라이젤 가드. 그는 몸을 기괴하게 비틀며 이 세상 것이 아닌 것 같은 비명을 질렀다. 검을 뚝 떨어트리고, 눈을 가린 채 부들부들 떠는 그의 손바닥 위로 검은 핏물이 솟구쳐 콸콸 쏟아져 나왔다. 그와 동시에 몸을 이루는 모든 관절이 차례로 하나씩 툭툭 꺾이기 시작했다. 이내 그가 울컥 피를 토해내며 스러졌다.

오제트는 한 치의 망설임도 없이 그를 밟고 지나가 황제가 있을만한 곳을 찾기 시작했다. 그리고 그가 카딘을 찾아낸 것은 그 뒤로부터 채 1분이 되지 않았을 때였다.

"버텨라! 흑주술은 생명을 깎아 먹는 능력이다! 저들의 능력은 한계가 있다!!"

황제의 주위를 철저하게 방어하던 라이젤 가드 중 하나가 큰소리로 외쳤다. 하지만 그것도 잠시, 끊임없이 주문을 읊조리며 다가오는 그림자를 보자 눈동자가 몽롱하게 풀리고 말았다. 라이젤 가드는 완전히 저주에 먹히기 전에 결국 스스로 자결하는 법을 택했다. 저주에 걸린 자신이 직접 황제를 공격할 위험이 있었기 때문이었다. 피는 분수처럼 치솟고 커다란 몸은 끈 풀린 인형처럼 스러졌다.

황제는 옥좌에 앉아 순식간에 꺼져가는 수많은 생명을 단 한 순간도 눈에서 떼지 않은 채 응시했다. 마지막을 지켜봐 주겠다는 듯이. 자신을 지키기 위해 죽어 가야만 했던 사람들에게 본인 나름의 애도를 표한 셈이었다. 하지만 어디로 봐도 죽어 가는 이들에 대한 죄책감이나, 죽음의 냄새가 짙어진 것에 대한 두려움은 전혀 읽어낼 수 없었다. 오히려 그림자를 향해 조롱에 가까운 시선을 던질 뿐이었다.

"무식하기 짝이 없는 방법이로군."

황제는 쯧 하고 혀를 차며 말했다. 새하얀 대리석이었던 바닥은 피로 얼룩져, 발을 담그면 구두가 피로 흠뻑 젖을 정도였다. 황실 기사들이 죽어간 만큼 만만찮게 많은 수의 그림자들도 죽어 가고 있었다. 오히려 죽기 위해 이곳에 모인 것처럼 보였다. 아주 순식간에 황실 내부까지 파고든 건 칭찬하겠지만, 죽기 위해 불을 향해 달려드는 불나방은 질색인데 말이다.

"홀로 고고한 척은 여전하십니다, 폐하."

오제트가 그를 조롱하며 웃었으나 황제는 여유롭게 받아쳤다.

"코끼리 무덤을 찾으러 온 것인가."

"아니, 지키지 못한 약속을 지금에서야 지키러 온 것이지."

"그렇다면 짐과 같은 이유로 지금 이 자리에 있는 거겠군."

카딘이 심드렁하게 대꾸하자 그는 말없이 분노로 까맣게 일그러진 눈을 했다. 오제트가 생각하기에 자신이 맺은 약속이란 아우디케가 부탁한 그의 숭고한 사명이었다. 자신의 모든 것을 다 바치면서까지 지켜내야 할, 지금까지의 삶을 지탱해 준 마지막 이유. 하지만 황제는 자신이 맺은 약속의 무게조차 모르고 숭고함을 더럽히는 발언을 하고 있었다. 아직도 상황 파악이 안 되는 모양이지? 너는 여기서 죽어, 무조건. 왜 너를 죽일 마지막 장소로 여기를 택한 건지 조금도 짐작하지 못하는 모양이군. 오제트가 비틀린 미소를 지으며 그를 태울 듯이 노려보는 사이 카딘이 입을 열었다.

"지하통로를 통해 온 모양이군."

"한때 제국의 꽃이었던 볼론타 영애에게 직접 들었거든."

5년 전 반역에 가담했던 세력을 다 처단해 버린 지금 지하통로의 위치와 그 존재를 알고 있는 건 가브리엘라 볼론타, 그녀 한 명밖에 없었다.

'어차피 살려둔 건 순전히 심약한 아들 때문이었지만.'

황제는 그렇게까지 큰 그림을 그리며 기대를 걸었던 건 아니었는데 알아서 함정에 걸려들어 온 그에게 잠시 속으로 감사의 말을 전했다.

황후가 쓰다 버린 찌꺼기를 주워서 키워 주지 않나. 이쪽에선 의도치도 않았지만, 그녀에게 심어진 미끼를 알아서 물어 주지 않나. 암흑가를 이 잡듯이 샅샅이 뒤지고 도망치면 흔적을 추적해야 하는 귀찮은 짓까지 하지 않게 해 주어서 정말 고마운 일이었다. 게다가 여기까지 찾아와 주다니.

카딘은 수라장 속에서 유일하게 살아남아 자신을 마주 보고 있는 사내에게 가볍게 칭찬의 말을 건넸다.

"일단 대단하다고 해 두지. 이렇게 간단히 뚫릴 줄이야. 태자의 말을 듣지 않았으면 큰일 날 뻔했어. 누구 아들인지 선견지명도 보통이 아니더군."

상대에 대한 칭찬인지 아들에 대한 칭찬인지 알 수 없는 말이었다. 끔찍한 살육의 현장을 만들어낸 남자는 황제의 말에 코웃음을 쳤다. 장인을 부르지 않았어도 이렇게 쉽게 적에게 급소를 보인 것은 마찬가지지 않나. 그리고 창밖 곳곳에서 희미하게 빛을 뿜어내는 곳을 가리키며 회심의 미소를 지었다. 이미 승리를 확신한 듯 그의 입가는 환희에 가득 차 있었다.

"드디어……! 이 순간을 얼마나 기다려 왔는지 황제 넌 알고 있는가."

"그건 짐도 마찬가지야."

"하! 잘도 나불거리는군. 이미 황궁 곳곳에는 주술이 걸린 문양이 새겨져 있다, 황제. 게다가 이곳은 이미 아무도 들어오지 못하도록 내 힘으로 조처를 해 두었지. 넌 여기서 비참한 최후를 맞게 될 거다."

뒤집어쓰고 있던 후드를 걷어낸 오제트는 단도를 꺼내 황제를 향해 성큼성큼 걸어갔다. 마치 그것을 휘두르기라도 할 것처럼 거침없이 다가갔고 황제는 그의 움직임을 방관했다. 만약 자신에게 칼을 내지른다면 기꺼이 맞아 주겠다는 듯이 너그러운 미소를 지으며. 삶에 대한 미련은 한 터럭도 내비치지 않는 모습에 오제트는 이를 갈았다. 이런 상황에서도 여유로워 보이는 낯짝이 마음에 들지 않았다.

어디 죽음보다 못한 고통이 닥쳐도 그런 얼굴을 할 수 있나 두고 보지. 그는 낮게 읊조리며 단도로 거침없이 자신의 손목을 그었다. 그리고 바닥에 피를 뿌리고 재빨리 주문을 외우기 시작했다. 황제에 대한 원한은 이미 제국 곳곳을 돌며 수도 없이 모아왔기 때문에 저주의 재료는 충분했다.

바닥에 새겨진 문양으로부터 불길한 검은 불꽃이 스멀스멀 피어나 황제가 앉은 옥좌를 둥글게 에워쌌다. 카딘은 자신을 옥죄는 불길한 기운을 느끼며 서서히 입가에 웃음을 띠웠다. 그의 입술 사이로 울컥하고 한줄기 핏물이 흘러나왔다. 그는 여유로운 태도로 피 끓는 목소리를 냈다.

"이거 놀랍군. 아우디케가 기존 상단에서 공수해 온 대리석 소재가 좋지 않다며 바닥을 간다고 할 때부터 이상하게 여기긴 했다만, 흑주술의 문양이 새겨져 있었던 건가."

생각보다 저주는 가까운 곳에 있었군.

그는 핏물을 닦을 생각조차 하지 않은 채 그저 빙글거리며 웃었다. 이 상황이 마냥 즐거워 미치겠다는 듯이. 오제트의 표정이 더는 험악해질 수 없을 정도로 일그러졌다. 대체 또 뭘 숨기고 있는 거냐, 이 빌어먹을 뱀 같은 새끼가! 나른하게 기대앉아 있던 카딘이 손등에 턱을 얹으며 입을 열었다. '그런데 그건 아나, 자네?' 하고 상대방을 비웃거나 조롱하기 직전의 사악한 표정이었다. 터져 나오려는 웃음을 꾹 눌러 참는 듯한.

"내가 황후와 한 약속에 관해 묻지 않는군?"

"알 가치도 없어! 어차피 마음에도 없는 텅 빈 말일 게 뻔하니까!"

"아니, 들어보면 생각이 달라질걸?"

카딘은 그렇게 대꾸하며 잠시 생각에 잠긴 듯 자신의 턱을 톡톡 두들겼다. 그리고 정확히 오제트의 눈을 꿰뚫듯 응시하며 천천히 입을 달싹였다.

격조 있는 억양으로 아주 느릿하고, 또렷하게.

"황후는 마지막 날 내게 부탁하더군. 자신의 업보인 널 짐의 손으로 죽여 달라고."

"개소리! 죽을 때가 되니 말 같지도 않은 소리를 지껄이는군!"

"그녀를 죽인 건 짐이었지. 하지만 짐에게 죽여 달라고 청한 건 그녀였다."

처음부터 자존심이 강한 여자였다. 제 한 목숨보다 위신과 체면을 더 중요시하는 그녀는 황제에게 자신이 황후로서 남을 수 있게 해 달라 부탁했다. 황제는 그녀의 부탁에 순순히 응했다. 누구보다도 그녀를 사랑했기 때문이었다.

사람마다 행복의 가치는 다른 법이었고, 황후는 스스로 죽는 길을 택했으니 카딘은 그녀의 바람대로 기꺼이 미치광이 황제 역할을 자처했다. 아무도 믿지 못하는 병에 걸려, 반역이라는 죄를 뒤집어씌우면서까지 황후를 처형시키는 미친 황제. 그런 오명을 쓰면서까지 그는 아우디케가 끝까지 황후로 남을 수 있도록 배려했다.

그는 미쳤지만, 적어도 그녀를 향한 사랑만은 진실이었다.

—폐하를 사랑할 수 있게 되었다면 참 좋았을 텐데요.

카딘은 아우디케의 마지막 유언을 떠올리며 웃음을 터트렸다.

"하하."

오제트는 저주의 주문을 읊다 말고 붉게 핏줄이 돋은 시선으로 황제를 노려보았다. 지금쯤 고통에 몸부림쳐야 정상이건만 이제야 좀 쉬겠다는 저 평온한 표정은 또 뭐란 말인가. 게다가 자신을 보는 시선에서 승자의 여유까지 읽어 내버리자 결국 그는 폭발하고 말았다. 고통 속에 죽어 가는 와중에도 황제는 여전히 자신을 철저하게 깔아다 보고 있었다.

"짐이 이대로 죽는 것도 물론 그녀의 원이었겠지."

그 말을 끝으로 카딘은 서서히 눈을 감았다. 삶에 대한 미련은 여전히 한 터럭도 보이지 않았다.

그 순간 오제트의 눈이 뒤집혔다. 무슨 개소리를 하는 건가. 그녀의 마지막 남은 소원을, 이루기 전까지 평생 사명을 짊어지고 살아온 것은 다름 아닌 바로 자신이었다. 그것이 지금까지 살아온 목적이자 이유였다. 그런데 황제는 마치 자신이 이곳으로 그림자들을 유인하고, 스스로 목숨을 놓음으로써 그녀가 마지막으로 남긴 유언 모두를 이루어 냈다는 듯이 굴고 있지 않은가. 이 모든 일이 전부 황제의 손에 놀아났을 뿐이었고, 자신은 아무것도 아닌 한낱 장기말에 불과하다는 듯이.

그가 지탱하고 있던 세계가 한순간에 무너져 내렸다.
"으아아아!"
사내는 비명을 내지르며 카딘에게 달려들었다.
저 오만하기 짝이 없는 얼굴을 산산이 조각내지 않으면 이 분노가 사그라지지 않을 것 같았다. 아니 머리부터 발끝까지 남김없이 모조리 갈기갈기 찢어 주리라.

⚜

암흑이 황궁을 덮치기 며칠 전.

"으아아아!"
소니도르는 황제의 꿈에서 벗어나자마자 비명을 지르며 깨어났다. 마치 끔찍한 악몽을 꾸고 난 사람의 모습 같았다. 이마와 턱을 타고 흐르는 땀을 거칠게 닦아낸 그녀는 빠른 속도로 황제에게서 멀어졌다. 굳어 버린 몸이 비명을 질렀지만, 공포가 이미 통증을 훨씬 앞서 있었다.
무서워! 무섭다고!
앞으로 다시는 겪고 싶지 않은 끔찍한 경험이었다.
"괜찮은 건가?"
그녀가 깨어날 때까지 얌전히 기다리고 있던 마르멜이 놀라서 다가왔다. 사람들의 이목이고 나발이고 그녀가 걱정되어 이미 대외적인 이미지 따윈 던져 버린 지 오래였다. 그는 소니도르에게 손수건을 건네주고 진정할 때까지 가만히 등을 문질러 주었다. 그리고 작은 목소리로 회복 주문을 영창하며 귓가에 조용히 속삭였다.

“혹시 꿈속에서 죽었던 거야?”

마르멜은 살인광 황제가 소니도르의 목을 날려 버린 게 분명하다고 확신하는 듯했다. 하지만 그녀는 고개를 절레절레 흔들며 넋이 나간 목소리로 웅얼웅얼 답했다.

“아니 그냥…… 죽도록 사랑받았달까.”

“뭐?”

“멜은 잘 알 거 아니에요. 폐하께 사랑받는다는 게 어떤 건지.”

“무슨 소리야. 난 사랑 같은 거 받은 적 없어.”

아닙니다, 전하. 황제 폐하께서 전하께 하신 일들은 전부 애정 표현의 일종이었답니다. 믿을 수 없겠지만. 소니도르는 속으로 중얼거렸으나 굳이 그걸 입 밖으로 뱉지는 않았다. 마르멜이 이 말을 듣는다면 겨우 붙잡은 정신 줄을 다시 놓아버릴 것 같았기 때문이었다. 어쩌면 황제를 진심으로 패 버릴지도 모르지.

모두가 보는 앞에서 마르멜을 패륜 황태자로 만들 수는 없었기에 그녀는 침묵했다.

“사랑을 받았다는 건, 폐하께서 가장 소중하게 여기는 존재로 변했다는 거겠군.”

그게 누구지? 그가 물었다. 소니도르는 과연 이걸 말해도 될까 갈팡질팡하는 듯하다가 천천히 입술을 달싹였다. 그녀는 이 사실을 입에 담는 이 순간에도 참, 사람의 애정이란 묘한 것이라는 생각을 했다. 누구보다 사랑하기에 소중하게 지켜주고 싶고, 누구보다 사랑하기에 파멸로 이끌기도 하는.

"황후마마이십니다."

마르멜은 잠시 답이 없었다.

이제 와서 생각해 보니 하기스는 처음부터 이걸 알고 있었는지도 몰랐다. 황제의 애정이라는 것이 일반적인 사람과 아주 정반대 방향이라고 해도 좋을 정도로 엇나가 있다는 것을 말이다. 그러니까 지하 통로를 벗어난 순간 살아남는답시고 황제에게 '태자 전하께 상냥하고 부드럽게 대해 달라'라는 말을 하지.

소니도르는 거기까지 생각하자 속으로 울분을 터트릴 수밖에 없었다.

아니, 알면 미리 좀 말해 달라고. 미리 알았다고 해서 크게 달라질 것도 없겠지만!

서툴고 비틀린 사랑이라는 게 이렇게 위험했다. 그것이 결국 이 모든 일의 원흉이라고 봐도 좋았으니까. 물론 사람 자체가 문제이기도 하지만, 제대로 된 애정을 받고 자라나지 못한 것이 황제가 이 지경까지 된 원인 중 하나였을 것이다. 그녀는 복잡한 표정을 지었다. 마르멜도 고립 속에 계속 방치되었다면 결국 이렇게 변했을까.

"호른 가문의 영애, 영식 그리고 볼론타 가문의 영애는 살아 있었어요."

"그게 무슨 말도 안 되는……."

마르멜은 미간을 슬쩍 찌푸리며 중얼거리다가 이내 두 눈을 번쩍 뜨며 잠든 황제를 내려다보았다. 그는 흔들리는 눈빛으로 믿을 수 없다는 듯 작게 중얼거렸다. 설마.

"네. 폐하께서 그들만은 살려주셨어요."

"왜지……?"

"아마도 멜이 간청했으니까."

"……."

황제는 그들을 죽이지 않았다. 죽이지 않을 이유가 전혀 없었음에도 말이다. 오히려 그의 입장에서는 덜 자란 새싹을 미리 짓밟아 일을 깔끔하게 처리하는 편이 더 나았을 것이다. 하지만 황제는 그들을 살려두었고, 복수의 여지를 남겨 버리고 말았다.

"앤더슨 공작이 지하 통로의 존재를 알고 있었던 것도 다 그 때문이었을 거예요."

그 말을 들은 마르멜은 살짝 떨리는 손으로 눈가를 잠시 덮다가 이내 얼굴을 쓸어내리며 짙게 가라앉은 눈빛을 했다.

"본 걸 더 얘기해 봐."

그는 울컥 치솟아오르는 감정을 최대한 꾹 내리누르며 덤덤하게 말했다.

"멜의 기억 속에서 우리가 봤던 '오제트'의 존재를 기억하세요? 황후마마와……."

음, 그렇고 그런 관계였던. 소니도르는 말끝을 늘이며 뒷말을 삼켰다가, 혀로 입술을 축이고 다시 말을 이었다.

"그림자의 수장이었대요. 아시죠? 저도 처음 듣는 순간 스쳐 지나가듯 들어본 이름이다 싶었다니까요. 워낙 유명하니까요."

마르멜은 딱히 놀란 눈치가 아니었다. 이미 어느 정도 예상했던 바였기 때문이었다. 그가 그림자의 수장이라면 역시 단순히 불륜 관계였던 것이 아니라 반역에도 가담하고 있었던 모양이었다. 황후가 죽었으니 황실과 내통할 수 있는 앤더슨 공작에게 붙어 그에게 힘을 실어주었겠지. 안 봐도 뻔한 이야기였다. 거기에 어린 시절 첫사랑과 놀이 상대가 죽지 않고 복수의 칼을 갈고 있다는 건 전혀 예상하지 못한 바였지만.

하지만 벽에 기댄 채로 잠자코 그들의 말을 듣고 있던 지오르지오가 반응했다. 그는 이보다 더 불쾌할 수 없다는 듯 오만상을 찌푸리면서 자신의 귀를 의심하는 듯했다.

"뭐? 누구?"

소니도르는 의아한 얼굴로 답했다.

"그림자."

"하! 그 위선자가!"

혁명군과 같이 손을 잡고 황궁을 치자고 할 때는 다짜고짜 모욕하고 쫓아내더니, 뭐? 제국의 대귀족의 뒤에 숨어서 반역에 가담했다고? 역겹기 짝이 없군. 지오르지오는 잠시 분노에 찬 눈빛을 하다가 이내 어이가 없어서 할 말을 잃었다. 하필 앤더슨 가문이라니 많고 많은 조력자 중에서 아주 제대로 썩은 동아줄을 잡으셨다.

'위선자라…….'

뭐, 결국 뜻을 같이하기로 한 혁명군을 배반하다시피 하고 황실에 가담한 것도 모자라 작위까지 받은 내가 할 말은 아니로군. 나중에 동료들에게 칼을 맞아도 할 말이 없었다. 지오르지오는 언제 소리를 질렀느냐는 듯 순식간에 무표정으로 돌아왔다. 역시 세상일이란 어떻게 될지 정말 아무도 모르는 법이었다.

그런 그의 표정변화를 처음부터 끝까지 지켜보고 있던 마르멜이 물었다.

"그림자의 수장에 대해 알고 있나?"

"조금은. 캐내고 캐내 겨우 그들의 능력의 원천을 알게 됐죠."

"그게 뭐지?"

"불행."

불행해질수록 그들은 강해집니다. 지오르지오는 그렇게 덧붙였다. 소니도르는 잠시 그 말을 듣고 충격을 받은 표정을 지었다. 불행할수록 강해지다니, 세상에서 그렇게 모순적이고 슬픈 능력 같은 건 들어본 적이 없었다. 그녀의 감상적인 반응과는 반대로 마르멜은 그의 말을 듣고 잠시 생각에 잠기는 듯하더니 손가락으로 턱을 쓸며 물었다.

"불행이 능력의 원천이면, 행복해지면 그들은 무력해지나?"

"말이 그렇게 되긴 합니다만 추측일 뿐이죠."

"대체 그들의 능력이라는 게 뭐지?"

"아주 위험하다는 건 알고 있습니다."

지오르지오는 어깨를 으쓱이며 말을 이었다.

"그리고 그림자들의 주 활동지는 암흑가죠. 이것도 정보상을 털어 겨우 알아낸 겁니다. 그들이 워낙 감쪽같이 흔적을 지워 내는 데 능하거든요. 갑자기 암흑가를 찾아간다고 해서 그들 중 한 명이라도 발견하기란 굉장히 어려운 일일 겁니다."

"아! 그건 폐하의 꿈속에서도 나왔어요."

소니도르는 기억의 잔재 속에서, 황후 아우디케가 암흑가를 언급하는 장면을 떠올리고는 말했다. 분명 그녀는 오제트를 만나러 그곳으로 간다고 말했었다. 물론 황후가 황제에게 직접 말했을 리는 없고 당연히 몰래 찍은 영상구를 통해서 봤겠지.

그건 그렇고 아무리 그녀가 반역을 저지를 예정이라고 한들, 그렇게 몰래 사람을 찍는 건 범죄가 아닌가? 뭐 황제가 행하는 모든 일이 곧 법이긴 하지만. 소니도르가 영 엉뚱한 생각을 하다가 이내 핫 정신을 차리고 정면을 응시했다. 그리고 흠칫 놀라고 말았다. 마르멜과 지오르지오의 시선이 동시에 자신을 향하고 있었기 때문이었다.

"잠깐. 그럼 폐하께서는 앤더슨 공작, 그 배후의 정체를 다 알고 있었던 건가. 오제트라는 자가 그림자의 수장인 것도 모자라 본거지가 암흑가라는 것을?"

알면서도 가만히 그들이 수작을 부리거나 쳐들어오기까지 기다리고 있었다고? 당장 암흑가를 샅샅이 뒤지고 엎어도 모자랄 마당에? 마르멜이 정말 이해할 수 없다는 듯 되묻자, 소니도르는 고개를 끄덕이며 입술을 오물거렸다. 과연 모두가 듣는 앞에서 이걸 정말 말해도 좋을까 싶었기 때문이었다. 물론 상황이 심각했기에 이 두 사람에게는 모두 사실대로 털어놓는 수밖에 없었지만.

"방금 지오도 말했잖아요. 그림자들은 감쪽같이 흔적을 지워 내는 데 능하다고. 도망갈 위험이 있으니 꼬리가 잡히기 전까지는 함부로 움직이기 힘든 이유도 있을 테고……."

잠시 주저하던 소니도르는 수정구에 흘낏 시선을 주다가 그들의 귀에 대고 속삭였다.

"황후마마와의 약속을 지키기 위해서요."

"……."

"……."

그 말을 들은 마르멜은 잠시 천장을 보고 바닥을 보다가 제 머리를 헤집었다. 그리고 다시 고개를 들었을 때 소니도르는 제대로 분노한 그의 표정을 볼 수 있었다.

마르멜이 여전히 깨어나지 않는 황제의 옷깃으로 주저 없이 손을 뻗자 소니도르는 기겁했다. 지금 멱살을 붙잡고 탈탈 털고 싶은 기분이라는 건 충분히 이해하지만, 패륜은 안 될 일이었다. 아직 수정구를 통해서 많은 이들이 그들을 지켜보고 있었다.

황제 폐하께서 제정신이 아닌 건 하루 이틀 일이 아니잖아요! 이젠 무슨 기상천외한 일을 벌였다고 해도 놀랍지 않을 정도라고요! 그녀는 속으로 비명을 지르며 마르멜의 허리에 매달렸다.

지오르지오는 소니도르가 맥없이 이리저리 흔들리는 꼴을 보다가 입을 열었다.

"일단 그들의 능력부터 파악해야 하지 않겠습니까."

그 말을 들은 마르멜이 뚝 멈췄다. 그리고 듣는 것만으로도 늙을 것 같이 깊은 한숨을 내쉬더니 최대한 감정을 가라앉히고 계획을 짜내기 시작했다.

그리고 얼마 지나지 않아 텔레파시 장인이 그들을 찾아왔다.

⚜

가장 먼저 황궁에 닥칠 위험을 알아차린 건 먼 거리에도 자신의 의지를 전달하고, 전달받을 수 있는 텔레파시 장인이었다. 그녀는 마르멜의 명으로 전달받은 확장 마법과 강화 마법이 걸린 아티팩트를 만지작거리며 정신을 집중했다. 머지않을 불행을 예감한 예언 장인이 그녀에게 미래를 넌지시 알려주었기 때문이었다.

—곧 소리 없는 폭풍이 닥칠 것이다. 황궁을 죽음과 암흑으로 뒤덮고 광기로 물들일 것이다.

미래는 작은 선택의 결과로 수도 없이 변화한다. 여린 날갯짓으로 큰 위험을 불러오기도 하고 반대로 위험을 막을 기회를 만들어내기도 한다. 마제른의 봄 연회에 장인들을 초대하자는 마르멜의 선택은 '예언 장인의 관여'라는 결과를 불러일으켰다.

예언 장인은 연회 참석을 거절한 관계로 현재 황궁과 동떨어진 곳에 있었다. 그녀는 원래 황궁에 닥칠 위험 따윈 알 바 아니었겠지만, 황궁에 수많은 장인이 남아 있다는 걸 알아차리고 그들이 휘말릴 것을 염려한 것이다. 또한, 마르멜이 능력을 최대치로 끌어올릴 수 있는 값비싼 아티팩트를 장인 각자에게 선뜻 건네준 것도 작은 선택의 결과였다.

여기서 텔레파시 장인은 고민했다. 전해 들은 예언을 곧이곧대로 황실에 알릴 것인가. 황궁이 죽음과 암흑으로 뒤덮이는 건 그녀에게는 더할 나위 없이 바라던 일이었다. 자신이 이 일에 휘말려 죽게 된다고 해도 이유 없이 희생당해야만 했던 장인들의 원한을 풀어줄 수 있으리라. 하지만 그녀는 이내 고개를 저었다. 그렇다고 한들 근본적인 해결은 되지 않았다.

황태자를 둘러싼 소문은 과장된 게 아니었다. 그는 그녀가 볼 때 충분히 제국에 새로운 희망을 불러올 그릇이었다. 만약 현재 황족의 대가 끊기고 새로운 황족이 생겨난다고 해도, 장인들에게 자유를 주겠다고 선뜻 말할 수 있는 군주가 다시 있을까? 최근 어떠한 이유에서건 데센시아 부족민을 학살하거나 핍박하는 것을 불허한다는 금지령이 내렸다. 땅을 빼앗기고 자유를 박탈당한 5백 년 동안 처음 있는 일이었다.

소니도르는 마르멜을 그들이 5백 년간 염원해 왔던 군주라고 칭했고 그것은 다른 장인들도 암묵적으로 동의하는 바였다. 현재 황실을 갈아엎는다고 해도 달라지는 건 없다. 오히려 마르멜이 황태자 자리로 있는 지금이 유일한 기회일지도 모른다. 그는 언젠가 황제가 될 것이고 그들에게 자유를 줄 것이다.

그리고 텔레파시 장인이 결정적으로 결심하게 된 계기는 다름 아닌 지오르지오가 백작 작위를 받았다는 소식이었다. 그는 황태자의 최측근으로서 크고 작은 일들은 전담 받았다. 곧 제국에게 빼앗겼던 땅을 직접 밟게 될 거라는 소문도 들렸다. 텔레파시 장인은 언제 고민했느냐는 듯 곧바로 마르멜을 찾아갔고 모든 사실을 전했다. 그리고 그것과 거의 동시에 장인들은 움직이기 시작했다.

그들은 동원할 수 있는 모든 것을 이용하여 그림자의 정체를 캐냈다. 가장 먼저 알아낸 것은 그림자가 흑주술에 특화된 재능이 있다는 것이다. 흑주술이 무엇인가. 결국에는 저주였다. 그것도 악마의 힘을 빌어 생명력을 대가로 행할 수 있는 매우, 매우 사악한 저주. 한번 걸린 이상 시전자가 죽기 전까지 완벽하게 사라지는 일이 없다는 괴이한 소문까지 돌고 있는 그 저주 말이다.

최근 암흑가에서 제법 큰 세력을 유지하고 있는 마약 장인은, 그림자들이 거의 암흑가를 장악하다시피 하고 있다는 사실을 알려주었다. 암흑가를 통해 유통되는 모든 것에 손을 뻗고 있다고 말이다. 정보, 매춘, 약물, 인신매매, 노예시장 기타 등등…….

그리고 사물의 기억을 읽어낼 수 있는 공감 장인과 상대의 행방을 감으로 쫓을 수 있는 추적 장인이 그림자의 흔적을 쫓았다. 하지만 그들의 은거지를 찾았을 때는 이미 그곳은 텅 빈 다음이었다.

이미 그들이 움직이기 시작했다. 마르멜은 그 소식을 전해 듣자마자 방어를 강화하고 흑주술에 관한 정보를 최대한 빨리, 그리고 가능한 한 많이 알아오라 명했다. 불행히도 박학다식한 마르멜 또한 흑주술에 관해선 전혀 지식이 없었다. 제국에선 들키는 즉시 사형을 내릴 정도로 철저히 금하는 주술이었기 때문이었다. 관련된 서적은 철저히 금서로 취급되어 발견되는 그 즉시 태워지고는 했다.

하지만 제국민들과 달리 몇몇 장인들은 저주와 흑주술에 관한 어느 정도의 지식을 갖추고 있었다. 주술을 전문적으로 다루는 장인들도 있었고, 또 그들은 어차피 일상적으로 목숨을 위협받는 처지였기 때문에 소수의 이들은 대놓고 흑주술을 연구하기도 했다. 그들의 지식은 곧바로 텔레파시 장인을 통해 황실로 전해졌다.

황실의 거의 모든 전력이라 보아도 좋을 라이젤 가드는 분명 각각 가공할 힘을 가지고 있었지만 그것뿐이었다. 그들 또한 아르케 제국의 제국민이었고, 저주에 내성이 없었다. 그건 마법사라고 해도 다를 바가 없었다. 체내에 운용되는 마나의 기를 완벽하게 끊어버리는 악독한 주술도 있었기 때문이었다. 마나를 운용할 수 없는 마법사는 일반인과 다를 바 없었다.

마르멜은 그간 얻은 지식으로 최대한 많은 이들에게 흑주술을 대비할 수 있는 법을 알려주었다. 하지만 흑주술의 종류에 대해서는 워낙 종류가 다양하고 거의 알려진 바가 없었기 때문에 그 정보만으로는 응급처치 정도밖에 되지 못했다. 그들이 걸 수 있는 건 두 가지밖에 없었다. 그들의 능력이 생명력을 대가로 한다는 것이고, 또 시전자가 죽으면 저주도 풀린다는 것.

결국, 황궁으로 쳐들어온 모든 그림자를 죽이는 것 외에는 방법이 없었다. 어차피 그들은 반역을 저지르거나 황궁을 점령하지 못했다. 그럴 전력도 되지 않거니와 그들은 능력을 과도하게 쓰면 자멸하여 죽게 되었다. 그러니 지금껏 능력을 최대한 억누르고 숨죽이며 살아왔겠지. 고작해야 복수에 불타 이곳에 있는 모두를 죽이고 자신들도 모두 죽는, 불나방 꼴밖에 되지 않을 것이다.

그렇다면 그림자의 목적은 명확하다. 그들을 대비할 계획의 방향도 딱 한 가지밖에 남지 않았다. 오직 황제와 황태자를 지키는 것. 하지만 마르멜은 그간 그림자들의 행보로 보아도 그들이 노리는 게 황제 쪽이라는 것을 명확히 알 수 있었다. 아마 자신까지 노린다면 '그건 죽이는 김에 덤' 쪽에 더 가깝겠지. 만약 그들이 들이닥치면 황제에게서 멀리 떨어진 곳에 피해 있어야 목숨을 건질 확률이 높았다.

카딘도 그렇게 느낀 것인지 그는 예언 장인의 말을 듣자마자 곧바로 크리스티안을 황태자의 곁에 붙여 주었다.

마르멜은 부족민과 마찬가지로 결국 정치의 희생양이 되었을 뿐인 그림자를 해하는 게 썩 내키지는 않았다. 하지만 이내 마음을 단단히 먹을 수밖에 없었다. 누군가를 지키기 위해서는 생명을 존중하는 마음을 위선으로 치부하고 외면하며 마음을 단단하게 먹어야 할 때가 있는 법이었다.

많은 준비를 한 것과는 별개로 그날은 예고도 없이 찾아왔다.

검은 후드를 쓴 무리가 끝도 없이 황궁으로 밀고 들어왔다.

지오르지오는 골치 아프다는 표정으로 이마를 짚었다. 그는 그들을 보며 검은 바퀴벌레 같다는 생각을 하고 있었다. 적을 한 번에 쓸어내는 것은 자신이 있었지만, 이렇게 섞여 들어올 경우에는 하나하나 처리할 수밖에 없었다. 하지만 낭패라는 기색이 역력한 얼굴과는 다르게 그는 재빠르게, 그리고 깔끔하게 적을 처리했다. 손가락 한 번 까딱하는 것만으로 압축된 바람이 심장을 관통하기도 하고, 날카로운 칼날이 되어 목을 베어 내기도 했다.

하지만 저주에 걸려 기행을 벌이는 아군들은 어떻게 할 도리가 없었다. 저주를 건 자를 죽여서 제정신이 들게 하는 방법 외에는. 마르멜의 말대로 아군을 살리기 위해서는 결국 그림자들을 다 죽이는 수밖에 없었다.

최면 장인은 저주를 거는 그림자에게 역으로 최면을 걸었고, 꽃 장인은 바닥에 피어난 식물로 그들의 다리를 묶어 버렸다. 환술 장인은 환술을 사용해 같은 자리를 빙빙 돌게 하여 그들을 교란시켰고, 화염 장인은 불꽃으로 성벽을 둘러 그림자의 퇴로를 완전히 막아버렸다. 하지만 화염 장인의 행동은 별로 의미가 없었다. 그림자들 모두 이곳 황궁을 무덤으로 삼을 셈이었기 때문이었다. 목숨을 걸고 능력을 한계까지 끌어올린 탓에 점점 더 틈을 내어줄 수밖에 없었다.

그림자들은 점점 기사와 장인들의 숨통을 죄어왔다.

끝도 없이 밀고 들어와 그들을 죽이고 자신을 죽였다.

꽃 장인은 결국 식인 식물을 피워내고 두 눈을 질끈 감았다. 눈가에 아롱아롱 맺혀 있던 눈물은 그녀의 볼을 타고 뚝뚝 떨어져 내렸다. 저주받았기에 저주를 내릴 수 있는 자들. 불행의 근원 밑에 태어나 불행으로 돌아가는, 이 더없이 불행한 자들이 부디 죽음 뒤에는 영원한 안식을 얻을 수 있기를.

⚜

"으아아아!"

사내는 비명을 내지르며 카딘에게 달려들었다.

하지만 그가 쥔 단도에 모여든 증오와 광기로 점철된 기운은 황제에게 채 닿기도 전에 흩어져 사라지고 말았다.

"……컥! 커흑?!"

오제트는 피 끓는 소리를 내며 믿을 수 없다는 듯 천천히 시선을 내렸다. 새하얀 검신이 하복부를 완벽하게 관통해 있었다. 그럴 리가. 저주가 완성되는 동안 이곳에는 아무도 발을 들일 수 있을 리가 없었다. 흑주술을 그냥 뚫고 들어오다니 대체 누가……. 하지만 당황하는 것도 잠시 그의 머릿속에 한가지 가설이 스쳤다. 이미 오제트가 건 저주에 내성이 생긴 유일한 사람이 있었고, 그는 자신의 힘에 대항할 수 있을지도 모른다는 섬뜩한 가설이 말이다.

장인의 힘을 빌려 기적적으로 완벽하게 저주에서 벗어난 황태자 마르멜. 그는 돌아가지 않는 고개를 억지로 돌려 인정사정없이 자신을 찔러낸 상대를 확인했다. 그리고는 몸을 추스르기 힘들 정도로 타오르는 고통과 분노를 느끼며 피를 울컥울컥 토해냈다. 고통은 뒤늦게 찾아왔다.

"네놈!"

마르멜은 그런 사내를 흘낏 내려다보더니 이내 거침없이 검을 뽑아내고 그를 옆으로 던지듯 치워버렸다. 평소의 부드럽고 자애로운 모습은 전혀 찾아볼 수 없는 시선이었다. 황태자궁에서 이곳으로 향하는 내내 수라의 길을 걸어온 것인지, 머리부터 발끝까지 피로 뒤집어쓴 마르멜의 눈동자에는 언뜻 광기마저 내비쳤다.

"크아아악!"

"생포할 생각이었으나 네놈을 죽이지 않으면 저주가 풀리지 않으니 어쩔 수가 없군."

문외한인 사람이 보더라도 아직 저주는 완성되지 않은 상태였다. 한창 생명을 깎아 저주를 걸던 도중에 마르멜이 시전자의 배를 뚫어 버렸으니 당연한 일이었다. 그는 바닥에 굴러다니는 그림자에는 시선조차 주지 않은 채 창백하게 질린 낯을 한 황제를 보고 눈에 띄게 당황했다. 카딘은 걱정스러운 얼굴을 하며 자신에게 다가오는 마르멜을 보자 어쩐지 다시 웃음이 새어 나오고 말았다.

자신의 아들은 지금 본인의 표정조차 자각하지 못하는 듯했다.

“피해 있으라 하지 않았나. 나 참, 하나밖에 없는 아들이 이리도 말을 듣지 않아서야.”

“그게 지금 죽을 뻔한 상황에서 하실 말씀이십니까!”

마르멜은 버럭 화를 내며 재빨리 황제의 목덜미에 있는 맥을 짚었다. 숨소리도 점점 옅어지고 있었다. 빨리 주술에 능통한 장인들을 불러와야 할 것 같았다.

마르멜이 주술을 억지로 뚫고 들어오자, 모든 그림자를 처리하고 밖에서 발만 동동 구르고 있던 기사들이 한꺼번에 쏟아져 들어왔다. 그들은 황태자의 명을 따라 일사불란하게 움직이기 시작했다.

“폐하를 안전한 곳으로 모시게.”

“잠깐.”

하지만 카딘은 자신을 부축하려는 기사의 손길을 뿌리치며 비틀거리는 걸음으로 자리에서 일어났다. 그리고 마르멜이 들고 있던 검을 멋대로 빼앗아가며 나른한 목소리로 말했다.

“짐이 죽길 바라던 거 아니었나.”

마르멜은 황제의 명치를 쳐서 억지로 기절시키고 싶은 충동을 억누르며 말했다.

“적어도 그게 지금은 아닙니다.”

“하하하.”

그는 정말로 웃기다는 듯 유쾌한 웃음을 터트리며 오제트의 앞으로 다가갔다. 그리고 숨이 간신히 붙어 있는 사내의 목을 단번에 내려쳤다. 자신의 손으로 그를 죽여주겠다는 황후의 마지막 부탁을 이루어주기 위해서였다.

"이걸로 됐군. 약속은 지켰어, 아우디케."

그와 동시에 황제의 몸이 무너져 내렸다.

에필로그

황궁으로 초빙된 주술 장인은 황제의 몸을 보고 말했다. 몸이 쇠약해진 것 같긴 하지만 몇 달 회복기를 가지면 나을 정도이며 주술은 완전히 풀려 있다고 말이다. 황제는 그럴 줄 알았다는 듯 콧방귀를 뀌며 다시 집무실에 틀어박혀 내리 일을 하기 시작했다. 주술사는 그런 황제에게 장수할 상이라는 덕담인지 악담인지 모를 말을 남긴 뒤, 떠나기 전 황궁 곳곳에 새겨진 주술을 전부 지워냈다. 그리고 마르멜과 개인적인 만남을 청하더니 넌지시 말했다.

"전하께 저주가 지나간 흔적이 보이는군요."

"저주? 설마 부족민의 저주 말인가?"

"아니라는 건 전하께서 가장 잘 알고 계시지 않습니까. 폐하께 저주를 건 이와 같은 성질의 흔적이 깊게 남아 있습니다. 사라지지 않는 흉터처럼 말이죠."

"허, 대체 언제부터?"

"꽤 오랜 세월에 걸쳐서 생긴 흔적입니다. 짧으면 5년, 길면

7년 정도의.”

그제야 마르멜은 자신이 정신병을 앓았던 게 저주 때문이라는 걸 알 수 있었다. 그리고 그 시전자가 자신이 거의 죽여 놓았던 오제트라는 것까지도. 저주라는 핑계를 대긴 했지만 그게 정말로 저주일 줄이야. 진실을 알게 된 그는 잠시 황당해하다가, 그만큼 소니도르의 능력이 대단하다는 걸 새삼 깨닫게 되었다. 진짜 저주를 물리쳐 냈고, 마르멜이 직접 저주를 물리칠 방향을 제시해 준 것이다.

“더 이상 저주를 앓게 될 일은 없으실 겁니다.”

이렇게 사건은 일단락된 듯하였다.

앤더슨 가문은 완전히 멸문되었으며, 반역을 꾀한 공작과 측근 세력 또한 지하감옥으로 보내졌다. 그들은 곧 처형당할 예정이었다. 황제는 마지막으로 남은 이사벨라를 따로 불러내어 아비를 따라갈 생각이냐고 물었고, 그녀는 대답이 없었다. 그 갈 길을 잃은 새끼 오리 같은 표정에 황제는 혀를 차며 마르멜에게 물었다. 네 약혼녀였으니 네가 알아서 하라고 말이다.

마르멜은 이런 골치 아픈 일을 떠맡기는 카딘을 속으로 욕하다가, 짧은 고민 끝에 결단을 내렸다. 그녀를 사람들의 발길이 많이 닿지 않는 시골 영지로 귀양보낸 것이다. 그런 마르멜의 결단을 들은 황제는 대놓고 그를 비웃었다.

“나약하기는. 짐과 같은 길을 걷는구나.”

“됐습니다.”

어차피 이런 결단을 내릴 줄 알면서 굳이 물어보는 건 악취

미에 지나지 않았다. 마르멜은 한참을 투덜거리다가 앤더슨 가문에서 일했던 시녀 한 명을 빼내어 이사벨라에게 보내주었다. 홀로 남겨진다는 게 얼마나 끔찍한 일인지 잘 알고 있기 때문이었다.

반역을 저질러 자신을 죽일 뻔했다는 괘씸함과는 별개로, 그녀는 전부터 자신과 묘하게 닮은 점이 많아 측은하게 느끼고 있었던 참이었다. 소니도르와 운명 같은 만남으로 구원받은 자신과 달리 그녀는 지금껏 이리저리 휘둘리기만 해 왔다. 쉬이 죽일 수 있을 리가.

언젠가 폐하처럼 이 결단을 후회할 날이 올까.

마르멜은 잠시 그런 생각을 떠올렸으나 가볍게 털어내었다. 후회할 땐 후회하더라도 제일 나은 선택을 하라는 소니도르의 말이 떠올랐기 때문이었다.

이번 일이 해결되자마자 지오르지오는 곧바로 전장으로 나가 공을 세우기 시작했다. 파랑의 기사라는 칭호까지 얻으며 절찬리에 위명을 떨치는 중이었다. 마르멜은 당연히 그가 섬을 먼저 보게 해 달라고 당당히 요구해 올 거라 예상하고 있었기에, 굉장히 얼떨떨했다. 잃어버린 땅을 되찾는 게 그에게 가장 중요한 일이 아니었나? 하지만 마치 무언가를 잊기 위한 행동처럼 보이기도 해서 아무것도 묻지 않았다. 그저 그가 결단을 내릴 때까지 기다려주었을 뿐이었다.

하기스와 주세페, 그리고 테리는 모두 황궁에 남았다. 하기스와 주세페는 이곳에 있는 게 재밌을 것 같다는 이유 때문이었고, 테리는 검술에 재미를 붙였기 때문이었다. 하도 크리스티안 밑에서 구르다 보니 이제 발로 걷어차이거나 흙바닥을 뒹굴지 않으면 허전할 지경이었다. 맞으면서도 오뚝이처럼 벌떡 일어나는 모습을 보고 하기스와 주세페는 질린다는 얼굴을 했다.

하지만 얻어맞는 게 좋다는 건 핑계일 뿐이었으며, 사실 테리가 남몰래 마음에 품고 있는 여인이 있다는 게 그로부터 몇 년이나 지난 후에 밝혀지게 된다. 갈색머리의 소년이 청년이 되어 기사 작위를 받을 즈음이다.

황제의 곁에서 끝까지 싸운 이들을 위한 장례식과 추모식도 지나갔다. 그즈음부터 한밤중 황궁에서 있었던 일이 무용담처럼 제국 곳곳에 파다하게 퍼지기 시작했다. 황궁에 닥친 위기를 장인들과 힘을 합쳐 해결할 수 있었다고 말이다. 한동안 저잣거리에서는 음유시인들이 그림자를 물리친 장인에 대한 노래만 불러 댈 정도였다. 사람들의 인식이 손바닥 뒤집듯이 바뀌는 건 쉬운 일이 아니었지만 그래도 장인들을 보는 시선이 전과 달라지기 시작했다.

애초에 이건 장기전이었다. 조금씩 해낼 수밖에 없겠지. 조급해할 필요 없이 부족민들이 자유를 되찾게 되는 날까지 끊임없이 노력하면 되는 것이다. 마르멜은 장인들이 해외로 이주할 권리를 얻기 위해선 먼저 '데센시아'라는 국적을 가질 수 있는 권리를 얻게 해야 한다는 생각이었다. 그러기 위해선 먼저 땅을 되찾게 해 주어야 한다는 결론이 나왔다. 그들에게 완전한 자유를 안겨주기 위해서 가장 먼저 시작해야 하는 건 새로운 국가의 건설이었다.

역시 마나가 고갈되고 있다는 현실을 세상에 알리는 것 외에는 방법이 없나. 마르멜은 서류를 뒤적이던 것을 그만두고 작게 한숨을 내쉬었다. 집무실 문밖을 서성이는 인기척을 느꼈기 때문이었다.

모든 일은 순조롭게 해결되고 있었기에 별다른 걱정이 없었다. 여전히 장인들을 이유 없이 혐오하는 여론이 거셌지만, 장인들이 노예나 사유재산인 것도 아니고 혐오한다고 한들 얻을 게 하나도 없었기에 언젠가 사그라질 일이었다. 지금 마르멜이 초조해하고 있는 건 하나밖에 없었다.

"쏭."

들어와. 다정한 한 마디가 떨어지자 문밖에서 망설이던 인기척이 잠시 멈칫하는 게 느껴졌다. 사실 마르멜의 인내심은 지금 거의 한계에 다다라 있었다. 그녀가 시간을 달라고 한 지 무려 석 달이라는 시간이 흐른 뒤였기 때문이었다. 하지만 저렇게 머뭇거리는 데는 분명 이유가 있을 거라고 여기며 참고 또 참는 중이었다.

하지만 그것도 잠시, 마르멜은 이내 이마에 빠직하고 힘줄을 세울 수밖에 없었다. 방 밖을 우왕좌왕하던 괘씸한 여우가 이내 망설임 없이 튀어 버렸기 때문이었다. 예전에 꿈에서도 한번 비슷한 일을 겪었던 것 같은 기시감이 들었다. 멀어지면 다가오고, 손을 뻗으면 도망가고. 좋아, 참을 만큼 참았다. 마르멜은 내일 오전까지 직접 찾아오지 않으면 이번에야말로 양팔에 가둬 놓고 답을 토해 낼 때까지 놓아주지 않을 생각이었다.

그런데 그날 밤, 여우는 동물적인 직감으로 위기를 느낀 것인지 마르멜의 꿈속으로 찾아왔다. 마르멜은 자신에게서 멀찍이 떨어진 여우를 바라보며 피식 웃고 말았다. 지금 억지로 꿈에서 깨어나려고 하면 소니도르가 자신의 손을 잡고 침대에 엎드려서 자고 있을까. 왠지 혹하는 방법이었으나, 일단 그는 꿈에서 만난 여우를 숨이 막히도록 끌어안고 싶었다.

어떤 상황에서도 동물 마니아인 본성은 어쩔 수가 없었다.

"이리 와, 여우야."

그는 찬연하게 내리쬐는 햇볕을 손등으로 가리며 살포시 눈을 찌푸렸다. 삐뚜름하게 올라가는 입꼬리마저 마치 유혹하는 것처럼 느껴져서 소니도르는 더욱 뒷걸음질을 칠 수밖에 없었다. 그러자 마르멜은 예전처럼 무서운 기세로 쫓아가는 대신, 나무 밑동을 등받이 삼아 나른하게 기대며 말없이 빤히 그녀를 응시했다. 그의 머리에 드리워진 나뭇잎 그림자가 마치 월계수관처럼 성스러워 보였다. 소니도르는 숨을 쉬는 것조차 잊은 채로 그에게 다가서다가 흠칫하고 제자리에 멈춰 섰다. 마르멜에게 완전히 홀릴 뻔한 것이다.

'먼저 반한 사람이 진 거랬는데.'

왜 난 한 번을 이길 수가 없지. 이게 다 저 요사스러운 얼굴 때문이다. 그녀는 울상을 지으며 결국 그의 품에 안기고 말았다. 그의 치명적인 유혹에 결국 항복하고 만 것이다. 그러기가 무섭게 마르멜은 여우를 꼭 끌어안다 말고 양 볼을 꾹 붙잡아 늘였다. 깜짝 놀란 소니도르가 버둥거리며 캥하고 울었다. 물론 그런 엄살은 그에게 전혀 통하지 않았다. 오히려 더욱 짙은 웃음을 지으며 볼 늘리기에 여념이 없었으니 말이다. 그녀는 그의 붉은 눈동자에서 불안과 초조함을 읽어내고 결국 순순히 사과하고 말았다.

"죄송해요."

"뭘 잘못했는데."

"아무 말 없이 피해 다녀서요."

마르멜은 알고 있는데도 한마디도 안 했느냐고 코끝을 꾹꾹 누르다가 그녀가 낑낑 앓는 소리를 내자 결국 그만두었다. 대신 여우를 끌어안고 이마에 턱을 괸 채로 얌전히 침묵했다. 그게 마치 어디 한 번 변명해 보라고 말하는 듯해서 소니도르는 천천히 입을 달싹였다.

"저 정말 많이 고민했어요. 늘 밝고 쾌활한 척하지만, 사실은 복잡하고 귀찮은 일에 얽히는 거 굉장히 힘들어하거든요. 무사안일주의라고요."

"네가?"

"……한번 발동 걸리면 아무래도 상관없어질 때가 있긴 하지만요."

믿든 안 믿든 그건 사실이었다. 그녀는 기본적으로 야망이 전혀 없고 이 한 몸의 안위가 가장 중요한 사람이었다. 물론 그다음으로 중요한 건 돈이고. 그런 평범한 장인으로 태어나 황실과 엮이고, 황태자의 병을 치료하다가 사랑에 빠지고, 그에게 열렬히 고백을 받을 줄 어디 알았겠는가. 그 짧은 시간 동안 자신에게 있었던 일을 되새겨 보는 것만으로도 뇌에 과부하가 걸릴 지경이었다. 더 이상 이런 일상적이지 않은 모험은 사절이었다.

"흐음, 그러면 나한테는 아직 발동이 걸리지 않은 건가?"

"여전히 부끄러운 소리 잘도 하신다니까."

"걸어줄게, 발동."

"됐거든요!"

소니도르는 붉어진 얼굴로 꽥 소리를 지른 뒤에 다시 감정을 가다듬고 말했다.

"아무튼, 꽤 오랫동안 정말 진지하게 고민해 봤는데요."

"무려 석 달 동안 말이지."

그녀는 찔리는 게 있었기에 모르는 척 외면하며 작게 헛기침을 했다. 하지만 그 긴 시간 동안 침묵한 건 이유가 있었다. 차마 입에 담기 힘들 정도로 부끄러운 고민이었기 때문이었다. 이걸 어떻게 말해! 난 목에 칼이 들어와도 절대 말 못한다. 여우는 휙휙 소리가 날 정도로 고개를 절레절레 흔들다가 말끄러미 마르멜을 올려다보았다. 그런데 아까까지 싱글싱글 웃고 있던 예쁜 얼굴이 무서울 정도로 굳어져 있었다.

여전히 입꼬리는 호선을 그리고 있었기에 공포는 배가 되었다.

"역시 네 가족과 같은 친구 때문인가."

"네? 지오?"

"그래. 그 때문에 네 고민이 이렇게 길어진 건지 물었어."

"……."

엥. 진지한 얼굴로 헛다리를 짚는 마르멜 때문에 소니도르는 잠시 말문이 막혔다. 물론 지오르지오와 관련되어서도 깊게 고민하긴 했지만, 그것에 대한 고민은 짧았다. 이성으로서 좋아하지도 않는 그를 위해 곁에 남는 건 그에게 더 큰 상처가 될 게 뻔했기 때문이었다.

그래서 자신을 위해 그토록 희생해 준 그에게 자신이 고작 할 수 있는 것이라곤 감사의 말을 전하는 것뿐이었다. 제대로 된 대화를 나누기도 전에 지오르지오가 전장으로 떠나 버려서 감사의 말조차 전할 수 없었지만 말이다. 그건 그가 돌아오면 확실히 전해 줄 생각이었다.

“지오 때문이 아니라 그…….”

“그?”

“다른 이유가 있어요.”

“다른 이유 뭐.”

“……집요하시네요.”

“오랫동안 기다린 내가 이해할 수 있게 설명해 줘야지.”

마르멜이 여우의 자그마한 머리통을 아프지 않게 콩 때렸다. 소니도르는 말랑말랑한 젤리로 이마를 문지르며 울상을 지었다. 아니, 이걸 진짜 육성으로 담아야 해? 날 수치사 시킬 셈인가. 하지만 여기서 계속 입을 다물었다간 고백을 뱉기도 전에 마르멜이 토라질 것 같은 느낌이었다. 기다리게 한 기간도 기간인지라 대충 둘러대거나 얼버무리기도 힘들었다.

‘윽.’

코앞까지 다가온 마르멜의 처연한 얼굴에 공격받은 그녀는 결국 입을 열고 말았다.

“제가 최초의 부족민 출신 황후로서 버텨 낼 수 있을지 고민했던 거예요.”

“…….”

“…….”

짧은 침묵이었지만 짓눌려 죽는 줄 알았다.

“이럴 줄 알았어! 저 그냥 갈래요!”

으아아!!! 속으로 꽥 비명을 지른 소니도르는 온몸이 홧홧하게 달아오르는 것 같아서 버둥거리며 그의 품에서 벗어났다. 최대한 빨리 이곳에서 달아날 생각이었다.

하지만 크게 도약하기도 전에 마르멜의 재빠른 손길에 의해 도로 붙들리고 말았다. 웃음을 꾹 눌러 참는 듯 부들거리던 그는 결국 큰소리로 웃음을 터트리고 말았다. 푸하하하! 소년처럼 맑고 청량한 웃음소리가 숲을 갈랐고 그녀는 차라리 눈뜬 채로 기절하고 싶을 정도로 창피해졌다.

뭐야. 내가 좋아한댔지, 언제 황후 시켜 준대? 설레발은. 같은 말을 하면서 빙글거리며 놀려 댈 줄 알았다. 하지만 마르멜은 예상외로 아무 말도 하지 않고 그저 웃음만 연신 터트렸다.

처음에는 얄미웠던 그 웃음이 잘생긴 얼굴 탓인지, 순진무구한 미소 때문인지 계속 눈길이 갔다. 소니도르는 거의 홀린 듯이 멍하니 그의 웃는 얼굴을 감상했다. 두근거리던 심장박동이 점점 빨라지는 게 느껴졌다.

“대단한데. 계속 날 피해서 쌓였던 게 한 번에 풀렸어.”

진심으로 감탄하는 모습이었다. 소니도르는 그의 귓등이 붉게 달아오른 것을 발견하고 허탈하게 웃음을 터트렸다. 어쩐지 이쪽에서 먼저 프러포즈한 것처럼 됐잖아. 고백하기도 전에 프러포즈라니 이게 어떻게 되어 먹은 순서람. 스스로 어이가 없었으나 이미 엎질러진 물이었다. 창피해 죽을 것 같았지만, 얼굴을 붉히는 마르멜을 보니 이 와중에도 귀엽다는 생각이 들었다. 때때로 놀라울 정도로 어른스러운데 의외의 부분에서 순진한 게 역시 어리구나 싶었다.

"그런 고민을 한 거야?"

"……끙."

"걱정할 일은 없어. 네게 피해가 가지 않도록 내가 전부 알아서 해 줄 테니까."

"아뇨. 저도 전하께서 고생하시는 동안 손만 빨고 있을 수는 없죠."

그런데 이미 결혼은 당연한 전제인 건가? 소니도르는 대화의 흐름에 이상함을 느끼고 앞발로 머리를 벅벅 문질렀다. 잔뜩 각오하고 온 것에 비해 뭔가 엉망진창이 된 거 같은데. 잠시 고민하던 그녀는 이내 털어냈다. 순서가 뒤엉키긴 했지만 뭐 결론만 통하면 되는 거겠지. 마르멜도 굉장히 기뻐하는 기색이고 말이다. 그녀는 아무렴 어때 하고 싶었던 말을 꺼냈다. 원래 이 말을 하기 위해서 그의 꿈속에 들어온 거였다.

"좋아해요."

마르멜이 그대로 움직임을 뚝 하고 멈췄다. 숨 쉬는 것도 잊은 것 같았다.

"계속 생각해 봤는데, 제게 앞으로 닥칠 위험이나 미래에 대한 불안감 같은 건 아무래도 상관없을 정도로 멜을 좋아하나

봐요."

그러자 그가 숨이 막히도록 그녀를 꽉 끌어안았다. 마르멜의 어깨에 턱을 기댄 여우는 등 뒤로 따듯하고 축축한 무언가가 뚝뚝 떨어지는 것을 느끼고 조심스레 입을 열었다.

"울어요?"

"……다시 말해 봐."

"좋아해요."

"다시."

"좋아해요."

그는 좋아한다는 말을 스무 번쯤 더 들은 뒤에야 만족스러웠는지 낮게 웃음을 터트렸다. 물기 어린 목소리였다. 수없이 악몽과 환각, 잠들 수 없는 고통에 시달리고 사람이 눈앞에 죽어 나갈 때도 눈물 한 방울 보이지 않던 사람이 소리 없이 눈물만 뚝뚝 흘리고 있었다. 그걸 깨닫고 나자 계속 그를 기다리게 한 게 한없이 미안해지기 시작했다. 그녀는 마치 위로하듯 고개를 들어 그의 턱을 핥았다.

마르멜은 평소보다 한 톤 낮아진 목소리로 그녀의 귓가에 투정을 부리듯 웅얼거렸다.

"네가 사람의 모습이었다면 키스를 퍼부었을 텐데."

소니도르는 키스란 단어를 듣고 반사적으로 예전에 잡어 삼켜질 뻔했던 기억을 떠올렸다. 그때를 떠올리기만 해도 살이 떨리고 발끝이 저릿저릿해지는 것 같았다. 그런 숨넘어갈 것 같았던 키스는 별로 다시 하고 싶지 않았다. 그녀는 눈을 가늘게 뜨며 그를 쏘아보았다. 그때의 일을 상기하는 것만으로 위로해 주고 싶다는 생각은 이미 달아난 지 오래였다.

"그러고 보니 왜 넌 아직도 여우인 거지? 대체 어떻게 해야 사람이 되는 거야."

아, 그러고 보니 소니도르는 지금까지 그에게 숨기고 말하지 않은 게 있다는 걸 떠올렸다. 그녀는 이걸 과연 이 타이밍에 말해야 할까 고민했지만 이내 결단을 내렸다. 지금밖에 없었다. 지금 마르멜은 굉장히 기분이 좋아 보였고, 왜 지금껏 날 속여왔느냐고 화를 낼 것처럼 보이지도 않았다. 게다가 미루면 미룰수록 곤란해지는 건 그녀였다.

"멜. 우리가 예전에 한 내기는 처음부터 아무런 의미 없었어요. 멜은 제가 어떤 모습이든 상관없이 좋아하기 때문에 꿈에서 계속 동물로 나타나는 거거든요. 원한다면 사람으로 나타날 거예요."

사실 그냥 저보다 동물이 더 좋은 거 아녜요? 소니도르가 볼멘 목소리로 투덜거렸지만 마르멜은 그 말이 들리지 않았는지 '원한다면?' 하고 작게 중얼거렸다. 원한다면 사람으로 나타날 거라고? 잠시 생각에 잠겼던 그는 빠르게 깨달았다.

아아, 그러니까 저 말은 처음부터 자신이 그녀를 진심으로 좋아하고 있었다는 것도 알고 있었고, 꿈에서 계속 동물의 모습으로 나타나는 이유도 알고 있었다는 거지? 그 사실을 다 알고 있었음에도 별다른 말 없이 내기를 계속했고 지금까지 말하지 않고 있었던 건가? 만약 그게 사실이라면 마르멜은 이 앙큼한 여우에게 벌을 내릴 생각이었다. 일이 잘 풀렸기에 망정이지 만약 그녀와 잘되지 않은 채로 저런 말을 들었으면 지울 수 없는 상처를 받았을 거다.

그는 여우의 양쪽 얼굴을 꼭 붙잡고 그대로 쪽쪽쪽 버드 키스를 퍼부었다. 공주의 키스로 왕자가 되었다는 개구리라든가 그런 걸 떠올리지 않았다면 거짓말이겠지. 마르멜은 키득키득 웃으며 계속 장난스럽게 여우의 콧잔등에 입을 맞췄다. 소니도르는 정신없는 키스에 고개를 이리저리 돌리다가 손바닥으로 턱하고 그의 얼굴을 밀어냈다. 원한다면 나타날 거라더니.

"정말 됐네."

마르멜은 붉은 입술을 삐딱하게 끌어올리며 그녀의 손바닥에 마지막으로 쪽 하고 입술을 붙였다가 떼어냈다. 소니도르는 어느샌가 시야에 닿는 자신의 손이 짐승의 발이 아니라 사람의 손이라는 걸 깨달았다. 그리고 그걸 알아차리는 것과 동시에 풀썩하고 몸이 뒤로 넘어갔다. 잔디밭 위라 아프지는 않았다. 잠시 상황이 파악되지 않아 그녀는 멍하니 눈을 깜빡였다.

언제부터 있었는지 모를 복사꽃이 천지에 만개하고, 흩날리는 잎이 나풀나풀 내려앉는 것이 보였다. 푸른 하늘에는 새하얀 구름이 느긋하게 흘러갔다. 동시에 향긋한 풀 내음이 코끝을 간질였다. 소니도르는 두 눈을 깜빡였다. 조금 시선을 내리자 이채를 띠는 붉은 눈동자가 있었다. 울어서 발갛게 달아오른 눈가가 어쩐지 색기 어려 보이는 것 같았다. 더 시선을 내리자 자신을 가둔 양팔이 있었다. 그녀는 다시 시선을 올렸다. 마르멜의 얼굴이 서서히 가까워지고 있었다. 히익.

"그때처럼 하면 혀를 물어뜯을지도 몰라요!"

하지 말라는 말은 없다. 잠시 멈칫한 마르멜은 코끝으로 가볍게 웃으며 말했다.

"이젠 잘할 수 있을 것 같은데."

"정말요?"

"응. 그땐 처음이었으니까."

"네?! 그게 무슨…… 읍!"

더는 말하지 못하도록 그의 입술이 그녀의 입술 위로 포개어졌다. 살짝 벌려진 입술 사이를 가르고 혀가 부드럽게 입안을 유영했다. 그때와는 전혀 다르게 부드럽고 또 왠지 모르게 간질간질해지는 키스였다. 소니도르는 필요 이상으로 두 눈을 질끈 감았다. 민감한 곳이 툭툭 장난스럽게 건드려질 때마다 움찔 떨며 그의 목덜미에 팔을 두르고 매달렸다.

마르멜은 가늠하듯 이곳저곳을 혀로 건드려 대더니 입술을 떼어내며 빙긋 웃었다.

"이제 감 잡았어."

하고 말하고는 다시 입술을 붙여왔다. 이번에는 입을 꾹 다문 소니도르를 달래듯 가볍게 아랫입술을 빨아들였다. 하는 수 없이 입이 벌어지고 다시 타액이 섞였다. 그녀는 천천히 호흡하며 가늘게 떨리는 자신의 숨소리를 들었다. 마르멜의 숨소리는 어딘지 조금 거친 것 같았다. 키스는 부드러워졌지만 잡아먹힐 것 같은 오싹한 기분은 어째 나아진 게 하나도 없다. 소니도르는 등줄기를 타고 찌릿 거리는 감각을 견디다 못해 그를 쭉 밀어냈다.

"그 정도만 해요."

"싫어?"

"……."

엑. 솔직하게 말하면 시, 싫은 건 아닌 것 같……. 그녀가 대답을 망설이는 사이에 그의 입술이 쪽 하고 볼에 내려앉았다. 그동안 이런 거 하고 싶어서 어떻게 참았는지 모르겠다. 소니도르가 간지럽다는 얼굴로 눈꺼풀을 파르르 떨자 입술이 서서히 목덜미로 내려가 살을 잘근잘근 입술로 씹어 대기 시작했다. 그가 목덜미를 쪽 빨아들이자 그녀는 움찔 떨며 다시 그를 밀어냈다. 히익, 방금 느낌이 뭔가 엄청 이상했는데.

"싫다기보단 이상한데요. 느낌이."

그 말에 마르멜의 미소가 한층 더 짙어졌다. 소니도르는 어쩐지 원인 모를 불안을 느꼈다.

"우, 우리 아직 이럴 사이가 아니잖아요!"

"이럴 사이가 뭔데?"

"혼인한 것도 아니고……."

"뭐 어때. 어차피 꿈인데."

현실에서 우리 손만 잡고 자고 있을 거야. 그렇지? 마르멜이 상큼하게 웃으며 되물었다. 맞는 소리긴 한데 이게 이대로 얼렁뚱땅 넘어갈 일인가 싶었다. 소니도르가 끙끙거리며 생각에 잠겼다. 그녀의 생각이 점점 깊어졌고, 마르멜은 그런 그녀를 멀뚱히 내려다보았다. 그러다가 갑자기 불시에 다시 입술을 맞춰왔다. 태어나서 정확히 네 번째 하는 키스는 처음과는 비교도 안 될 정도로 능숙해져 있었다.

어쩐지 흐물흐물 녹아내릴 것 같은 기분이었다. 소니도르는 이제 마르멜과 마찬가지로 거칠게 숨을 헐떡였다.

"우리 혼인할 때까지 꿈에서 만나면 되겠다."

"네?!"

"손만 잡고 잘게."

"손만 잡고 자는 게 아니잖아요!"

그녀의 마지막 비명은 다시 그의 입술에 먹혀 잦아들었다.

외전

파랑 장인 지오르지오

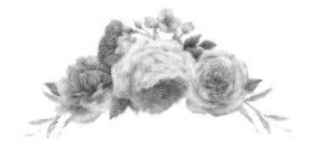

지오르지오는 가끔 꿈을 꾸곤 했다. 소니도르가 나오는 꿈이었다.

그녀가 나오는 꿈을 꾸는 날에는 그게 꿈이라는 걸 귀신같이 알아차렸다. 수줍게 웃으며 제게 입을 맞추는 소니도르라니, 현실일 리가 없지 않은가. 그런 일이 계속되다 보니 그냥 어느 순간 알았다. 이게 꿈이라는 것을. 꿈일 수밖에 없다는 것을.

소니도르는 뭣도 모를 어린 시절부터 종종 그의 꿈에 찾아오고는 했다. 그것이 한때는 그들에게 재미있는 놀이였지만, 언젠가부터 지오르지오는 그녀가 자신의 꿈에 몰래 찾아올지도 모른다는 불안감을 품기 시작했다. 그것은 두려움이었다.

사춘기를 맞이하게 된 뒤로부터 부러 신경질을 부리곤 했다. 네가 내 꿈에 찾아오는 날에는 그날 우리 사이는 끝인 줄 알라고.

당연히 그녀는 상처받은 얼굴을 했다. 하지만 더럽고 추잡한 음심을 들킬 바에야 차라리 그게 낫다고 생각했다.

그는 꿈 장인의 능력을 아주 사소한 것까지 정확히 알고 있었고, 그녀의 능력을 사용하면 숨 쉬는 것처럼 쉽게 밝혀질 자신의 비밀이 부끄럽고 또 두려웠다. 소니도르가 그의 꿈속을 찾으면 분명 그녀 본연의 모습을 하고 있을 테니까. 널 좋아하고 있다고 온몸으로 외치는 꼴일 테니까.

하지만 꿈을 꿀 때마다 매번 그녀가 아니길 빌면서 동시에 그녀이기를 바랐다. 세상에서 둘도 없이 소중한 존재가 사실은 너라고, 알아주길 바랐다.

둘의 관계가 이런 일로 무너지지 않기를 수도 없이 되뇌면서, 어쩌면 내 추악한 내면을 보고도 포용해 줄 다정한 너를 상상해 버려서. 사실 나도 널 좋아했다는 달콤한 고백을 꿈꾸면서. 그렇게 하루하루가 지나다 보니 멈출 수가 없어졌다. 부질없게도.

너는 황금빛으로 이루어진 꿈이기 때문에, 네 따스한 온기에 취해 이토록 헤어나오지 못하는 건가 싶었다. 기억하기보다 더 전부터 좋아해 왔기에, 숨 쉬는 것만큼 자연스러운 일이었기에, 어떻게 해야 이 감정을 멈출 수 있는지 알지 못했다.

지오르지오는 모래 알갱이처럼 버석거리는 감정을 계속 품고 있었고, 그러다 보면 언젠가 그녀가 곁으로 다가와 줄 거라는 안이한 생각을 했었다. 하지만 실은 내내 불안했던 걸 보면 처음부터 알고 있었던 모양이었다. 그녀의 꿈은 자신을 위한 게 아니라는 것을.

그냥 어느 순간,

그냥 어느 순간 느꼈다.

아, 내가 아니구나.

아마 황태자를 처음 본 순간부터 그런 기분이 들었던 것 같았다. 굳이 그녀에게 감정의 깊이를 캐묻지 않아도 알 수 있을 정도로 확연했다. 자신이 평생에 걸쳐도 해내지 못했던 것을 그는 단 한 순간에, 고작 몇 달도 되지 않는 기간 동안 해냈다. 비교하는 것조차 우스울 정도로 너무 확연한 차이에 패배감이 들 새도 없었다.

'소니.'

소니도르. 내 황금빛 꿈.

외면해도 목 끝까지 차오르는 미련을 애써 삼키고서 그는 전장으로 향했다. 대의를 위해서라면 무슨 짓이든 할 수 있을 것처럼 굴었지만, 사실 그는 자신을 이루는 큰 존재가 빠져나간 상실감을 버텨낼 수가 없었다. 척추가 뽑혀 나가는 기분이었다. 그만을 믿고 있는 동료도, 동포도, 언젠가 직접 땅을 밟기로 약속한 섬도 다 뒤로 하고 말았다.

'네가 행복하면 됐어. 둘 중 하나가 불행해져야 한다면 나인 편이 낫잖아.'

그녀의 불행을 지켜보는 그 또한 불행해질 테니 결국 답은 정해져 있었다.

잘된 일이었다. 서로의 마음을 확인한 그들은 행복할 테고, 대의를 이룰 날이 머지않았으니 마치 동화 같은 일이지. 지오르지오는 속으로 중얼거리며 적들의 머리를 베어 냈다.

적은 주로 부족민 학살을 일삼았던 영주, 혹은 소영주와 그들의 사병들이었다.

그가 손을 횡으로 그을 때마다 바람처럼 스러져 가는 그들을 보노라면 전쟁이 아니라 천벌이라고 해도 전혀 이상하지 않았다. 땅은 사자(死者)들의 바다로 변한 것처럼 붉은 것들로 넘실거렸다.

영주들을 전부 처리하고 나서도 곳곳에 숨어 있던 그림자들이 끊임없이 반란을 일으켰기 때문에 일은 끊이지 않았다. 흑주술을 주 무기로 삼고 있는 그림자들을 손 하나 까딱이는 것만으로 죽일 수 있는 건 그가 유일했기에 명성은 날로만 높아져 갔다.

피와 물, 바람과 살점이 난무하는 지옥의 광경에 오히려 아군들이 사기를 잃고 멍하니 굳어지는 기현상이 잦았다. 지오르지오는 아무래도 상관없다는 듯 그림자들을 죽이고 또 죽였다. 파랑 장인이라는 이명은 어느새 파랑의 기사가 되었고, 영원히 끝나지 않을 것 같았던 반란도 고작 몇 개월 만에 정리되었다.

영원히 불행할 수밖에 없는 운명을 타고난, 그런 수많은 이들에게 지오르지오는 죽음이라는 영원한 안식을 쥐여 주었다. 아무것도 몰랐던 시절에야 목숨 아까운 줄 모른다고 지껄였겠지만, 이제는 그도 알았다.

저건 불이 불인 줄 알고 뛰어드는 하루살이라는 것을.

그림자가 아닌 관계로 여전히 죽음의 순간에 미소 짓는 이유를 이해하진 못하겠지만,

'지옥에서 만나면 물어볼까.'

지오르지오는 핏자국 하나 튀지 않은 말끔한 모습을 한 채 속으로 읊조렸다.

⚜

전장에서 돌아온 날 밤, 지오르지오는 꿈을 꾸었다. 소니도르가 나오는 꿈이었다.

그날도 그는 소니도르를 향해 망설임 없이 손을 뻗었다. 그리고 곱실거리는 주홍색 머리 한 가닥을 가져와 몰래 입을 맞춰보았다. 입가에 절로 미소가 피어났다. 사랑스럽다는 듯 웃고 있자니 그녀의 새하얀 얼굴이 딱딱하게 굳어지는 게 보였다.

당황인지, 슬픔인지, 죄책감인지 모를 감정이 두서없이 뒤섞여 있었다.

"너……."

그는 그녀만큼이나 당황한 얼굴로 천천히 손을 거둬들였다. 그리고 살짝 그녀와 거리를 벌렸다. 너무 놀라 심장이 뚝 떨어지는 것 같은 기분이 들었다.

지오르지오는 꿈인 걸 알아도 종종 어느 쪽인지 헷갈리고는 했다. 이것은 내 꿈인가. 아니면 네가 만든 꿈인가. 하지만 이번에는 그녀의 표정만 보아도 평소의 꿈과는 확연하게 다르다는 걸 알 수 있었다. 이건 소니도르가 만들어 낸 꿈이었다.

대체 언제 온 거지. 황궁에서 머무는 게 아니었는데, 그런 생각들이 두서없이 머릿속을 엉망진창으로 헤집었다. 지오르지오는 미간 사이를 좁히며 입술을 달싹였다.

“왜…… 여기 있어.”

화를 내며 쫓아낼 생각이었는데, 입술 사이를 비집고 튀어나온 목소리는 생각보다 힘이 없었다. 금방이라도 눈앞에 있는 사람을 간절하게 붙잡을 것처럼, 왜 이제 왔느냐는 투정처럼 들리기도 했다. 그는 얼간이처럼 구는 제 목소리가 마음에 들지 않았지만, 이상하게 손가락 사이로 줄줄 새어버리는 모래처럼 감정을 추스르기가 힘들었다.

“네가 또 언제 떠날지 모르니까.”

소니도르는 주저하며 답했다. 본인도 당황스러운 모양이었다.

그녀는 오랜만에 지오르지오가 황궁에 모습을 비쳤다는 소식을 듣자마자 그를 찾아갔다. 그리고 문전박대를 당했다. 전장에서 막 돌아와 피곤하다는 이유였다.

계속 언제까지 도망 다닐 생각이란 말인가. 마음의 준비도 이 정도면 충분하지 않나. 이번에는 무슨 일이 있어도 만나고야 말겠다는 생각에 평소라면 절대 하지 않았을 짓을 하고 말았다. 밤에 몰래 그의 방에 침입해 꿈속으로 들어온 것이다.

하지만 지오르지오의 저런 표정을 보게 될 줄은 몰랐다. 자신이 이런 모습으로 그의 꿈속에 들어오게 될 줄은 몰랐고, 그가 이곳이 꿈속이라는 걸 알고 있을지도 몰랐다. 소니도르는 그가 어린 시절부터 자신의 꿈에 들어오지 못하도록 짜증 가득한 얼굴을 하고서 필사적으로 막았던 것을 떠올렸다.

그때는 정말 싫어서 그러는 줄 알았지.

본의 아니게 남이 필사적으로 숨기고 싶어하는 치부를 제멋대로 들여다본 기분이 들었다. 급한 마음에 괜한 짓을 했다는 후회가 밀려왔지만, 그녀는 굳이 그것을 티 내지 않았다. 뭐든 간에 그와 멀어질지도 모른다는 두려움보다는 덜했기 때문이다.

당황한 기색을 재빨리 지우고 아무렇지 않은 척 희미하게 웃으며 그에게 물었다.

"여기는 어디야?"

그녀는 어떻게든 대화를 이어나가고 싶었던 모양이었다. 지오르지오는 답했다.

"아마도 섬."

"섬?"

소니도르는 그제야 발가락 사이사이를 파고든 모래와 철썩거리는 파도소리를 들었다. 주위를 살피자 한 번도 대륙 밖을 나가본 적이 없는 그녀에게 생소한 광경에 펼쳐졌다. 전에 꿈속에서 항구를 본 적은 있었지만, 같은 바다라도 전혀 이런 느낌이 아니었다.

옥빛 바다는 속이 비쳐 보일 정도로 투명했다. 그리고 살짝 각도를 달리하면 그 광활한 바다가 감탄이 나올 정도로 새파란 하늘을 담아냈다. 하늘을 품은 바다. 바다의 표면을 부드럽게 쓸어주는 바람. 철썩이는 새하얀 잔물결 너머는 마치 그림

같은 풍경이었다.

끝없는 푸름에 가슴이 술렁이는 소리가 들리는 것 같았다.

“우리의 섬. 한 번도 본 적은 없으니까, 그냥 이렇게 생기지 않았을까 생각했어.”

“예쁘다.”

머리로 생각하기 전에 입이 툭 하고 감탄사를 뱉었다. 그녀는 거의 홀린 듯이 파도를 응시하고 있었다. 거칠게 몰려든 바닷물이 모래를 끌어안고 새하얀 거품만 남기고서 자취를 감췄다. 그러고 보니 지오르지오는 그 능력이 마치 파도 같다 해서 파랑 장인이었다.

“……그럼 나랑 여기서 살래?”

“지오…….”

“농담이야.”

그는 소니도르의 머리를 손가락으로 툭 건드리며 장난스럽게 말했다. 이제 곧 염원하던 소원을 이룰 수 있을 것이다. 그리고 바라던 첫사랑은 잃었다.

원하는 모든 것을 다 얻을 수는 없는 노릇이지.

그는 씁쓸하게 웃으며 모래 위에 털썩 주저앉았다.

계속되는 싸움에 지친 것인지, 이젠 제 감정을 숨기는 걸 포기한 것인지. 독기가 완전히 빠져 버린 그는 마치 낯선 사람처럼 느껴졌다.

손가락 새로 새어 나가는 모래를 필사적으로 움켜쥐다가 지쳐 버린 사람처럼.

바닷바람에 그의 새까만 머리카락이 흩날렸다. 끊임없이 하늘거리는 그 모양새가 마치 바람에 깎여 나가는 것 같았다. 금방이라도 사라질 것 같았다. 그 뒷모습을 가만히 응시하던 소니도르는 갑자기 덜컥 불안한 기분이 들어 다급하게 입을 열었다.

"고맙다는 말, 하고 싶었어."

"됐어. 우리 사이에 인사치레는 필요 없으니까."

하지만 그는 피식 웃으며 그녀의 손을 잡아끌어 제 옆에 앉혔다. 소니도르는 얼떨결에 그 옆에 앉아 힐끔거리며 그의 얼굴을 살폈다. 그간 고생이 심했는지 살도 많이 빠지고 그 때문에 인상도 날카로워 보였지만 전보다 어딘지 멍하고 무기력해 보였다.

"얘기 좀 해 봐."

"어?"

"내가 없었던 동안 무슨 일이 있었는지."

지오르지오는 여상스러운 목소리로 바람에 흘려보내듯 말했다.

'분위기가 많이 달라졌네.'

소니도르는 눈동자를 데굴데굴 굴리며 잠깐 생각에 잠겼다. 무슨 듣고 싶은 이야기가 있는 건가 싶었는데 그런 것도 아닌 것 같고. 목표를 정해놓고 마치 붉은 천을 본 투우 소처럼 달려들던 그였지만 지금은 모든 것을 놓고 방황하는 것 같았다.

지오르지오답지 않았지만, 이게 그의 선택이라면 그럴 수밖에 없었던 이유가 있는 거겠지.

그녀는 지오르지오가 전장을 떠도는 동안 가장 절실하게 그를 찾던 사람을 떠올렸다.

"페르난데가 무시무시한 얼굴로 너 오면 꼭 연락해 달래."

소니도르는 머리끝까지 화가 난 듯 보였던 사내를 떠올리며 말했다.

페르난데는 좀처럼 화내는 일이 없는 사람이었다. 그는 늘 침착하고, 노련하며, 영리한 사람으로 혁명군의 책사 일을 주로 도맡아 하고는 했다. 그리고 생각보다 행동이 먼저 나가고는 하는 지오르지오를 통제하는 목줄을 쥐고 있는 인물이기도 했고.

지오르지오가 명목상 수장이긴 했지만 사실상 그는 행동대장에 가까웠다. 숨겨진 실세는 페르난데라 생각하는 이들이 많았다. 그만큼 굉장히 정치적인 수완이 있었다.

하지만 그 침착한 인사가 꼭 사람 하나 잡아 족칠 기세였지.

"결과가 좋아서 다행이지 아니었다면 진짜 죽여 버렸을 거라던데."

그녀가 덧붙이자 권태로워 보였던 그의 얼굴에 서서히 금이 갔다.

"……그래서 연락했어?"

"아니, 아직."

"왜?"

"나도 너랑 제대로 대화도 못 나눴는데 다른 사람을 먼저 만나게 해 줄 리가 없잖아."

"……."

"나는 네가 날 영원히 만나주지 않을까 봐 불안해서……. 미안해."

소니도르가 우물쭈물하며 말했다. 지오르지오의 마음을 알게 된 이상 더는 예전처럼 돌아가기 힘들다는 사실은 알고 있었다. 머리로는 알고 있었다. 그래서 일 년이든 이 년이든 그가 마음을 추스를 때까지 기다릴 생각이었다.

하지만 그는 테리와 마찬가지로 가족보다 더 가족 같은 존재였다. 기억이 처음 시작하던 순간부터 곁에는 항상 그가 있었다. 그래서 멀어질지도, 남보다 못한 사이가 될지도 모른다는 생각을 하니까 견딜 수가 없었다.

"널 영원히 만나지 않을 리가 없잖아."

"……."

"그러니까 그런 말 하지 마."

그러니까 바보처럼 착각하잖아. 지오르지오가 슬쩍 눈가를 찌푸리며 덧붙여 말했다.

"어…… 미안."

소니도르는 헉하고 입을 틀어막으며 반사적으로 사과했다. 이젠 실수로라도 하지 말아야겠다고 생각했는데 습관이란 건 무서웠다. 하지만 지오르지오는 그 사과가 더 기분이 나빴던 것인지 그녀의 머리를 헤집듯이 쓰다듬었다. 어릴 때부터 지금까지 전혀 달라지지 않은 장난스러운 모습 그대로 그는 입을 열었다.

"넌 내게 고마워할 필요도 미안해할 필요도 없어."

어떻게 그러겠나. 그가 지금껏 그녀를 위해 희생해 왔던 것들을 생각하면 늘 미안하고 고마운데. 하지만 그게 지오르지오가 바라는 것이라면 그대로 따르고 싶었다. 그녀는 말 잘 듣는 아이처럼 그저 고개를 끄덕였다. 그는 화제를 돌리듯 말했다.

"다른 사람은? 테리는 잘 있나?"

"걔 내 조수 때려치우고 기사가 되겠대."

이래서 자식 키워봤자. 하면서 소니도르는 투덜거리기 시작했다.

"크리스티안 경에게 계속 훈련받고 싶다네. 그렇게 힘들어하더니 정식으로 견습 기사 훈련을 받고 싶다니 처음에는 얘가 새로운 취향에 눈이라도 뜬 건가 싶었지."

"특별한 계기라도 있었대?"

"음, 그게 그때 그 반역 사건 이후로 장인들이 몇몇 깨어있는 제국민들 사이에서 영웅취급을 좀 받았거든. 지켜줘서 고맙다고, 그동안 미안했다고 그러더라. 게다가 네가 제국 곳곳을 떠돌면서 나머지 잔당들을 전부 처리했잖아. 승리를 축하하는 축제도 열리고 전처럼 배척받는 분위기는 많이 사라졌어. 아니, 거의 없어졌다고 해야 하나."

원래 민중들은 쉽게 열광하고 또 쉽게 잊어버리는 경향이 있었다. 지금은 부족민을 제국의 영웅처럼 추대하고는 있지만, 또 언제 돌변해서 배척할지 알 수 없는 노릇이었다. 애초에 그렇게 경멸하던 부족민을 손바닥 뒤집듯이 찬양하는 꼴만 봐도 알 수 있지 않은가. 민심이란 원래 그런 것이다.

"위선적이군."

“뭐, 그렇지?”

소니도르는 무릎을 세워 그 위에 턱을 얹으며 말했다.

“하지만 테리는 그게 꽤 감명 깊었나 봐.”

“하긴 예전부터 그런 구석 있었지. 공주님을 구하는 용사 얘기 가장 좋아했고.”

“라이젤 가드에 열광했던 것부터 그랬지. 애라니까.”

주군 앞에서 충성을 맹세하고 기사도를 읊는 테리라니, 왠지 상상이 가지 않았지만 의외로 어울리는 구석이 있을지도 모르겠다고 생각했다.

멋있다고 가볍게 달려드는 것처럼 보여도 속은 고지식하고 청렴한 구석이 있으니까 말이다. 게다가 성실하기까지 하니 오히려 자신을 적성을 찾아 진로를 잘 선택한 것 같았다.

“근데 좀 수상한 게 호감 있는 아가씨가 있는 것 같단 말이지.”

물론 이걸 직접 테리에게 들은 건 아니고, 우연히 지나가다가 그가 근처에 용건이 있는 척하면서 한 여자애를 몰래 지켜보는 걸 발견했다. 갈색 머리에 갈색 눈을 한 귀염성 있게 생긴 시녀였는데, 코언저리에 콕콕 박힌 주근깨가 매력적인 소녀였다. 그래서 소니도르는 그런 테리를 계속 훔쳐봤다. 그런 흥미진진한 광경을 놓칠 리가 없었다.

두 사람의 분위기는 꽤 화기애애했다. 젊은 남녀의 풋풋함도 있었다.

“그 아가씨가 테리를 기사님이라고 부르더라고.”

테리가 라이젤 가드인 크리스티안에게 직접 훈련받고 있으니 아무래도 정식 기사라고 착각을 받고 있는 듯했다. 혹시 계속 그 시녀에게 기사님이라는 소리가 듣고 싶어서 기사훈련을 받고 있는 게 아닐까, 하고 소니도르는 추측하고 있었다.

소니도르의 추리를 들은 지오르지오는 작게 웃었다. 그 꼬맹이가 벌써 그렇게 컸나 싶었기 때문이다. 허술한 듯 보여도 똑 부러진 애니까 굳이 걱정할 일도 없을 것 같았다. 오히려 나보다 더 잘 해내겠지. 일에서나 사랑에서나.

"그럼 너는?"

"어…… 나? 잘 지냈지."

"흐음."

고생만 하다 온 사람 앞에서 잘 지냈다고 말하는 건 힘든 일이었지만, 그렇다고 거짓말을 할 수도 없었다. 소니도르는 조심스럽게 그를 올려다보았다.

지오르지오는 고개를 기울이며 그녀의 안색을 꼼꼼히 살피더니 이내 안심 어린 표정으로 그녀의 머리를 두어 번 툭툭 두드렸다. 잘 지냈다니 다행이다, 하고 말하는 듯한 행동이었다.

"이미 다 들통 난 김에 말할게. 널 정말 좋아했어. 항상."

"……."

"처음에는 널 그냥 황궁 밖으로 끌고 올 생각이었어 나보다 널 더 잘 아는 사람은 없다고 자만했으니까. 그러다가 네 표정을 봤는데…… 처음 보는 얼굴로 웃고 있더라."

그런 얼굴을 하는 너를 어떻게 강제로 끌고 갈 수 있겠어. 현실을 부정하고 자시고 할 것 없이 바로 알아버렸다. 사랑에 빠진 얼굴. 태어나 처음으로 그녀가 누군가를 진심으로 사랑하게 된 순간, 누구보다 그녀를 잘 알고 있었기에 가장 먼저 알았다.

"후회할까 봐 말해 두는 거야."

딱히 긍정적인 대답을 바라고 하는 소리는 아닌 것 같았다. 소니도르는 잠시 말문이 막혔다.

"미련이 지금 여기 가득한데."

그는 소니도르의 얼굴을 빤히 쳐다보다가 서서히 자신의 얼굴을 가까이했다. 깜짝 놀란 그녀가 몸을 움츠리며 눈을 꼭 감았다. 피하진 않았다. 그가 이상한 짓을 하지 않으리라 믿었으니까.

이마 위로 잔뜩 거칠어진 뜨거운 입술이 부드럽게 내려앉았다가 떨어졌다. 담백하고 또 정중한 입맞춤이었다.

"너도 이제 행복해져야지."

그는 서서히 고개를 떨어트려 거리를 벌리며 말했다.

"어머니 그렇게 허무하게 돌아가시고 나서 많이 방황했잖아."

"그건 너도 마찬가지잖아."

"그래, 우리 둘 다 그랬지."

그녀는 지오르지오가 생각보다 속이 여린 사람일지도 모르겠다고 생각했다. 늘 사납게 발톱을 세우는 건 제 여린 마음을 보호하기 위한 필사적인 몸부림이 아닐까 하는. 물론 평소에 앞뒤 안 재고 달려드는 모습을 보면 아닌 것 같기도 했지만.

'미안하다고 말하면 화내려나.'

네가 뭐가 미안하냐고 할 것 같았다.

소니도르는 사과도 감사도 하지 말라는 그의 말을 떠올리고는 천천히 입을 열었다.

"나는 행복해, 지오."

그 담담한 말에 지오르지오는 슬쩍 웃으며 대꾸했다. 잔잔하게 일렁이던 자색 눈동자가 순간 잔인한 빛을 띠었다.

"아니었다면 황태자를 죽여버렸을지도 몰라. 그리고 널 데리고 도망을 갔겠지. 처음에는 정말 그럴 생각이었는데……."

"……."

역시 여리다는 말은 취소해야 할까.

"널 행복하게 못 해 줄 놈이었으면 애초에 양보도 안 했어."

지오르지오가 말했다. 양보했다는 시점에서 이미 널 행복하게 해 줄 사람이라는 걸 알아 버리고 말았다는 뜻이다.

둘 사이에 잠시 침묵이 흘렀다. 침묵을 타고 바닷바람이 들썩였다.

"나 전부터 지오한테 꿈을 보여주고 싶었어."

소니도르의 말에는 거침이 없었다. 원래 꿈에서 꿈이라고 말하는 건 금기였지만, 꿈이라고 자각하고 있으니 상관없겠다 싶었기 때문이다. 그러자 그가 물었다.

"무슨 꿈?"

"우리의 땅을 되찾고 완전히 자유가 되는 꿈."

그것도 우리의 힘으로 완전하게, 누구보다 소중한 네가 염원하던 그 꿈을 꾸게 해 주고 싶었다. 그때까지만 해도 장인들이 자유를 되찾는 건 정말 불가능한 일에 가까워서, 고작 꿈에서나 이룰 수 있는 일이었으니까.
자유라는 건 올려다보기도 힘들 정도로 까마득히 높이 있지 않을까 싶었다. 생각만 해도 숨이 턱 막힐 정도로 막연했고, 상상하면 상상할수록 기적에 가까운 일이라는 생각만 깊어졌다.
지오르지오가 하는 일이 대단하다고 생각하긴 했지만, 솔직히 한때는 허황한 꿈을 꾸고 있다고도 생각했다. 저러다 큰일 나지 않을까 불안하기만 했다.
하지만 그의 꿈에 몰래 들어가 자유의 꿈을 보여주기도 전에 기적 같은 일이 일어났다. 드디어 장인들에게 남쪽 섬이 개방된 것이다. 물론 거기에는 황제나 제국 귀족들의 정치적인 계산이 들어가 있었겠지만, 예전이라면 정말 상상도 못 할 일이었다.
"네가 혁명군을 만들기 전부터 그러고 싶었어. 몰래 들어가서 네 꿈을 이뤄 주고 싶었어. 하지만 곧 현실로 이룰 수 있겠네."
"뭐, 아직이지만."
"하긴, 우리 다음 세대에나 되찾을 수 있게 될지도 모르겠지만."
이제 시작일 뿐이었다. 그래도 그들은 미래를 보았다. 희망적인 미래를. 그들을 기다리고 있는 자유는 꿈이 아니더라도 황금빛으로 반짝이고 있었다.
"섬 진짜 예쁘다, 지오. 이런 꿈을 보여줘서 고마워."
소니도르는 그렇게 말하며 활짝 웃었다. 곱게 접힌 풀잎 같은 눈동자도, 사랑스럽게 도드라진 연분홍 뺨도 지오르지오가 남몰래 좋아하던 것들이었다.

사실 어느 하나 좋아하지 않은 게 없었다. 잔뜩 토라져서 비죽 튀어나온 입술이나 기분 나쁠 때 살짝 찌푸려지는 미간까지 좋아했으니까. 그녀를 이루는 모든 순간은 매번 특별한 색채로 다가와 반짝였다.

하지만 이 반짝임은 한순간도, 앞으로도 자신의 것이 아님을 뼈저리게 알고 있었다. 이제 와 욕심내는 것도 굉장히 한심하고 머저리 같은 짓이라는 걸 알았다. 하지만 그럼에도 후회가 물밀 듯이 밀려오는 건 아직도 미련을 버리지 못했기 때문이겠지.

반평생을 함께했던 마음은 나머지 반평생을 보내야 흐려지는 걸까. 역시 아직은 힘들었다.

그는 자리에서 일어나며 말했다.

"하지만 앞으로 이런 식으로 만나지 않았으면 좋겠다."

"……."

그 말에 소니도르는 충격으로 일그러지려는 표정을 다잡으며 고개를 끄덕였다.

"우리 다시 볼 수 있는 거지?"

"난 꿈이 아니라 직접 보여줄 거야. 직접 밟고 보고 듣고 만지게 해줄게. 소니, 넌 허황된 꿈이라고 생각했겠지만 나는 그 옛날부터 언제나 진심이었거든."

"응. 알고 있었어."

그래서 언제나 불안하기도 하면서, 대견하고 존경스러웠지.

"언젠가 이 섬에 같이 올 수 있을 거야. 여긴 우리의 터전이니까. 나중에 섬이 진짜로 어떻게 생겼는지 보여줄게."

소니도르는 어쩐지 기운이 없어 보였지만 애써 해맑게 웃었다. 지오르지오는 그런 그녀의 머리를 툭툭 쓰다듬으며 말했다.

그는 그대로 등을 돌렸다. 그리고 느긋한 걸음으로 섬 안쪽을 향해 발걸음을 옮겼다.

섬에는 땅 위의 존재인 몇몇 장인들이 지오르지오를 향해 손짓하고 있었다. 혁명군의 일원으로, 소니도르도 몇 번 본 적 있는 이들이었다.

마치 따라오지 말라는 듯, 이대로 자신의 꿈에서 나가 달라는 듯 그는 뒤도 돌아보지 않고 혁명군 사이에 뒤섞였다. 그녀는 이곳이 더 이상 자신이 있을 자리가 아니라는 것을 깨닫고 얌전히 그의 꿈을 놓아주었다.

처음 들어와 본 그의 꿈은 무척 아름다웠지만, 다시는 들어올 수 없으리라는 것을 직감적으로 느꼈다.

처음이자 마지막.

완전히 잠에서 깨어난 소니도르는 그 말을 입에 담아 보았다. 그 울림이 어쩐지 더없이 쓸쓸했다. 짭조름한 감정을 혀로 몇 번 더 굴려보던 그녀는 침대 위에서 잠든 지오르지오의 손을 한동안 꼭 쥐었다.

지오르지오가 늦장을 부린 가장 큰 이유는 소니도르 때문이었지만, 사실 표면 위에 드러나지 않은 다른 이유도 있었다. 마나가 실시간으로 뚝뚝 떨어져 고갈되고 있는 상황에서 목줄을 쥐고 있는 게 어느 쪽인지 확실하게 보여주기 위해서였다.

마나 섬에서 태어난 선택받은 민족. 마나를 만들어낼 수 있는 가장 큰 열쇠는 부족민이었고, 우위를 점하는 건 다른 누구도 아닌 부족민이어야만 했다. 그들은 사라지는 마나를 붙잡거나, 더 나아가서 만들어 낼 가능성도 있었으니 말이다. 사실 확인이 안 된 상황에서 도박이나 다름없는 행동이었지만, 원래 더 잃을 것도 없는 민족이었다.

지오르지오는 전장을 돌면서 자신이 호락호락 당할 정도로 만만하지 않다는 사실을 증명했다. 당신들의 유일한 무력인 마나는 지금도 계속 사라지고 있지만, 장인들은 이렇게나 강하고 건재하다는 사실을 알렸다. 전부 부족민들이 마나에 아무런 반응을 보이지 않아도 수습할 수 있는 시간을 벌기 위해서였다. 어쩌면 전쟁까지도 각오했다.

황태자가 소니도르에게 푹 빠져, 그녀의 안전이 완벽하게 보장된 이상 지오르지오는 이제 거리낄 것이 없었다.

덕분에 제발 사고만 치지 말라고 귀에 못이 박이도록 잔소리를 해 왔던 페르난데만 뒷목을 붙잡고 쓰러지는 꼴이었지만 말이다.

이쪽에서 느긋하게 굴면 발등에 불이 떨어진 황실에서 어떻게든 반응을 보이겠지.

'하지만 이런 건 전혀 예상하지 못했는데.'

지오르지오는 짜증스럽게 앞머리를 쓸어올리며 생각했다.

어쩌면 그는 부족민의 유능함과 필요성을 지나치게 강조했던 걸지도 모른다. 억지를 부려서라도 절대 놓치고 싶지 않을 정도로 말이다.

마르멜은 예전에 그를 꼬드긴 적이 있었다.

시골 영지에서는 여전히 심심치 않게 부족민 학살이 일어나고 있다고 말이다.

그는 법으로 금지한다고 한들 시행되기까지는 꽤 시간이 필요할 테니 네가 가서 마음대로 해도 된다고 말했다. 죽음이란 숭고한 희생이 아닌 개죽음일 뿐이지만, 그런 학살을 주도하는 영주들은 개만도 못하다 했었지, 아마.

그렇게 부정부패에 물든 귀족들을 처리하라고 마르멜은 간사한 혀를 속살거렸다.

그 말을 듣고 가만히 있을 수 있을까? 그는 부족민의 억울한 사정은 눈 뜨고 못 보는 성정이었다. 길 가다가 이유 없이 욕을 먹고 있는 모습만 봐도 울컥 폭발해서 달려드는데, 부족민 학살? 그것도 개돼지 같은 것들이 제 목숨 간수하려고 억울하게 누명을 씌워서 죽였다면? 피의 축제를 벌일지언정 가만히 있을 리가 없었다.

결론적으로 지오르지오는 망할 황태자에게 속고 말았다.

⚜

“왜 제가 영지를 물려받아야 합니까.”
“그야 백작 아닌가, 자네.”
카딘이 무슨 소리를 하느냐는 듯 답했다.
지오르지오는 의문 가득한 시선을 보내다가 이내 자신이 작위를 받았다는 사실을 기억해냈다. 그러고 보니 그는 백작이었다. 마르멜이 멋대로 진행한 일인 데다가 그런 건 아무래도 상관없는 일이라 자연스럽게 잊고 말았다. 그런데 이름뿐인 작위가 아니었나?
“성을 하사받은 기억이 없습니다만.”
“그야 일단 겉보기에 그럴듯한 임시 작위였으니까 그렇지.”
카딘이 쯧쯧 혀를 차며 말하자 그 옆에서 마르멜이 거들었다.
“롬바르도가 어떻겠습니까?”
“지오르지오 롬바르도? 처음 듣는 형식의 성이군.”
“장인들의 이름에 잘 어울리도록 지어 봤습니다.”
“흐음, 그렇다면 줄리아니나 루제니 같은 것도 나쁘지 않을 것 같군.”
“좋군요. 역시 폐하이십니다.”
좋긴 뭐가 좋단 말인가. 본인의 의사는 들은 체도 하지 않고 제멋대로 이야기를 진행하는 부자를 보자 지오르지오는 말문이 막혔다. 누가 부자지간 아니랄까 봐 쓸데없는 것에 합이 잘 맞았다. 대체 언제 저렇게 사이가 좋아진 건지 알다가도 모를 일이다.
지오르지오는 제국에 얽히는 일은 뭐든 간에 질색이었기에 재빨리 반박했다.

"이름뿐이어도 상관없습니다."

"그렇다면 지금 자리가 텅텅 빈 영주 자리는 누가 물려받는다는 말인가?"

"후계자나 대리자가 있을 것 아닙니까?"

"그런 게 있으면 자네에게 물려받으라 할 리가 있나."

지금 그런 게 있어도 물려받으라고 하는 것 같은데. 지오르지오는 굉장히 의심스러운 시선으로 그들을 살폈다. 하지만 황제는 옥좌에 깊숙이 기댄 자세로 나른하게 웃고 있었고, 황태자는 그 옆에서 서류를 끌어안고 천사처럼 은은하게 웃을 뿐이었다.

둘 다 정말 짜증 날 정도로 가면에 빈틈이 없었다.

황제와 황태자는 그가 이름뿐인 백작이 아니라 영지까지 소유한 대영주가 되라고 말하고 있었다.

부족민을 학살하는 몹쓸 영주들을 죽이다 보니 이렇게 되어버렸다. 자격을 박탈당하고 죽은 영주가 많아 공석이 생겼다는 것이 이유였다.

아니, 이게 말이 되나? 그는 하도 어이가 없어 입술을 여닫기를 반복했다.

"전 장인입니다. 제국 영지를 부족민이 다스리다니, 대체 무슨 생각이신 겁니까?"

지오르지오는 카딘을 향해 물었지만, 그는 방관자의 얼굴을 하며 어깨를 으쓱일 뿐이었다. 대신 답이 돌아오는 건 짧게 웃음을 터트린 마르멜 쪽이었다.

"늘 의심이 많구나, 지오는. 친해지고 싶다고 그리 말했건만."

"그렇게 부르지 마십시오."

그는 소름이 돋아오른 얼굴로 답했다.

"지오."

"하지……!"

"이미 작위를 받겠다 한 시점에서 늦었어."

"……."

마르멜은 무슨 수를 써서라도 그를 제국에 묶어둘 생각인 듯했다.

"하나부터 열까지 뜯어고쳐야 할 게 한둘이 아니야. 귀 막힌 머저리들 하나하나 설명해 가면서 천천히 하다간 끝이 없을 것 같아서 그냥 직접 뜯어고치는 법을 택했거든."

말 한 번 신랄했다. 그냥 말을 들어 먹질 못하는 것들은 잡아 뜯어 고쳐버리겠다고 선언한 마르멜은 눈꼬리를 접으며 선하게 웃었다. 굳이 주어를 빼내어 말한 것이 숙청당한 영주들에게 하는 말인지 눈앞에 있는 지오르지오에게 하는 말인지 알 수 없었다.

"……성군의 재목은 대체 어딜 간 겁니까."

"하하, 웬만하면 나도 온화한 방법을 쓰고 싶어. 하지만 인간의 탈을 쓰고 태어나서 사람의 말을 알아듣지 못한다면 어쩔 수 없지 않겠어."

지오르지오의 분위기가 많이 누그러진 것과 마찬가지로, 고작 몇 개월 새 마르멜의 분위기도 많이 변해 있었다. 희미하게 남아있던 유약한 느낌이 완전히 사라지고 거기엔 과격한 카리스마가 자리 잡았다. 더는 자신을 억누르며 살지 않아도 되기 때문이었다.

"그대는 여러모로 능력 많고 믿을 수 있는 인재니까. 선물이라고 생각하고 받아줘."

마르멜은 제가 준 선물이 상대에게는 똥이라는 사실을 모르는 것 같았다. 지오르지오는 똥을 퍼붓고 있는 상대를 노려봤다. 하지만 그는 환하게 웃으며 상냥하게 말할 뿐이었다.

"직접 영지를 다스리지 않아도 상관없어. 대리자는 있으니까."

역시 대리자가 있잖아! 울컥한 그는 짜증스럽게 자리를 박차고 나왔다.

⚜

그는 결국 줄리아니 백작이 되었고 영지도 하사받아 대영주가 되었다.

"차라리 롬바르도로 해 줘……."

그 황당한 소식을 전해 받은 건 남쪽 섬으로 향하는 배 안에서였다. 엄청난 실행력이었다. 그것도 그가 제국을 떠나 바다에 둥둥 떠다닐 때 말이다. 지오르지오가 크게 반발하기 전에 재빨리 못을 박아 버리자는 의지가 여기까지 전해졌다.

원래 그렇게 얼렁뚱땅 결정해 버려도 되는 일인가? 얼마나 내 능력을 탐내는 거야?

어쨌든 이미 벌어진 일이었기에 바람 능력으로 배의 속도를 조절하고 있던 지오르지오는 땅이 꺼질 듯한 한숨으로 답했다. 수정 구슬 너머의 마르멜이 너무도 해맑아서 한 대 치면 소원이 없을 것 같았다. 앞으로도 친하게 지내자, 라니. 대체 본인이 몇 살이라고 생각하는 건가. 어울리지도 않는 순수한 척은 제발 그 정도만 해 줬으면 좋겠다.

저쪽에서 워낙 뻔뻔하게 나오니까 소니도르를 빼앗긴 패배자의 분노를 불태울 새도 없었다. 하도 어이가 없어서 감정소모를 하는 것조차 피곤해지는 것이다.

'성군은 무슨 그냥 뱀 같은 놈이지. 역시 제국 놈들이란…….'

물론 사적인 감정을 제외하고 봤을 때 제국의 작위를 받는 게 결코 나쁜 일이 아니었다. 오히려 자유를 되찾는 데 큰 도움이 될 일이었다. 그걸 알고 있기 때문에 정식으로 작위와 영지를 준다는 말에 크게 반발하며 거절하지 않았다. 하지만 싫은 건 싫은 거였다.

"후……."

그는 한숨을 내쉬며 갑판에 드러누웠다. 방향을 잃은 분노는 여전히 제 안에서 맴돌다가 허무하게 흩어지고 있었다. 대체 이 끓어오르는 감정을 어디에 푼단 말인가.

"팔자 좋다? 백작 나리."

침묵시위를 벌이고 있던 페르난데가 드디어 입을 열었다. 좀처럼 화내는 일이 없는 그는 마치 굶주린 짐승처럼 으르렁거리고 있었다. 그가 그러거나 말거나 별로 신경 쓰고 있지 않던 지오르지오는 여전히 누워 있는 채로 그를 올려다보며 물었다.

"많이 사나워 보이는군. 물어뜯을 생각인가?"

만만치 않게 기분이 좋지 않았기 때문에 절로 빈정거리듯 말하고 말았다.

"이게 보자 보자 하니까!"

지오르지오는 자신을 향해 날아오는 발길질을 손가락 하나로 막아냈다. 역으로 바람을 불게 해서 막아내는 형식이었는데 덕분에 페르난데는 발이 두 쪽으로 쪼개지는 고통으로 꽥 비명을 질러야만 했다. 그는 바닥에 맥없이 쓰러져 한참을 끙끙거리다가 겨우 정신을 차리고 이를 바득바득 갈았다.

지가 잘못해 놓고! 한 대는 맞아주지 이 개 같은 놈아!

웬만한 일에 흥분하지 않는 그가 가차 없이 발을 날렸다는 건 그만큼 죽을죄를 지었다는 뜻이었다. 멋대로 황궁에 잠입한 것도 모자라 멋대로 일을 벌여 작위까지 받다니! 일이 잘 풀렸기에 망정이지 아니었다면 정말 보자마자 죽여 버릴 생각이었다.

'분명 소니도르 때문에 앞뒤 생각 없이 벌인 일이 틀림 없어!'

페르난데는 아무것도 전해 들은 바가 없었으나 모든 정황을 파악하고 이를 갈았다.

물론 지오르지오는 잘못한 걸 알아도 순순히 맞아 줄 생각이 전혀 없었다.

“왜, 네가 매일 노래를 불렀던 방식이잖아. 평화로운.”

지오르지오는 소금에 뒤틀린 나무 갑판 위에 누워 말했다. 소금기 어린 뜨뜻미지근한 바람이 살갗을 스치고 지나갔다. 여기고 저기고 바다의 소금기가 피부에 들러붙었다. 찝찝했다. 내리쬐는 태양 아래에 노출되어 있으니 절여지는 생선이라도 된 것 같았다. 하지만 온몸을 감싸 안는 나른함과 포근함이 나쁘지 않았다.

“정말 평화롭군.”

그는 구름이 둥둥 떠다니는 푸른 하늘을 올려다보며 덧붙여 말했다.

“뭐 그래. 정말 상상도 못 할 일이 벌어졌지. 우리가 죽기 전에 섬으로 갈 수 있을 줄 누가 알았겠어. 솔직히 네 과격한 방식에 회의적인 놈들도 많았고. 말은 안 했지만, 우리의 계획은 달걀로 바위 치는 격이었고. 결과적으로 잘 된 일이라고 생각하고는 있어.”

“잘됐네.”

“개뿔이! 그게 문제가 아니잖아! 한마디 상의도 없이 어떻게 혼자 갈 수 있어! 너 혼자 있었냐? 혁명군에 너 혼자 있었냐고! 다들 뿔뿔이 흩어지려는 거 내가 어르고 달래서 어떻게 데려왔는데! 이게 반성은 하나도 안 하고 미안하단 소리 한마디도 없고!”

페르난데는 지오르지오의 불같은 성질머리와 냄비 근성을 소니도르 다음으로 잘 알고 있었다. 그래서 그가 온갖 사고를 쳐도 묵묵히 뒷수습을 해 주었다. 사고는 쳐도 본성이 나쁜 애가 아니라는 걸 알고 있기 때문이다. 하지만 이번 일은 그냥 잔소리로 끝낼 수가 없었다. 이런 식으로 단독행동을 할 거였으면 대체 혁명군은 무슨 의미였단 말인가. 그들은 무엇 때문에 지오르지오를 수장으로 세우고 뜻을 함께했단 말인가.

같은 배에 탄 혁명군 동지들도 지오르지오를 죽일 듯이 노려보며 이를 갈고 있었다. 그들은 괜히 어깨를 툭 치고 지나간다거나 뒤에서 들으라는 듯이 수군거리면서 속이 단단히 틀어졌음을 계속해서 어필했다.

저거 몹시 나쁜 새끼야. 나쁜 새끼. 배신자 새끼, 하고 속닥이는 소리가 들렸다.

일부러 다 들리게 말하는 것이라 솔직히 말해서 굉장히 성가시고 귀찮았다.

"……."

이런 일에는 도통 말주변이 없는 그는 침묵으로 답했다. 하지만 동료들이 항해하는 내내 토라져 있으면 곤란했기 때문에 뭐라고 변명의 말이라도 꺼내야만 했다. 변명의 여지가 없는 게 문제라면 문제였다. 소니도르 때문에 앞뒤 잴 것 없이 달려간 게 맞다.

"하아……."

그는 한숨을 내쉬며 얼굴을 쓸어내렸다.

"뭘 잘했다고 한숨이야? 진짜 양심이 있으면 사과를 해라."

"내가 꿈을 꿨는데……."

지오르지오는 대신 엉뚱한 말로 운을 뗐다. 모두의 시선이 그를 향했다.

"나는 남쪽 섬이었고, 거기에 너희가 나왔어. 함께 있었지."

"그런데?"

"……소니도르가 보여준 꿈이었다."

소니도르와 어느 정도 친분을 유지하고 있던 그들은 그녀의 능력에 대해서 대충 알고 있었다. 그러니까 가장 간절히 원하는 것을 꿈으로 보여준다고 했었던가. 의뢰인들은 그녀에게 비싼 의뢰비를 지불하면서까지 꿈에서라도 소원을 이루고 싶어 하고는 했다.

그들은 지오르지오가 대체 무슨 헛소리를 하고 있는가 의아한 얼굴을 하다가 얼마 지나지 않아 깨달음을 얻었다. 지금 그가 간절히 원하는 게 다른 무엇도 아닌, 그들과 함께 섬으로 향하는 것이라는 뜻이다.

잠시 방황했지만 결국 너희밖에 없다는 그런.

"……."

"……."

"……."

"설마 그걸 사과라고 하는 건 아니겠지?"

얼음 상태에서 벗어난 그들이 끔찍하다는 표정으로 하나둘씩 불만을 토해냈다.

"무슨 암호야?"

"와, 못 알아들을 뻔했네. 왜 굳이 그렇게 돌려 말해? 레이디세요?"

"진짜 부끄러워. 대장 부끄러워. 내가 다 부끄러워!"

"지금 내 턱에 돋아 오른 소름이 보여? 으으. 저런 말을 육성으로 뱉다니."

"닥쳐!"

결국 지오르지오는 붉어진 얼굴로 버럭 소리를 질렀다. 그가 씩씩거리자 그의 주변에 미처 갈무리하지 못한 바람이 강하게 몰아쳤다. 그러거나 말거나 그들은 손발을 오그라트리며 연신 징그럽다고 난리였다. 살다 살다 대장이 저런 소리를 하는 걸 다 듣다니. 다들 부들부들 떠는 사이에 가장 나이가 어린 막내가 안타깝다는 듯 말했다.

"그냥 미안하다고 한마디 했으면 이렇게 부끄러울 일 없었을 텐데."

"아 미안하다고."

모두를 괴롭게 만들어버린 그는 결국 사과의 말을 뱉었다.

다들 엎드려 절 받기라고 툴툴거렸지만, 그 사과를 무시하지는 않았다.

뭐든 두 눈으로 직접 보기 전엔 믿기 힘든 법이다.

장인들에게 정말 마나와 공명할 수 있는, 그런 신통한 능력이 있을 거라고 철석같이 믿는 이는 사실 이 자리에 아무도 없었다. 장인들이 마나 없이 능력을 사용할 수 있는 이유에 뭔가가 있을 거라고 여기기는 했지만 말이다. 하지만 장인의 능력은 마법과 그다지 연관이 없었기 때문에 다들 반신반의할 수밖에 없었다.

그러나 섬이 보였다. 지평선 너머로 새파란 점 같은 것이.

오랜 항해에도 지치지 않고 시끌벅적 떠들던 혁명군들의 목소리가 점점 작아졌다. 화내고 웃는 모습이 전과 다름없었지만 계속 대화가 겉돌았다.

본인들이 뭐라고 하는지도 모른 채 지껄이는 것 같았다.

"어떡하지? 어떡하지?"

"왠지 목이 답답해. 숨 쉬는 게 힘들어. 원래 이런 건가?"

"아니…… 하, 진짜 뭐냐. 보이냐 저기? 장난 아니지 않냐."

"아씨, 뭐라고 표현해야 할지 모르겠는데, 진짜. 심란하다."

"어떡해. 나 울 것 같아."

"미친놈이."

그들의 표정은 점점 어색해지더니 약속이라도 한 듯 일시에 굳었다. 손에 찬 땀을 바지에 쓱쓱 문지르는 이들도 더러 있었다. 그들은 모두 흔들리는 눈을 한 채로 같은 곳을 응시했다.

데센시아 부족민의 선조들이 함께한 고향의 땅이 보였다.

섬은 부족민의 저주로 선대 황족의 씨가 마른 이후, 보호구역이라는 이름으로 통제되어 아무도 발걸음을 할 수 없었던 곳이었다. 덕분에 푸른 신록과 대자연을 품은 땅은 그 거대한 기운을 고스란히 간직한 채 고요하게 일렁이고 있었다.

그저 푸른 덩어리로 보였던 것은 가까워질수록 더욱더 경이로웠다. 미지의 세계에 대한 흥분, 호기심 그리고 두려움. 마나를 먹고 수천 년 동안 자란 나무들은 그들이 생전 보지도 못한 모습을 하고 있었다. 겉모양은 여느 나무와 다를 게 없었지만, 나무껍질 하나에 나뭇잎 하나에 수백 수천의 생명력이 꿈틀거렸다.

"마나가 풍부해서 마나 섬이라고……?"

그들과 동행하던 마법사 하나가 믿을 수 없다는 듯 중얼거렸다.

아니, 저건 마나의 덩어리이자 핵, 그 자체였다. 마나가 풍부한 것을 넘어서 세계의 마나를 좌지우지할 수 있을 정도의 강력한 에너지를 품고 있었다.

이건 정말, 알 수밖에 없다고 생각했다.

마나가 반응했다. 정확히는 그들을 태운 부족민들에게 반응하고 있었다.

마법사들은 미쳐 날뛰는 마나 때문에 작게 신음을 흘리며 호흡에 집중했다. 마나가 주위에 많으면 좋은 거지만 이 정도는 거의 마나라는 거대한 바다에 억지로 삼켜지는 것에 맞먹는 충격이었다. 그들은 물에 빠진 것처럼 한참을 허우적대다가 겨우 식은땀을 흘리며 풀려났다. 허약한 이들 몇몇은 정신을 잃고 쓰러지기도 했다.

반면 배에 탄 혁명군들은 전혀 다른 반응을 보여주고 있었다.

"아……."

지오르지오는 작게 감탄 섞인 신음을 뱉었다. 눈을 깜빡이자 자각할 새도 없이 방울진 눈물이 턱을 타고 뚝뚝 흘러내렸다. 갑자기 속에서 물밀 듯이 밀려오는 감정을 어떻게 갈무리할 수가 없었다. 대책 없이 그저 안타깝고 벅차오르는 기분이었다.

고향, 고향이다. 그들의 고향이었다. 그들의 땅이, 대지의 어머니가 품에 안아 주려고 양팔을 벌려 그들을 부르고 있었다. 그리웠다. 미친 듯이 그리웠다. 제국 땅에서 단 한 번도 마음 편히 놓아 본 적 없는 망향의 삶을 살다가 드디어 섬이 눈앞이었다.

배가 가까이 다가갈수록 섬은 폭발적으로 마나를 뿜어 댔다. 그것은 형태가 있는 게 아니었고 마치 공기와 같았지만 다정한 손길이 볼을 쓰다듬고 머리를 끌어안아 주는 것만 같았다. 왜 수백 년 전에 빼앗긴 이 섬에 그리도 집착했나 떠올려 보면 그저 그리웠기 때문이라고 그들은 말할 것이다. 그들의 몸을 타고 흐르는 피가 그리도 갈망했다.

그들을 낳은 대지의 품 안에서 안식과 평화를.

대와 대와 대를 이어, 꺾이고 쓰러지고 죽임을 당해서라도 이제야 드디어.

마침내.

"대장 운다."

"너도 울잖아, 새끼야……."

"시발, 어떻게 안 울어. 내가 어떻게 안 울어."

그는 갈망으로 일렁이는 눈빛을 하고서 계속해서 중얼거렸다.

"대장한테 화 풀린 거 아니다. 개새끼야. 평생을 미워할 거야."

"그러냐."

"그런데 이번만 고맙다고 할게. 대장 아니었으면 솔직히 우리의 땅은 내가 살아있는 동안 절대 밟아보지도 못했을 테니까. 진짜 고맙다고, 진짜."

어린아이처럼 엉엉 울거나 거칠게 눈물을 훔치는 그들을 보며 지오르지오는 낮게 숨을 토해냈다. 목이 너무 졸려 숨을 쉬거나 침을 삼키기도 힘들었다. 이렇게 격한 감정을 느낄 줄은 몰랐는데, 선조의 한이 그들의 몸 한편에 서려 있기라도 한 모양이었다. 막상 눈으로 확인하니 벅차오르는 감정을 여간 추스르기 힘든 게 아니었다.

지오르지오가 주위를 둘러보니 혁명군은 땅을 치고 오열하지 않은 게 다행일 정도로 꼴이 말이 아니었다. 그는 눈물 젖은 턱을 옷소매로 닦아내며 다른 장인들과 마찬가지로 깊은 그리움과 열망이 담긴 시선을 섬에 고정했다. 마치 파도처럼 폭발적으로 요동치는 마나가 그들에게 손짓하는 환상을 본 것만 같았다.

선박이 마침내 섬에 닿았다.

수백 년간 아무도 닿지 못한 해변, 모래사장 위로 배의 흔적이 아로새겨졌다. 지오르지오는 그것을 눈에 담았고 가슴에 새겼다. 이 땅을 다시 밟은 건 제국민도 다른 누구도 아니라, 아직도 짓밟히고 피 흘려 고통받는 영혼을 달래주러 온 우리라고.

'그리운 냄새…….'

혁명군은 위험할지도 모른다는 말을 귓등으로도 듣지 않고 배에서 뛰어내렸다. 어린아이처럼 신이 난 모습이다. 지오르지오는 대책 없는 그들의 다리가 부러지지 않도록 바람을 이용해 무사히 섬에 발을 디딜 수 있게 해 주었다.

"위험? 어머니의 땅에서 우리가 왜? 위험한 것 댁들이고!"

"그쪽은 땅에 발을 디디면 죽을지도 몰라요! 마나의 기운이 엄청난 거 느꼈죠?"

"부족민의 저주에 걸려버릴지도 모르지!"

"어디 하나 잘못 되도 우리는 책임 못 져요~."

그들은 장난과 악의가 섞인 농담을 던지며 웃어댔다. 정말로 기분이 좋아 보였다. 섬의 탐색대로 뽑혀 같은 배를 타고 온 제국의 마법사들과 기사들, 그리고 선원들은 희게 질린 얼굴로 주춤댔다. 어이없는 헛소리 같았지만 새삼 자연의 위대함을 느낀 그들에게 마냥 농담으로 들리지 않았던 까닭이었다.

이 섬은 마나의 핵이었다. 만약 마나가 정말로 데센시아 부족민들과 공명하여 대륙 전체로 퍼져나가는 거라면 폐쇄되었던 몇백 년의 세월 동안 마나는 켜켜이 이곳에 쌓여 왔을지도 몰랐다. 그렇게 농축된 마나를 한 번에 받아들이는 건 자살 행위나 다름없었다. 그리고 그 폭발적인 기운을 제어하는 것도 도저히 불가능할 것 같았다.

'게다가 이미 기절한 사람들도 있고.'

마법사들은 말없이 서로 시선을 교환했다. 그들은 역시 마나에 영향을 받지 않는 장인들을 제외하고는 섬으로 내려가지 않는 게 좋겠다고 판단했다. 그 뜻을 전하자 페르난데는 고개를 끄덕이며 무슨 일이 있어도 얌전히 배에 있으라고 당부했다. 상냥하게 웃고 있었지만, 말투는 싸늘했다. 그러자 제국민들의 표정이 하나같이 묘해졌다.

배에 갇힌 것은 제국민이고 섬을 자유로이 뛰어다니는 것은 부족민이었다.

그들의 변화는 아마 여기서부터 시작할 것이다.

'그렇게 만들 것이고, 앞으로도 많이 달라지겠지.'

그러려고 마르멜이 들이미는 작위를 끝까지 거부하지 않고 받았다.

지오르지오는 그들을 피식 비웃으며 마지막으로 배에서 뛰어내렸다. 능력을 사용해 가뿐히 땅에 발을 디디자 발밑에서 모래가 서걱거렸다. 그는 망설임 없이 신발을 벗었다. 발가락 사이사이를 파고드는 모래의 감촉이 나쁘지 않았다.

남쪽 섬은 상상 속의 섬과 조금도 비슷하지 않았다. 눈에 다 담기도 힘들 정도로 끝없이 펼쳐진 거대하고 위대한 자연을 어떻게 상상으로 표현할 수 있겠는가. 게다가 끊임없이 가슴을 툭툭 쳐대는 이 감각은 말로 표현하기 힘들 정도였다. 마치 땅의 울림이 발끝부터 머리끝까지 채워 주는 것 같은 충만한 기분이다.

공허하게 텅 빈 구석이 가득 차올랐다.

"하아, 좋다……."

그의 입가에 부드러운 미소가 피어났다. 눈을 감자 바람이 머리를 쓰다듬는 어머니의 손길처럼 느껴져 기분이 나른하게 풀렸다. 그러고 보니 그녀의 영혼은 이곳에 있을까.

'소니도 좋아하겠지.'

아마 울지 않을까.

이제는 달래주는 것조차 함부로 하기 힘든 위치였지만 그래도 그는 그녀에게 이곳을 보여주고 싶다고 생각했다. 같이 오고 싶었다. 그들에게도 드디어 지치고 힘들 때 마음 놓고 잠들 수 있는 그들의 고향이 생겼다고 직접 알려주고 싶었다.

나중에 땅을 돌려받으면 어머니의 무덤을 이곳에 모셔 놓고 싶었다. 소니도르의 어머니이자 그의 어머니이기도 했던.

'어머니.'

영혼이라도 이곳에서 평안하실 수 있도록.

그는 그제야 스스로 죽음을 택한 그림자들을 미소를 이해할 수 있었다.

전장에서 그들은 분명 마지막 순간까지 웃고 있었다. 불나방처럼 달려들어서 날 죽여 달라고, 날 죽여 달라고 그렇게 온몸으로 외쳤다. 그림자들은 안식과 평화로 인도해 줄 수단으로, 아니 사신으로서 지오르지오를 이용한 것이다.

죽음이 찾아왔을 때 그들은 비로소 행복해졌고 그들에겐 죽음이란 곧 안식의 땅인 고향으로 돌아가는 행위였다.

'행복해졌군.'

지오르지오는 생각했다.

'언젠가 나도…….'

그는 섬을 향해 내리쬐는 태양을 향해 손을 뻗었다. 눈이 부셨다. 모든 것이 정말로 아름답게 빛나고 있었다. 원하고, 바라던. 꿈에도 그리던 완벽한 금빛으로.

외전

5월의 신랑 신부

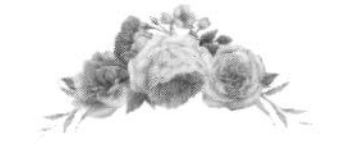

물이 들어올 때 노를 저으라 했던가. 이번 사건으로 인해 장인에 대한 인식이 전에 없이 좋아지자 마르멜이 주장했다. 지금이 바로 적기라고. 그는 황궁 침입을 대비하던 추진력으로 결혼식을 준비하기 시작했다. 황태자비의 신분이 장인이라는, 전례에 없었던 결혼이니만큼 성대하게 열릴 것이라는 말에 소니도르가 입을 다물지 못했다.

"아직 장인들이 떠나지 않았으니 너만 괜찮다면 특별히 초청하고 싶군."

아니, 어느새 얘기가 거기까지!

"역시 결혼은 5월이 좋겠지."

꽃 장인은 말했다. 아름다운 꽃들이 만개하는 시기, 5월에 결혼하는 것이 모든 신부의 꿈이라고. 소니도르는 그 말을 듣기 전까지 사람들이 5월에 결혼하기를 선호한다는 사실조차 몰랐다. 그만큼 결혼이라는 것에 눈곱만큼도 관심이 없었다는 뜻이었다.

언젠가 하겠지 싶었지만 이렇게 빨리는 아니었다. 적어도 몇 년 뒤일 줄 알았다고!

결혼이라니. 마르멜과 그렇고 그런 사이라고만 해도 가끔 이게 도무지 현실 같지가 않아 아연할 때가 있는데 결혼이라니. 부부라니! 황태자와 부부의 연으로 묶인다니 도저히 상상조차 되지 않았다. 부부라면 곧 황태자비인데 그게 지금처럼 숨만 쉬고 뒹굴 거리면 버틸 수 있는 자리도 아니고. 언젠가 정말로 황후가 될 자리이기도 하고.

소니도르는 다급하게 입을 열었다.

"잠깐만요. 전 아직 마음의 준비가……."

"안됐다는 말은 하지 않을 거야, 그렇지? 청혼까지 했는데."

"……."

마르멜이 빙긋 웃으며 소니도르를 마주 보았다. 그 아름다운 순백의 미소에 그녀는 갑자기 덜컥 숨이 막혔다. 그녀는 전에 그의 꿈속에서 최초의 부족민 출신 황후로서 자신이 버텨낼 수 있을지 고민했다고 이미 고백했던 바 있었다. 이미 결혼을 전제로 한 고민이었기 때문에 그는 그것이 청혼의 일종일 거라고 굳게 믿고 있는 것 같았다.

"하, 하지만 멜……."

"쏭. 내 아름다운 여우. 비록 그대에게 청혼은 빼앗겼지만, 우리의 뜻이 같으니 기쁘게 생각하고 있어. 결혼식만큼은 이쪽에서 다 준비하게 해 줘."

마르멜은 말갛게 웃으며 말했다. 그 티 없이 순수한 웃음에 소니도르는 가슴이 미어져 더는 뭐라고 반박할 수가 없었다.

이럴 수가. 대체 황태자 전하께선 뭘 믿고 저렇게 치명적이란 말인가. 결혼을 미룰 핑계를 찾아내기 전에 소니도르의 머릿속에 떠오르는 생각은 하나였다.

5월의 신부는 모르겠고, 활짝 만개한 아름다운 꽃들 사이에서 꽃보다 더 꽃같이 웃고 있는 5월의 신랑은 무슨 일이 있어도 보고 싶었다.

"하긴, 멜은 분명 새하얀 예복이 어울릴 거예요."

그녀는 자신이 입게 될 웨딩드레스보다 마르멜이 입을 턱시도를 떠올리고 있었다.

"글쎄. 머리도 하얗고 피부도 창백한데 옷까지 하야면 유약해 보일 것 같은데."

그는 마음에 들지 않는다는 듯 말했다. 전체적으로 하얀데 눈이 새빨간 색이니 눈만 동동 떠다녀 보일 것 같았다. 인상이 흐릿한 토끼처럼 보이지나 않으면 다행이었다. 마르멜이 새하얀 예복에 대한 온갖 부정적인 생각을 다 하는 사이에 소니도르는 그가 어두운색의 예복을 입은 모습을 상상하고 고개를 흔들었다. 조금도 어울리지 않았다.

"원래 옷 색감이 어두우면 하얀 피부가 더 도드라져 보여요."

그녀는 강력하게 주장했다. 5월의 신랑에게 칙칙한 예복이란 있을 수가 없다. 게다가 마르멜은 전체적으로 하얗긴 하지만 절대 유약해 인상이 아니었다. 색감이 강렬한 눈 때문인지 그와 시선이 마주치면 가끔 숨이 막힐 것 같은 위압감이 느껴질 때가 있었다.

새하얀 머리에 새빨간 눈, 새하얀 피부에 새빨간 입술. 색 대비가 자극적이다 못해 치명적이지 않은가. 눈이 옹이구멍이 아니고서야 그의 청순한 외모만 보고 유약하다 생각할 리가 없었다. 오히려 성스러움과 배덕의 아름다움에 압도된다면 모를까.

"예복은 무조건 하얀 계열이어야 합니다. 결혼하면 순백이죠!"

왠지 논점에서 벗어난 것 같았지만 소니도르는 갑자기 의욕에 불타기 시작했다.

마르멜은 조금 떨떠름한 기색이었지만 아무튼 허락의 말을 들었기에 기뻐했다.

'5월의 신랑을 보고 싶다는 의욕 때문에 결국 결혼이라니.'

그녀는 터덜터덜 복도를 걸으며 잠시 자괴감에 빠졌다. 물론 그와 평생을 함께하게 되는 건 기쁜 일이었지만 아직 준비되지 않아 두려운 마음이 들었다. 원래 누구든 아직 한 번도 해 보지 않은 막연한 일에는 덜컥 겁을 먹게 되기 마련이었다.

소니도르는 푹 한숨을 내쉬다가 볼을 긁적이며 고개를 들었다. 그러자 맞은 편에서 익숙한 얼굴이 보였다. 짜증스러운 얼굴을 한 테리와, 그 옆에서 소년을 툭툭 건드리며 빙글거리며 웃고 있는 하기스였다.

최근 정식으로 훈련을 받으며 견습 기사로 인정받은 테리는 실력도 몸도 훌륭한 크리스티안의 제자다운 면모를 지니게 되었다. 성질을 계속 긁작거리며 건드리는 변태 의원에게 검을 날릴 수 있게 되었다는 뜻이었다.

"아가 점점 근육이 예뻐진다? 아직 덜 여물긴 했지만, 성장 속도로 봐서 이러다가 기사님보다 더 훌륭한 흉근을 가지게 될지도 모르겠…… 컥!"

망설임 없이 검을 든 테리는 바닥에 쓰러진 의원을 검집째 퍽퍽 패기 시작했다. 찰진 소리였다. 원래 연장자에 대한 공경은 필요한 법이었지만 정도를 모르는 상습 성희롱범에게는 매가 약이겠지. 소니도르는 그 광경을 지켜보다가 저도 모르게 감탄하여 짝짝하고 손뼉을 쳤다. 테리는 그 소리에 놀라 하던 것을 멈추고 고개를 들어 올렸다.

"소니도르 님?"

"안녕, 테리."

소년은 한숨을 내쉬며 검을 다시 옆구리에 채워 넣었다.

"못 볼 꼴을 보였네요."

"응? 아냐. 못 볼 꼴을 보인 건 저쪽이고."

그녀는 바닥에 엎어져서 간헐적으로 경련하는 하기스를 손가락으로 가리키며 말했다.

"원래도 변태였지만 이 정도는 아니었던 것 같은데."

테리는 살포시 인상을 찌푸리며 잠시 심각한 표정을 지었다. 그러고 보니 의원이 전부터 괜히 옆에서 헛소리하며 그를 괴롭혀대긴 했지만, 직접적인 성희롱을 당하기 시작한 건 최근부터였다. 맞는 걸 싫어하는 걸 보니 새로운 취향에 눈을 뜬 것 같지도 않은데 왜 맞을 짓을 하는 걸까. 그러자 소니도르는 고개를 절레절레 흔들었다.

"아니 이 정도였단다. 그냥도 변태지만 특별히 근육을 좋아하는 변태라서 그래."

"……."

소년은 말없이 의원을 내려다보았다.

만약 경멸이라는 두 글자를 표정으로 만들면 저렇게 생기지 않았을까.

한참 바닥과 찐한 키스를 하던 하기스는 이내 비틀거리며 자리에서 일어났다. 그리고 옷자락을 탁탁 털며 아무 일도 없었다는 듯 히죽 웃으며 소니도르에게 말했다.

"왠지 심란해 보인다?"

절반은 그쪽 때문인 것 같은데. 그녀는 똥 씹은 얼굴로 생각했다.

"무슨 일 있어?"

"저 결혼해요."

어차피 곧 알려질 사실이라 그녀는 망설임 없이 대답했다. 그 말에 테리는 숨 쉬는 것도 잊어버릴 정도로 경악했고, 하기스는 놀란 듯 두 눈을 번쩍 뜨더니 이내 씨익 웃었다. 불안한 미소였다. 이 쓸데없이 눈치 빠른 의원이 그녀의 마음 한편에 자리 잡은 불안의 원인을 읽어낸 것인지도 몰랐다. 그는 한쪽 눈을 찡긋거리며 말했다.

"드디어 무덤으로 가는구나!"

"아뇨. 그 말을 전하께서 들었다면 무덤에 가는 건 그쪽이거든요."

왠지 대꾸하는 것도 피곤해졌다. 그녀는 다 알고 있다는 듯 빙글거리며 웃고 있는 하기스가 슬슬 짜증이 나서 자리에서 벗어나려고 했다. 하지만 겨우 얼음 상태에서 벗어난 테리가 어깨를 붙잡아 돌려세웠기 때문에 그럴 수 없었다.

"너, 너무 빠르지 않아요? 벌써 결혼이라니? 아니, 그거잖아요. 황태자비가 되는?"

그는 당황으로 이리저리 흔들리는 눈빛을 한 채 물었다. 설마 마르멜이 그녀를 후궁으로 들이지는 않을 것이다. 소니도르만 보면 좋아 죽으려고 하는 평소의 모습을 생각하면 그럴 리도 없었지만, 만약 그런 짓을 했다가는 반역이고 뭐고 지금 당장 달려가 황태자의 얼굴에 주먹을 날릴 수도 있었다.

아무튼, 황태자비가 정해지는 자리인데 그걸 이렇게 번갯불에 콩 볶아먹듯 결정해도 되냐는 것이다. 아무리 부족민에 대한 인식이 좋아졌다고 한들 반발이 적지 않을 텐데.

"5월이니까 아직 멀었었기도 하고, 눈치로 봐선 전부터 준비한 것 같더라고."

"허어. 그 소니도르 님이 우리 중 가장 먼저 결혼을 하시다니."

"너 그게 무슨 뜻이야."

제 연애에 관해서만 눈치가 쥐뿔도 없고 그녀에게 이성적으로 호감 가진 이가 주변에서 알짱거려도 그 큰 눈만 끔뻑이던 사람이 가장 먼저 결혼을 하다니, 라는 뜻이었다. 테리는 소니도르가 뱁새눈을 하며 투덜거리자 시선을 살짝 돌리며 대충 얼버무렸다.

"황태자 전하께서 계셔서 참 다행이라고요."

"나라면 디저트랑 결혼할 줄 알았다, 뭐 이런 말 하려고 했지?"

"그것도 있고요."

그녀는 아직 젖살이 남아 말랑말랑한 소년의 볼을 꾹 잡아 늘였다. 테리가 얌전히 그녀가 괴롭히는 것을 받아주는 사이, 옆에서 가만히 웃고 있던 하기스가 입을 열었다.

"무덤 맞잖아. 전하께서 놓아주실 리가 없고 이혼 같은 건 꿈도 못 꿀 텐데."

"결혼한다는 사람 앞에서 이혼 얘기를 하는 건 무슨 심보죠."

"뭐, 처음이자 마지막이니 해 볼 수 있는 건 다 해 보라는 뜻이지."

결혼에 대해 조금도 감을 잡지 못하는 것 같은 소니도르를 위해 의원은 한 가지를 제안했다. 지금부터 마르멜과 결혼을 준비하는 과정을 영상으로 담으면 어떠냐는, 믿을 수 없을 정도로 정상적인 제안이었다. 또 무슨 미친 소리를 할까 잔뜩 긴장한 채 듣고 있던 소니도르와 테리는 도리어 얼떨떨한 표정을 지었다.

"비교적 자유로울 때 많은 걸 경험해 보고 영상으로 남기면 그런 것도 추억이 되지."

"어디 아프세요?"

"지극히 정상이란다. 나 원래 이런 사람인 거 몰랐어?"

"웃기지 마시죠."

소니도르는 자신을 이상한 사람으로 매도하지 말라는 하기스의 말을 무시했다. 그리고 잠시 고민에 잠겼다. 이 말을 꺼낸 사람이 변태 의원이라는 점에서 문제였지만 어쨌거나 나쁜 생각은 아니었기 때문이다.

영상을 찍으면서 많은 사람과 대화를 나눠보면 혼란으로 술렁이는 마음을 정리할 수 있을 것 같기도 하고? 각오를 다질 수 있을 것 같기도 하고? 흐음…….

고민 끝에 그녀의 손에는 결국 영상구가 들려 있었다.

"짜잔."

소니도르가 마르멜의 눈앞에 투명한 수정 구슬을 들이밀었다.

"뭐하는 거야?"

그는 서류를 정리하다 말고 고개를 갸웃 기울였다. 애정이 가득 묻어나는 상냥한 물음이었다. 그녀는 수정 구슬 너머로 비치는 마르멜의 얼굴을 보며 말했다.

"지금 이거 찍고 있어요! 우리 결혼에 대해 한마디 해 주시죠."

"뭐야. 귀여운 짓을 하고 있네."

작게 웃은 그는 책상 위에 팔꿈치를 올려 턱을 괴더니 씩 입꼬리를 끌어올렸다. 마치 새하얀 도화지에 새빨간 핏물을 부어버린 듯하였다. 그가 눈매를 둥글게 휘자 마냥 순진무구해 보이던 얼굴이 순식간에 관능적으로 물들기 시작했다.

"꿈에서 하던 것들을 드디어 현실에서 할 수 있겠구나."

"……."

"처음이긴 하지만 걱정할 것 없어. 꿈보다 더 황홀하게 해 줄 테니."

라고 동정이 말했다. 그것도 닳고 닳은 요부처럼 웃으면서 말이다.

그가 경험이 없어 당황한 것은 첫 키스 때가 처음이자 마지막이었다. 그때 이후로 마르멜은 이성과의 모든 신체적인 접촉은 네가 처음이라고 당당하게 밝힌 뒤 미숙한 점이 있으면 능숙해질 때까지 연습하고 또 연습했다. 물론 당연하게도 연습 상대는 소니도르였다. 그는 만족을 몰랐다. 한 번 해 보고 아니다 싶으면 또 해 보고, 또 아니다 싶으면 다음에는 더 완벽하게 해 보이겠다고 의욕에 불타는 것이다.

죽어나는 건 결국 소니도르뿐이었다. 비록 연습을 빙자해 밤마다 시달리는 건 꿈속에서뿐이었지만, 기력이 쭉쭉 빨려 나가는 것을 실시간으로 느꼈다. 황홀한 밤을 선사하고 정기를 쭉쭉 빨아먹는다는 전설 속 인큐버스가 바로 이런 것인가 싶었다.

소니도르는 민망함을 무릅쓰고 새빨갛게 달아오른 얼굴로 지금도 충분히 잘한다고 말해 주었지만, 불행히도 그의 목표는 하늘에 닿아있는 듯했다. 꿈속에서 부끄러워 죽으려고 하는 소니도르를 어르고 달래 이런 짓 저런 짓 다 해 본 마르멜은 여러 시행착오 끝에 본인이 원하는 모든 밤 기술을 터득하게 되었다. 꿈에서 말이다.

'최근 뜸해졌다 했더니.'

혹시 결혼 뒤를 생각해서 자제해 주고 있는 건가 싶었다.

소니도르는 말없이 뒷걸음질을 쳐 집무실을 빠져나왔다. 재빨리 문을 닫은 그녀는 삐질삐질 흘러나온 식은땀을 옷소매로 훔쳐내고 복도를 따라 걷기 시작했다.

"저긴 위험한 짐승이 살고 있으니 한동안 가지 않는 게 좋겠어요."

영상구에 입술을 가까이 대고 속삭이듯 중얼거린 그녀는 다음 목표를 향해 열심히 발을 놀렸다. 영상을 찍으면서 아무 말도 하지 않는 건 심심하니까 혼자서 이것저것 떠들고 있다 보니 어느새 발길이 주방에 닿아있었다. 어, 어라? 여길 올 생각은 아니었는데.

"놀라운 나의 무의식."

감탄하듯 뱉은 소니도르는 조금의 망설임도 없이 주방 문을 벌컥 열었다. 이왕 온 김에 간식을 좀 받아갈 생각이었다. 요즘은 양치도 열심히 하고 있고 충치도 없으니 마르멜은 뭘 먹든 딱히 간섭하지 않았고, 그녀는 행복한 디저트 라이프를 보내고 있었다.

그런데 문이 열리자마자 보이는 것은 진저 쿠키가 담긴 접시를 들고 서 있는 크리스티안이었다. 그는 막 문을 나서려고 했던 참이었는지, 아니면 도망가려고 했던 참이었는지 알 수 없는 요상한 자세로 굳어져 있었다. 표정은 평화로웠으나 시선이 이리저리 방황하는 걸로 봐서 명백히 당황하고 있는 모습이었다.

"뭐 하세요?"

"별로 아무것도."

소니도르는 그가 슬금슬금 접시를 등 뒤로 숨기는 것을 놓치지 않았다. 그리고 그것은 그녀가 계속 들고 있던 영상구도 놓치지 않았다. 그녀는 주방에서 몰래 쿠키를 부탁하다가 들킨 크리스티안 경을 담아낸 수정 구슬을 들고 속으로 낄낄거리며 웃었다. 처음에는 단 음식을 그렇게 싫어하더니만 진저 쿠키만큼은 마음에 들었던 모양이다.

"그건 뭐지?"

그때 그의 시선이 구슬에 닿았다. 소니도르는 그가 과자를 먹든 말든 딱히 상관없었지만, 왠지 부끄러워하는 걸 보니 놀려 먹고 싶다는 충동이 강렬하게 들었다. 그가 안절부절못하는 꼴을 그녀는 숨김없이 전부 말하기로 했다.

"영상구요."

"……설마 찍었나?"

"네."

"전부?"

"처음부터 끝까지."

"내놔라."

크리스티안은 험악한 표정으로 당당하게 손을 내밀었다.

"왜요? 별로 아무것도 아니라면서 찍히면 안 되는 장면이라도 있었나 보죠?"

"……."

"기사님 귀엽네요."

소니도르가 히죽거리며 놀리자 그는 침착하게 말했다.

"갈수록 하기스를 닮아가는군. 처음부터 그 의원과 죽이 잘 맞는 구석이 있었다."

"뭣!"

그녀는 충격에 잠시 말문이 막히고 말았다.

"어떻게 그런 심한 말을 하실 수가 있죠!"

"그러니까 돌려주면 그 말 취소하마."

"싫습니다!"

세상에 할 말이 있고 못 할 말이 있는 거다. 그 세계 최강으로 끔찍한 변태 의원이랑 죽이 잘 맞는 구석이 있다니 세상에 너무한 것 아닌가. 엄청난 모욕을 들어 버린 그녀는 부들부들 떨다가 곧바로 등을 돌려 달아나기 시작했다. 유능한 기사 크리스티안은 사냥감이 도망가기 시작하자 반사적으로 테이블 위에 접시를 올려 놓고 그 뒤를 추적했다.

'미친, 왜 저렇게 빨라!'

소니도르는 온 힘을 다해 달리다가 등 뒤를 돌아보고 기겁했다. 덩치도 크고 온몸이 근육이라 혹시 달리는 속도는 느리지 않을까 싶었는데 바로 바짝 붙어서 따라오고 있었다. 표정을 보아하니 진심으로 쫓는 게 아니라 그녀가 멈출 때까지 설렁설렁 뛰려는 기색이었다. 그 모습에 왠지 오기가 솟아오르기 시작했다.

기사님이 과자를 먹는 모습을 세상에 널리 알려 이롭게 하고 싶다!

그녀는 이를 악물고 온 힘을 다해 달렸지만 얼마 가지 못해 크리스티안에게 붙들리고 말았다. 그는 작작하고 수정 구슬을 내놓으라는 듯 손을 내밀었다. 소니도르는 어떻게든 버티기 위해 버둥거렸지만, 기사를 힘으로 이길 수 있을 리가 없었다. 억지로 구슬을 빼앗기기 일보 직전에 그녀는 발악하듯 폭탄 같은 발언을 했다.

"그렇게 과자 먹는 걸 보이기 싫으세요? 이미 알 만한 사람은 다 알 걸요?"

"……뭐?"

이번에는 크리스티안이 충격으로 굳어질 때였다. 소니도르는 붙잡은 손의 힘이 느슨해졌을 때, 그녀는 저 멀리서 다가오는 익숙한 얼굴을 발견했다. 오늘도 눈부시게 잘생긴 연기 장인 주세페였다. 그녀는 제법 자란 머리카락을 하나로 묶어 늘어트리고 몸에 꼭 맞는 셔츠와 정장 치마를 입고 있었는데, 저렇게 입으니 그제야 여자처럼 보였다.

'역시 어울리잖아.'

소니도르는 잠시 상황도 잊고 흐뭇하게 웃었다. 주세페는 그녀만큼이나 불편한 드레스를 싫어하는 사람으로, 특별 제작한 정장 치마를 추천해 주자 그 뒤로 저런 옷을 자주 입기 시작했다. 그로 인해 연기 장인을 남자라고 착각하고 있었던 영애들을 본의 아니게 울리고 말았지만 말이다. 뭐 원래 매도 먼저 맞는 게 낫다고들 하지.

아무튼, 그건 그렇고.

소니도르는 크리스티안의 손을 뿌리치고 재빨리 주세페를 향해 달려나갔다. 그녀는 갑자기 자신을 향해 뛰어오는 소니도르를 보고 눈을 동그랗게 떴다. 그러다가 바로 뒤에서 바짝 붙어 따라오는 크리스티안을 발견한 것인지, 마치 안기라는 듯 망설임 없이 양팔을 벌렸다. 소니도르는 구세주라도 만난 것 같은 표정으로 그녀의 품 안에 안겼다.

"제 발로 뛰어들어오셨군요, 아기 고양이."
"하하. 그건 또 어디에 나오는 연극 대사인 겁니까."
"고양이 같은 그녀의 집사로 산다는 것은."
"것 참 직관적인 제목이네요."
요즘 주세페는 제국에서 가장 잘나가는 극단에 소속되어 바쁜 나날을 보내고 있었다. 그런 이유로 시도 때도 없이 대사 연습을 하고는 했는데, 그 대상이 대부분 황궁에서 우연히 길을 지나가고 있던 여인들이었다. 그게 대사 연습인지 추파인지 모르겠지만, 어쨌든 그게 일종의 홍보 효과가 있었던 모양이었다.
덕분에 연기 장인과 그녀가 속한 극단은 전에 없던 전성기를 누리고 있었다.
"그래서 무슨 일이죠?"
주세페는 제 앞에 서서 한숨을 내쉬는 크리스티안을 올려다보았다. 그는 무기력한 시선으로 주세페와 그 품에 안긴 소니도르를 보더니 다시 한숨을 푹 내쉬었다. 왠지 지금 당장 창밖으로 뛰어내릴 것 같은 표정이었다.
저렇게 풀이 죽은 모습을 보니 왠지 자신이 매우 못된 짓을 한 것 같은 기분이 든다. 소니도르는 주저하며 그의 손에 영상구를 쥐여 주었다.
"장난쳐서 죄송해요."
여전히 영상구는 계속 작동하고 있었다. 크리스티안은 구슬을 가만히 내려다보다가 다시 세 번째 한숨을 내쉬며 그것을 돌려주었다.

"됐다."

무언가를 내려놓은 모습이었다.

'아니 왜 과자를 먹는 걸로 그렇게까지……. 누가 보면 마약이라도 한 줄 알겠네.'

소니도르가 '평범한 진저 쿠키로 보였던 그것이 사실 마약 쿠키였던 것인가?' 하고 의문을 품는 사이에 주세페가 그녀 손에 들린 것을 가리키며 물었다.

"웬 영상구?"

소니도르는 그제야 자신이 영상구를 들고 돌아다녀야 했던 이유를 뒤늦게 떠올리고는 아차 하는 표정을 지었다. 그녀는 대수롭지 않게 말했다.

"저 결혼하거든요."

"뭐?"

"……뭐?"

"아마 황태자비가 되는 듯합니다."

"……."

"……."

"초대 명단은 아직 안 만들었으니 청첩장은 나중에 갈 거예요."

그런데 반응이 뭐 이렇단 말인가.

그들은 갑자기 인간 동상 상태로 돌입하려는 것 같았다. 아니 마르멜과 자신의 사이를 생각하면 충분히 예상할 수 있는 일 아닌가? 왜 저렇게 놀라지. 소니도르는 자신도 처음에 기겁하고 놀랐다는 사실을 잊어버린 채 속으로 투덜거렸다. 그리고 그들의 눈앞에 손바닥을 파닥파닥 흔들며 주의를 돌리려고 노력했다.

크리스티안은 뒤늦게 정신을 차리고 입술을 달싹였다.

"난 지금 처음 듣는데……."

"그야 오늘 결정 난 거니까요. 결혼식도 내년 5월이니 한참 남았죠."

"빠르군. 뭐 폐하께서 넌지시 언급하신 걸로 봐서 이렇게 될 줄은 알았다만."

"헉. 폐하께서 그런 말씀을 하셨어요?"

크리스티안이 고개를 끄덕였다. 어쩐지 너무 성급하게 결정을 내리는 거 아닌가 싶었더니 이미 황제와도 얘기가 되어있던 모양이었다. 비록 여기 당사자는 오늘 처음 듣는 소식이었지만 말이다. 대체 왜 그런 중요한 일을 먼저 진행해 놓은 거지.

소니도르의 생각이 얼굴에 드러났던 것인지, 아니면 그들도 같은 의문을 품은 것인지 크리스티안과 주세페는 잠시 서로 시선을 교환했다. 둘 사이가 그렇게 막역한 것도 아니고 텔레파시 같은 초능력은 없었지만, 왠지 서로 무슨 생각을 하는지 알 것 같았다.

'빼도 박도 못하게 묶어두려고?'

'확실히 소니도르가 좀 주변에 휩쓸리는 경향이 있죠.'

'일을 빠르게 진행하게 하면 얼떨결에 휩쓸려 결혼하게 되겠지.'

특히나 크리스티안은 빨리 황태자를 치료하라며 먹을 것을 가지고 그녀를 직접 협박했던 전적이 있었다. 그게 먹힐까 했지만 의외로 정말로 효과적으로 먹혔다. 그녀는 크게 거부감을 느끼는 일이 아니라면 강하게 밀어붙였을 때 마지못해 하는 타입이었다. 그리고 나중엔 아무렴 어때, 하며 즐기기도 했다.

'전하께서 속이 많이 타셨나 보군.'

거기까지 생각을 마친 그들은 누가 먼저라고 할 것도 없이 떨떠름하게 말했다. 크리스티안이 떨떠름한 표정인 건 둘째치고, 평소라면 꽃 미소를 날리며 느끼한 멘트를 할 법한 주세페도 떨떠름했다.

"음……. 축하한다."

"어……. 축하해."

대체 반응들이 왜 이렇지.

소니도르는 그들과 작별인사를 하고 다시 복도를 거닐었다.

가는 도중에 하기스를 만났지만 못 본 척하며 재빨리 도망쳐버렸다. 뒤에서 졸졸 쫓아오며 뭐라고 하는 소리가 들렸지만 계속 무시하자 어느 순간 조용해졌다.

그 외에도 몇몇 아는 얼굴을 만나 결혼한다는 소식을 전하고 영상을 찍었다.

"우와 나도 초대해 주는 거야? 국혼은 처음 봐!"

결혼에 대한 환상이 지나친 꽃 장인은 부담스러울 정도로 반짝거리는 눈으로 말했다. 그야 처음일 수밖에 없었다. 황제는 새로운 황후를 들이지 않았고, 자식은 마르멜이 유일했으니 말이다. 다른 황족들은 씨가 말랐고. 그렇게 생각하니 부담감이 배가 되었다.

꽃 장인은 국혼이라면 얼마나 화려할지에 대해서 자신의 망상을 마구 풀어놓다가 괜찮다면 결혼식장을 세상에서 가장 아름다운 정원처럼 꾸미고 싶다고 말해서 소니도르를 진땀 나게 했다.

"그건 조금 힘들지 않을까요?"

"그런가?"

그녀는 눈에 띄게 시무룩해진 얼굴로 답했다. 정말 기대한 모양이지만 다행히 결혼식장의 정원화는 그녀의 망상으로 그쳤다.

"그래도 부케 정도는 괜찮지?"

"물론이죠. 정원까지는 아니라도 어느 정도의 꽃장식은 꼭 도움받고 싶은 걸요."

그녀는 정말 뛸 듯이 기뻐했다.

"결혼 정말 축하해! 아니, 이제 마마니까 높임말을 써야 하나? 축하해요!"

수정 구슬을 향해 손을 흔든 그녀는 호호 웃으며 빠르게 멀어졌다.

영상구를 들고 멍하니 걷다 보니 굳이 이런 짓을 해야 할 필요가 있는 것인가 하는 의문이 들었다. 결혼생활에 대해 한마디 덕담이나 현실적인 조언을 듣기 위해 시작한 것인데 다들 축하한다는 말 외에는 아무런 말도 남기지 않았던 것이다.

"아."

생각해 보니 이것의 취지가 처음부터 잘못되었다는 생각이

들었다.
누가 제국의 황태자와 황태자비가 될 사람을 상대로 현실적인 충고를 하겠는가.
하기스 같은 기상천외한 정신세계를 가진 게 아니고서야 불가능했다. 그리고 소니도르는 하기스의 덕담 같은 건 애초에 받고 싶지도 않았다.
'그러고 보니 아직 다들 미혼이잖아? 음, 그냥 포기하는 게 나을까.'
그때였다. 소니도르는 복도 끝에서 황태자와 황태자비에게 충고할 수 있을 만한 유일한 사람을 보았다. 하늘 아래 무서울 사람 없고 또 이미 결혼한 적이 있는 사람. 비록 뒷모습뿐이었지만 그 당당한 풍채와 옷차림만 봐도 누구인지 단박에 알 수 있었다.
황제 카딘이었다.
저 사람에게 결혼 생활 조언?
'으으음…….'
소니도르는 속으로 괴로운 신음을 흘리며 눈살을 찌푸렸다. 본의 아니게 황제와 황후의 연애사를 훔쳐봤던 전적이 있었다. 자연스럽게 황후의 파란만장하고 불행하기 짝이 없었던 결혼 생활을 떠올릴 수밖에 없었다. 악의없이 그녀에게 온갖 불행이란 불행은 다 안겨주어, 반역이라는 극단적인 선택까지 하게 만든 살 떨리게 무서운 황제.
그런 황제의 조언이라니. 일반인의 범주 내에서는 도무지 이해할 수 없는 말이 튀어나올 게 뻔했다. 그녀는 황제가 자신을 발견하기 전에 재빨리 등을 돌려 달아나려고 했다. 하지만 황제와 그의 수하들이 인기척을 느끼고 고개를 돌리는 게 더 빨랐다.

멈칫. 소니도르가 어정쩡한 자세로 움직임을 멈췄다.

"꿈 장인이로군. 아니 이젠 태자비라 불러야 할까."

"화, 황제 폐하를 뵙습니다."

오, 그러고 보니 이제 황제 폐하가 시아버지잖아. 세상에. 혹시 황태자의 앞길에 걸림돌이 된다고 판단하면 망설임 없이 죽이려나. 역시 그렇겠지! 그녀가 꺼림칙한 표정을 짓지 않기 위해 노력하고 있을 때, 카딘이 이리 가까이 오라는 듯 손가락을 까딱였다.

"그건 뭐지?"

"그냥 결혼 소식을 알리고 있었어요. 영상으로 찍으면 추억이 되지 않을까 해서."

소니도르는 어색하게 답했다. 그러자 황제는 수정 구슬 너머를 응시하며 물었다.

"흐음, 한마디 하면 되는 건가?"

아니 안 하셔도 되는데요.

그녀는 마음의 소리와는 달리 고개를 끄덕일 수밖에 없었다.

소니도르가 황궁에서 가장 대하기 어려운 사람이 있다면 그건 바로 황제였다. 하늘 아래 가장 높은 사람이니 당연한 거겠지만, 그녀에겐 특히나 더 그랬다.

첫 만남부터 다짜고짜 목숨과 부족민의 운명을 쥐고 협박하고 끌고 온 것도 모자라 계약서로 사기를 치고 억지로 묶어두고……. 결과적으로 일이 다 잘 풀려서 다행이었지만 황제의 고압적인 태도가 여전히 두렵게 느껴지는 건 어쩔 수가 없었다.

그의 눈 밖에 난다면 언제든지 '너 사형!' 하고 외칠 것 같달까.

예를 들면 내 아들 눈에 눈물 나게 하면 너 사형…….

하지만 피의 황제는 그녀를 협박하는 대신에 위아래로 훑어보며 나른하게 웃고 있었다. 아무 말 없이 서서히 올라가는 입꼬리가 불안하기 짝이 없었다.

"자네와 처음 만났을 때가 기억나는군."

"기억하시는군요……."

그 껄끄러웠던 순간을 직접 언급하실 줄이야. 하지만 소니도르에게만 껄끄러운 순간이었는지, 협박 상습범 카딘은 그때 일을 꽤 긍정적으로 기억하고 있었다.

"인상적이었지. 죽음을 두려워하면서도 조수와 부족민을 먼저 생각하는 모습이 말이야. 주제 파악이 빠르고 비굴한 듯 구는 주제에 짐과 끝까지 거래하려고 했지. 살려달라고 말하면서 그들을 위해서라면 목숨을 내던져도 상관없다는 듯 보이기도 했다."

"하하, 제가 그랬던가요."

"나쁘지 않아. 능력에 대한 자부심도 대단하고, 또 그만한 실력도 있지. 조금 건방질 정도였지만 그 건방짐이 싫지 않았어. 하지만 지금은 기가 많이 죽었군?"

카딘은 허리를 숙여 소니도르와 눈을 맞췄다. 부담스러울 정도로 빤히 쳐다보는 시선에 그녀는 예의가 아니라는 것을 알면서도 고개를 뒤로 빼면서 슬슬 옆으로 틀었다.

황제는 하얗게 질린 그녀의 뺨을 내려다보면서 물었다.

"언제부터였지? 황궁에 들어오고 나서부터인가? 아마 그랬던 것 같군."

"……."

"어쩔 수 없었겠지. 그게 지금까지의 장인의 위치였으니까. 하지만 이제 자넨 황태자비, 장차 제국의 국모가 될 몸이다. 누구든 업신여기는 자가 있다면 그것은 곧 황실에 대한 모욕이야. 그 정도는 알고 있겠지. 모욕을 듣고도 참을 필요가 전혀 없어."

"……네. 알고 있습니다."

"전혀 모르고 있는 것 같다만. 그러니까 눈치 볼 것 없이 행동하라는 뜻이다."

딱히 눈치를 본다는 자각은 없었는데, 아무래도 그랬던 모양이었다.

소니도르는 잠시 생각에 잠겼다. 그러고 보니 예전에 사무소에서 꿈 의뢰를 받아 생활하던 시절에 비하면 주눅이 들어 있는 건 사실이었다. 주변에 전부 황족, 귀족 등의 고귀하신 몸들뿐이고 그녀 자신은 천하다며 업신여겨지는 장인이었으니 말이다.

제국 우월주의에 찌든 그들을 피하기 위해선 그냥 얌전히 있는 게 최선이었다. 괜히 건드렸다가 날뛰기라도 하면 귀찮아지니까 말이다. 먼저 싸움을 걸어오면 피하지는 않지만, 굳이 먼저 건드려서 긁어 부스럼 만들 필요는 없었다. 똥은 더러워서 피한다.

그래 왔던 것이 완전히 습관으로 굳어진 모양이었다. 마르멜과 결혼을 앞둔 상황에서도 그럴 순 없으니 고치려면 의식적으로 하지 않으려고 노력하는 수밖에 없었다.

"주의하겠습니다."

황제의 조언은 타당했다. 그리고 도움이 되기도 했다. 소니도르가 자신이 간과했던 사실에 고개를 끄덕이며 수긍하자, 카딘은 마음에 들지 않는다는 듯 작게 혀를 찼다.

"자네에겐 다짜고짜 나타나 황태자를 깨우라고 협박한 것처럼 보였을지 몰라도 짐이 그런 막중한 임무를 설마 아무에게나 맡기겠나. 짐의 눈은 꽤 높아. 자네 같은 인물이 나약한 내 아들에게 꼭 필요할 거라 판단해서 그랬던 거다. 그게 혼인까지 이어질지는 몰랐지만 뭐, 황태자의 눈에도 그렇게 보였다는 것 아니겠나."

"……."

"그러니 억눌려 있지 않아도 된다."

황제도 황태자도 인정한 사람이니 넌 충분히 황태자비가 될 자격이 있다는 말인 듯했다. 그러니 당당하게 굴어도 된다고. 믿기 힘들었지만 정말 그렇게 들렸다.

소니도르는 제 생각과 달리 카딘의 입 밖으로 나온 말이 상식적이라는 사실에 경악했다. 아니, 상식적이다 못해 낯간지러웠다. 정말 저게 황제의 입에서 나온 말이 맞나? 어쩌면 걸 알맹이만 같은 다른 사람일지도 모른다. 예상하지 못한 공격에 소니도르의 얼굴은 멍하니 풀렸다가 순식간에 달아올랐다.

황제는 창백해 보였던 그녀의 두 뺨에 생기가 돌자 피식 웃으며 덧붙였다.

"차도 제법 입맛에 맞았고."

"차?"

"다음에 함께 하지."

갑자기 멋대로 티타임 약속을 잡아버린 그는 수하들을 이끌고 멀어졌다.

대체 무슨 차가 어떻게 입맛에 맞았다는지 알 수 없어서 소니도르는 의문 가득한 얼굴로 그 뒷모습을 계속 바라볼 수밖에 없었다. 잘은 모르겠지만 한 가지 확실한 건 지금 황제에게 평생을 가도 들을 수 없을 것 같은 격려의 말을 들었다는 것이다.

지금껏 멋대로 그녀를 휘두른 것에 대한 카딘 나름의 사과였으나 그걸 소니도르가 알아들었을 리가 없다. 그녀는 황제가 지금 뭘 잘못 먹었거나 잠꼬대를 하는 게 틀림없다는 생각을 하는 중이었다. 아니면 환영 마법이 걸린 아티펙트를 한 다른 사람이거나.

'내가 꿈을 꾸는 건가.'

그녀는 창밖 너머의 하늘을 가늘게 뜬 눈으로 의심스럽게 쳐다보다가 고개를 절레절레 흔들었다. 아무래도 많이 피곤한 것 같으니 오늘은 이쯤 하고 돌아가는 편이 좋을 것 같았다.

소니도르가 혼란스러워하는 와중에도 결혼식 준비는 착실히 진행되고 있었다.

황족들과 귀족들, 장인들에게 청첩장을 모두 돌리고 나자 이제야 결혼이라는 실감이 뼈저리게 와 닿았다. 연인이었던 사람이 남편이 되는 것일 뿐인데 왜 이렇게 낯설고 싱숭생숭해지는지. 마르멜이 평생을 함께할 동반자라니 왠지 굉장히 낯간지러웠다.

그리고 황후의 자리가 비어 있는 현 상태에서 황태자비의 의무에 대한 고민도 고민이었다. 지금으로써 가장 큰 의무라면 후계자 생산이려나. 아무래도 황제가 황태자 주변에 방해될 만한 요소들을 다 처리해 버렸기 때문에 다음 대를 이을 황족이 없으니…….

하지만 지금은 그런 고민에 휩싸여 있을 여유가 없었다. 아니, 생각 자체를 할 수 없었다.

"커억……! 헉!"

코르셋 살인마. 내 너를 간과하고 있었다. 소니도르는 제 뒤에서 영혼까지 쥐어짜 내려는 시녀를 향해 숨넘어가는 소리로 살려 달라 외쳤다. 하지만 잔혹한 코르셋 살인마는 들은 체도 하지 않았다. 이러다가 갈비뼈가 아작나는 게 아닌가 싶을 정도였다.

"하아, 이 드레스 좀 보세요. 소니도르 님. 정말 아름답지 않나요?"

달마이어 살롱에서 직접 공수해 온 웨딩드레스를 본 그녀들의 눈빛은 이미 사람의 것이 아니었다. 그것은 제국에서 가장 유명한 디자이너 릴리스가 손수 디자인하여 만든 역작으로, 드레스에 관심 좀 있다 싶은 사람이라면 누구나 알고 있는 환상의 웨딩드레스였다. 그야 환상일 수밖에. 레이스에 다이아몬드를 하나하나 일일이 박아 넣었으니까.

굉장히 우아하고 고혹적인 이 드레스는 실루엣이 그대로 드러나는 엠파이어 라인으로, 클래식해 보이면서도 보석 덕분에 불빛 아래에서 화려하게 반짝였다.

세상에서 하나뿐인 드레스였다. 세상에서 하나뿐이기에 치수도 하나뿐이다.

그녀들은 어떻게든 저 드레스에 소니도르의 몸을 맞추고야 말겠다는 의지로 충만해 보였다.

그랬다, 소니도르에게 드레스가 아니었다. 드레스에게 소니도르였다.

"그러게 간식은 좀 줄이시라니까."

"체중 관리 들어가셔야겠어요. 지금도 늦었지만 하지 않는 것보다는 낫겠죠."

사람이 옷을 입는 게 아니라 옷이 사람을 입는 거였다니. 몸도 마음도 와장창 구겨진 소니도르는 드레스를 입었을 때쯤엔 이미 너덜너덜해져 있었다. 그래도 코르셋으로 한계까지 조이고 어떻게든 옷을 쑤셔 넣으니 몸에 들어가긴 들어갔다.

"세상에, 아름다워요!"

"세상에서 가장 아름다운 5월의 신부가 될 거예요!"

예쁘긴 정말 예뻤다. 그러니까 옷이 말이다. 코르셋 살인마들의 말마따나 이렇게 아름다운 드레스는 생전 처음 보았다. 하지만 아무리 봐도 옷이 사람을 입었다니까. 옷에게 존재감까지 먹혀 버린 소니도르는 거울 너머의 자신을 응시하며 우울하게 중얼거렸다.

"……5월의 신부가 입은 세상에서 가장 아름다운 드레스가 되지 않을까."

"호호, 농담도!"

깔깔 웃은 그녀들은 그녀를 화장대 앞에 세워 놓고 얼굴에 이것저것 찍어 발라주기 시작했다. 왜 세워 놓고 화장을 했느냐 하면 도저히 앉을 수가 없었기 때문이었다. 지금 이 상태로 앉았다가는 분명 한참 전에 먹은 점심부터 위액까지 토해 낼 것이 자명했다. 소니도르는 제발 결혼식 도중에 혼절하는 일이 없기를 바라며 눈을 감았다.

'우울해. 결혼식 때문에 간식도 못 먹고.'

그래도 한 번뿐인 결혼식인데 예뻐 보이고 싶기도 하고. 이렇게까지 해야 하나 싶기도 하고. 이렇게 꾸며 봤자 옷이 더 예쁘다는 사실도 우울하고 또 결혼하면 그냥 남편이랑 오순도순 행복하게 사는 게 아니라 후계자라든지 이것저것 신경 써야 할 게 많다는 사실도 그녀를 우울하게 했다. 마르멜과 지낼 때는 걱정할 일 없이 그저 행복했는데.

우울함으로 땅을 파고 있을 때였다.

"소니도르 님, 눈떠 보세요."

쾌활한 목소리에 그녀는 눈을 깜빡거렸다. 그리고 거울을 마주 보았다.

"와……."

역시 화장이라는 건 기술이 아니라 마법 아닐까. 아니 사기술일지도 모른다.

소니도르는 짧게 감탄하며 고개를 절레절레 흔들었다. 매번 보는 변신이었지만 거울 너머의 아름다운 자신은 늘 낯설기만 했다. 귀엽고 조금 예쁘장했던 얼굴이 드레스의 분위기에 맞춰 순식간에 고혹적인 미인으로 변해 있었다. 옆으로 길어진 눈매와 두 배는 길어진 속눈썹, 그리고 과하지 않게 음영을 넣은 눈매와 붉은 입술이 도드라졌다.

흩날리는 낙엽 밑에 서 있으면 어울릴 것 같은 언니다.

'크으, 가을 여자.'

그녀는 볼살이 사라진 뺨을 이리저리 살피며 신기하다는 듯이 말했다.

"이런 화장은 처음인 것 같은데."

"어른스러운 분위기로 맞춰 드렸어요. 워낙 동안이시니까. 마음에 드세요?"

"네!"

"그래도 결혼 화장이니 나중엔 좀 더 화사한 느낌으로 해드릴게요."

"네!"

"매번 드리는 말이지만, 말씀 낮춰 주시고요."

"노력은 하고 있어요. 아니, 하고 있어."

왠지 기운이 없어 보였던 그녀가 신이 나서 대답하자 코르셋 살인마가 귀엽다는 듯 웃었다. 소니도르는 그래도 웨딩드레스에 사람이 묻히지 않았다는 사실에 안도하며 활짝 미소 지었다. 역시 화장의 세계는 심오하고 위대하다.

그러는 사이 구불거리는 머리는 이리 꼬고 저리 꼬더니 하나로 묶어 틀어 올려졌다. 그리고 깔끔하게 정돈된 머리에는 갈색 곡물과 거기에 어울리는 말린 꽃들이 장식되기 시작했다. 코르셋 살인마, 아니 시녀는 소니도르가 언젠가 제국의 어머니가 될 분이니 풍요로움을 상징하는 의미에서 이런 장식을 하는 것이라고 설명해 주었다.

소니도르가 대강 준비를 마치자 밖에서 기다리고 있던 마르멜은 문을 열고 들어섰다.

"쏭……."

그는 치맛자락을 쥐고 어색한 모습으로 거울을 살피고 있는 그녀를 보고 잠시 움직임을 멈췄다. 늘 귀엽고 사랑스러움으로 통통 튀던 그녀가 오늘따라 달리 보인 탓이었다.

풍요의 여신을 떠올릴 정도로 우아한 드레스를 입고 있었지만 동시에 끌어안아 주고 싶을 정도로 가녀려 보였다. 틀어올린 머리 때문에 유난히 새하얗게 도드라지는 목덜미는 뭘 발랐는지 달빛처럼 반짝였고, 긴 속눈썹과 음영 진 얼굴은 금방이라도 스러질 듯 아련했다. 그는 숨을 멈추고 있다가 천천히 긴 숨을 한숨처럼 몰아쉬면서 생각했다.

'또 예뻐졌군.'

국혼이라고 시녀들이 힘을 잔뜩 준 것인지 조금 과할 정도라 그는 잠시 말을 아꼈다. 입을 열면 굉장히 없어 보이는 말들이 튀어나올 것 같았기 때문이었다.

'이렇게까지 예뻐져서 뭐하려고. 내 눈에만 예쁘면 되는 것 아닌가. 세상에서 가장 아름답다는 걸 많은 이들에게 알려 봤자 괜히 이상한 벌레들만 꼬이지.'

물론 그 생각들은 어디까지나 전지적 마르멜의 시점이었다.

그는 잠시 불만스러운 표정을 지었지만 이내 관대한 미소로 불만을 감췄다. 어차피 곧 결혼을 앞두고 있었고 곧 제국 전체에 공공연하게 그녀가 황태자비라는 사실을 알릴 것이다. 아무도 아름답고, 겉모습만큼 내면도 사랑스러운 그녀를 탐낼 수 없도록.

"키가 컸네."

"구두의 힘이죠. 그것보다 하실 말씀이 그것뿐인가요?!"

그녀는 투덜거리듯이 답했지만 속으로는 열심히 그의 모습에 감탄하고 있었다.

그야말로 천상의 아름다움이었다. 마르멜이 손을 뻗으며 한 발짝씩 다가올 때마다 자신을 천국으로 인도하기 위한 천사가 하늘에서 내려온 것이 아닐까 하는 착각마저 일었다. 어찌나 성스럽고 아름답던지, 차라리 지금 자신이 입고 있는 세상에서 단 하나뿐이라는 웨딩드레스가 그에게 더 어울릴 것 같다는 생각마저 들었다.

물론 지금 입은 새하얀 턱시도도 버튼의 디테일까지 무서울 정도로 어울리지만, 웨딩드레스도 그럴 것 같은데? 눈처럼 투명한 머리와 붉은 눈이라니 당장 입혀 보고 싶을 정도였다. 치명적인 아름다움을 간직한 5월의 신부…… 아니, 신랑이 될 것이다.

그의 체격이 보통의 사내들보다 더 큰 편이란 게 아쉬울 따름이었다.

"예쁘다, 내 여우."

'아니 전하께서 그런 말씀을 하시면 안 되죠.'

그의 앞에 거울이 있었고 거짓말을 할 줄 모르는 거울은 세상에서 가장 아름다운 사람을 정직하게 비추고 있었다. 하지만 그는 자신의 모습 같은 건 아무래도 상관없는지 시선을 계속 그녀에게 고정하고 있었다. 얼마나 열렬히 쳐다보는지 조금 부담스러울 정도였다.

사람 머리가 동물로 보이는 것도 이제 완벽하게 고쳐졌는데 콩깍지는 왜 아직도 떨어지지 않는단 말인가. 태어나서 처음 보는 사람을 따른다는 새끼 오리의 '각인'과 비슷한 현상인 걸까? 그를 괴롭혔던 오랜 저주 끝에 처음으로 봤던 사람 얼굴이라서.

소니도르가 잠시 생각에 잠긴 사이에 마르멜이 입을 열었다.

"전에 영상구로 재밌는 거 많이 찍었어?"

"지금 전하를 찍고 싶…… 아니, 별로 도움은 안 되더라고요."

그녀는 무의식중에 튀어나온 진심을 삼키며 말했다. 돌아가면서 끝없이 축하만 듣고 왔다는 말에 마르멜이 웃었다. 그는 소니도르의 화장이 지워지지 않게끔 조심하며 그녀의 뺨을 커다란 손으로 감쌌다. 서서히 가까워지는 입술에 절로 눈이 감겼다.

"왜 갑자기 그런 게 찍고 싶어졌던 건데?"

쪽, 하고 이마에 부드러운 감촉이 깃털처럼 내려앉았다가 사라졌다. 시녀들은 잠시 묘하게 흘러가는 분위기를 느끼고 서로의 눈치를 살피다가 허리를 숙이고 물러갔다.

"여러모로 심란해서요. 물론 멜과 평생 함께한다면 바랄 게 없지만, 무려 황태자비의 자리잖아요? 태자비의 의무, 결혼 생활 뭐 이런 걸 생각했어요."

가장 실질적으로 도움이 되는 조언을 해 준 게 황제라는 점에서 망한 것 같긴 하지만 말이다. 하지만 덕분에 어깨를 짓누르는 부담감이 많이 사라진 건 사실이었다.

"그걸 왜 남한테 물어? 내가 바로 여기 있는데."

"아니 멜이 이상한 소리를 했잖아요. 황홀하게 해 준다는 둥."

"이런, 남의 진심을 그렇게 몰아가다니."

소니도르는 마르멜을 흘겨보다가 그만하라는 듯 옆구리를 가볍게 툭 쳤다. 그는 순순히 밀려나는 척하다가 갑자기 순식간에 가까워졌다. 향수를 뿌린 것인지 낯선 향기가 코끝을 싸하게 스치고 그의 숨결이 얼굴에 닿았다. 입술이 서로 맞닿을 정도로 지척의 거리에서 그가 조곤조곤한 목소리로 속삭이듯이 말했다.

"그게 가장 중요한 거 아닌가. 우리가 함께하고 서로 사랑하는 거."

마치 어르고 달래는 것 같기도, 유혹하는 것 같기도 한 말투였다.

"보통의 결혼이었다면 그렇겠지만……."

"복잡하게 생각할 것 없어. 어렵지도 않은 일이고. 초조하게 생각할수록 일을 그르치기 마련이거든. 네가 고민해도 뚜렷한 해답이 보이지 않는다면 일단은 그냥 놓아둬."

무책임한 소리였지만 소니도르는 아무런 말도 꺼낼 수가 없었다. 대수롭지 않다는 듯 말하고 있긴 해도 마치 그게 경험에서 우러나온 말처럼 깊이 있게 들렸던 탓이었다. 비록 나이가 어릴지언정 범상치 않은 삶을 살아온 마르멜은 때로, 아니 자주 그녀보다 더 어른스러운 말들로 마음을 편안하게 위로해주고는 했다.

그녀의 현실성 없는 낙관적이고 긍정적인 말들이 그에게 많은 위로가 되었듯이.

그가 입꼬리를 씨익 끌어올리며 말했다. 자신만만한 미소였다.

"흘러가듯 살아가다 보면 살게 되어 있어."

그리고 서로의 입술이 겹쳐지기 직전에 다시 그가 속삭였다.

"그렇게 놓아두면 때로는 어둠 속에 있어도 황금빛으로 빛나는 기적이 찾아와 주기도 하니까."

누가 봐도 그녀를 두고 하는 말이었다. 소니도르는 눈을 동그랗게 뜨더니 서서히 얼굴을 붉히기 시작했다. 자신을 두고 기적이라고 말하는데 멀쩡한 얼굴로 듣고 있을 리가 없었다.

완전히 토마토처럼 붉어진 그녀가 그만하라고 소리를 지르려고 할 때쯤, 그의 입술이 완전히 겹쳐졌다.

마치 깨지기 쉬운 도자기를 다루듯 경건하고 조심스럽게 그녀와 입술을 포갠 마르멜이 입술을 떼어 내며 말했다.

"이번에는 내가 너의 기적이 되어주고 싶은데."

낯간지러운 말을 잘도! 소니도르는 그의 등을 찰싹찰싹 내려쳤다. 하지만 매서워야 할 손길은 코르셋에 틀어 막혀 힘이 없는 파닥임과 다름없었다. 마르멜은 그런 그녀가 귀엽다는 듯이 하하 웃더니 이번에는 강하게 입술을 부딪쳤다.

축축하고 말캉거리는 혀가 입술을 사이를 파고들었다. 서로의 호흡이 얽혔다. 단박에 혀를 감듯이 끌어당긴 그는 그것을 깊이 빨아들이며 고개를 틀었다. 서로의 코가 부딪혔고 저릿한 감각이 발끝으로부터 시작해 온몸에 서서히 퍼져나갔다.

노골적으로 성적인 의도를 담은 질척한 키스였다. 예민한 곳을 건드리고 치열 사이사이를 훑을 때마다 코끝에서 민망한 소리가 튀어나왔다. 아랫배가 뜨거워졌다. 숨결이 서서히 가빠지고 그녀의 속눈썹이 마치 경련하듯 파르르 떨려왔다. 숨이 가빠졌다.

그리고 소니도르는 사후세계를 경험했다. 잠깐 강 저편에서 어머니가 손짓하는 환상을 본 것만 같았다. 그녀는 잠시 입술이 떨어지는 것과 동시에 필사적으로 외쳤다.

"허억, 살려주세요……."

숨을 쉴 수가 없다. 버, 범인은 코르셋……. 지금 당장 다잉 메시지를 남길 것 같은 그녀의 모습에 마르멜은 놀란 얼굴을 했다. 그는 오랜 경험으로 소니도르가 괴로워하는 원인을 단박에 파악하고 얼른 드레스를 벗겨 주었다. 그녀는 숨이 넘어가기 직전이었기 때문에 그가 무슨 짓을 하는지도 모르고 그냥 살려달라 헐떡였다.

"괜찮아?"

까맣게 물들었던 시야가 가까스로 돌아왔다. 그녀는 핑핑 도는 머리를 붙잡으며 고개를 끄덕였다. 이대로 죽는가 싶었는데 어떻게 된 건지 지금은 숨통이 트인 것 같았다. 하마터면 황태자와 죽음의 키스를 하다가 숨넘어간 예비 황태자비로 역사에 길이길이 기억될 뻔했다.

젠장, 만약 그게 실제로 일어났다간 무덤에서 기어 나와야지. 그리고 역사에 기록한 놈을 찾아가 멱살잡이를…… 아니, 지금 이런 생각을 할 때가 아니었다. 코르셋의 마수에서 벗어나는 방법은 살을 빼거나 벗는 수밖에 없을 텐데 대체 어떻게 된 일이지?

"헉! 드레스가 왜 저기 있어요?!"

세상에서 유일한 드레스가 거꾸로 뒤집혀서 침대에 널브러져 있다!

저런 시녀들이 뒷목 잡고 쓰러질 일이!

"자, 잠깐만."

소니도르는 왠지 허전한 등을 더듬거렸다. 시녀들이 혼신의 힘을 다해 꽉꽉 조여놓은 코르셋의 끈이 절반 정도 풀어 헤쳐져 있었다. 그녀는 재빨리 마르멜을 돌아보았으나 그는 태연자약한 얼굴로 어깨를 으쓱였다. 어쩔 수 없었다는 태도였다.

여전히 천사를 닮은 순진무구한 얼굴에는 흑심이라고는 하나도 없어 보였다. 하지만 시치미를 떼는 입술은 조금 전 키스로 인해 붉게 달아올라 촉촉하게 젖어 있었다.

"네가 죽을까 봐 그랬어."

"죽을 뻔하긴 했지만…… 전에는 평범하게 시녀를 불렀잖아요?"

그는 자연스럽게 말을 돌렸다.

"이리와. 제대로 벗겨 줄게. 혼자 하기 힘들잖아."

"됐거든요! 대체 언제 이렇게 능글맞아졌담!"

"네 덕분에."

내가 태자 전하를 이렇게 만들었단 말이야?

그녀가 새삼스러운 사실에 놀라 하는 사이에 그는 코르셋 끈을 마저 풀어주었다. 요령 좋게 쭉쭉 당겨 주는 손길이 시원스럽기 그지없다. 막혀 있던 숨통을 틔워 주니 말리려 해도 말릴 수가 없었다. 얼마 지나지 않아 소니도르는 깊은숨을 토해내며 호흡의 자유를 만끽할 수 있었다. 대체 왜 이런 것에 소소한 기쁨을 느껴야 하는 거지.

소니도르는 나른하게 풀어진 몸이 침대 위로 쓰러지려는 걸 가까스로 막아 냈다. 아무리 생각해도 지금 그녀의 생명을 위협하는 건 장인 출신의 황태자비 자리가 아닌 코르셋 쪽인 것 같았다. 공식적인 자리에서 드레스야 일상일 텐데 진심으로 걱정해야 하는 건 그쪽이 아닐까. 한 번 할 때마다 수명이 1년씩은 깎이는 것 같았다.

소니도르는 그 어느 때보다 현실적인 고민을 하다가, 마르멜의 말마따나 이 모든 걱정이 참 부질없다는 생각이 들었다. 모든 게 코르셋의 무게보다 가벼운 걱정들이었다. 왠지 그게 참을 수 없이 우스워져서 그녀는 작게 웃음을 터트려 버리고 말았다.

마르멜은 뭐가 그리 재밌느냐고 묻는 듯한 시선으로 소니도르를 보았다.

'기적이 되고 싶다고 했지만.'

그녀는 마르멜이 자신이 벗긴 코르셋을 등 뒤로 던져 버리는 것을 바라보았다.

'내게 이미 기적이었다는 걸 모르는 걸까.'

그제야 모든 짐을 내려놓은 기분이었다. 그녀는 그의 조언대로 해답을 보이지 않는 쓸데없는 걱정을, 그러나 코르셋보다 하찮은 걱정을 놓아 버리기로 했다. 서로 사랑하고 아껴 주기만 해도 모자랄 시간이라는 생각이 들었다.

그러자 그와 평생을 함께하게 되었다는 사실만을 순수하게 기뻐할 수 있게 되었다.

혹시 큰 문제가 생기더라도 그녀 혼자 감당해야 할 일이 아니었다. 혼자 태어났지만 결국 둘이 되는 것, 삶이 끝나는 순간까지 함께하는 것. 그게 바로 결혼이었다.

서로 의지하고 믿어 가며 풀어 가야 할 과제였다.

이렇게 간단한 일이었다. 정말 쓸데없는 걱정을 했다는 생각에 계속 웃음이 나왔다.

"그렇게 계속 예쁘게 웃으면 참기 힘들어."

마르멜의 한마디가 혼자만의 생각에 빠져 있던 그녀를 건져

내었다.

그는 팔짱을 낀 채 무방비하게 서 있는 소니도르를 위아래로 훑었다. 새하얗고 얇은 엔벨로프 슈미즈 한 장을 걸치고 있어서 맨 팔이고 다리고 가슴골이고 훤히 드러나 있었다. 심지어 속이 비치기도 했다. 뚫어질 듯 빤히 쳐다보는 시선에 그녀가 손을 들어 제 가슴을 가렸다. 그리고 귓등까지 새빨갛게 물들이며 기어가듯 중얼거렸다.

"뭐…… 딱히 참지 않아도 되는데요."

어차피 보름 뒤가 결혼이었다. 지금 하나 그때 하나 그게 그거지.

거기까지 생각했을 때, 정신을 차리니 새하얀 천장이 보였다. 뭔가 어깨를 밀쳐지고 침대에 던져지듯 눕혀진 기억도 있는데 워낙 순식간이라 잘 느끼지 못했다. 확실한 건 생글생글 웃고 있는 마르멜이 그녀 위에 올라타고 있다는 것이었다.

허락이 떨어진 지 불과 몇 초도 되지 않아 벌어진 일이었다.

"뭐 이렇게 빨라요?"

"네가 애태운 시간을 생각해 봐."

"어, 잘못했어요?"

"이미 늦었어."

욕망으로 가득한 새빨간 눈동자가 위험하게 빛나고 있었다. 그는 보타이를 거칠게 풀어내고 목 끝까지 채워져 있던 단추를 하나하나씩 풀어 내리기 시작했다. 마냥 하얗고 성스러워 보였던 외모가 순식간에 관능적인 색으로 물들기 시작했다. 소니도르는 침을 꿀꺽 삼켰다. 이번에는 다른 의미로 숨이 잘

안 쉬어지기 시작했다.

심장이 아플 정도로 쿵쾅거리며 뛰기 시작했다.

"멜?"

유혹하는 거예요?

굳이 그렇게 물을 수가 없었다. 그의 손가락이 볼을 가볍게 쓸더니 자연스럽게 목덜미를 쓸고 어깨를 둥글게 덧그린 뒤 허리 언저리를 지분거렸으니까.

마르멜은 사람을 동하게 하는데 천부적인 재능이 있는 게 분명했다. 아니, 사실 천부적인 건 아니었다. 갈고닦은 재능이긴 했다. 소니도르는 꿈속에서 얼굴을 붉히며 귀엽게 버벅거렸던 동정 마르멜과 지금 눈앞에 마르멜을 비교해 보며 아연한 표정을 지었다. 왜 같은 동정인데 이렇게 다른 거죠. 이 능수능란한 나쁜 손버릇 어디서 배웠어.

그리고 위인전 같았던 그의 어린 시절 기억을 떠올렸다.

'하나를 깨우치면 열을 아는…….'

그녀가 정신을 차렸을 땐 다시 숨 막히도록 진득한 키스가 이어졌다.

꿈보다 더 황홀하게 해 준다는 말은 거짓말이 아니었다.

"여우야."

마르멜은 소니도르의 이마를 톡 건드리면서 말했다. 그녀는 잠기운이 가득한 눈동자를 느릿하게 깜빡이다가 순식간에 신경질 가득한 표정으로 변했다.

"잘 때만이라도 내버려 둬요."

"하지만 많이 잤는걸."

소니도르는 마르멜의 배를 퍽 때렸다. 원래 그녀는 극도로 피곤하면 한 번에 몰아 자는 버릇이 있었다. 그리고 피로가 풀릴 때까지 자지 못하면 온종일 정신이 맑게 개지 않았다. 그래서 잘 때 건드리는 걸 가장 싫어했다. 물론 먹을 게 눈앞에 있을 때를 제외하고.

그러자 그가 눈가를 가증스럽게 찌푸리며 아픈 시늉을 했다.

"아야, 아파."

"됐거든요. 제가 더 아파요."

"저런. 쓰다듬어 줄까."

"더 맞고 싶으세요?"

그 말에 마르멜은 배시시 웃어 버리며 그녀의 볼에 입을 맞췄다. 애초에 건들 생각은 없었는지 입술은 볼을 간질이고는 담백하게 떨어졌다. 소니도르는 눈가를 파르르 떨다가 그의 어깨에 얼굴을 파묻었다.

"별건 아니야. 그냥 있잖아. 내가 지금 문득 눈을 떴는데 우연히 그날과 비슷한 하늘을 봤거든. 네게 보여주고 싶었어."

그는 무덤덤하게 말했다. 하지만 아침 인사를 건네는 것처럼 일상적인 목소리를 하고서, 그 내용은 제법 감성적이지 않은가.

그래서 소니도르는 눈을 뜨지 않을 수가 없었다. 어젯밤에 그만하라고 계속 애원했는데 내내 괴롭혀서 좀 심통이 나긴 했지만, 궁금증은 참을 수 없었다.

"……하늘이요?"

그녀는 반쯤 뜬 눈을 비볐다. 자신을 꼭 껴안고 있는 마르멜의 팔을 떼어내고 몸을 창가 쪽으로 돌렸다. 그러자 희뿌연 우윳빛 안개가 내린 하늘이 보였다.

그가 옛날이야기를 하듯 조곤조곤 말을 꺼내기 시작했다.

"안개가 정말 싫었지."

"왜요?"

"하늘이 어두워서, 밤처럼 느껴지게 했거든. 어둠이 진절머리 나서 아침에 눈을 떴는데 그렇게 깜깜할 수가 없었어."

소니도르는 그 말의 뜻을 알아채고 말없이 고개를 끄덕였다. 마르멜은 예전에 세상에 모든 색채를 볼 수 없었던 전색맹이었다. 물론 저주에 의한 일시적인 현상이었지만 말이다.

"하지만 원래 새벽 안개는 아주 잠깐일 뿐이지. 아침이 되면 바로 사라지잖아."

"그렇죠."

"해가 뜨니까 갑자기 세상에 밝아졌어. 그보다 더 깜깜할 수 없었는데, 순식간에 지금보다 더 환할 수 없을 것 같더군."

"그래도 깜깜한 쪽이 생활하기 편하지 않으셨어요?"

그녀가 물었다.

"하하, 그건 그렇지. 눈에 빛이라도 들어오면 순간 아무것도 안 보일 때가 있었으니까."

그러자 그가 태연하게 웃으며 답했다. 색을 흑, 혹은 백으로밖에 구분하지 못했기 때문에 가끔 빛은 그의 세상을 과도하게 하얗게 물들이기도 했다.

"그래서 사실 빛 때문에 앞이 보이지 않을 정도였지만, 그날은 아무래도 상관없을 정도로 그 따뜻한 빛을 끌어안고 싶었어."

암흑, 그리고 또 암흑. 머리가 검게 물든 사람들. 저주에 걸렸어도 저주에 걸렸는지조차 모른 채 하루하루 병들어 갔다. 자신이 단단히 미쳐 간다는 사실을 알았는데, 누구에게도 아무것도 말할 수 없었고, 내색할 수도 없는 나날들이 이어졌다.

그렇게 죽어 가고 있었다. 끔찍한 것만 보여 주던 눈이 빛에 물들어 일시적으로 보이지 않게 되자, 그는 차라리 빛이 목숨까지 거둬 갔으면 싶었다.

"그랬더니 네가 온 거야. 세상은 아름답고, 내게 그런 것들을 누릴 자격이 있다고 말해 주는, 그런 황금빛으로 활활 타오르는 여우가. 빛보다 더 찬란한 빛이."

마르멜은 그렇게 말하며 말갛게 웃었다. 창가를 보느라 자신에게서 등을 돌린 그녀의 허리에 팔을 둘러 꼭 끌어안았다.

그러자 소니도르가 몸을 딱딱하게 굳혔다. 그리고 붉어진 얼굴을 잠시 베개에 파묻었다. 그녀는 참 이런 말들을 듣는 것에 약했다. 특히 상대가 마르멜이라면 더더욱 그랬다.

"네 말대로야. 네가 보여준 세상은 꽤 아름답거든. 그런데 네가 없으면 의미가 없더라."

너와 꿈속을 거닐면서 본 풍경은 아마 세계 어디를 가더라도 찾아볼 수 없을 것 같아. 왜냐하면, 전부 하나같이 황금빛으로 물든 꿈들이었거든.

모두 너로 물들어 있었어, 라고 그는 말했다. 소니도르는 잔잔하지만 숨길 수 없는 애정이 잔뜩 묻어 있는 달콤한 목소리에 그대로 녹아내릴 것만 같았다.

"소니도르."

"네."

"나는 네가 어떤 모습을 하더라도 너를 영원히 사랑해."

맹세할게. 안개를 몰아내고 떠오르는 태양을 바라보면서 그가 속삭였다. 소니도르는 그와 같은 광경을 바라보고 있었다.

마르멜의 말마따나 그들이 같이 맞이하는 아침은 그 어느 때보다 더 반짝였다. 공기 중에 떠다니는 그의 체향, 귓가에 울리는 목소리, 허리를 끌어안는 단단한 팔, 따뜻한 온기. 그 어느 곳 하나 마르멜로 물들어 있지 않은 곳이 없었다.

소니도르는 문득 이것저것 고민했던 것들이 다 부질없이 느껴졌다. 앞으로 사소한 것부터 시작해서 모든 것들을 그로 채우고 싶다는 욕망이 생겼다.

"저도 맹세합니다."

그녀는 마르멜의 팔 한쪽을 가져와 그의 손등에 경건하게 입을 맞추며 속삭였다.

⚜

황태자가 미리 예고한 바와 같이 그들의 결혼식은 전에 없이 성대했다.

예식장은 오직 그들의 결혼식만을 위하여 새하얀 대리석으로 장식되었고, 꽃 장인은 그녀의 소원대로 정원같이 화려하게 식장 안을 꽃으로 가득 채웠다.

"왜 이렇게 된 거죠."

"처음엔 이렇게까지 할 생각이 없었는데…… 욕심이 과했나 봐."

식장을 처음 둘러보았던 황태자비가 뒷목을 잡을 뻔한 사건이 있었지만, 결국 마음에 들어 했으니 모두에게 행복한 결말이었다고 하자. 결혼식을 치르는 내내 향긋한 꽃향기가 가득했다.

하늘에서는 봄날의 꽃잎이 계속해서 떨어져 내렸는데 거대한 예식장 전체에 환영마법을 걸었기 때문이었다. 그 환영마법은 영구적이었기 때문에, 황태자와 황태자비를 시작으로 훗날 모든 황족이 그곳에서 결혼식을 올리는 것이 관례가 되었다.

황태자와 황태자비는 세상에서 가장 아름다운 5월의 신랑, 신부였고 모두의 축복 속에서 서로의 사랑을 맹세했다. 황태자비의 면사포를 붙잡고 그 뒤를 졸졸 쫓아다녔던 견습 기사 테리는 내내 빨개진 눈을 하고서 코를 훌쩍이는 소리를 냈다. 의원 하기스는 그런 그를 눈짓 손짓을 동원하여 놀려대다가 나중에 연무장으로 질질 끌려 갔다고 한다.

반지를 교환하고 맹세의 키스를 나눌 때, 키스하던 황태자가 떨어지지 않아서 황태자비에게 옆구리를 꼬집힌 작은 헤프닝이 있었다. 하지만 결혼식도 피로연도 성공적으로 끝마쳤고, 그들은 일정을 끝마치자마자 곧바로 황태자궁에 틀어박혔다.

그들은 몇 날 며칠이 지나도록 나올 생각이 없어 보였다. 그게 한 달쯤 되자 보다 못한 황제가 뒷덜미 붙잡고 질질 끌고 나오고 나서야 황태자는 불퉁한 얼굴로 업무를 시작했다.

황궁 안팎으로 날마다 축제였다. 모두가 행운의 여인 소니도르와 그녀가 저주에서 구해낸 황태자에 대해 떠들기에 여념이 없었다. 그들이 듣기에도 운명적인 만남이었다.

대체로 음유시인들이 노랫가락을 지어내 음률에 맞춰 무용담을 퍼트렸고, 로맨틱한 이야기에 열광하는 소녀들은 연신 감탄하며 얼굴을 붉혔다. 그녀들은 잠든 황태자를 깨운 장인 황태자비에게 '왕자님'이라는 별칭을 붙여주며 꺄르르 웃었다. 꿈속에서 동물의 모습으로 나타나 잔뜩 지친 황태자의 마음을 녹였다는 대목은 그녀들이 가장 좋아하는 부분이었다. 훗날 이것은 동화로 만들어지기도 한다.

그들은 얼마 지나지 않아 황태자를 똑 닮은 딸 에리카와 황태자비를 똑 닮은 아들 위베르를 낳는데 둘의 성격이 얼마나 다른지 황궁은 날마다 전쟁이었다. 6년의 피 터지는 전쟁 끝에 먼저 백기를 든 건 아들 위베르 쪽이었다. 그는 결국 여섯 살의 나이로 누나의 부하를 자처하게 되는데 그 모습을 지켜보는 황태자비의 눈빛이 전에 없이 씁쓸했다고 한다.

—왜 나를 닮아서…….

그때 그녀가 남긴 말은 지금까지도 전해져 내려온다.

훌륭한 시스터 콤플렉스로 자라난 위베르는 훗날 마르멜이 일궈놓은 황위를 물려받는다. 그는 많은 인재가 이룩한 마법의 황금기를 어질게 다스려 태평성대를 이룬다.

하기스는 현자이자 대마법사, 그리고 예언자인 돌리오스의 이름을 물려받아 천재 의원으로서 이름을 떨친다. 특히 의료 마법을 수없이 많이 만들어내어 의술의 길을 밝혔다고 평가받게 되는 인물이다. 물론 그의 독특한 성향까지 후세에 같이 전해진다.

주세페는 전설적인 연기와 더불어 극본까지 쓰기 시작하여 이름만 대면 누구나 알 정도로 유명세를 떨치게 된다. 그녀의 연극은 아직도 전설로 남아있다.

물론 그림자의 저주에서 제국을 구해낸 영웅들의 이야기도 빠지지 않았다. 그들 중 가장 자주 언급되는 인물은 장인 최초로 작위를 받은 백작 줄리아니였다.

줄리아니 지오르지오는 제국을 대표하는 영웅이 되었다. 그는 전장에서 끝도 없이 명성을 떨쳤으며, 자연재해의 피해를 최소화하여 수많은 목숨을 구하고, 부족민의 땅을 되찾아 사라져 가던 마나를 원래대로 되돌리는 것으로 모자라 마법의 황금기를 도래하게 했다. 역사에서는 그 시대를 줄리아니 황금기라고 부르기도 한다.

그 곁을 항상 같이하는 자들이 혁명군이었는데 그 속에는 테리도 포함되어 있었다. 그들은 섬에 장인들을 이주시키고 데센시아 왕국을 세운다. 데센시아 왕국의 1대 왕은 페르난데였다. 섬은 나라라고 하기엔 그 규모가 작았지만 섬을 이루는 구성원 하나하나의 능력이 너무나도 뛰어났기에, 그 뒤로도 수천 년간 건재한다.

외전

딸바보, 아들은 바보

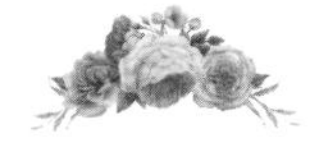

아이들은 참 영악하다.

특히 자신의 겉모습이 누구보다 사랑스럽다는 걸 잘 알고 있는 에리카가 그랬다.

그녀는 찰랑거리는 새하얀 머리카락에 풀잎 같은 녹색 눈동자를 가졌으며, 어린 시절 마르멜의 외모를 그대로 빼닮아 요정같이 사랑스러운 아이였다. 그녀는 아직 일곱 살의 어린 나이임에도 불구하고 표정이 거의 없었는데, 그런 모습이 그녀를 더더욱 살아있는 인형처럼 보이게 했다.

"우리 예쁜 공주님."

마르멜은 꿀이 떨어질 것 같은 달콤한 목소리로 속삭이며 품 안에서 인형을 꺼냈다. 도도하기가 하늘을 찌르는 딸의 환심을 사기 위해 주문한 토끼 봉제 인형이었다. 아이 같지 않은 에리카가 유일하게 아이다운 모습을 보이는 건 봉제 인형을 껴안고 있을 때였다. 그녀는 유독 털이 달리고 폭신폭신한 것을 품에 안기를 좋아했다.

"공주님 아빠가 뭘 사 왔게?"

마르멜은 그 앞에서 방긋방긋 웃으며 애교를 떨었다. 애 딸린 유부남이 갑자기 끼를 부리자 근처에 있던 시녀들이 심장을 움켜쥐며 부정맥을 의심하기 시작했다.

그때였다. 인형처럼 미동조차 없던 에리카의 시선이 처음으로 마르멜에게 향했다.

"……."

아니, 정확히는 마르멜이 들고 있는 토끼 인형에게 향했다. 그녀는 열렬한 시선으로 인형을 응시하고 있었는데 인형을 들고 있는 손이 왼쪽으로 가면 시선도 왼쪽으로 가고, 오른쪽으로 가면 시선도 오른쪽으로 갔다. 마르멜은 인형을 제 얼굴 바로 옆에 붙였다. 그제야 에리카가 아빠를 무시하는 것을 그만두고 그와 시선을 맞췄다.

"아버지."

"아버지라니, 누가 우리 공주님한테 그런 징그러운 단어를 가르쳤어?"

그는 질색하며 물었다. 그러자 꼬마 공주님의 단풍잎 같은 손가락이 그를 가리켰다.

"음……."

나한테 배웠군. 마르멜은 한숨을 삼켰다.

황태자인 마르멜은 카딘을 공적인 자리에서는 폐하, 사적인 자리에서는 아버지라 부른다. 아마 식사 시간에 무심코 부른 호칭을 들은 것이리라.

하지만 마르멜은 아직 작고 귀여운 아이들에게 아빠라고 불리고 싶은 나이였다. 이왕이면 평생 그렇게 불러 줬으면 좋겠다고 생각하고 있었는데 벌써 아버지라니. 너무한 것 아닌가.

"그런 거 배우지 않아도 돼. 아빠라고 해 줘."

"응, 아빠. 인형 줘."

"우리 딸은 아빠가 얼마만큼 좋아?"

마르멜은 인형을 향해 손을 뻗는 에리카를 제지하며 꿋꿋하게 물었다. 커다란 눈을 깜빡이던 에리카는 양팔을 한가득 벌리며 '이만큼'이라고 말했다. 에리카의 성격과 어울리지 않는 어려 보이는 행동이었는데, 마르멜은 이런 어린 행동을 보이며 귀여운 척하는 것을 좋아하기 때문에 인형을 얻기 위해선 어쩔 수 없었다.

에리카는 영악했고 자신의 귀여움을 이용할 줄 알았다.

"아빠도 딸이 이만큼 좋은데."

예상대로 마르멜은 그녀를 사랑스러워 죽겠다는 표정으로 내려다보더니 결국 인형을 등 뒤로 던지고 양팔을 벌렸다. 활짝 벌어진 그의 품속은 바다보다 넓어 보였다.

앗 내 인형!

에리카의 시선이 그대로 포물선을 그리며 인형을 쫓아갔다. 그러거나 말거나 마르멜은 널찍하게 벌린 품 안에 딸을 끌어안고 뒹굴었다.

무식하게 힘만 강한 아빠의 품 안에서 옴짝달싹도 할 수 없게 된 그녀는 헝클어진 머리로 씩씩거리는 소리를 냈다. 그의 품은 크고 단단해서 꽉 끌어안기면 아플 정도였기 때문에 하나도 좋지 않았다. 마르멜의 품이라면 제국의 모든 여자가 꿈

꾸는 장소겠지만 에리카에게는 먹히지 않았다.

"아, 진짜 어쩌지. 우리 딸 귀여워서 아빠 심장 아파."

"아빠, 인형 내놔."

"역시 그래야 내 딸이지."

마르멜은 그렇게 말했지만 역시 놓아주기 싫었는지, 새하얀 이마에 쪽쪽 하고 수십 번쯤 뽀뽀 세례를 하고 나서야 겨우 풀어주었다. 아빠의 애정공세에 완전히 질려버린 에리카는 그가 놓아주자마자 쪼르르 달려가서 인형을 주워 들었다.

그녀는 솜이 가득 채워져 통통하고 천이 유난히 부드러운 토끼 인형을 끌어안고 나서야 안정을 되찾았다. 마르멜은 다른 건 몰라도 에리카의 인형 취향만큼은 기가 막히게 잘 맞춰주었다.

"딸 가지마. 아빠 외로워."

"아빠 아들 불러 줄게."

"우리 공주님, 이 아빠가 귀찮으니까 떠넘기는 것처럼 말하지 말아줘. 응?"

"사실인걸."

"너무해……."

인형이 손에 들어오니 에리카는 내숭 없이 순식간에 시니컬해졌다. 그녀는 가지 말라고 매달리는 마르멜을 깔끔하게 무시하고 망설임 없이 등을 돌려 문밖을 나섰다. 그리고 얼마 지나지 않아 온몸에 얼룩덜룩 물감을 묻히고 있는 아이가 그녀의 손에 질질 끌려왔다. 에리카는 아이의 엉덩이를 뻥 차서 밀어 넣고 도도하게 사라졌다.

"아, 누나!"

난데없이 습격을 받은 아이는 에리카를 향해 빽 소리를 질렀으나, 그녀는 생머리를 찰랑거리며 멀어지더니 흔적조차 보이지 않게 되었다. 아이는 뒷머리를 벅벅 긁으며 뭐라고 투덜투덜하다가 방 안에 있는 게 누구인지 확인하고 활짝 웃었다.

"아빠!"

"아들!"

마르멜은 안기라는 듯 양팔을 벌렸고, 아이는 망설임 없이 도도도 달려가 안겼다.

아이의 이름은 위베르, 마르멜과 소니도르의 막내아들이었다.

에리카가 새침한 고양이라면 위베르는 개, 그중에서도 장난기 많고 사고도 많이 치는 비글이라고 할 수 있겠다. 그는 바빠서 잘 볼 수 없는 마르멜을 오랜만에 만나자 즐거웠는지 까르륵 해맑은 웃음을 터트리더니 갑자기 눈을 반짝 빛냈다.

잔뜩 구불거리고 헝클어진 주홍색 머리카락 사이로 보석 같은 붉은 눈동자가 도드라졌다. 동글동글한 눈매와 얼굴에 사랑스러운 장난기가 가득한 것이 소니도르와 판박이였다.

"아빠, 나 요즘 그림 배워!"

"오, 얼굴로 그렸어?"

마르멜은 피식 웃으며 위베르의 얼굴에 파랗게 묻은 물감을 닦아주었다.

"엄마랑 아빠랑 누나 그렸는데 볼래? 어, 두고 왔다……."

그는 제 품을 뒤적이며 얼빠진 소리를 냈다. 아무래도 에리카에게 갑자기 끌려오는 바람에 미처 챙기지 못했던 모양이었다. 그는 잠시 고민하는 듯하더니 아무렴 어때 하고 다시 마르멜의 품을 파고들었다. 마르멜은 도도하고 찬바람이 쌩쌩 부는 딸을 대신해서 온기를 채워주는 아들이 고마워 꼭 끌어안았다. 말랑거리고 따뜻해 마르멜은 만족했다.

좀 바보 같지만 어때, 귀엽고 사랑스러운걸.

"아빠 그림은 됐고, 나 그거 해 줘."

"그거?"

"그거 있잖아, 그거. 휙 휙 하고 하늘 나는 거!"

"아하."

그는 입꼬리를 씩 끌어올렸다.

그리고 자리에서 일어나 위베르의 겨드랑이에 양손을 집어넣고 번쩍 들어 올렸다. 잠시 뜸을 들이듯이 위아래로 흔들다가 하늘로 던졌다가 받아들기를 반복했다. 아이의 웃음소리가 방 안을 가득 채울 정도로 울려 퍼졌다. 던져지는 위베르도 던지는 마르멜도 즐거워 보였으나 주변에 대기하고 있던 시녀들이 기겁하는 얼굴을 했다.

아무리 마르멜의 운동신경이 발군이라고 해도 황손을 하늘로 던졌다가 받다니. 그의 자세는 흔들림 없이 안정적이었지만, 저러다가 잘못 떨어트리기라도 할까 봐 조마조마했다. 심지어 그 높이는 위험 수위를 아슬아슬하게 넘길 정도로 점점 더 높아졌다.

그때 닫혔던 문이 벌컥 열렸다. 위베르를 다시 하늘로 던지려는 자세를 취하던 마르멜이 그녀의 눈치를 살피며 슬금슬금 아이를 내려놓았다. 왜 멈추느냐고 실망스러운 기색을 내비치던 위베르는 왠지 싸한 한기를 느끼고 고개를 돌렸다.

"맙소사, 멜! 위벨!"

"어, 엄마."

소니도르였다.

그녀는 위베르와 같이 그림을 그리고 있었는데, 갑자기 나타난 에리카가 그를 질질 끌고 간 것을 뒤늦게 따라온 참이었다. 평소 장난의 정도가 심한 위베르가 뭔가를 잘못했겠거니 생각하고 한 박자 늦게 쫓아왔더니만 마르멜에게 넘긴 거였다니. 이럴 줄 알았으면 진작 쫓아왔었어야 했는데.

그녀는 뒷골을 잡을 뻔하다가 가까스로 정신을 차리고 빽 소리쳤다.

"내가 진짜 못살아! 애를 왜 던져요, 왜!"

"쏭, 진정해. 나는 정식으로 검술 훈련을 받은 적이 있었고 실력은 기사 이상이다. 안전에는 전혀 문제가 없……."

"훈련에서 애를 던지라고 하던가요?"

"아니…… 좋아하잖아."

"애가 좋아하면 뭐든지 다 해 줄 거예요?!"

"아, 아니."

내가! 못살아! 진짜! 그러다가! 애 잘못되면! 어쩌려고!

찰싹찰싹. 박자에 맞춰 등짝을 내려치는 소리가 찰졌다. 마르멜은 그녀가 때리는 게 간지럽지도 않았지만, 가만히 서 있으면 더 화를 불러올 게 뻔했기에 온몸을 비틀며 아픈 척을 하기 시작했다. 눈꼬리를 축 내려트리면서 아프다고 엄살을 부리자 구타는 곧바로 잔소리로 이어졌다.

마르멜은 소니도르가 하는 말을 하나도 빠짐없이 들으며 그녀의 눈을 빤히 응시하고 있었다. 내용을 듣는다기보단 그냥 귀엽게 조잘대는 새소리를 감상하는 듯한 시선이었다. 그 익숙한 시선을 눈치챈 소니도르가 그의 옆구리를 꼬집었다. 마르멜은 그 손을 가져와 손끝에 쪽 입을 맞추더니 눈꼬리를 휘어 웃었다.

"또 얼렁뚱땅 넘어가려고 그러죠?"

"다신 안 그럴게."

"전에도 그 말 했잖아요!"

"미안해. 위험하지 않으면서 우리 아들이 좋아할 만한 놀이를 찾아볼게, 응?"

그는 그녀의 손바닥에 쪽쪽 입을 맞춘 뒤 제 볼을 비비며 말끝을 늘였다. 고개를 비스듬히 기울여서 물끄러미 쳐다보는 시선에는 애교가 가득했다. 왜 애를 낳아 키우는데 멀쩡한 남편이 애가 되어버렸는가. 왜 애가 셋이 된 기분인 걸까.

소니도르는 문득 회의감이 들었으나, 귀여운 척을 하는 마르멜이 치명적으로 귀여웠기에 순식간에 화가 누그러지는 건 어쩔 수가 없었다. 그녀는 저도 모르게 그의 새하얀 머리를 쓰다듬었다.

엄마와 아빠의 눈치를 살살 살피던 위베르는 문 사이로 빼꼼 고개를 내밀고 있는 에리카를 발견했다. 그녀는 토끼 인형을 꼭 끌어안은 채로 이리 오라는 듯 그에게 손짓했다. 아이는 곤란한 차에 잘 됐다는 듯 함박웃음을 지으며 제 누나에게로 쪼르르 달려갔다. 에리카는 엄마 아빠가 눈치채지 못하는 사이에 위베르를 쏙 빼내 갔다.

"뭐야, 얘 어디 갔어."

왠지 허전한 기분에 주위를 둘러보니 위베르가 있어야 할 자리가 텅텅 비어있었다. 소니도르는 뒤늦게 그 사실을 알아차리고 놀라 주변을 두리번거렸지만, 방 안에는 마르멜과 안절부절못하는 시녀들만 있었다.

마르멜은 손짓으로 시녀들을 물린 뒤에 소니도르를 꼭 끌어안으며 말했다.

"방금 에리카가 데려갔어."

"네? 도망가도록 그냥 두면 어떡해요! 위험한 짓 못하게 말을 해 둬야……."

"말해도 소용없잖아."

"멜이 할 소리가 아니거든요."

위험한 짓을 애초에 누가 했는데. 그녀는 그의 품 안에서 버둥거리다가 볼을 꾹 잡아 늘였다. 그는 애처로운 표정을 지으며 '아야야'하고 엄살을 부렸지만 품에 안은 그녀를 놓아주지는 않았다.

"하여튼 애 키우더니 꾀만 들어서……."

소니도르는 중얼거리며 문을 바라봤다.

"뭐, 괜찮잖아? 데려간 건 에리카니까."

"하아. 애가 아빠보다 더 낫네요."

"그 말은 너무한데. 오랜만에 보는 건데 좀 더 반겨주면 안 돼?"

마르멜은 침대 위에 털썩 주저앉더니 제 무릎에 소니도르를 앉혔다. 그는 원래도 한가한 편이 아니었지만 최근 들어 눈코 뜰 새 없이 바빠졌다. 황제가 요즘 틈만 나면 황위를 물려주겠다는 말을 툭툭 던져대면서 그의 업무를 하나둘씩 늘려댔기 때문이다.

카딘은 마르멜이 어느 정도 자리를 잡았다 판단을 내리자마자 모든 것을 내려놓으려 했다. 원로원들이 모두 한마음 한뜻으로 뜯어말리지 않았다면 지금쯤 황태자는 황제가 되었을지도 몰랐다. 이미 하는 일은 황제와 거의 다름없지만 말이다.

그렇게 마르멜에게 업무를 거의 다 몰아주고 정작 카딘은 노후 생활을 즐길만한 휴양지를 알아보고 있었다. 어지간하면 쉬지 못하는 사람 앞에서 온천 카탈로그를 자랑하듯 대놓고 펼쳐 놓으며 노닥거리기도 했다.

지금껏 이러려고 자신을 엄격하게 대한 것이 아닌지 의심스러울 정도였다.

마르멜은 쏟아지는 업무의 악몽을 떠올리고 울컥할뻔하다가 깊게 심호흡하며 감정을 다스렸다.

"보고 싶었어, 내 여우."

"어제 하루 못 봤을 뿐인데요."

"하루나 못 봤는걸?"

하루의 피로는 널 봐야 풀린다고 마르멜은 말했다.

소니도르는 제발 아이들을 데리고 위험한 장난 좀 하지 말라고 말하고 싶어 입이 간질거렸으나 결국 한숨을 내쉬며 그를 마주 안았다. 그는 그녀의 목덜미와 어깨에 입술을 붙이고 뭐라 칭얼거리다가 고개를 들고 그녀의 허리를 바짝 끌어당기며 말했다.

"키스해 줘."

⚜

위베르를 위기에서 구해 준 에리카는 그대로 정원으로 향했고, 그 뒤를 위베르가 종종걸음으로 쫓았다. 한참을 걷던 그녀는 정원 한편에 마련된 꽃으로 장식된 그네에 앉아 다리를 흔들거렸다. 심심하면 생판 모르는 남도 다짜고짜 붙잡고 놀 수 있는 위베르와 달리 에리카는 혼자 노는 걸 좋아했다.

그녀는 제 또래 아이들을 가장 성가셔했다. 특히나 머리 나쁘고 눈치 없고 사리분별 못 하는 남동생 같은 아이를 말이다. 연년생으로 태어난 그들은 상성이 맞지 않아 작은 사건부터 큰 사건까지 사사건건 부딪쳤는데, 결국 몇 개월 전 참다못한 에리카가 폭발하고 위베르가 그 앞에 납작 엎드리는 것으로 남매의 싸움은 일단락되었다.

위베르는 누르면 숙이기는커녕 용수철처럼 튀어 오르는 타입이라, 제가 잘못하고도 뒤돌면 잊어버리고 또 장난하러 뛰쳐나가고는 했다. 하지만 그날의 기억은 아직도 악몽으로 나올 정도였던지라 누나의 앞에서는 알아서 설설 기었다.

에리카는 한쪽 팔로 토끼 인형을 끌어안고 멍하니 앉아 그네를 타고 있었다.

"뭐 하고 놀 거야?"

"내가 왜 너랑 놀아."

"뭐야아. 놀려고 따라오라고 한 거 아니야?"

"난 너보고 따라오라고 한 적 없는데."

네가 제멋대로 따라온 거지. 그녀는 딱 잘라 말했다. 말투며 표정이며 얼마나 찬바람이 쌩쌩 불어오는지 엄동설한이 따로 없었다. 위베르는 싸늘하기 이를 데 없는 제 누이 때문에 어깨를 부르르 떨다가 볼을 부풀리며 작게 투덜거렸다.

"바보. 그냥 솔직하게 나랑 놀고 싶다고 말하면 될 텐데."

"뭐라고 했어?"

"아무것도 아니야."

그는 누나를 위해서 제 뜻을 굽힐 줄 아는 동생이었다. 갑자기 할 일이 없어져 버린 위베르는 심심했는지 정원의 꽃을 꺾으며 놀다가, 흙바닥을 발로 헤집었다. 하지만 이내 그마저도 질려서 에리카 앞에서 알짱거렸다.

그는 그녀의 품에 들린 봉제 인형을 가리키며 말했다.

"누나 그 인형 뭐야? 못 보던 건데."

"네가 알 바 아님."

"아 진짜 뭐야, 치사하게."

그러거나 말거나 그녀는 하늘을 올려다보며 떠다니는 구름을 응시했다. 예절 수업이 끝나면 책을 좀 읽다가 정원으로 나와 하늘을 바라보는 것이 그녀의 일과 중의 하나였다. 하지만 천둥벌거숭이 같은 동생은 계속 그녀의 신경을 긁어대며 뭐라고 떠들었다.

귀찮음을 무릅쓰고 구해 줬더니 친절을 베푼 보람을 전혀 느끼지 못하게 해 준다. 참 쓸모없는 동생이었다.

"누나는 누나가 애인 줄 알아? 나이도 일곱 살이나 되면서 아직도 토끼 인형이나 가지고 놀고. 난 여섯 살이지만 인형 같은 건 시시해서 안 가지고 놀아."

"말 다했냐?"

"……."

"대답."

"……잘못했어요."

이 이상 건드리면 오늘 악마를 보게 될 것이다. 눈치 따위는 밥 말아 먹은 위베르였지만 기적적으로 본능의 소리를 듣게 되었다. 그는 순순히 사과한 뒤에 에리카가 앉아 있는 그네에서 재빨리 멀어졌다. 어차피 누나가 아니더라도 놀 수 있는 곳은 많았다.

"흥, 다음에 놀아 달라고 하기만 해 봐라."

단 한 번도 그런 말을 들은 기억은 없지만, 위베르는 호기롭게 외치며 떠나갔다.

정원을 빠져나와 그가 향한 곳은 주방이었다. 그는 주방장에게 황궁 특제 쿠키를 얻은 뒤 와작와작 씹어먹으며 시녀들이 묵는 숙소에 예고도 없이 들이닥쳤다. 몇몇은 갑작스러운 위베르의 등장에 당황했지만, 대부분이 익숙하다는 듯 그를 복도 끝방으로 안내했다. 그는 조금의 망설임도 없이 문을 벌컥 열고 방 안으로 쳐들어갔다.

"안녕, 마리!"

"왕자님!"

일과를 마치고 방을 정리하고 있던 마리엘라는 놀라 눈을 휘둥그레 떴다.

"내가 위벨이라 부르라고 했잖아."

"하, 하지만……."

올해 일곱 살이 된 마리엘라는 고동색의 커다란 눈망울을 깜빡이며 우물 쭈물거렸다. 아무리 황손이라 해도 시녀들이 묵고 있는 숙소에 함부로 들어오면 안 된다고 말하고 싶었지만 그러기가 힘들었다. 위베르는 아직 뭣도 모르는 어린아이였으니 말이다.

그래 봤자 그녀와 한 살 차이였을 뿐이지만 마리엘라는 위베르만이 어린애라 믿어 의심치 않았다.

애초에 그녀는 위베르에게 뭐라 왈가왈부할 위치가 되지 못했다.

마리엘라는 황실 기사 테리의 딸이었다. 왜 이렇게 어린 그녀가 벌써 시녀 생활을 시작했느냐 하면 몇 달 전에 에리카의 놀이 상대로 들어왔기 때문이었다.

소니도르는 워낙 또래와 어울리려 하지 않는 딸의 유난스러움 때문에, 딸과 같은 나이인 테리의 딸 마리엘라를 소개해 줄 생각이었다. 친구로서 말이다. 하지만 마리엘라의 모친이자 테리의 아내인 엠마는 공주마마인 에리카와 자신의 딸이 동등한 위치에서 친구 관계가 될 수 없다고 말했다. 엠마가 황궁 시녀 출신이었던 탓이었다.

그녀는 차라리 자신의 딸이 시녀가 되어 에리카의 놀이 상대로 들어가는 편이 낫다고 말했다. 소니도르는 그 어린아이를 엄마 품에서 떼어 놓을 수 없다고 했지만, 엠마의 고집이 보통이 아니었기 때문에 어쩔 수 없이 그녀의 제안을 받아들였다.

하지만 상황은 그들이 전혀 예상하지 못한 방향으로 흘러갔다. 또래 친구 따윈 조금도 관심이 없는 에리카가 마리엘라를 보는 둥 마는 둥 무시해 버린 것이다. 심지어 놀이 상대 같은 건 필요 없다는 소리까지 했다. 어린 나이에 뜻밖의 실연을 당한 마리엘라가 울먹이며 집으로 돌아가려는 찰나, 그녀는 위베르의 눈에 띄어버리고 말았다.

—누나 놀이 상대? 뭐야, 왜 나는? 왜 나는 놀이 상대 없어?

그는 자신도 놀이 상대가 필요하다며 생떼를 부리기 시작했다. 노는 것과 친구에 환장한 위베르가 누나만 놀이 상대가 생겼다는 말을 듣고 가만히 있을 리가 없었다. 그는 결국 마리엘라를 황궁에 정착시키는 데 성공했다.

위베르는 자신만을 위한 놀이 상대가 생겼다는 사실에 굉장히 뿌듯해하고 있었다.

어느 정도였느냐면, 이렇게 매일 찾아와서 놀아달라고 치근덕거릴 정도로 말이다.

"자, 따라 해 봐. 위.벨."

"위…… 하지만 마마."

"어허."

위베르는 허리에 손을 올리고 엄한 목소리를 흉내 내며 말했다.

"위, 위벨."

마리엘라는 거의 울먹이고 있었다. 하지만 위베르는 그녀에게 애칭으로 불렸다는 사실만 중요한 것인지 뿌듯한 표정으로 그녀에게 쿠키를 내밀었다. 호감의 표시였다. 그는 과자 부스러기를 바닥에 다 뚝뚝 떨어트리면서 왜 먹지 않느냐는 표정으로 빤히 쳐다보았고, 그녀는 마지못해 그것을 받아들일 수밖에 없었다.

'방금 청소했는데.'

마리엘라는 방바닥을 내려다보며 생각했다.

그녀는 위베르의 등 너머를 흘낏 훔쳐보았다. 숙소 복도 바닥은 그녀의 방바닥과 마찬가지로 그가 걸어온 걸음마다 과자가루가 흔적을 남기고 떨어져 있었다. 근처에 있던 시녀들은 과자 가루를 보고, 위베르를 보고, 땅이 꺼지도록 한숨을 내쉬었다.

'이건 길을 잃을까 봐 이렇게 뿌려둔 걸까.'

마리엘라는 엄마가 읽어주었던 동화책을 떠올리며 생각했다. 그냥 얌전히 방에만 계셨으면 좋겠는데. 그녀는 근질거리는 입술을 꾹 깨물며 불경한 생각을 떨쳐내려고 노력했다.

"저, 마마…… 아니 위벨. 다음부터는 제가 찾아갈게요."

"어? 진짜?"

"네. 우리 언제 언제 만나자고 정해서 만나는 게 좋을 것 같아요! 위벨이 이렇게 갑자기 문을 열고 들어와서 저는 너무, 너무 놀랐어요."

그녀는 왕자님께서 놀라시지 않도록 최대한 조곤조곤한 말투로 돌려 말했다. 하지만 너무 돌려 말한 탓인지 위베르는 시간을 정하자는 말만 귀에 들어온 듯했다.

"어디? 언제? 어떻게?"

"……위벨의 처소로 음, 삼일에 한 번?"

"안돼. 매일 와! 나는 매일 놀지 않으면 죽는단 말이야!"

그가 말도 안 되는 말로 떼를 쓰자 그녀는 놀라는 시늉을 했다.

"세상에 그런 병이 있어요? 마리엘라는 그런 병 처음 들어요."

"난 그래. 그러니까 내가 하고 싶은 대로 하고 살아야 해."

왕자마마를 만난 지는 그렇게 오래되지 않았지만, 그녀는 어린 나이에 벌써 사람의 뒤통수를 후려치고 싶은 분노가 무엇인지 알게 되었다.

위베르는 그녀에게 늘 새로운 감정을 알려주고는 했다. 주로 부정적인 방향으로.

"위벨, 저는 아직 어려서 높으신 분들을 모시기에 부족하다고 시녀장님께서 말씀하셨어요. 교육을 모두 끝마쳐야 마마와 함께 매일 놀 수 있답니다."

마리엘라는 위베르가 한 번 심통이 나면 무슨 짓을 할지 모른다는 것을 알기에 상심한 표정을 짓기 위해 굉장히 노력해야만 했다. 본인의 의지가 아님을 얼굴 근육으로 강조하자, 그는 이해할 수 없다는 기색이었다.

"넌 내 놀이 상대로 황궁에 들어온 거고 나와 놀아주는 것이네 일이야. 그리고 나와 놀아주는 것에 공부 같은 건 필요 없어."
"아니에요. 제가 미숙해서 마마께 폐를 끼칠 수도 있다고 시녀장님께서 말씀하셨어요."
"폐를 끼치는 게 뭔데?"
"음…… 실례되는 행동이요."
"실례가 뭔데?"
"어어…… 아마 위벨이 싫어하는 행동일걸요."
마리엘라는 우물쭈물 말했다. 그녀는 아직 일곱 살의 어린 아이일 뿐이었고, 어른이 하는 말이라면 곧이곧대로 받아들이는 성실한 아이이기도 했다. 그녀에게 어머니와 시녀장님은 곧 삶의 진리이자 법이었다. 그녀들의 말대로 하지 않으면 큰일이 나는 줄 알고 있었으니 굳이 그 뜻을 깊게 생각해 본 적도 없었다.
그녀가 자신 없이 대답하자 위베르는 더더욱 그녀의 말을 이해할 수 없어졌다.
"내가 싫어하는 걸 시녀장이 어떻게 알아? 나한테 물어봐야지."
당연한 의문이었다. 만약 이 자리에 그녀의 어머니나 시녀장이 있었다면 실례란 싫어하는 게 아니라 황실의 예법에 맞지 않는 무례한 짓이라고 설명해 주었겠지만, 아직 어린 그녀에게는 그 정도의 설명이 한계였다. 실제로도 실례의 뜻을 그렇게 이해하고 있기도 했다.
그래서 마리엘라는 그의 말이 어딘가 이상하다는 걸 알면서도 아무런 반박도 할 수가 없었다.

"그 폐인지 실례인지를 내가 알려줄게. 하지만 난 싫어하는 게 거의 없는걸! 음식도 엄마를 닮아서 가리지 않고 잘 먹는다고 아빠한테 칭찬받았어. 노는 것도 좋지만 공부하는 것도 싫지 않아. 아빠를 닮아서 기억력이랑 머리가 좋다고 엄마가 그랬거든."

그는 계속 자신이 좋아하는 걸 주절주절 읊었다. 나무에 올라가는 것도 좋아하고, 검술훈련을 받는 것도 좋아하고, 아직 몸집이 작아서 조랑말밖에 타지 못하지만, 승마도 좋아하고……. 그리고 마리엘라가 깨달은 건 왕자님께서는 못하는 게 좀 있더라도 싫어하는 건 하고 싶은 걸 하지 말라고 잔소리하는 것 외에는 하나도 없다는 것이다.

"그러니까 넌 교육을 받지 않아도 되는 거지! 와, 잘됐다! 그렇지?"

"……."

"좋아 그럼 내일 내 처소로 와. 같이 점심을 먹자. 아니, 아니다. 계속 내 곁에 있는 게 좋겠어. 왜냐하면, 내 놀이 상대잖아? 당연한 거잖아. 난 매일 놀아야 하니까."

"……."

혼자 말하고 혼자 이해한 위베르가 고개를 끄덕였다. 그는 제멋대로 결론을 내린 뒤 마리에게 꼭 오라고 신신당부를 하고 유유히 숙소를 빠져나갔다. 마리엘라는 어린 얼굴에 어울리지 않게도 온갖 근심은 다 짊어진 표정으로 깊은 한숨을 내쉬었다.

⚜

그날부터 그녀의 수난은 시작되었다. 눈을 뜰 때부터 잠자리에 들기 직전까지 온종일 위베르의 곁에 붙어서 그가 만족할 때까지 놀아 주었다. 그는 늘 무슨 일을 하든지 그녀와 함께하고 싶어 했는데, 덕분에 마리엘라는 팔자에도 없는 황실 교육을 같이 들어야만 했다. 물론 정식으로 받는 건 아니고 옆에서 하는 시늉만 하는 것이었지만.

감히 제가 어떻게 그러겠느냐고 빼는 것도 한두 번이지, 위베르가 끝까지 박박 우기면 어쩔 수가 없었다. 그는 헐렁한 듯 보여도 이상한 부분에서 쓸데없이 고집을 부려 꼭 이루어 내고는 했다. 특히 엉뚱함으로 상대방의 허를 찔러 상황을 제가 원하는 방향으로 이끌어 내는 것을 잘했다.

그런 모습을 보면 다분히 의도적으로 보일 때가 많아서 멍청한 것인지 멍청한 척을 하는 것인지 사람을 헷갈리게 했다. 몇 번 얘기해 보면 그냥 쓸데없이 해맑을 뿐이라는 걸 알게 되겠지만 말이다.

그는 주위에 있는 많고 많은 사람 중에 마리엘라를 유독 가장 좋아했다.

대체 왜 자신에게만 그러는 것인지, 무슨 억하심정이 있어서 괴롭히고 즐거워하는지 그녀는 억울할 따름이었다. 그냥 처음부터 황궁에는 얼씬도 하지 말 것을, 공주님과 함께 놀 수 있을지도 모른다는 환상에 취해 이곳에 발을 들이는 게 아니었다.

"마, 마마! 말이 말을 듣지 않아요!"

"하하, 그 말 재밌다!"

"농담이 아닙니다! 진짜 떨어질 것 같다고요!"

"걱정하지 마, 마리. 동물은 모두의 친구야!"

하하하! 위베르는 호탕하게 웃음을 터트리며 말했다. 동물이 유난히 잘 따르는 체질인 그에게 동물은 친구일지도 모르겠지만, 동물에게 은근히 미움을 사는 체질인 마리엘라에게 동물은 공포 그 자체였다. 몸을 사시나무 떨듯 떨어대며 조랑말에게 달라붙어 목을 콱 조이니 말은 미쳐 날뛰기 시작했다.

"진정해! 마리가 무서워한다는 걸 걔도 아는 거야. 말은 똑똑하거든!"

위베르는 조랑말과 친목을 과시하듯 그녀의 주위를 빙빙 돌았다. 덕분에 그녀가 탄 조랑말이 더 놀라 앞발을 치켜세우며 크게 울었다. 마리엘라는 당황하여 고삐를 놓치고 말았고 그만 말에서 떨어지고 말았다. 데굴데굴 아주 대차게 굴렀다.

"제발 그만……."

마리엘라는 기절하기 직전에 죽어가는 목소리로 이렇게 중얼거렸다.

그녀는 온몸에 크고 작은 생채기가 생기고 다리를 삐어 치료를 받게 되었다. 극도의 스트레스로 몸도 정신도 하루하루 말라가고 있었기에 차라리 다행이라고 그녀는 생각했다. 적어도 다친 사람을 막무가내로 끌고 다니지는 않을 테니 말이다.

생각 없이 사는 것 같은 위베르도 죄책감을 느꼈는지 황태자의 주치의이자, 이 시대 최고의 의술사로 이름을 날리고 있는 하기스를 불러 마리엘라를 치료하게 했다.

"하하하. 왕자님께서도 참."

하기스는 못 말리겠다는 듯 껄껄 웃으며 고개를 절레절레 흔들었다.

"이런 면에서는 폐하와 많이 닮으셨군요. 역시 핏줄은 속이지 못하나 봅니다."

"무슨 소리야? 할바마마…… 폐하와 나는 전혀 다르게 생겼는데. 머리 색도 눈 색도 폐하는 노랗고 파랗고 나는 빨갛고 빨개. 얼굴도…… 그것보다 마리는 괜찮아? 주, 죽는 건 아니지?"

위베르는 걱정스럽게 물었다.

"발목에 금이 갔어요. 크게 다치진 않았지만 작지도 않죠. 치료를 해 두었으니 그때 동안은 그녀를 귀찮게 하시면 안 됩니다. 정신적인 피로도 상당할 테니까요. 아셨죠?"

아이는 평소와 다르게 조금 주눅이 들어 있었다. 자신의 막무가내인 행동 때문에 처음으로 누가 다쳤으니 그럴 만도 했다. 게다가 몸뿐만 아니라 정신적으로도 많이 지쳐있다는 말에 그는 적잖은 충격을 받았다.

위베르가 그동안 소니도르가 아무리 타일러도 위험한 행동을 거듭한 이유는 자기 기준에서는 전혀 위험하게 느껴지지 않았기 때문이었다.

'너무 약하잖아.'

심지어 아직 위험하다고 할 법한 짓은 시작도 하지 않았다. 위베르의 기준에서는 그저 즐겁게 놀았을 뿐이었다. 세상에 저렇게 연약한 생명체가 있을 줄이야. 그는 자신의 놀이 상대가 토끼나 다람쥐 같은 작은 동물과 동급으로 느껴지기 시작했다.

"마리가 날 싫어할까?"

"그럴 리가요, 라고 말하고 싶지만…… 그건 왕자마마께서 하시기에 달려있답니다아?"

하기스는 터져 나오려는 웃음을 삼키며 어깨를 으쓱였다. 놀리는 기색이 역력한 말투에 위베르의 눈매가 가늘어졌다. 하지만 그의 태도를 나무라기에는 그가 한 말이 너무 충격적이라 상심이 깊었다. 날 싫어할지도 모른다니, 한숨이 입술을 비집고 튀어나왔다.

—사람의 마음을 얻는 일은 어렵단다, 아가.

소니도르는 말했다. 몸을 낮춰 상대방의 시선을 맞춰줄 줄 알아야 한다. 네가 진심으로 타인에게 존중받고 싶다면 먼저 상대의 입장에서 배려해 주어야 한다고 했다. 그래야 무늬뿐인 충정이 아닌 진정으로 마음을 나눌 수 있는 친구를 사귈 수 있다고.

아직은 어려운 말이었지만 어쩐지 조금은 알 것 같다는 생각이 들었다.

위베르는 시무룩한 얼굴로 말했다.

"알았어, 기다릴게. 나도 다친 애한테 막 놀아달라고 하진 않아."

"어쩜 마마께선 배려도 깊으시지. 발목의 상태가 생각보다 심각해서 한 한 달은 면회 금지이고, 삼 개월은 안정을 취해야 하겠지만 이해해 주신다니 다행이네요."

"그, 그렇게 오래?"

발목에 금이 간 것을 치료하는 데 삼 개월씩이나 걸릴 리가 없었다. 그뿐만 아니라 원래 마법을 사용하면 바로 뚝딱 고쳐낼 수 있지만, 하기스는 시치미를 뚝 떼며 고개를 끄덕였다. 애초에 마법이라는 건 만능이 아니라서 겉보기에만 멀쩡하지 충격은 고스란히 몸에 누적되고 만다. 어린아이에게는 가능한 한 쓰지 않는 편이 좋다.

물론 그 이유 때문만은 아니고, 시간을 들여 확실히 고쳐달라는 소니도르의 부탁도 있었다. 아무리 다쳐도 곧바로 마법으로 고쳐낼 수 있다는 걸 아이가 알게 된다면 위험한 짓을 더 서슴없이 할지도 모른다는 생각 때문이었다.

"그럼 내가 옆에서 간호해 줄래."

그럼 정신적으로 더 괴로워할 것 같은데. 하기스는 그 말을 삼키며 빙긋 웃었다.

"환자는 절대 안정이랍니다, 마마. 많이 호전되면 그때 보러 오시는 게 좋겠어요."

그 말과 함께 위베르는 쫓겨나고 말았다. 근 한 달간 접근금지 처분을 받은 아이는 발을 동동 구르며 분통을 터트리다가 지나가던 에리카와 마주쳤다.

그녀의 품 안에는 처음 보는 양 모양의 인형이 안겨 있었다.

"바보."

"……."

"멍청이."

"……."

"얼간아, 앞으로 아는 척하지 마. 창피하니까."

"아, 누나!"

참다못한 위베르가 소리를 질렀지만, 에리카는 그를 한심한 표정으로 보면서 멍청이라고 10번쯤 말하고 떠나갔다. 상종도 하기 싫다는 눈빛을 한 건 덤이었다.

영문도 모르고 다짜고짜 욕을 얻어먹은 위베르만 억울할 따름이었다. 하지만 그는 이상하게도 아무런 반박도 할 수가 없었다. 본능으로 자신의 잘못을 아는 것이다.

그 뒤로 위베르는 눈에 띄게 얌전해졌다. 대부분은 그가 마리엘라와 더 이상 놀 수 없으니 다른 엉뚱한 사람을 찾아 질질 끌고 다닐 거라고 예상했다. 하지만 그는 그러지 않았다. 오히려 뭔가 행동하기 전에 생각이라는 것을 하기 시작했다. 아무 생각 없이 행동하다가 멈칫하고 잠시 생각하다가 위험하다 싶으면 그만두었다.

그 얘기를 모두 전해 들은 마르멜은 시간을 내어 위베르를 찾았다.

그는 마리엘라가 묵고 있는 병실 앞에서 서성거리는 아들을 발견했다.

"아들."

"응?"

"잠깐 아빠랑 얘기 좀 하자."

위베르는 심각한 표정으로 마르멜이 들은 적 없는 말을 꺼냈다.

"나 지금 바쁜데……."

어떻게 하면 빨리 시간이 흘러 마리엘라를 만나 사과할 수 있을까 고민하느라 바쁘긴 했다.

마르멜은 눈꼬리를 둥글게 휘어 웃으며 남녀노소를 아울러 함락시키는 다정다감한 목소리로 말했다.

"아빠도 많이 바쁘지만 아들이 보고 싶어서 시간 낸 거야. 그러니까 우리 착한 아들이 시간 좀 내주면 안 될까?"

"우웅, 알았어. 난 착하니까."

위베르는 문에서 겨우 시선을 떼고 마르멜을 돌아보며 말했다. 그는 아이의 구불거리는 주홍색 머리카락을 헤집듯이 쓰다듬으며 착하다고 연신 칭찬했다. 그리고 아이의 붉은 눈동자가 배부른 고양이처럼 나른하게 감기는 것을 응시하며 본론을 꺼냈다.

"사람들이 다 다르게 생긴 것처럼, 사람의 성향도 다 각양각색이지. 아무래도 저 아이는 위벨의 건강한 체력을 따라가기에 많이 벅차하는 것 같구나. 다음부터 마리엘라와 놀 때는 그녀에게 맞춰서 좋아하는 걸 하도록 하자."

"하지만 마리는 내 놀이 상대인걸. 걔가 날 놀아줘야 하는 거잖아."

황족이라면 본디 그런 사고방식을 거치는 게 맞았다. 그게 당연하다고 배워 왔을 테니 모를 수밖에 없었다. 하지만 마르멜은 언젠가 그가 이렇게 몸으로 깨달을 날이 올 줄 알고 있었기에, 소니도르처럼 잔소리를 하거나 나무라지 않고 조용히 기다려 주었다. 아직 어리고 가끔 바보같이 굴 때도 있었지만, 이해력이 빠르고 똑똑한 아이였으니까.

마르멜은 위베르의 이마를 검지로 톡 건드리며 말했다.

"물론 그렇게 하면 저 아이와 네가 원하는 만큼 놀 수 있겠지. 하지만 마음은 얻을 수 없을 거란다. 어쩌면 미움을 살지도 모르지. 그건 네가 원하는 바가 아닐 테고."

"엄마도 의원도 그런 말을 했어."

하도 많이 들은 말이라 이번에는 충격이 덜했다. 위베르는 늘 하고 싶은 대로 제멋대로 살아온 6년의 세월이 덧없게 느껴졌다. 마르멜이 웃음을 참기 위해 어깨를 부들부들 떠는 사이에, 아이는 잠시 생각에 잠겼다가 사뭇 진지하고 심각한 얼굴로 이렇게 물었다.

"그럼 어떻게 해?"

"가서 뭘 하고 싶은지 물어봐. 그걸 같이 하는 거지."

간단하고 명쾌한 답이었다. 위베르는 두 주먹을 불끈 쥐며 고개를 끄덕였다.

위베르는 매일매일 마리엘라와 다시 만날 날을 고대하고 있었다. 달력에 면회가 가능한 날을 표시한 뒤 그 날이 될 때까지 기다리고 또 기다렸다. 그리고 드디어 한 달이 되었을 때, 해가 뜨자마자 시녀를 닦달하여 부랴부랴 준비를 마치고 병원으로 향했다.

그는 웃음을 꾹 눌러 참은 표정을 한 하기스에게 허락을 받고 병실에 발을 들였다. 이유는 알 수 없었지만, 심장이 이상하게 두근거리며 뛰기 시작했다. 기대와 설렘과 두려움 같은 복합적인 감정을 품에 안고 침대 위에 누운 그녀에게 다가갔다.

"아, 뭐야."

하지만 마리엘라는 곤히 잠들어 있었다. 순식간에 기대감이 풍선에 바람 빠지듯 푸쉬쉬 식어버렸다. 위베르는 어깨를 축 늘어트리고 의자를 끙끙거리고 끌고 와 그녀의 앞에 자리 잡았다. 앉아서 턱을 괴고 가만히 살펴보니 생각보다 그녀의 상태가 양호했다.

"다행이네. 많이 아픈 것 같지 않아서."

위베르는 작게 중얼거렸다. 마르멜이 그에게 자주 해 주었던 것처럼 그녀의 따뜻해 보이는 고동색 머리카락을 살살 쓰다듬어 보았다. 처음에는 소심하게 톡톡 건드리다가 그래도 그녀가 깨어나지 않자 대담하게 앞머리를 쓸어 올려주고 헤헤 웃었다.

빨리 눈이 뜬 모습도 보고 싶었다. 다시 그 강아지 같은 동그란 눈매를 깜빡이며 위벨이라고 불러 주었으면 좋겠다. 사과를 받아주고 다시 웃어 줬으면 좋겠다.

위베르는 마리엘라의 작은 손을 꼭 잡으며 생각했다.

⚜

"……공주님?"

응? 위베르는 적잖이 당황했다. 잠시 깜빡 잠이 들었다가 깨어났더니 마리엘라가 눈앞에 있었던 것이다. 당연히 그녀의 앞에서 잠들었으니 그녀가 눈앞에 있는 게 맞겠지만, 잠들기 전 그들은 분명 병실에 있었는데 지금은 병실이 아니라 정원이었다.

잠에서 깨어나니 정원에서 멀뚱히 서 있다고?

'몽유병?'

그는 책에서 읽은 적 있었던 기묘하고 무서운 병을 떠오르며 부르르 떨었다. 하지만 마리엘라의 다리를 보고 생각을 고쳤다. 그녀의 발 전체를 감싸고 있던 깁스가 사라지고 맨다리가 드러나 있었기 때문이었다. 게다가 그녀는 환자복이 아닌 드레스를 입고 있었다. 그 새에 깁스를 푸르고 옷을 갈아입은 뒤 정원으로 나왔을 리가 없지.

몽유병이 아니라 차라리 꿈에 더 가까워 보였다.

"왜, 왜 그렇게 쳐다보시는지. 제 얼굴에 뭐가 묻었나요?"

마리엘라가 더듬거리며 물었다. 위베르는 그제야 정신을 차리고 물었다.

"왜 정원에 있는 거야?"

"그건…… 저도 모르겠어요. 공주님처럼 예쁜 옷을 입고 정원을 거닐고 싶다는 생각을 한 적이 있긴 하지만……. 여기에 이러고 있으면 시녀장님에게 혼날 텐데."

그녀는 자신의 벚꽃색 치맛자락을 만지작거렸다. 레이스가 자잘하게 달린 굉장히 고급스러워 보이는 드레스로, 나무를 닮은 그녀의 고동색 머리카락과 굉장히 잘 어울렸다. 에리카가 저런 드레스를 입었을 땐 아무 생각도 없었는데, 마리엘라에게는 이상하게 계속 눈길이 갔다. 입고 있는 옷이 마음에 드는 것인지 눈을 반짝이는 게 귀여웠다.

위베르는 그녀를 흘끔거리며 저도 모르게 얼굴을 붉혔다. 그런데 그의 시선을 어떻게 해석한 것인지 마리엘라는 갑자기 새하얗게 질려서 덜덜 떨기 시작했다.

"공주님, 전 도둑이 아니에요! 저, 저도 왜 이걸 입고 여기에 있는지……."

"아니 훔치지 않은 건 나도 아니까……. 그보다 공주님?"

그는 황망한 목소리로 되물었다. 제국에 공주라고는 에리카 혼자였고, 그녀는 자신의 피붙이이기는 하지만 얼굴부터 성격까지 손톱만큼도 닮은 구석이 없었다. 마리엘라의 눈이 옹이구멍이 아닌 이상 헷갈릴 리가 없는데 그것이 실제로 일어났다.

"마리, 어디 아파?"

많이 아픈가 보다. 아무리 꿈이라고 해도 남자와 여자를 착각할 정도라니. 위베르는 그녀를 걱정스럽게 살폈다. 그러다가 뒤늦게 위화감을 느끼고 제 목을 더듬었다.

"으응?"

목에서 생소한 목소리가 튀어나왔다. 아니 생소한 건 아니었다. 이건 마치 에리카의 목소리 같잖아. 당황한 그는 고개를 내렸고, 자신의 몸을 살피기도 전에 시선에 들어오는 드레스 자락에 기겁했다. 아니, 이게 뭐야! 난 드레스 입는 취미 같은 건 없어!

위베르는 황망하게 눈앞에 걸리적거리는 머리카락을 잡아 당겼다. 허리까지 오는 눈꽃처럼 새하얀 머리카락이 햇빛에 반사되어 아름답게 반짝였다. 쭉쭉 아프도록 당기니 두피가 따끔거리기 시작했다. 자신의 머리카락이라는 뜻이었다.

뭐야, 내가 누나가 됐잖아! 허억, 여자가 됐어. 아래가 허전해! 맙소사!

무슨 이런 정신 나간 꿈이 다 있단 말인가. 그는 단 한 순간도 제 누이가 되길 바란 적이 없었다.

"공주님 왜 그러세요? 오늘따라 이상하시네요."

절 빤히 쳐다보시고, 몸을 더듬거리시고. 마리엘라가 우물쭈물 말했다.

"그야, 난 공주가 아니니까 그렇지! 난 위베르니까!"

"헉, 어떻게 해. 많이 아프신가 봐."

"아픈 건 내가 아니라 너고!"

위베르는 저도 모르게 빽 소리를 질렀다가 제 입을 틀어막았다. 아차, 화를 내려고 했던 게 아닌데. 그녀를 보면 무조건 사과부터 하려고 했는데 상황이 너무 이상해서 이성을 잃어버리고 말았다. 그는 조심스럽게 마리엘라의 눈치를 살피다가 입을 열었다.

"아무튼, 참 이상한 꿈이네. 내가 누나가 되고 이렇게 생생하고……."

"꿈이요?"

그녀가 무슨 소리냐는 듯이 되물었다.

"그야 여긴 꿈속이니까. 그렇지 않고서야 내가 누나가 될 리가 있어?"

"누나? 설마 왕자님이시라고요?"

"그렇다니까. 꿈속이니까 모습이 변한 거야."

위베르는 아무 생각 없이 답했다. 꿈을 꿈이라고 말하는 데 무슨 문제가 있겠냐 싶었다. 그런데 정원의 꽃들을 열심히 가꾸고 다듬던 정원사들이 갑자기 그들을 휙 돌아보았다. 살결을 부드럽게 감싸 안던 부드러운 공기가 갑자기 싸늘하게 변했다. 등골이 오싹했다. 본능적인 위험을 감지한 위베르가 잔뜩 긴장하며 주변을 살폈다.

주위의 사람들이 하나같이 위베르를 노려보고 있었다.

하지만 마리엘라는 그것을 눈치채지 못하고 잔뜩 실망한 얼굴로 중얼거렸다.

"꿈…… 그래요, 꿈이겠죠. 제가 이런 공주님 같은 옷을 입을 리가."

그녀가 그런 말을 뱉은 것과 동시에 단지 노려보기만 하던 정원사들이 일제히 그들을 향해 달려들기 시작했다. 살기가 칼날처럼 살갗을 찔러댔다. 그들이 제 얼굴만 한 가위를 철컹거리며 순식간에 가까워졌다. 겁에 질린 고양이처럼 털을 바짝 세우던 위베르는 마리엘라의 손을 덥석 붙잡은 뒤 온 힘을 다해 내달리기 시작했다.

생명의 위협을 느낀 건 이번이 처음이지만 분명히 알 수 있었다.

이대로 가만히 있으면 죽는다!

'뭐 이런 꿈이!'

꿈이라는 걸 알았지만, 그는 마리엘라를 이끌고 달리고 또 달렸다. 얼떨결에 달음박질을 치게 된 그녀는 의아한 얼굴로 고개를 돌렸다가 정원 가위 살인자들을 발견하고 숨을 들이켰다. 너무 놀라 그 자리에 주저앉을 뻔했지만, 정신없이 끌어당기는 위베르 덕분에 숨이 턱 끝까지 차오를 정도로 무작정 또 뛰고 뛰었다.

어느 정도 따돌렸다 싶었을 때 위베르는 재빨리 풀숲에 몸을 숨겼다. 다리가 풀린 마리엘라는 거의 땅바닥에 뻗다시피 누워있었다. 그녀는 헉헉거리며 숨을 골랐다. 하지만 그것도 잠시, 푸른색이었던 하늘이 물감을 떨어트린 것처럼 순식간에 붉어지는 것을 보고 헛숨을 들이켰다. 그녀는 저도 모르게 소리를 지를 뻔하다가 얼른 제 입을 틀어막았다.

그녀는 겁에 질린 목소리로 들릴 듯 말 듯 속삭였다.

"왕자님, 하늘을 보세요."

위베르는 그 말을 듣고 고개를 들어 하늘을 올려다보았다.

'꿈, 금기, 달라진 나, 빠르게 변하는 하늘.'

어디서 많이 듣던 이야기다. 순간 머리를 스치는 기억이 있었다. 잠들기 전, 소니도르가 가끔 가슴께를 토닥이며 조곤조곤 얘기해 주었던 꿈속 여행 이야기. 장인들만 가질 수 있다는 고유의 능력이라는 꿈의 능력. 피를 타고 대대로 전해진다는.

'설마 나도 꿈속에 들어가는 걸 할 수 있었던 거야?'

혼혈이라서 당연히 능력이 없을 줄 알았다. 소니도르도 그런 줄 알았기에 아이들에게 꿈 능력에 대한 이야기만 단편적으로 들려줬을 뿐 능력을 다루는 방법에 대해선 딱히 언급한 적이 없었다. 잠시 곰곰이 생각에 잠겼던 위베르는 천천히 입술을 달싹였다.

"마리."

"네?"

위베르는 침을 꿀꺽 삼켰다. 정원사들은 커다란 정원 가위로 풀이란 풀을 다 조각내고 있었다. 이대로 얌전히 숨어있다가 들키는 건 시간문제일 것 같았다. 만약 그렇게 된다면 저 풀들처럼 가루가 되고야 말겠지. 아무리 꿈이라도 그렇게 되긴 싫었다.

그는 등을 돌려 마리엘라의 어깨를 강하게 움켜쥐며 말했다.

"여기는 사실 꿈이 아니야. 현실이지."

"혀, 현실이라고요?"

이게 현실이라니. 겁에 질린 마리엘라는 차라리 전부 꿈이라고 말해 주길 바라는 것 같았다. 하지만 위베르는 고개를 끄덕이며 단호하게 답했다.

"현실이야. 내가 현실로 만들어 줄 거거든. 세상에서 가장 아름다운 공주님처럼."

위베르는 자신이 에리카의 모습을 하고 있다는 것도 잊은 채 호기롭게 외쳤다. 소니도르의 말에 따르면, 꿈의 주인공이 꿈이 꿈이라는 것을 자각하는 순간 땅 위의 존재들이 꿈 능력자를 죽이려고 든다고 했다. 그렇다면 꿈의 주인인 마리엘라가 이곳이 현실이라고 다시 인식하면 되는 것 아닌가. 위베르는 필사적으로 다시 말을 이었다.

"널 다치게 해서 미안해. 내가 다 미안해. 다시는 마리가 아프지 않았으면 좋겠어. 그러니까 꿈이든 현실이든 네가 바라는 건 뭐든지 해 줄 거야. 공주님이 되길 바란다면 그렇게 해 줄게."

그녀는 놀란 얼굴 그대로 굳어졌다. 맞은 편에 앉아있는 건 분명 에리카의 모습을 하고 있었지만, 그녀는 절대로 저런 말을 할 위인이 아니었다. 그렇다고 해서 위베르가 할 법한 말도 아니었지만 널 다치게 해서 미안하다는 말은 그가 아니고서야 할 사람도 없었다. 그녀는 반신반의하고 있었던 사실을 다시 입 밖으로 꺼냈다.

"정말 위벨인가요?"

꿈이든 현실이든 공주님으로 만들어준다고?

마리엘라가 물었다. 위베르가 고개를 끄덕이는 것과 동시에 갑자기 철컥하고 가위질하는 소리가 코앞에서 들렸다. 그는 저도 모르게 '으악!'하고 소리를 지르며 뒤로 벌러덩 넘어졌다. 그들의 모습을 숨겨주던 풀들이 순식간에 허공을 날아다녔다.

가위를 치켜든 정원사가 까맣게 죽어버린 눈빛을 하고서 바로 그들 앞에 서 있었다.

심장이 입 밖으로 튀어나오는 줄 알았다. 마리엘라는 반 박자 늦게 비명을 내질렀다.

"꺄아아악!"

"마리, 도망가!"

위베르가 자리에서 벌떡 일어나 그녀의 앞을 막아선 순간이었다. 하늘이 그의 눈동자만큼이나 새빨갛게 달아오른다 싶더니 눈 깜짝할 새에 하늘이 무너져 내렸다.

조각난 노을이 에리카 모습을 한 그의 머리 위로 아스라이 흩어졌다. 그러자 눈처럼 새하얀 은발이 마치 타오르는 불꽃처럼 주홍빛으로 일렁였다. 마리엘라는 제게 등을 보이고 정원사에게 달려드는 소녀의 등에서 위베르의 모습을 보았다. 뭐라 형용할 수 없는 기분에 입술을 달싹이는 사이, 순식간에 눈앞이 까맣게 물들었다.

꿈에서 깨어난 것이다.

"허억!"

"흐어억!"

그들은 누가 먼저라고 할 것도 없이 동시에 번쩍 눈을 떴다.

동시에 위베르는 온몸의 뼈란 뼈가 다 비명을 내지르는 것 같은 고통에 신음했다.

"으으윽……."

"위, 위벨? 괜찮아요? 어서 의원님을……."

마리엘라가 당황해서 허둥거리자 위베르는 오만상을 찌푸리며 고개를 흔들었다. 그는 다 죽어가는 목소리로 끙끙 앓으며 괜찮다고 답했다. 여섯 살 아이가 감내하기엔 장난이 아닌 고통이라 마음 같아선 엉엉 울고 싶었지만 꾹 눌러 참았다. 어쩐지 마리엘라 앞에서는 약한 모습을 보이고 싶지 않았던 탓이었다.

그녀는 위베르가 잘못될까 봐 울 것 같은 얼굴을 하다가 급한 대로 침대 위로 끌어당겨 제 옆에 눕혔다. 위베르는 그녀가 시키는 대로 얌전히 누워 가쁜 숨을 골랐다.

아직도 꿈속과 현실을 부유하고 있던 그들은 서로의 시선을 교환하며 얼떨떨한 표정을 지었다. 조금 전 겪었던 일이 금방이라도 손에 잡힐 듯 뚜렷한데 그들은 조용하고 평화로운 병실에 있었다. 대체 어떻게 이런 일이 가능할 수 있는 건지.

마리엘라는 몸을 웅크리고 있는 위베르를 향해 손을 뻗었다가 거둬들이길 반복했다. 어색한 손짓으로 한참을 허둥거리다가 겨우 움직이지 않는 입술을 달싹여 말을 꺼냈다.

"왕자님께 큰일이라도 생기면 전 견디지 못할 거예요."

시녀장님께 혼날 테니까요. 그녀는 뒷말을 삼키며 대답했고, 그 뜻을 오인한 위베르의 얼굴이 터질 듯이 달아오르기 시작했다. 그는 팔을 들어 붉어진 뺨을 감싸듯 얼굴 위에 올려놓은 뒤 다급하게 말했다. 굉장히 필사적인 목소리였다.

"있잖아. 우리 친구 할 수 있어?"

"갑자기 무슨 소리세요? 어서 의원님을 불러야……."

"나랑 친구 안 해 줄 거야?"

또 사람 말을 듣지 않고 다짜고짜 밀어붙이는 위베르의 고집이 시작되었다. 마리엘라는 저도 모르게 지긋지긋하다는 표정을 지었다. 친구라는 말을 들을 때까지 박박 우길 생각이었던 그는 그녀의 얼굴을 샅샅이 살핀 뒤 시무룩하게 입을 다물었다.

"위벨, 저와 친구가 되고 싶어요? 저흰 이미 친구 아니었어요?"

위베르라면 상대의 의사 따윈 묻지도 않고 세상 모든 만물이 제 친구라고 외칠 것 같았는데 의외였다. 이미 동물은 모두의 친구! 하고 외친 전적이 있지 않은가.

마리엘라가 의아한 얼굴로 묻자 그가 눈동자를 이리저리 굴리며 답했다.

"그야 널 다치게 했으니까 다시는 친구 안 해 준다고 해도 할 말 없어."

"……."

"하지만 공주님처럼 해 주겠다는 말 꼭 지킬 테니까."

그는 충성을 맹세하는 기사처럼 경건하게 말했다.

'이런 생각을 하고 있었을 줄이야.'

위베르라면 한 대 치고 싶은 분노밖에 느끼지 못했던 마리엘라였지만, 지금은 어쩐지 기특함이라는 감정을 느껴졌다. 그게 정확히 어떤 감정인지 알지 못했지만, 예전에 야생의 고양이를 길들였을 때와 비슷한 기분이었다.

황궁에서 에리카를 만나 그녀의 아름다움과 신분을 동경했다. 하지만 위베르를 만나 이대로 자신의 인생은 개똥밭일 것이라 믿어 의심치 않았는데. 어쩌면 동화보다 더 동화 같고 매일 두근두근 설레는 모험 같은 일이 기다리고 있을지도 몰랐다.

"일단 다리가 다 나은 것 같은데 의원님께서 아직 움직이면 안 된다고 병실에만 있게 해서 심심해요. 같이 놀아요. 위험하지 않은 걸로."

"음, 체스라도 할까?"

"할 줄 모르는데."

"내가 알려줄게!"

위베르는 시녀에게 배운 체스를 가르쳐 주겠다며 신이 나서 달려나갔다. 아무래도 체스판을 가져오려는 모양이었다. 네가 원하는 대로 해 주겠다, 어쩌고 하지만 상대방의 말을 듣지 않고 앞뒤 볼 것 없이 달려가는 건 여전했다. 마리엘라는 그게 다 그녀만 보면 그가 극도로 긴장하기 때문이라는 것을 알지 못한 채 고개를 흔들었다.

하지만 마리엘라의 입가에는 못 말리겠다는 미소가 걸려 있었다.

햇살이 창가를 부드럽게 투과하여 그녀의 머리 위로 드리워졌다. 눈부신 빛 때문에 잠시 창밖으로 시선을 돌린 그녀는 정원을 폭주 기관차처럼 질주하는 위베르를 발견하고 크게 웃어 버리고 말았다.

'다음에는 내가 하고 싶은 걸 하자고 말씀드려야겠다.'

그녀는 그 모습을 눈으로 좇으며 생각했다.

한편, 그 광경을 지켜보던 이들이 있었다. 하기스와 마르멜, 그리고 소니도르였다. 처음부터 엿볼 생각은 아니었는데, 어쩌다 보니 엿본 것처럼 되어 어른들은 조금 떨떠름해졌다.

상황이 이렇게 된 데에는 하기스의 영향이 컸다. 아이들 둘의 용태가 이상하다고 의원이 호출했기 때문이었다. 마르멜 소니도르 두 사람 다 사색이 되어 하던 일도 다 팽개치고 부랴부랴 병실로 향했다. 그리고 생각보다 심각하게 멀쩡한, 그들을 보고 할 말을 잃었다.

특히 소니도르가 그랬다. 꿈 장인의 능력을 처음 발현한 건데 순식간에 멀쩡해져서 체스판을 찾으러 가다니.

꿈 장인의 능력이 발현한 것은 축하해야 할 일이건만, 너무 놀라 다른 생각은 들지 않았다. 소니도르는 처음 능력을 사용했을 때 몇 날 며칠을 침대에 누워 일어나지도 못했었다. 세상에서 가장 아팠던 경험이라면 그때를 가장 먼저 손에 꼽을 수 있었다.

"아무리 건강하게 낳아 줬다지만, 저렇게까지 건강할 줄이야."

소니도르가 어이없다는 듯 중얼거렸다. 아파서 움직이지도 못하는 게 아니라 좀 아파하다가 그걸로 끝이라니. 물론 아들이 아프지 않아서 다행이긴 했지만.

"끌고 와서 치료받게 해야 하는 거 아니에요? 경험상 나중에 후폭풍이 있을지도 모르는데."

"지금 방해하면 아마 두고두고 우리를 원망할걸."

"괜찮을 겁니다. 의원으로서 제 소견을 말씀드리자면, 왕자님의 신체는 인간을 벗어난 수준이거든요."

하기스의 말에 나머지 둘이 인정한다는 듯 고개를 끄덕였다.

"힘이 넘쳐나서 곤란한 정도죠. 그런 점은 멜을 닮았네요."

"붙임성은 널 닮은 것 같은데."

"동물 좋아하는 건 멜을 닮았고요. 그 외에는……."

그들은 마리엘라를 대하던 위베르의 모습을 떠올리고는 침묵했다. 지금은 그래도 마르멜의 조언으로 전보다 나아지긴 했지만, 처음에는 정말인지 막무가내였다. 관심이 있는 여자애에게 자신의 방식을 마구잡이로 밀어붙이는 것 말이다.

물론 어린아이니까 잘 모르고 그럴 수는 있었다. 지금도 잘못을 뉘우치고 조금씩 배워 가고 있으니 말이다. 다만 기운 넘치는 위베르에게 이리저리 휘둘렸던 저 병실의 가녀린 아이가 안쓰러울 따름이었다.

적어도 소니도르와 마르멜 두 사람은 어릴 때부터 호감 있는 사람을 그렇게 대한 적이 없었다. 대체 누굴 닮았을까.

그때 하기스가 끼어들었다.

"왜들 모르실까. 똑 닮은 분이 있잖아요."

"누구?"

"누군데?"

마르멜과 소니도르가 동시에 물었다. 전혀 짐작조차 가지 않는다는 얼굴이었다. 두 사람의 질문에 입을 달싹이던 의원은 이내 고개를 절레절레 흔들었다.

왜 이렇게 모르실까. 도저히 왕자님과 그분이 매치가 안 되는 걸까. 그렇게나 똑같은데 말이다.

"있어요, 그런 분."

하기스는 사람 궁금하게 하는 이상한 화법으로 말을 끝맺더니 후후 웃었다. 항상 헛소리만 하는 하기스였다. 소니도르와 마르멜은 잠시 시선을 마주치다가 고개를 절레절레 흔들었다.

그들은 문틈 사이로 보이는 위베르의 활기찬 모습에 안도하며 조용히 문을 닫았다.